Wilhelm Jensen

Aus See und Sand

Roman. Erster Band

Wilhelm Jensen

Aus See und Sand
Roman. Erster Band

ISBN/EAN: 9783741110757

Hergestellt in Europa, USA, Kanada, Australien, Japan

Cover: Foto ©Andreas Hilbeck / pixelio.de

Manufactured and distributed by brebook publishing software
(www.brebook.com)

Wilhelm Jensen

Aus See und Sand

Aus See und Sand.

✜

Roman

von

Wilhelm Jensen.

❀

Erster Band.

Dresden und Leipzig.

Verlag von Carl Reißner.

1897.

I.

Der junge Dorflehrer in Loagger, Tilmar Hellbeck, kam von einem Nachmittagsausgang in's Schulhaus zurück. Ein Gebäude war's, in seiner Bauart den anderen Häusern des Strandkirchdorfs gleich, einstöckig, von weit niederhängendem, dunkelbemoostem Strohdach bedeckt; nur wenig Fenster sahen darunter hervor, wie Augen unter übernickendem Haar, doch jedes aus vielen winzigen Scheiben zusammengesetzt. Nach Westen auf die Nordsee blickte keines aus, hier wie überall; von dort kam fast beständig durch das ganze Jahr der Wind, oft als Sturm, Seewasser oder Sand durch die feinsten Ritzen peitschend, und alle Dorfhäuser kehrten ihm feste Mauern zu, meistens die Rückwand der mit dem Wohnhaus zu Einem verbundenen Scheune. Die fehlte jedoch dem Schulgebäude, zu dem kein Acker- oder Weideland gehörte. Nur für die winterliche Unterbringung eines halben Dutzend von Schafen befand sich ein kleiner Stallanbau an der Westseite.

Tilmar Hellbeck war von schmächtiger Gestalt und schmalem, blaßfarbigem Gesicht; seine Augen boten die Aehnlichkeit mit den Fenstern des Schulhauses, daß sein Haar Neigung trug, vom Stirnrand auf sie herunter= zufallen und ihn veranlaßte, es gewohnheitsmäßig manchmal mit einem leichten Aufruck wieder empor= zuwerfen. Das Haar gehörte der blonden Art an, doch machte es trotzdem einen dunklen Eindruck; aus der Entfernung erschien es wie vorzeitig ergraut, mußte indeß täuschen, denn er stand erst in der Mitte der zwanziger Jahre, und beim Näherkommen zeigte es sich von einer mattem Stahl ähnelnden Färbung. Seine Kleidung war nicht bäuerisch, sondern städtisch, erkenn= bar mit einer gewissen Sorglichkeit gehalten, doch ab= getragen, an Stellen beinahe fadenscheinig. Sie sprach von ärmlichen Verhältnissen, wie deutlicher noch die Magerkeit der Züge von karger Ernährung. Den Um= ständen gemäß war das Lehrergehalt in Loagger ein recht klägliches.

Trotzdem hatte er sich vor drei Jahren glücklich geschätzt, die Stellung zu bekommen. Durch mühevolle Arbeit und Entbehrung seiner Mutter war's ihm, der seinen Vater kaum mehr gekannt, ermöglicht worden, sich zum Volksschullehrer auszubilden. Jahrzehnte schweren Lebenskampfes waren es für Jene gewesen, da sie, nach der landläufigen Benennung von „besserer"

Abkunft, nicht in der Voraussicht aufgewachsen, sich und ihrem Kinde einmal mit ihren Händen den Unterhalt verdienen zu müssen. Doch Mutterliebe hatte sie ausdauernd zur Erreichung des Ziels gemacht, das sie sich für ihren Knaben vorgesteckt, ihn vor der Nöthigung zu einem Handwerk zu bewahren. Wenn es ihr auch nicht möglich geworden, ihn der Ueberlieferung ihrer Familie gemäß auf eine gelehrte Laufbahn zu bringen, machte der Lehrerberuf ihn doch einem Bildungsstande zugehörig. Rastlos, mit eisernem Fleiß hatte er selbst gearbeitet, die Hoffnung seiner Mutter zu erfüllen, ihre Mühen und Sorgen vergelten zu können, denn sein Herz hing an nichts auf der Welt, als an ihr, wie das ihrige an ihm. Und so war's geschehen, im letzten Augenblick höchster Drängniß; als ihre Kräfte erschöpft zusammengebrochen, sie nicht mehr weiter gekonnt, der Hungertod ihnen in's Gesicht gestarrt, hatte die Schulbehörde ihm die durch Todesfall erledigte Lehrerstelle in Longger übertragen. Kümmerlich war sie, aber ließ nicht verhungern, gewährte ihm das Höchste, jetzt seine Mutter, die früh Gealterte, erhalten zu können. Wie ein vom Himmel herabgefallenes Glück hatte er das Amt in dem einsamen, weltentlegenen Strandvorf übernommen; eine erste Stufe wenigstens, auf der er Fuß gefaßt, sich von ihr höher und freier weiter zu heben.

1*

Spätnachmittag im Aprilanfang war's und eine
weiche Luft kündigte Herannahen des Frühlings. Wie
der junge Lehrer, eine alte blecherne Botanisirbüchse
am Band über der Schulter tragend, von seinem Aus=
gang zum Schulhaus zurückkam, saß Frau Margret
Hellbeck, mehr weiß= als grauhaarig, auf einer Bank
vor der Thür, nach Bauernfrauenbrauch altmütterlich
mit den mageren Fingern an einem Spinnrocken thätig.
Halb überrascht begrüßte sie den Herantretenden:
„Kommst Du schon wieder, Til? Ich dachte, bei dem
schönen Wetter bliebest Du länger aus. Der Winter
war lang, da thut's wohl im Freien."

Er antwortete: „Aber macht auch müde, man muß
sich erst wieder gewöhnen. Ja, liebe Mutter, Dir
thut's gut hier braußen, das macht mich froh; Du
siehst prächtig aus."

Das Aussehen der alten Frau war in der That
ein gesundes, weit besseres, als es bei ihrer Hierher=
kunft vor drei Jahren gewesen. Sie hob den Kopf
auf, doch schüttelte sie ihn zugleich und erwiderte:

„Von Dir kann ich's nicht sagen, Du bist blaß,
und in Deinen Augen sieht man nicht, daß Du froh
bist. Schon länger sah ich's und kann's mir wohl
denken; Dein junges Leben paßt nicht hierher, hat zu
wenig, Du hast gedacht, daß Du schneller vorwärts
kämst. Hättest Du nicht um meinetwillen die Stelle

hier angenommen, wärst Du wohl auch schon weiter, aber ich bin Dir ein rechter Klotz am Bein."

Auch er machte jetzt rasch eine verneinende Kopf= bewegung. „Du weißt, liebe Mutter, ich bin gern hier — um Deinetwillen." Das Letzte schien er etwas unbedacht beigefügt zu haben, trachtete danach, es anders auszulegen: „Ich meine, mir kann's nur wohl gehen, wenn Du gesund und rüstig bist, und Dir bekommt die Luft hier besser, als in einer Stadt. Mir fällt es heute besonders auf, wie hell Du aus den Augen siehst."

Margret Hellbeck's Mund hatte sich lange Jahre des Lachens entwöhnt gehabt, doch die erdrückende Bürde jener Zeit war von ihr abgefallen, und das Leben lag noch einmal vor ihr wie zu einem fröhlichen Aufstieg. Die Naturanlage ihres Gemüths mochte eine heitere gewesen sein, um die alten Lippen spielte ihr gegen= wärtig ein beinahe schelmischer Ausdruck, so gab sie Antwort:

„Mir hat das linke Ohr gejuckt, und vorhin flog eine Möwe über's Dach, die rief etwas. Verstehen konnt' ich's nicht, aber ich glaube, Til, es muß heute etwas Gutes für uns geben; deshalb halte ich die Augen recht auf, damit es nicht an ihnen vorbeikommen kann, ohne daß ich's sehe. Alte Weiber sind einmal aber= gläubisch, und ich will's doch versuchen, ob ich's nicht auch noch lernen kann, Karten zu legen und aus dem Kaffeesatz zu prophezeien."

Nun lachte sie wirklich, ein liebes, altes Gesicht war's. Der Sohn nickte freundlich: „Das würdest Du gewiß und eine weltberühmte Wahrsagerin werden, von der Kaiser und Könige sich weissagen ließen. Nur müßten wir uns erst Kaffee zum Trinken anschaffen; schade, daß er so theuer ist und aus unserer großen Zukunft deshalb nichts wird. Doch auch zum Trinken wäre er für eine frühaufstehende Frau — für ein altes Weib — besser als Milchsuppe; mir wär's ein Glück, wenn unsere Einnahme dazu ausreichte, Kaffee für Dich in's Haus zu bringen, liebe Mutter."

Das Letzte klang vom Herzen her, ein zum ersten Mal über die Lippen gebrachter Wunsch, dessen Erfüllung die Umstände versagten. Nun trat Tilmar auf den gestampften Lehmboden des Hausflurs; zur Linken führte eine niedrige Thür in den Wohnraum der beiden, gegenüber nach rechts lag die Schulstube von wenig Umfang. Drei kurze Bank- und Tischreihen hintereinander wiesen auf nur geringe Besucherzahl hin, dem kleinen Schulsprengel gehörten außer Loagger bloß noch zwei landein belegene Heidedörfer an. Die blank geputzte Holzdiele legte Zeugniß von der Arbeitsamkeit und Sauberkeit Frau Margret's ab, sie hielt Alles im Hause selbst im Stand, wie sie auch die

Wirtschaft ohne eine Beihilfe besorgte; dazu hätten die
Einkünfte gleichfalls nicht ausgereicht. Auf den Schul-
tischen lagen da und dort einige abgerissene Katechismen,
Gesangbücher und zersplissene Schiefertafeln, von den
am Vormittag stattfindenden Lehrstunden redend. Offenbar füllte sie nur der niedrigste Elementarunterricht
aus; die Vorstellung, daß Tilmar Hellbeck, ihn ertheilend,
täglich lange Stunden vor barfüßigen Dorfkindern auf
dem alten wackelnden Pult zubringe, einem Lebensberuf
damit Genüge leiste, stimmte nicht recht mit dem Ausdruck seiner Züge und seinem Wesen überein. Unverkennbar trug er mehr in sich, von natürlicher Be-
gabungsmitgift wie durch erworbene Kenntnisse Anwart-
schaft auf eine höhere Thätigkeit. Wohl fehlte ihm
klassische Bildung, da er kein Gymnasium zu besuchen
vermocht, nur für Aufnahme in einem Lehrerseminar
befähigt gewesen. Doch über die Obliegenheiten seiner
hiesigen Stelle ragte er entschieden weit hinaus, hätte
eher angemessene Aufgabe an einer Bürgerschule gefunden. Seine Mutter hatte Recht, er mußte sich un-
befriedigt fühlen und von hier fortsehnen. Aber aus
Liebe zu ihr verneinte er diesen natürlichen Drang,
stellte sich vollzufrieden mit seinem Aufenthalt in
Loagger, um zu verhüten, daß sich in ihr ernstlich das
Gefühl festsetze, ihm für sein Weiterkommen hinderlich
zu sein. Das wußte sie auch, denn er war der beste,

opferwilligste Sohn. Indeß aus seiner Gesichtsfarbe, seinen Augen und einer Veränderung seines Wesens sprach ihr schon seit Längerem, was sein Mund verschwieg.

An die Schulstube stieß ein kleines Gelaß, das er sich als Arbeitskammer eingerichtet hatte. Auf Wandgestellen, von ihm selbst aus Bretterabfällen gezimmert, standen seine Bücher, zum Theil für seine Lehrerausbildung und seinen Beruf nothwendig gewesene. Doch machten sie nur die Minderzahl aus, ungefähr ein Viertel; der übrigen hätte er als Dorflehrer nicht bedurft. Allen sah man an, daß sie bei Büchertrödlern, wahrscheinlich auf Jahrmärkten umziehenden, als werthlose, von Niemand mehr begehrte Waare um Groschenpreise billigst zusammengekauft seien; eine kleine Ansammlung von alten, schlechtgedruckten, geographischen, historischen, naturgeschichtlichen Leitfäden und Lehrbüchern war's, fast alle aus dem vorigen Jahrhundert stammend. Ebenso ein Dutzend Bändchen mit schönwissenschaftlichem und poetischem Inhalt, herausgerissene Hefte aus den Schriften Herder's, defekte früheste Ausgaben Schiller'scher und Goethe'scher Gedichte, ein anfangs- und schlußloses Stück von Wieland's Oberon. Für Alles mit einander hätte ein Antiquar schwerlich einen Thaler zum Ankauf aufgewendet.

Auch die nicht von den Büchern eingenommenen

Gestellbretter waren, wenngleich andersartig, doch ebenso dicht besetzt oder richtiger belegt. Verschiedenartige Steine vom Strand, Muscheln, getrocknete Seesterne lagen darauf; zwei kleine besondere Abtheilungen ent= hielten vom Wasser ausgeworfene Petrefacten und ein Paar aus Kieseln zurechtgefertigte Messer und Pfeil= spitzen der Steinzeit. Sämmtliche Gegenstände befanden sich geordnet, mit Blättchen versehen, die zum Theil eine Aufschrift zeigten, zum Theil leer waren. Einen Bord füllten mehrere Stöße zwischen grauem Papier gepreßter Pflanzen, unter denen gleichfalls zumeist Namen geschrieben standen, deutsche, doch auch manche lateinische, die letzteren überall in sorgsam hergestellter Schönschrift. Keine Sammlungen wissenschaftlicher Bildung waren es, sondern die eines Ungelehrten: aber man sah ihnen Eifer an, heißes Bemühen, in ihre Gebiete einzubringen, die Gegenstände mit Namen zu bestimmen, nach ihrer Zusammengehörigkeit zu ordnen, Kenntnisse zu erwerben und zu erweitern. Nebenan stand Tilmar Hellbeck als Lehrer vor dem Pult, hier dagegen saß er als Lehrling, nur auf sich selbst und seine alten, ihm vom Zufall in die Hände getragenen Bücher angewiesen. Aus ihnen suchte er einen Wissens= durst seines Innern zu stillen, doch einem Schöpfen karger Tropfen in hohler Hand glich's. Seine kleinen dilettantischen Sammlungen boten ein ziemlich treues

Abbild dessen, was er sich autodidaktisch im Kopf an-
gesammelt hatte. Ueberall gebrach's ihm an Wissen
und an den einschlägigen Hilfsmitteln, hauptsächlich
vielleicht an richtiger, im Knabenalter nicht erworbener
Schulung des Geistes. Aber heftiger Drang nach
höherer Ausbildung desselben lebte in ihm, und in
seinen Augen stand zu lesen, hinter der schmächtigen
Stirn arbeite eine Phantasiemitgift, die ihm oft
mangelnde Kenntnisse ersetzte, eine lebendige Anschauung
vor den Blick bringe, wo seine Kunde nicht ausreiche.

Nun setzte er sich vor den Tisch der engen Kammer
und leerte den mitgebrachten Inhalt seiner Blechbüchse
auf ihn aus, einige Pflanzen mit hartem, salzdurch=
tränktem Blattwerk, stahlfarbig sich als überwintert
offenbarend. Nur ein Kraut zeigte, eben vom Früh=
ling aufgetrieben, schmale, hellgrüne Blättchen, doch
noch ohne Andeutung eines Blüthenstiels; April war's
erst und unter dem nordischen Breitengrad die Knospen=
zeit noch nicht gekommen. Der junge Selbstlehrer
nahm einen vergriffenen Band vom Gestell herunter,
ein altes botanisches Handbuch ohne Titelblatt, ab=
bildungslos, dürr=systematisch. Nach dem bemühte er
sich, freilich nicht selten vergebens, seine Funde zu be=
stimmen, und suchte dies auch jetzt zu thun. Die kleine
blüthenlose Pflanze bot wenig Aussicht auf Erfolg, aber
Glück kam ihm heut' entgegen, so daß er nach einer

Weile des Untersuchens und Prüfens zur Kielfeber griff und auf ein Blatt schrieb: „Strandnelke, Armeria maritima." Er sprach es laut vor sich hin, doch bei dem letzten Wort den Accent falsch auf die vorletzte Silbe legend; es ließ hören, daß er kein Latein gelernt habe, so betone, wie der Klang ihm am besten gefalle. Auf die halmartigen Blättchen schauend, sagte er nochmals laut: „Wie mag sie blühen? Ich kann mich nicht erinnern, sie gesehen zu haben." Seine deutsche Ausdrucksweise war die eines Vollgebildeten, und die Stimme besaß einen schönen, eigenartigen Ton. Er neigte dazu, mit sich selbst zu sprechen, die Einsamkeit seiner Lebensführung hatte ihn daran gewöhnt, wohl im Verein mit der regen Thätigkeit seiner Phantasie, die das Gedachte und Gefundene, gleichsam zur Vergewisserung, gern auch dem Ohr vorhielt.

Die Vorjahrs-Strandpflanzen mit den scharfkantigen und stachlichten Blättern harrten noch der botanischen Bestimmung, und er stand im Begriff, diese fortzusetzen. Doch das Licht in der Kammer veränderte sich, ward, obwohl der Tag sank, nicht dunkler, sondern heller. In einiger Entfernung fiel die abendlich schräge Sonne jetzt auf die weiße Rückwand der Dorfkirche, so daß der Abglanz in die kleinen Fensterscheiben des Schulhauses herüberspielte. Tilmar ließ den Arm mit einer zur Hand genommenen dürren Strandkarbe auf den

Tisch niedersinken und blickte hinaus. Eine Zeit lang, in der die Strahlen drüben auf den alten Findlings- blöcken der Kirchenmauer blinkerten; wie diese Granit- steine einmal in menschenlos-ferner Vorzeit hierher in die sonst felslose Gegend gekommen seien, wußte er, es stand auch in seinen Büchern, zwar nicht in einem gedruckten, sondern in einem geschriebenen, das sein Amtsvorgänger hier, Jasper Simmerlund, hinterlassen. Ein alter alleinstehender Mann war's gewesen, der vierzig Jahre lang die Lehrerstelle gehabt, ohne Kinder, überhaupt ohne Verwandte gestorben, so daß der Nach- folger sein bißchen dem Staat als Erben zugefallenen Hausrath für ein Billiges übernehmen gekonnt. Unter dem Nachlaß hatte sich ein dicker grauer Pappband be- funden, eine Art Chronik enthaltend, die Simmerlund in der langen Zeit geführt; wie es schien, nach seiner zeitweiligen Stimmung, war Manches nur mit ein paar Worten angemerkt, Anderes ausführlich berichtet. Er mußte ein einsiedlerischer Sonderling gewesen sein, der sich seine eigenen Gedanken gemacht und ihnen guten Ausdruck zu geben verstanden, jedenfalls geistig auch über seine Schulmeisteraufgabe in Loogger hinaus- ragend. Nun lag er drüben hinter dem Erbwall, der den Kirchhof zum Abhalten des Flugsandes umgürtete, und das Rückspiegeln der Sonnenstrahlen flimmerte augenscheinlich über seinen Grabstein. Seinen jungen

Nachfolger überlief's einmal mit einem leichten Schauer;
es war ihm noch nie so zum Bewußtwerden, zur Vorstellung gekommen, daß der drüben Begrabene so un-
endliche Jahre hindurch einsam zwischen diesen Wänden
gesessen, jung gewesen, alt geworden sei, sein ganzes
Leben hier verbracht habe. Leiblich hatte Tilmar
Hellbeck ihn nicht mehr gekannt, konnte sich kein Bild
von ihm machen, nur ein geistiges aus der Niederschrift
in dem graugebundenen Buch, das er schon mehrmals
vom Anfang bis zum Ende durchgelesen. Doch er las
gern noch wieder brin, aus allerhand kurz oder länger
eingeflochtenen Dingen hatte er mancherlei ihm unbekannt
Gewesenes gelernt. Auch daß die Findlingsblöcke, aus
denen die Kirche gebaut worden, in einer Eiszeit von
Gletschermassen hergetragen und hier abgelagert worden
seien; er meinte wenigstens, daß er die Kenntniß aus
den Aufzeichnungen des Alten geschöpft habe, und wohl
durch den Anblick der beglänzten Kirchenmauer daran erinnert, blickte er sich nach ihnen um. Dazu sprach er wieder
laut vor sich hin: „Ich glaube, von daher weiß ich's.“

Er mußte sich darüber vergewissern, sichtlich zog's
seine Hand, die jetzt die dürre Karbe fortlegte und sich
nach einem Bord aufstreckte. Das Handschriftbuch
Simmerlund's herunternehmend, schlug er es auf, das
erste Blatt von grobkörnigem Papier zeigte mit schon
bräunlich werdender Tinte den Titel geschrieben:

„Hochfluthen, Stürme und Unwetter, Unfälle und Begebenheiten, die ich in Loagger
mitangesehen, oder mir zu Gehör gekommen."

Darunter stand, mit anderer Tinte offenbar in
späterer Zeit erst nachgesetzt:

„Es kommt Alles und geht, und ist Alles eitel,
als der Prediger sagt, was der Mensch denkt
und hoffet."

Nun blätterte der junge Dorflehrer, um die gesuchte,
von den Findlingssteinen der Kirche redende Stelle
aufzufinden. Manchmal erstreckte eine Mittheilung sich
über mehrere Seiten, oft nahm sie nur ein Stück von
einer solchen ein, deren Rest unbeschrieben war. Die
meisten, in Klammern vorgesetzten Inhaltsangaben
lauteten: „Starke Fluth — Sturm, Schiffbruch" am
so und so vielten Monatstage des und des Jahres,
doch auch „Feuersbrunst" — Gefährlich ansteckende
Krankheit — Tod durch Blitzschlag" und manch Anderes
wechselten dazwischen ab. Ungefähr am Schluß des
ersten Viertels der Aufzeichnungen stand auf einem
Blatt allein vermerkt:

„Der bisherige Pastor aus dieser Zeitlichkeit abgeschieden. Hatte sein gutgemessen Theil daran gehabt
und war's wohl zufrieden. An seine Stelle ernannt
Herr Hans Christian Hollesen, anher noch candidatus

gewesen, zuerst hier im Amt. Hat alsbald nach seinem
Antritt seine Braut als Ehefrau heimgeführt, und sind
Beide in uns'rer Kirche vom Herrn Probsten, der aus
der Nachbarstadt herausgekommen, copulirt worden.
Verhoffe ich auf Fortbauer guten Verhältnisses mit dem
neuen Pfarrherrn wie mit dem abgestorbenen. Es ist
Gewöhnung des Menschen Wegbegleiterin, daß ihm nicht
leicht fällt, sie zu missen. Aber Jesus Sirach redet:
‚Ein neuer Freund ist ein neuer Wein, laß ihn alt
werden, so wird er dir wohl schmecken!'"

Tilmar Hellbeck's Blick war über die zufällig aufgeschlagene Seite hingegangen; er sah noch einmal auf
die Jahreszahl, rechnete kurz und sagte: „Es sind also
schon über dreißig Jahre, daß Pastor Hollesen hier
steht, zehnmal die Zeit meines Hierseins."

Nun ging er seinem Zweck, zu dem er das Buch
hergenommen, weiter nach, fand indeß das Gesuchte
nicht. Doch verweilten seine Augen hier und dort;
obwohl er Alles kannte, zog Manches ihn zum Weiter-
lesen an. Aehnliche Vorgänge wiederholten sich wohl,
aber der Schreiber that's in der Abfassung seines Be-
richtes nicht, verlieh jedem ein besonderes und an-
schauliches Gepräge. So boten die häufigen Schilde-
rungen der Wasserbedrohungen und Schiffsstrandungen
doch immer etwas Verschiedenes und Neues; zwischen
sie hinein indeß mischten sich auch außergewöhnliche

Vorkommnisse. Ein solches gerieth dem Blätternden mit unter die Hand, das er las:

„(Unglücksfall.) Es sind unter diesem dato an einem Juniusmorgen in der Frühe die beiden jungen adeligen Herren, die von Kindsbeinen auf unzertrennliche Freunde gewesen, Meinolf von Rhabe und Dietrich von Alfs- leben von dem Hafen der Stadt aus, wie sie's schon zu öfteren Malen gethan, jeder in einem Boot selb- ander auf die See hinausgefahren, um nach ihrer Lieb- haberei ein Wettsegeln unter sich anzustellen, Beide der Segelhandhabung und des Steuerns wohl kundig. Ist ein schöner Tag gewesen, doch gegen Mittag im Westen ein dunkles Unwetter aufgezogen, das auch wir hier besahen, da der Blitz in Caspar Jungklaussen's Kate eingeschlagen, sie vollständig niedergeäschert. In der Gewitterbö aber das Boot dessen von Rhabe um- geschlagen und von selbigem nichts wieder zum Vor- schein gekommen. Denn weil plötzlich schwerer Regen eingefallen und so dicht wie ein Nebel auf Bootslänge Alles unsichtbar gemacht, hat auch der von Alfsleben nichts von dem Unfall wahrgenommen, erst als das böse Wetter vorbeigegangen, nirgendwo mehr das Segel seines Freundes gesehen. Vergebens nach ihm gesucht bis zum Abend, da er ganz von Kräften rückgekehrt, anerst kaum sprachfähig, zu berichten, was sich zugetragen, ohne daß er angeben gekonnt, wie es geschehen. Das

Boot hat hernach Johann Altschwager auf unserer kleinen
Insel Herbsand angetrieben gefunden, als er dort nach
seinen Schafen gesehen. Der so in der Jugend Ver=
unglückte war der einzige Sohn des Freiherrn von
Rhade auf dem Schloß Helgerslund, des größten Guts=
herrn unserer Gegend. Sagt wohl mit Recht die Schrift:
„Denn der Reiche komm' um mit großem Jammer,
und so er einen Sohn gezeuget hat, dann bleibt nichts
in der Hand.“ Und item spricht der Psalmist von
unserm Leben: ,Es fähret schnell dahin, als flögen wir
davon.‘ Mich aber will es bedünken, der Mensch sei
wie ein Korn Sandes, das nicht Macht hat, zu bleiben,
wo es will, sondern an den Platz muß, wohinnen es
vom Wind geweht wird.“

Diese letzte Bemerkung, mit der Jasper Simmer=
lund seinen Bericht über den Unglücksfall geschlossen,
entsprach augenscheinlich der Anschauung seines jungen
Nachfolgers nicht. Er verneinte einmal mit einer Kopf=
bewegung und sprach dazu: „Der Mensch muß Kraft
und Muth haben, gegen den Wind anzukämpfen.“ Im
Uebrigen hatte Tilmar Hellbeck den ihm bekannten In=
halt des Blattes nur überflogen; das Geschehniß selbst,
von dem es Mittheilung machte, konnte bei dem heutigen
Leser keine Antheilnahme mehr wachrufen. Der im
Gewittersturm Verunglückte war ihm nichts als ein
fremder Mann, gleich tausend Anderen, und das Datum

der Aufzeichnung zeigte schon bald achtzehn Jahre
darüber vergangen. Auf den nächsten Blättern folgten
kurz mancherlei Mißgeschicke anderer Art; der Chronist
hatte weniger Freudiges als Uebles zu überliefern gefunden, oder es lag wohl daran, daß menschliches Glück
selten Aufsehen und Gerede verursachte, sondern sich,
einer Blüthe im windgeschützten Winkel ähnelnd, in der
Stille barg. Nun ließ das Buch noch unter derselben
Jahreszahl, doch im Spätherbst, etwas Ungewöhnliches
erscheinen, eine ganze Anzahl zusammenhängend be-
schriebener Seiten. Offenbar war Jasper Simmerlund
angeregt gewesen, hier etwas ausführlich wiederzugeben,
und es schien, daß Tilmar vom Anfang die Vermuthung
gehegt, darin das von ihm Gesuchte zu finden, und
nur hier und da umhergeblättert habe, an diese Stelle
zu gelangen. Er bückte seine Augen näher auf die
manchmal ein wenig undeutliche Schrift und las:

„(Providentia.) Es ist am letzten Adventssonntag
gewesen, daß Pastor Hollesen eine Predigt in seiner
Weise gehalten, darin er die Ankunft des Heilandes
unter den Menschen mit dem Kommen des Frühlings
in Vergleich gezogen. Denn so wie dieser die Erde
aus der Winterstarre erlöse, in warmen Lüften gute
Saat aufsprießen lasse und die Bäume mit freudigem
Blüthenkleid schmücke, schmelze auch die Verkündigung
des göttlichen Menschensohnes alles Eis des Hasses,

der Selbſtſucht, Herzensverhärtung und unlauteren Be-
gehrens aus der Bruſt fort, daß ſie ſich zur Aufnahme
des Samenkornes der Nächſtenliebe, des Mitgefühls und
der Rechtſchaffenheit für hundertfältige Ernte bereite.
Es ſei der Zimmermannsſohn von Nazareth die in
Menſchengeſtalt herabgeſtiegene und mit Menſchenwort
redende lichte Sonne, die am Tage ſeiner Geburt ſich
aus winterlicher Verdunklung wieder aufhebe, um ihr
gütiges Werk zu beginnen. Gegen ſolchen, in ſchönem
Ausdruck vorgebrachten Zuſammenhalt habe ich auch
nicht Einwand, doch will es mich bedünken, der Prediger
hätte den Hörern deutlicher zu Gemüthe führen dürfen,
daß er die Perſon und Lehre des Heilandes nur in ein
Gleichniß faſſe, das ein Vorgang in der Natur ihm
geeignet darbiete. Wie mich denn ſchon hin und wieder
eine ähnliche Empfindung überkommen, daß er die
göttliche Seele des Menſchen für die Faſſungskraft der
dörflichen Gemeinde nicht immer genügſam klar von
der Natur unſerer leiblichen Beſchaffenheit, als mit
dieſer außer Zuſammenhang befindlich, abgetrennt halte.
Worüber ich bereits früher einmal, auf der Seite 117
eine Anmerkung gemacht, bei Gelegenheit ſeiner damaligen
Predigt, in der er der Findlingsſteine, aus denen unſere
Kirche erbaut worden, Erwähnung gethan. Denn es
ſteht den neueren Erforſchungen nach die Hierherkunft
dieſer Blöcke allerdings zu der Zeitrechnung der bib-

2*

lischen Genesis in einem scheinbaren Widerspruch, den
als nur auf einer Täuschung beruhend zu erhellen,
wohl in der Aufgabe des Kanzelredners gelegen hätte.
Statt dessen er nur angab, nach Berechnungen der
geologischen Wissenschaft müsse jene Eiszeit vor Hundert-
tausenden von Jahren stattgefunden haben."

Da hatte der Lesende in der That das Aufgesuchte
entdeckt oder wenigstens die Seitenzahl, wo sich wahrscheinlich die eigentliche Mittheilung über die Granit-
blöcke befinden mußte. Doch er erregte den Eindruck,
inzwischen den Zweck, zu dem er das Buch vom Bord
genommen, völlig vergessen zu haben, denn er schlug
nicht nach der Seite 117 zurück, sondern las fort:

„Habe ich jedoch während des Anhörens der Predigt
nicht solcherlei Aussetzung an ihr geübt, weil ich selber
von der Wärme, die aus ihr gekommen, mit durchdrungen gewesen, sonderlich von dem Theil, in dem sie
den Eltern unter den Zuhörern an's Herz gelegt, welch'
höchste Dankbarkeit sie dem Himmel schuldeten, wenn
ihnen in gesunden, fröhlichen und wohlgerathenen
Kindern ein neuer Frühling von Sonnenlicht und
Blüthenknospen im Hause bescheert sei, sorglich darüber
zu wachen, daß sie zu gutem Fruchtansatz gelangten.
Denn es erklang dies aus dem Munde des Pastors
Hollesen wohl anders, als wenn es sonst ein Prediger
gesprochen, da Jeglicher in der Gemeinde wußte, sein

eigner höchster Lebenswunsch stehe nach solcher jungen
Freudigkeit im Pfarrhause, doch sei ihm die Erfüllung
bisher in seiner schon zwölfjährigen Ehe versagt geblieben.
Es verfällt ein alter Junggeselle sonst nicht leicht auf
derlei Gedanken, aber an diesem Tage habe ich mich
der Vorstellung nicht erwehren können, es würde in-
gleichen mein Leben, wenn ihm Kinder zu Theil
geworden, einen anderen Inhaltskern besessen haben
und nicht wie jetzt einsamem Ausgang entgegen harren.
Darüber ich sinnen gemußt, bis der Pastor das Schlußgebet gesprochen und in diesem die Bitte mit vorgebracht: Wolle auch, o Herr, unsern Strand segnen!
Mag solche Fürbitte auch auf's Erste und für das Ohr
von Fremden vielleicht etwas einen absonderlichen Klang
besitzen, als erhoffe sie aus Eigennützigkeit das Unglück
und Verderben von Mitmenschen, so ist sie doch nach
Vorväterüberlieferung allzeit hier, wie an andern Orten
gleichfalls, derartig von der Kanzel vorgebracht worden
und andern Sinnes aufzufassen. Sofern sie nämlich
besagt, wenn der unerforschliche Rathschluß der Vorsehung das Scheitern eines Schiffes bestimmt habe,
möge gnädige Fügung den Wellen gebieten, die ihnen
preisgegebene und herrenlos gewordene Ladung nicht
zu verschlingen, sondern bei uns an den Strand aus-
zuwerfen, damit sie nicht nutzlos umkomme, vielmehr
den Bedürftigen helfe und zum Guten diene.

„Solche Bitte ist, wenngleich anders, als sie vermeint gewesen, unter obigem Dato erfüllt worden.

„Denn da ich von der Kirche nach Hause gekehrt, kam bald Hinnerk Lehmkuhls ältester Junge, mein Schüler, gelaufen und rief mir aufgeregt wider seine Art zu, er hätte zusammt Anderen eine Kugel aus Gold gesehen, mit der das Wasser wie mit einem Wurfball spiele, sie hervorrolle, auf der Schaummähne hüpfen lasse und wieder mit sich zurückreiße. War die Entfernung bis an den Platz, nach Norden zu, nicht weit, daß ich mitging, und sah's so aus, wie er beschrieben, daß eine Goldkugel von den Wellen her und wider gerollt werde. Die Phantasie mochte sich's auch wohl so vorstellen, als bringe die See jene wie von einer Küste Ophir zu uns, mir verhalf aber alsbald eine Erinnerung zu richtiger Erkenntniß. Denn weil ich in meiner Knabenjugend einmal nach Hamburg gekommen, ging ein Gedächtniß mir auf; ich machte den Jungens Muth, daß auch einer seine Kleider auszog, sich in das kalte Wasser hineingetraute und mit dem rothgelben Ball in der Hand zurückkam. Da war die Kugel nicht hart von Metall, sondern hatte eine weiche Schale, wie ein ganz goldheller Apfel, und ich nahm wahr, die Jungen zu belehren, es sei eine eßbare süße Frucht aus südlichen Ländern, Apfelsinen geheißen nach dem fernen Lande Sina, eigentlich China, von woher

sie ursprünglich stammen; die Schiffsmatrosen aber
glaubten, ihr Name bedeute einen Apfel von Messina
im italienischen Land, weil sie jetzt zumeist von dorther
zu uns kommen. Der sie in den Fingern hielt, biß,
als er hörte, daß sie gut zum essen sei, in die Schale
hinein, doch machte er ein Gesicht gleich Einem, der
Schlehen zwischen die Zähne bekommen, denn sie
schmeckte nicht süß, sondern, ob das Seesalz in sie
eingedrungen, oder noch von Unreife, herb und sauer.
Worüber ich ihn vertröstete, es würden bald noch viele
andere und bessere nachkommen, denn es müßte von
einem Schiffbruch draußen auf der See her eine zer=
schlagene Kiste mit Apfelsinen herangetrieben sein. Doch
obwohl die Jungens begierig bis zur Dunkelheit warteten
und mit Möwenaugen den ganzen Strand absuchten,
fanden sie nichts weiter auf, und ist merkwürdig nur
der einzige Goldapfel zu uns gelangt.

„Es war, wie's im Decembermonat herkömmlich,
schon seit Wochen stark böige Zeit, daß wir von
Manchem gehört, den Nan in ihr Netz heruntergezogen
und wohl Mehreren noch, deren Ab= und Untergang
Niemandem zur Kunde gerathen. Doch ließen die
Zeichen heut' muthmaßen, es stehe absonders schlimme
Nacht bevor, zumal auch der Mond voll ward, und es
kam noch über die Erwartung hinaus. Wie wir dann
in menschlicher Kurzsichtigkeit nicht verstehen, warum

unser Herrgott zu Zeiten der weißgesichtigen Ran alle Macht überläßt, ihre erschreckliche Lust und Gier an hilflosen Menschengeschöpfen zu befriedigen, daß sie ihnen ihr langes Tanghaar um den Leib schlingt und mit unbarmherzigen Armen mancher Mutter und Wittwe Kind und Lebensstütze den warmen Athem aus der Brust preßt. Ist freilich ein Gleiches mit der un= erklärlichen Macht, die dem bösen Feind belassen, Menschenseelen in Versuchung zu führen, vom rechten Wege abzulocken, in seine Netze der Arglist, Lügen und Laster zu verstricken und zu verderben. Daß man die Ran wohl das Teufels=Gespons heißen könnte.

So sind Weststurm und Hochfluth in der Nacht mit einander losgebrochen, und als die Thurmuhr zehn geschlagen gehabt, hat Matz Sengebusch Lärm im Dorf gemacht, daß nach Herdsand zu etwas in Noth sein müsse. Alsbald fast Alles aus den Betten heraus, wie auch ich, nach Brauch am Strand gewesen, um hinüber zu sehen, doch umsonst, ob zwar der runde Mond hoch am Himmel gestanden. Aber Wind und Wasser in der Luft haben schier die Augen zugeklebt, daß man sie kaum dagegen aufmachen können.

Es war von Loagger Niemand auf See, so daß Keiner sich in Angst und Sorge befunden, vielmehr nach einer Weile die Meinung aufgekommen, Matz habe sich geirrt, und Einer lachend gesagt, daß er wohl im Traum

gelegen. Blieb er aber dabei, daß er Hilfegeschrei ge=
hört, wie er noch einmal hinausgegangen, um zu sehen,
ob sein Boot fest sei, und Sönne Ewers, der die
schärfsten Augen im Dorfe hatte, stand ihm bei: „Gott
verdamm mich, da is wat, awer kennen kann't de
Düwel nich." Es ist solches Fluchausstoßen nicht
löblich, vielmehr sündhaft, und Pastor Hollesen und ich
eifern gleicher Weise dawider. Doch wer niemals in
solcher Nacht am Strande gestanden, weiß nicht, was
das Heulen in der Luft, der fliegende Gischt und die
Spannung von Auge und Ohr über die Zunge fahren
lassen, daß solcher es leicht schlimmer achtet, als es
gemeint wird. Denn es ist Matz Sengebusch sonst ein
braver und gottesfürchtiger Mann, und hat auch Pastor
Hollesen, der daneben gestanden, ihn nicht über den
Ausruf zur Rede gestellt, sondern ihm nur im That=
sächlichen beigepflichtet: „Ich glaube auch, es befinden
sich draußen Menschen in Gefahr."

„Da hat denn Keiner mehr gegengeredet, denn es
weiß ein Jeder, daß der Pastor nicht unbedacht und
zwecklos mit solchem Ausspruch Leben auf's Spiel setzt,
und ein Anderer müßte da unsere Strandleute nicht
wohl kennen, der glaubte, sie bedächten sich lang, wenn's
drauf ankommt, der Wuth Ran's Leben selbst von un=
bekannten Menschen aus den Händen zu reißen. Mag
vielleicht auch die Aussicht, sich einen kleinen Lohn und

Gewinn für ihr ärmliches Dasein einzubringen, mit
dazu beitragen, daß sie keine Furcht kennen, aber im
Augenblick der Noth wirkt dieser Gedanke wohl nur
unwissentlich bei ihnen mit, und es ist zuvörderst das
Gebot der hilfsbereiten Nächstenliebe, daß sie muthig
ihr eigenes Leben daransetzen läßt. Solche Samen=
körner hat freilich Pastor Hollesen, ob ich sonst auch
nicht in Allem mit ihm einverstanden bin, fleißig unter
seiner Gemeinde ausgesäet.

„Es ist aber in der Nacht und überhaupt ihnen für
ihre Mühsal keinerlei Eintrag an irdischem Hab' und
Gut zu Theil geworden, sondern der Verlauf also ge=
wesen. Von einem gestrandeten Schiff haben sie und
Niemand hernach etwas zu Gesicht bekommen, dagegen
mit ihrem Hilfsboot so ziemlich noch im letzten Augen=
blick mitten in der Vorbrandung ein Boot und Mann=
schaft von einer Schoonerbark gerettet, die weit draußen
in See aufgestoßen oder sonst Leck gekriegt und rasch
mit Sinken gedroht. Noch ein anderes Boot von ihr,
drin sich auch der Capitän und Steuermann ausgesetzt,
ist der Wahrscheinlichkeit nach alsbald bei der groben
See gekentert, nirgendwo eine Spur davon an's Land
gekommen. Es wirft die Welle die Einen hierhin, die
Andern dorthin und bekümmert sich mit nichten, ob zum
Leben oder zum Tod.

„Wir haben wohl an die drei Stunden dagesessen

und gewartet, es bedeutet das eine lange Zeit, wenn
Mütter und Frauen nicht wissen, ob ihre Söhne und
Ehemänner aus dem höllischen Orgelspiel von Wind
und Wasser wieder zurückkommen, hält auch das gläubigste
Vertrauen auf den Beistand des Höchsten nicht immer
dabei zu Ende aus. Aber mir ist laut vom Mund
geklungen, wie wenn ich den Gesang in der Kirche an=
zustimmen gehabt: Ehre sei ihm in der Höh'! Denn
dann sahen wir das Hilfsboot, gleich als ob ein
schwarzer Butskopf durch den Schaum und Sprühgischt
heranschnaubt, bald hoch aufgehoben, bald wie weg=
getaucht, und so warf's die alte sauchende Seekatze mit
ihren Tatzenhieben wie eine Maus, mit der sie spielte,
wieder zu uns her. Auf den ersten Blick wohl drei=
mal so voll, als es abgefahren, denn acht Mann hatten
sie mit Haken und Tauwerk aus der Brandung lebendig
zu sich hereingeholt. Sahen die aber jetzt mehr wie
vom Knochenmann schon mit der dürren Hand An=
gepackte aus, nach der Erfahrung, daß der Mensch seine
Kraft wohl anspannen kann, so lange er um sein Leben
kämpft. Doch wenn es dabei über seines Leibes Ver=
mögen gegangen und ihm im Letzten wider Verhoffen
noch Beistand geworden, fällt er zusammen, als ob der
Tod ihn bereits zu fest im Arm gehalten, daß er ihm
nicht mehr wegzureißen gewesen. So lagen die Ge=
retteten, lauter Matrosen in wassertriefenden Oeljacken

und Lederhosen, weil sie nicht selber mehr die Hände
zu rühren gehabt, von Erschöpfung, Kälte und Nässe
gleich im Frost starrgliedrig Gewordenen da; mehrere
waren in Schlaf gefallen, aus dem sie nicht zu wecken,
daß man sie tragen gemußt, die andern gingen taumelnd,
wie vom Trunk von Sinnen Gebrachte, nebenher.

„Da aber das Schulhaus am nächsten war, habe ich
angeordnet, sie zu möglichst baldiger Erwärmung hierher zu schaffen, und sind sie alle auf den Boden in
die Schulstube gelegt, der Ofen geheizt und schnell
Wasser kochend gemacht worden. Während welcher
Bedachtnahme ihnen allmählich die Gliedmaßen gleichsam aufgethaut und ihr Blut wieder zu fließen angefangen, wozu dann gut mitgeholfen, daß ich seit
Jahren für alle Fälle eine Flasche St. Thomasrum
aufbewahrt gehabt, die ein Freund mir als geborgenes
Strandgut zum Geburtstagsgeschenk verehrt. Und habe
ich im Stillen dem Schöpfer einen Lobpsalm gesprochen,
daß er uns arme Creaturen mit solchem Labemittel
für Leibesnöthe bedacht, denn da ich mit Maßen, nicht
zu viel, doch auch nicht zu wenig, damit der Zweck
nicht verfehlt werde, von dem Rum zu dem heißen
Wasser geschüttet, auch des besseren Geschmacks halber
die richtige Menge von Zucker hinzugethan und von
dem Kesselinhalt so den Verfrorenen zu trinken gereicht
habe, sind sie in Bälde Alle wieder zu sich gekommen,

daß sie aufgerichtet zu sitzen vermocht, zu sprechen und
zu fragen begonnen. Wobei sie auch Kraft gewannen,
ihre Gläser und Tassen erstaunlich schnell auszuleeren,
daß man kaum hätte glauben sollen, es seien dieselben
Leute, die eben zuvor noch ausgestreckt dagelegen, als
ob ihnen der letzte Athemzug vom Munde gehe. Solch'
ein Unterschied der Einwirkung auf die menschliche
Natur ist zwischen dem salzigen Seewasser und dem
andern, das ich ihnen durch die Zähne gebracht, und
war ingleichem der Anblick der Schulstube in der Nacht
absonderlich verschieden von demjenigen, den sie sonst
bei Tage darbietet, wenn die Anfänger der Lese- und
Schreibekunst beiderlei Geschlechts mit ihren Katechismen
und Schiefertafeln auf den Bänken dasitzen."

Tilmar Hellbeck wandte einmal die Augen von der
Handschrift ab und ließ einen Blick durch die offen-
stehende Kammerthür in die Schulstube hineingehen.
So ausschließlich nur trockner Betrachtung, Amts- und
Lebensführung hingegeben, mußte Jasper Simmerlund
hier zwischen diesen Wänden seine Tage nicht verbracht
haben; ähnlich wie aus dem Palimpsest einer Mönch-
schrift schimmerte durch die Zeilen der letzten Seite
fast ein bischen schalkisch eine Hindeutung hervor, daß
dem Schreiber seine Kundigkeit von der verschieden-
artigen Wasserwirkung auf die Menschennatur nicht zum
ersten Mal an jenem Abend aufgegangen sein möge.

Doch sein heutiger junger Nachfolger ward sichtlich nicht von solchen Gedanken berührt, sondern seiner Phantasie gestaltete sich lebendig eine Vorstellung, welchen anderen Anblick in der Nacht die Schulstube geboten habe. Hinüberschauend, sagte er laut: „Ich war damals sieben Jahre alt." Dann bückte er den Kopf zurück und las weiter:

„Wie's gang und gäbe bei Schiffsmannschaft, waren's Matrosen aus allerlei Herren Ländern, auch solche von ausländischen Zungen darunter, ist aber einer gewesen, dem man an Haar und Augen unsere Landesart angesehen und hat auch einen Namen danach getragen, da er Henning Wittkop geheißen. Den hatte es am Aergsten mitgenommen gehabt, daß er erst als der Letzte wieder zu sich gekommen, aber auch dann noch nicht recht die Besinnung gefunden, zu begreifen, wo er hingerathen sei. Er sagte nur, wie er die Augen aufgemacht: „Wo ist's?" fühlte nach etwas an sich mit der Hand, redete weiter: „Ja, ich hab's, da ist's noch," und machte die Augen nochmals zu. Kurz zu vermelden, dauerte es noch eine ganze Weile, eh' er so weit war, zu verstehen, was ich sprach; flog ihm dann aber einmal unvermuthet mit einem Lachen vergnügt vom Mund: „Loagger — da bin ich ja zu Haus, bloß ein paar Meilen weiter davon — na, dann is es ja gut." Und hinterdrein, wie er einen tüchtigen Schluck aus dem Grogglas gethan: „Ja, das kann es doch noch nich trinken, sondern muß was anders kriegen, Durst hat's ja gewiß auch." Und wickelte er dazu ein paar wollene Tücher von einem Bündel los, welches er bisher, auch in seiner halben Sinnlosigkeit, immer fest in einem Arm an der Brust gehalten. Dachte ich natürlich, es sei was drin von Habseligkeit, die er von Bord mit= genommen, wie die Leute nicht gerade selten kopflos nach irgend welchen Kleiderstücken greifen, als wär's Gott weiß was für eine Kostbarkeit. War's aber noch weit Verwundersameres, denn es kam unter dem letzten Tuch das Gesicht eines ganz winzigen Kindleins zum Vorschein, schätzte ich dessen Alter nach meiner geringen Erfahrenheit in solcherlei Richtung zum Höchsten auf etliche Wochen. Bis zu diesem Augenblick mochte es wohl im Schlaf oder auch Bewußtlosigkeit gelegen haben, wachte nunmehr von der Befreiung aus den Decken aber auf und begann ein leises klägliches Geschrei vom Mund zu bringen, zu dem Henning Wittkop ganz beglückt abermals lachte und sagte: „Das is ja man gut, daß es noch schreien kann, verdenken kann man's ihm nich, denn seit heut' in der Früh hat's ja nichts mehr in seinen kleinen Mund gekriegt."

„Es stand aber der Pastor Hollesen grad' dicht da= neben, wie denn Viele vom Dorf mit in die Schulstube hereingekommen, und bei dem jämmerlichen Ton des

Geschöpfchens fuhr er mit dem Kopf herum: „Was ist
das?" hörte nur noch, was der Matrose dazu sagte, und
hatte dann das Kind ergriffen, ihm gegen die Nachtluft
sorglich die Tücher wieder über's Gesicht geschlagen und
war bereits durch die Thür fort verschwunden. Wie
er denn auch danach angethan, in allen Lagen schnell
das Richtige zu vollbringen, erkannt hatte, daß Eil-
fertigkeit noth thue, das schwache Lebenslichtchen nicht
auslöschen zu lassen, und es hurtig in's Pfarrhaus
hinübertrug, weiblicher Fürsorge seiner Frau das
hungernde Menschenwürmlein zu übergeben. Denn,
wessen dieses bedurfte, war bei mir im Hause, obwohl
ich durch glückliche Fügung für die Andern das Er-
sprießliche beschaffen gekonnt, zur Stunde nicht zu finden."

Ein andrer Leser hätte vielleicht Anlaß gefunden,
den letzten Satz wieder mit einem leisen Lächeln auf-
zunehmen, doch Tilmar Hellbeck's Augen suchten nichts
zwischen den Buchstaben, sondern sahen groß und ernsthaft drein. Er drehte nur den Kopf nach der Thür,
durch die vor siebzehn Jahren Pastor Hollesen in der
Nacht mit der unerwarteten Bürde davongegangen war,
blickte dorthin wie Einer, der in eine weite Ferne hinaus-
sieht, und kehrte zu Jasper Simmerlund's Bericht
zurück:

„Es ist alsdann der Herr Pastor binnen Kurzem
wieder erschienen, hat sich zu uns gesetzt und auf seine

Fragen Henning Wittkop in völliger Erholung nach einander Antwort angegeben, die ich in Kürze zusammen= gefaßt niederschreiben will.

„Die Schoonerbark, des Namens „Providentia", hatte in Messina auf der Insel Sicilien Apfelsinen nach Hamburg geladen gehabt, die sie, vorweg gesagt, des Leck's halber schon gestrigen Abends zum größten Theil über Bord werfen gemußt, so daß daher, wie die Wellen es sonderbar im Sinn haben, wohl die eine allein am Mittag zu uns an den Strand gekommen. Waren sie bei guter Luft an Gibraltar vorbeigelaufen, auch noch durch die spanische See und den Canal, darnach aber hatte der Wind in dickem Nebel ihnen den Curs versetzt, daß sie zu weit gegen das englische Nordende zu gekommen und sich nicht mehr ausgekannt. Die haarige Luft wurde den andern Tag wohl um was dünner, doch viel half's nicht, nur so weit, daß sie um Mittag eine Brigg gewahr werden konnten, die ihnen grad' in's Fahrwasser lief. Davon erzählte Wittkop mit seinen Worten: „Wir mußten ja meinen, sie paßten auf ihr nicht auf, und da wir uns doch nicht von ihr anrennen lassen wollten, drehten wir bei, ob= gleich's uns natürlich leid um den Wind war, denn unsere Leinwand fiel dabei fast herunter. Na, ein bischen ging's noch, daß wir ihn weghalten konnten, aber da rief Bentien, der, wo da mit dem Grog in

der Tasse sitzt: ‚De will uns jo wul rein to Lief!‘ und
richtig, da hielt die Brigg wieder mit'n Bugipriet grad=
wegs auf uns los. Das war denn doch kein Spaß, sie
mußten ja wie die jungen Katzen an Bord sein oder hatten
alle zu viel warmes Wasser im Magen, denn verdammt
frisch war's ja freilich und gönnen konnte man einem
Christenmenschen wohl einen Schluck. Aber so kount's
doch nicht angehn, daß sie wie ein unklug gewordener
Bulle gegen uns zulief, das hatte noch Keiner von uns
in seinem ganzen Leben nicht gesehen. Dick wie die Luft
immer noch war, wurd's ja nicht klar, was für'n Lands=
mann es denn wär', bloß daß er nich viel Segel bei hatte,
und in dem weißen Rahm, den es vorn vor'm Bug machte,
sah der höllisch schwarz aus. Und giebt's bei unsereins
ja immer welche, die ihre Kopfkiste mit altem Schnack voll
haben, und da rief denn auch richtig Einer, das müßt' der
Holländer sein, aber unser Kapitän ließ sich keine Seifen=
blasen machen und sagte: ‚Der is's nich, aber 'ne Schraube
is bei ihm los und besser, Jungens, wir rammen ihn,
als er uns. Denn auslassen will er uns nich, da hat
was die Finger am Ruder, was nich richtig is.‘"

„Das habe ich aus Henning Wittkop's Mund nach=
geschrieben, und ist es so geschehen, daß ihnen geglückt,
dem fremden Schiff mit guter Manier in Lee längs=
seitig beizukommen und in die Wanten hinüber zu
entern. Fanden da aber auf der Brigg keinen einzigen

lebendigen Menschen am Deck noch irgendwo, sondern
war sie von der Mannschaft verlassen worden, nicht
wahrzunehmen, aus welcherlei Anlaß, denn auf den
Blick hin schien nicht gefährliche Havarie daran, aber
die Bootstaue waren gekappt und Niemand an Bord
geblieben. „Bloß einzig,“ berichtete Henning, „als wie ich
die Treppe hinunter in eine kleine Koje kam, lag da
eine junge schöne Frauensperson im Bett, aber so weiß
von Gesichtsfarbe, daß man ihr gleich ansah, in ihr
wär' auch kein Leben mehr drin. Und bei ihr an der
Seite lag das kleine Geschöpf, das mußt' ich glauben,
wär' auch ebenso todt. Kriegt Einer auch im Salzwasser
ja Allerlei zu sehen, aber ein Schiff, worin's so zuging,
war mir doch nich vor die Augen gekommen, und ich
kann's wohl sagen, mir wurd's ein bißchen was gruselig
dabei. Gedacht hab' ich mir nich viel und sah bloß
so darauf hin, da schrein sie auf einmal oben auf'm
Deck, wer unten wär', sollt schnell in die Höh' kommen,
und ganz genau dazu macht das Kind seine beiden
Augendeckel groß auf und sieht mir darunter so blau
in's Gesicht, wie's manchesmal die Ostsee thun kann.
Weiter kann ich gar nichts sagen, als ich muß es ja mit
den Händen gegriffen haben und mit ihm die Treppe
herauf sein, denn hernach hatt' ich's bei uns an Bord.
Zeit war's aber auch, daß wir wieder herüber und von
der „Thetis“ loskamen, den Namen konnten wir bloß

noch eben am Spiegel lesen. Wir hatten ja gedacht, wir schleppten sie mit, und das gäb' guten Bergverdienst, aber sie muß ja doch einen bösen Schaden weggekriegt haben, denn eins, zwei, drei fing sie an, mächtig Wasser zu ziehen, und es war noch nicht mal ganz dunkel geworden, da sackte sie uns auf ein paar Kabel vor den Augen weg. Der Kapitän und die Mannschaft haben wohl gewußt, daß es nich gut anders kommen könnte, aber ich denk' meistens, daß sie's auch mit dem Aberglauben im Kopf gehabt, weil die todte Frau in der Koje lag, und nu meinten sie, vom Schiff weg, je eher desto lieber. Und an das Kind hat dabei natürlich kein Einer gedacht, daß es nicht von Salzwasser leben könnt', oder sie haben auch wohl gemeint, es wär' nicht mehr lebendig und brauchte nichts Anderes mehr, wie ich's zuerst selber auch geglaubt."

„Es ist offenbarlich die fremde Frau, kurz nachdem sie auf der See des Kindes entbunden worden, verstorben gewesen, und mag wohl in der That der vielfältig umgehende Seemannsaberglaube, das auf dem Wasser Geborene gehöre der See zu und sie lasse es sich nicht nehmen, die Mannschaft getrieben haben, eilfertiger als sie's sonst gethan, das beschädigte Schiff zu verlassen. So aber ist das Kind wunderbar vom Tode errettet worden, da ihm zu guter Fügung, wenn auch sonst zu unheilvoller, die Frau des Kapitäns der

„Providentia" sich mit an Bord aufgehalten und ver=
standen, den Säugling mit passender Nahrung zu be=
denken. Hat sie als Lohn dafür nach dem uns ver=
borgenen Rathschluß der Allmacht um ein paar Tage
später ihren frühzeitigen Tod in den Wellen gefunden,
während Henning Wittkop, gleich einem vom Himmel
gesetzten Beschützer des Kindleins, dieses zum anderen
Male vom sinkenden Schiff mit sich genommen und
treulich behütet, so daß er es selbst in der Besinnungs=
losigkeit nicht aus seinem Arm losgelassen, sondern
lebendigen Zustandes hierher an's Land gebracht.

„Schon am anderen Tage haben sich die Schiff=
brüchigen reichlich gekräftigt und erholt erzeigt, wohl
betrübsam um das Ableben ihres Kapitäns und der
Uebrigen, doch von rauher Gewöhnung und ständiger
eigener Todesbereitschaft der Traurigkeit nicht lange
überlassen, vielmehr alsbald wieder ihrer Lebens=
nöthigung und ihres Berufs gedenk. Und sind sie
deßwegen nach der Hafenstadt aufgebrochen, um dort
Verklarung abzulegen, so wie neue Heuer zu suchen,
nur Wittkop einstweilen nordwärts zur Verwandtschaft
in seinen Heimathsort davongegangen. Natürlich ohne
das Kind mitzunehmen, da er außer Stande, weiter
für dasselbe zu sorgen, sondern es ist dieses, bis man
seine Herstammung und Angehörige von ihm wird er=
mittelt haben, im Pfarrhause in Obhut verblieben."

Damit endete der ungewöhnlich ausführliche Be=
richt Jasper Simmerlunds über die Strandung der
„Providentia", und die nächsten Blätter enthielten
Mittheilungen von dem nachgefolgten besonders harten
Winter, in dem sogar die See eine ganze Strecke weit
zugefroren war, so daß man zu Fuß nach der Insel
Herbsand hinüberzugehen vermochte. Doch Tilmar
Hellbeck wußte, es komme im Beginn des andern
Jahres noch ein Nachtrag oder eine Wiederaufnahme
des Decembervorgangs, schlug danach um und fand auch
rasch die gesuchte, an ihrer eingeklammerten Ueber=
oder Vorschrift erkennbaren Seite:

„(Oceana.) Alle Nachforschungen, die in Betreff
des von Henning Wittkop an unsern Strand gebrachten
Kindes, eines Mägdleins, angestellt worden, haben zu
keinem anderen Ergebniß geführt, als, daß um die Zeit
von Hamburg ein Schiff des Namens „Thetis" aus=
gelaufen und nicht an seinem Bestimmungsort ein=
getroffen ist. Es kehrt dieser Name nicht nur häufig
wieder, sondern es sind in den damaligen langen und
heftigen Novembersturmwettern mehrere so benannte
Fahrzeuge in Verlust gerathen, daß nicht einmal hat
festgestellt werden können, ob die von der „Providentia"
verlassen auf der Westsee angetroffene „Thetis" die
von Hamburg aus in See gegangene gewesen.

„Was mich dessen hier nochmals Erwähnung zu

thun veranlaßt, ist, daß Pastor Hollesen am gestrigen
Sonntag nach dem Predigtschluß vor der versammelten
Gemeinde verkündigt hat, es bestehe keinerlei Aussicht
mehr, über die Herkunft des fremden Mädchens einen
Aufschluß zu gewinnen, und habe deßhalb er mit seiner
Frau den Entschluß gefaßt, dasselbe an Kindesstatt anzunehmen. Hörte wohl ein Jeder an seiner Stimme
dabei, daß es ihm nicht schwer gefallen, sich dahin zu
entscheiden, er vielmehr über die Erfolglosigkeit aller
Nachforschungen von innerlicher Freudigkeit erfüllt sei,
und hat er aus dem Anlaß noch eine Rede nachgefügt,
ich meine, ob auch nur kurz, doch die schönste, die ich
jemals aus seinem Munde vernommen, gleich einem
Predigttext und Thema voranstellend, daß er am Morgen
jenes Schiffbruches im Gebet gesprochen, der Herr wolle
unseren Strand gesegnen. Diese Bitte aber sei ihm
selber wundersam in Erfüllung gegangen, an jenem
Tage Segen in sein Haus gekommen, der ihm aus
der Hand der göttlichen Providentia durch eine irdische
Trägerin ihres Namens zu Theil worden. Und hat
er danach auch sogleich in der Kirche die Taufe des
Kindes vollzogen, bei der er geredet: Das Mägdlein
sei auf dem Oceanus geboren, der es mit seinen Wellen
in der ersten Wiege geschaukelt. Darnach würde er es
„Oceana“ benennen, wenn solches ein Name im christ-
lichen Kalender wäre. So jedoch taufe er es mit der

zweiten Hälfte desselben „Anna", und ist ihm, weil
Henning Wittkop es zweimal vom Untergang gerettet,
noch der in Friesland gebräuchliche Name „Witta"
mitgegeben, daß es im Kirchenbuch als „Anna Witta
Hollesen" eingetragen worden. Es hat, wie ich gesehen,
da ich dicht daneben gestanden, bei der Besprengung
mit dem Wasser die Augen aufgeschlagen und ist von
ihnen ein blauer Schein ausgegangen, wie von einem
kostbaren Stein, den ich einmal in einem Fingerring
an der Hand einer fürnehmen Dame wahrgenommen,
seines Namens kann ich mich nicht besinnen. Hat troß
der Kälte des Wassers nicht zum Weinen den Mund
verzogen, wie Täuflinge es wohl in der Gewohnheit
haben, nur einmal mit dem Kopf gemacht, wie wenn
es die Tropfen von sich abschütteln wolle und in den
nach dem Kirchengewölbe sehenden Augen einen ab=
sonderlichen Ausdruck getragen, als ob es sich ver=
wundert zu besinnen versuche, wo es sei und was mit
ihm vorgehe."

Jasper Simmerlund's Bericht von der Taufhandlung
schloß oben auf einer Seite, deren Rest er bei der
Weiterführung seiner Aufzeichnungen leer belassen. Doch
in späterer Zeit, wie die Tinte erkennen ließ, hatte er
noch ein paar Bemerkungen darunter gefügt:

„Ist von kleinauf, wie auch des heutigen Tags, ein
sonderbares Kind gewesen, anders als sonstige im Aus=

sehen, Stimme und Gang, nicht wie Einer, der auf
festem Boden geht, sondern sich in der Luft drüber
wiege, gleich einem Strandvogel, der beim Laufen
weniger die Füße als die Flügel zu gebrauchen scheint.
Erinnert mich aber sonst an einen anderen Vogel, bei
uns seltenen Vorkommens, den sie Pfingstvogel, Gold=
drossel oder auch Pirol heißen, baut nach den Jahren
ab und zu sein Nest drüben in dem hohen Eichbaum
des Feldholzes am Haibrand, und klingt's wie von
seinem Ruston aus ihrer Stimme, wenn man sie von
Weitem vernimmt. Wie denn auch die Farbe ihres
Haares derjenigen seines Federkleides an Kopf und
Brust nahekommt, oder bei ihrem Anblick mich an den
Goldapfel gedenken läßt, den die Wellen, gleichsam als
sei er ein Vorbote von ihr, kurz bevor sie selber zu
uns hergelangt, an unsern Strand getragen. Es be=
nennet sie aber im Dorf kaum Einer nach ihrem Tauf=
namen „Anna“, sondern mit dem, welchen Pastor
Hollesen ihr beizulegen gewünscht und mit dessen Ver=
kürzung sie im Pfarrhause Zea gerufen wird. Kann
ich indeß diese Benennung nach einem alten Heidengott
nicht billigen, insonders da mich bedünkt, daß es ihr
besser geschähe, durch Ansprache mit ihrem Taufnamen
an ihre christliche Zugehörigkeit gemahnt zu werden.
Doch ist sie ja freilich zur Zeit noch ein unbesonnenes
Kind, bei dem die Zukunft Alles zum Richtigen ge=

stalten mag, was zu erzielen ich mich in den Schul=
stunden nach meinen Kräften befleißige. Weiß man
sich nämlich nicht zu sagen, ob man sie ein zuthun=
liches und aufgewecktes Kind heißen soll, von guter
Gemüthsbeschaffenheit, oder ein scheues, verschlossenes,
mit geringen Anlagen zum Lernen, denn bald will es
so bedünken und bald zum Gegentheil verwendet. Sie
ist in diesem letzten Jahre nur knapp nochmals einer
Lebensgefahr entronnen, da sie bei einem Unwohlsein
ein Brausepulver nehmen sollen und nur durch Zufall
noch eben rechtzeitig entdeckt worden, daß in dem einen
Stöpselglas nicht das zugehörige Pulver enthalten ge=
wesen, vielmehr, wie eine Untersuchung des Apothekers
in der Stadt herausgestellt, eine Vermischung mit
Arsenik, ob zwar Niemand sich erinnern könne, daß
seit Langem solches Rattengift im Pfarrhofe benutzt
worden.

Es ist gleichfalls in diesem Jahre Henning Wittkop,
nachdem er inzwischen noch zu häufigen Malen auf der
See gefahren, in seine Heimath als ein gesetzter Mann
auch mit einigem sparsam Erübrigten wiederum zurück=
gekehrt und hat den ledig gewordenen Posten als
Strandvogt an unserer Küste überkommen, dazu die
freie Wohnung im Häuschen des Verstorbenen, eine
halbe Stunde von uns gegen Norden. Wie es geredet
wird, daß die Landesregierung im Sinne trägt, das

alte Strandrecht aus langer Vorväterzeit fortan nicht
weiter in Haltung zu belassen und auch durch Vorschrift
des Kirchenconsistoriums die sonntägliche Fürbitte von
der Kanzel in Wegfall zu bringen. Denn es ändert
sich die Zeit, wie der Prediger Salomo spricht: „Der
Mensch weiß nicht, was gewesen ist, und wer will ihm
sagen, was nach ihm werden wird?" —

Es war so dämmernd geworden, daß Tilmar Hellbeck das Letzte kaum mehr zu lesen vermocht hatte,
trotzdem schlug er nochmals um, ein paar Augenblicke
gedankenabwesend mechanisch an dem Blatt fingernd,
da es ihm dicker als die sonstigen vorkam und er statt
des einen zwei gefaßt zu haben glaubte. Das beruhte
zwar augenscheinlich auf einer Gefühlstäuschung oder
das letzte Papierstück war von gröberer Art, doch er
gelangte auch nicht zu dem Versuch, noch in dem hinter=
lassenen Buch seines Vorgängers weiter fortzufahren,
denn durch die Schulstube her trat seine Mutter zu
ihm herein. Sie hielt ihm einen Brief hin: „Den
hat Jöns Druswitz eben aus der Stadt für Dich mit=
gebracht." In den Augen der alten Frau glimmerte
es dabei, sie konnte nicht zurückhalten, noch hinterdrein
zu sagen: „Ich glaube beinah', Til, mir hat das Ohr
heut' Nachmittag nicht ohne Grund gejuckt."

Merklich wartete sie darauf, daß er den Brief lesen
solle; sich vom Stuhl hebend, brach er das beträchtlich

umfangreiche Siegel auf, schlug den großen Papier-
bogen auseinander und trat damit dicht an's Fenster.
Doch schien's, als gelinge es ihm auch so nicht mehr,
die Schrift herauszubringen, sein Blick senkte sich vom
Oberrand des Blattes tiefer herab, aber er sah ohne
eine Aeußerung darauf. Enttäuscht und etwas klein-
laut sagte Frau Margret:

„Da ist's also doch nichts. Ich hatte gedacht —"

Nun drehte er halb den Kopf. „Was — was
hattest Du gedacht?"

„Daß etwas Gutes für Dich drin sei, eine Verbesserung."

Er nickte kurz. „Von der Schulbehörde ist's, sie
bietet mir eine andere Stelle an, an einer Stadtschule."

„Gott sei gedankt!" stieß die Alte frohlockend aus.
„Siehst Du wohl — auch die Möwen — und bekommst Du dort mehr?"

„Ja, ungefähr das Doppelte."

Sie schlug in freudiger Erregung die Hände zusammen: „Das ist ja ein Glück vom Himmel!"

Tilmar's Hände falteten das Schreiben zusammen,
daß es zwischen seinen Fingern leicht knisterte. In
unrichtige Falten, sodaß er's wieder ausglätten mußte
und schweigend auf's Neue in die rechten brachte. Dann
erst antwortete er:

„Nein, eine Verbesserung bringt's nicht — wenn

man nachrechnet — wir wissen's ja — wie viel theurer das Leben in der Stadt ist, schon allein die Wohnung. Aber, wenn's auch ein bißchen wäre — Dir bekommt die Luft hier an der See so gut, liebe Mutter — Du siehst so viel besser und jünger aus, als damals, wie wir herkamen. Das macht mich froh, und darum kann's mir auch nirgendwo besser zu Muth sein, als hier. Das wäre kein Platz für mich — wir sind's nicht mehr zwischen den engen Straßen gewöhnt — und die Strand= und Haidepflanzen hier, ich brauche noch Zeit, alle zu sammeln, kennen zu lernen und zu bestimmen, Du weißt, wie viel Freude das mir macht. Nein, liebe Mutter, wir wollen auf etwas Besseres warten — das kommt gewiß auch noch — ich will der Schulbehörde natürlich dankbar antworten —"

Margret Hellbeck hatte ihrem Sohn mit einem Gesichtsausdruck völliger Enttäuschung zugehört, wußte sichtlich nicht recht, was sie erwidern solle und wolle. So brachte sie hervor:

„Meinst Du wirklich, Til, daß es in der Stadt so viel theurer — etwas ist's ja wohl, aber das Doppelte — und ich fühle mich so gesund, daß ich an kein Krankwerden weiter denke. Doch Du weißt es ja — verstehst es natürlich besser — denn ich hatte gedacht, Du würdest mit Freuden jede andere Stelle nehmen, wenn man Dir nur eine anböte. Und Pflanzen fändest Du dort in der Umgegend gewiß auch — und —"

Sie hielt einen Augenblick an, ehe sie mit ein bißchen lächelnden Mundwinkeln, denen es aber nicht wirklich drum war, hinzusetzte: „Und Du sagtest vorher, wenn unsere Einnahme dazu ausreichte, wäre Kaffee für ein altes Weib besser als Milchsuppe."

„Liebe Mutter!" Der junge Dorflehrer griff hastig mit beiden Händen nach den ihrigen. „Ja, aber — nein Du irrst Dich, die Pflanzen hier sind ganz andere, und ich hoffe, daß ich's so weit bringe, etwas über sie schreiben und damit so viel verdienen zu können, um uns die Ausgabe für den Kaffee möglich zu machen. Siehst Du, wenn ich studirt hätte — nein, daran war ja gar kein Gedanke, beste Mutter, daß Du mit Deiner schweren Arbeit das hättest zusammenschaffen können — aber so muß ich suchen, durch mich selbst höher herauf zu kommen — an Wissen und Bildung — dazu bleibt mir hier ganz anders Zeit, als in der Stadt, dort könnt' ich nichts als meine Unterrichts- stunden geben mit der Vorbereitung für sie. Und ich möchte, liebe Mutter — möchte es im Leben noch zu Anderem bringen, als zum Volksschullehrer — das ist keine Hoffart, sondern liegt mir wohl im Blut, habe ich aus Deiner Familie geerbt. Darum wirst Du begreifen, daß ich auf den Brief nicht anders antworten kann."

Unverkennbar aus innerer Erregung hervor hatte Tilmar Hellbeck das stockend abgerissen und rasch zugleich gesprochen und suchte einem etwaigen weiteren Einwand seiner Mutter auszuweichen, denn er griff eilig nach seinem Hut und ging schnellen Schrittes an ihr vorbei noch wieder an den sich dunkel überdämmernden Strand hinaus.

II.

Das Dorf Loagger lag auf einer alten Dünen-
schwellung, die, sich mäßig abflachend, bis zur See
hinunterging. Hier bedurfte es deßhalb, eine ziemliche
Strecke weit, keiner Schutzdämme gegen die Fluth, dann
indeß zeigten im Norden wie im Süden wagrecht ab-
geschnittene, gleichmäßig in's Endlose sich verlängernde
Deiche die das Ufer begrenzende Marschniederung an.
Auf dieser weideten Rinder und der fruchtbare Boden
trug seinen Eigenthümern Wohlstand ein. Doch Loagger
nahm nicht Theil daran; über der Sandunterlage seines
Umkreises hatte sich nur da und dort eine dünne Acker-
krume gebildet, die mageren Ertrag an Hafer, hauptsächlich aber an Buchweizen gab. Die Mehrzahl der
Bewohner lebte nicht vom Feldbau, sondern vom Fisch-
fang; von Alters griffen die heranwachsenden jungen
Burschen zumeist zum Schiffergewerbe, gingen als Deck-
jungen in die Weite, als Matrosen um die Erde, in

der Hoffnung, einmal mit Zurückgelegtem in der Tasche an ihren Kindheitsstrand heimzukommen. Aber selten erfüllte sich's Einem; diesem versagte es eigne Schuld, in Kneipen und bei gefälligen Schönen fremder Küsten lief ihnen der schwerverdiente Lohn leichtflüssig aus den Fingern; Wollen und Vollbringen des jungen Blutes gingen nicht Hand in Hand. Andere zog die weiß= armige Ran, die immer nach jungen Männern Be= gierige, in ihre Arme, überall auf sie lauernd, in der Gluth zwischen den Wendekreisen, wie im Eismeer, im fernen Ocean, wie dicht am heimischen Strand. Manch= mal kam nach kürzerer oder erst nach langer Zeit eine Botschaft davon, manchmal auch blieb jede Kunde aus. Vater und Mutter, Geschwister und Braut warteten umsonst, bis eines Sonntags der Pastor auf der Kanzel den Namen des Verschollenen in die Fürbitte für die nicht mehr Wiederkehrenden einflocht. Man sah den aus der Kirche Rückschreitenden an, daß der Prediger ausgesprochen, was sie selbst schon lange schweigsam gedacht. Hartes hatte er verkündigt, doch zugleich eine Last von ihnen genommen. Mit einer Thräne im Augenwinkel gingen sie an ihr Tagesgeschäft, die gleichfalls harte Arbeit des Lebens fortsetzend.

Ein ärmliches und einsames Stückchen Welt war's hier mit angesiedelten Menschenleben zwischen ihren drei Eigenthümern aus Urzeit, Wasser, Sand und

Wind. Unveränderlich blieben sie, während die Ge-
schlechter jenes Lebens kommend und gehend wechselten.
Aber das Nämliche hatten die Ersten gesehen, wie das
heutige, immer Tropfen, die ruhlos der Wind an's
Ufer trieb, und Körner, die er rastlos am Dünenhang
rollte. Und so war's ein Erdenfleck, der da und dort
in einem Kopf die Vorstellung regen konnte, auch die
Menschheit komme, gehe und bleibe wie Wellen und
Sand. Daran mochte sich auch wohl der Gedanke
knüpfen, was für Jene in diesem Gleichniß der Wind
sei und zu welchem Ende er sein nie endendes Spiel
betreibe. Die hinterlassene Niederschrift Jasper Simmerlund's ließ aufschimmern, daß ihm hin und wieder
solche Fragen gekommen und er sich Antwort drauf zu
geben gesucht. Doch zugleich auch, er habe sich nicht
mit ihnen abzufinden vermocht oder vielmehr sei, ehe
er dazu gelangt, vor ihnen umgekehrt. Er war ein
Dorfschullehrer gewesen, wohl mit stärkerem Antrieb
zum Denken und weiterem Gesichtskreis, als die Mehrzahl der mit ihm auf gleicher geistiger Ausbildungs-
stufe Stehenden. Doch man empfand, seine Augen
waren zurückgeschreckt mit dem Blick über eine
Grenze hinaus zu trachten, an der er sich beschied.
Und auch das ließen seine Aufzeichnungen erkennen,
er hatte sich, mehr im ungewissen Gefühl als mit
deutlicher Auffassung, nicht immer in Ueberein-

stimmung mit dem Dorfpastor Hans Christian Hollesen befunden.

Die Strohdachhäuser Loaggers lagen auf dem Dünenrücken, in ihrer Mitte und zugleich am höchsten die Kirche. Sie hob sich über ihnen auf wie ein aus starkem Felsgestein errichteter Schutzbau, dessen Mauern Beängstigten Zuflucht vor Bedrohung und Gefahr verhießen, einer Burg des Mittelalters gleich, unter deren Schirmhut sich wehrlose Landbebauer zu einer Gemeinschaft zusammengethan. Wollte man den Vergleich weiterbilden, so war Pastor Hollesen der Burgherr, um dessen Burgfried seine Hörigen hausten.

Dem Wind und dem Sand konnte er nicht gebieten, sie besaßen älteres Bodenanrecht als er. Auch an der Westseite des Kirchhofswalles häufte der Erstere unablässig Korn auf Korn, eine schräge Böschung anschwellend, um den Sand über den Oberrand des Schutzdeiches hinüberzuwälzen. Als Pastor Hollesen nach Loagger gekommen, hatte er einmal gestanden und dem Weiterschritt dieses Vorganges zugesehen. Schweigend, mit einem Ausdruck, als erkenne er sich nicht die Befugniß zu, in ein Recht der Natur, der großen Grundbesitzerin, einzugreifen. Aber dann hatte er angeordnet, die hochaufwachsende Körnermasse abzutragen und an den Strand zurückzukarren. Im Weitervordringen hätte der Flugsand die kargblühenden Pflänzchen auf

4*

den Grabhügeln überschüttet und erstickt; die Natur
bekämpfte sich selbst, ließ ihre Angehörigen mit einander ringen, und Christian Hollesen sprach sich doch
ein Recht ihr gegenüber zu. Er beschützte das Schwächere,
weil es dem Menschengefühl das Schönere war.

Der Thurm über den Findlingsblöcken der Kirchenmauer trug eine alte Dachhaube, der matten Farbe
grauweißen Schneeeises gleich. Er ragte nicht hoch,
doch bildete er den höchsten Punkt im Umkreise vieler
Meilen, und wie er schon ferner sichtbar war, so ging
der Blick aus seinem Glockenschalloch weithin nach
allen Seiten. Von der See aus gewahrte der Schiffer
ihn als ersten Verkünder der noch nicht sich über dem
Wasser aufhebenden Küste, und ähnlich sah er landein
über endlose, sich in grauen Dunst verlierende Flächen.
Bald hinter Loagger begann die Haide, den größten
Theil des Jahres hindurch wie von einem dunkel-
braunen Schorf bedeckt, hell gestreift und gescheckt von
weißen Sandstrecken. Sie war nicht wirklich eben,
wie sie aus der Weite erschien, sondern ihrem Dünen-
ursprung gemäß mannigfach gewellt, zu niedrigen
Hügelrücken ansteigend und kleinen Thälern einsinkend;
hin und wieder zeigten niedriger Buschwuchs und
silberrindig flimmernde Birkenstämme das Vorhandensein der Schöpferin und Ernährerin des Lebens, zwischen
der Dürre angesammelter Feuchtigkeit. Dort mischten

Moorgründe sich ein, zuweilen mit scharf abgekanteten, fast schwarzen Rändern auf Torfstich durch die entfernten Umwohner deutend; einzelne vermorschte Hütten aus grauem Lattenwerk, mit Heidebülten zugedeckt, boten Unterschlupf gegen jäh ausbrechende Unwetter. Frei ging der herrschende Westwind auch hier über das Land, und wie er aus der Meerfläche die Wellen aufkämmte, so strich er das Gezweig von Bäumen und Sträuchern, das er auf der Haide fand, · gleich Haarsträhnen gegen Osten zurück.

Dann traf er auf festeren Widerstand eines weitgedehnten Waldgürtels, den die Natur und die Menschenhand gemeinsam hergestellt, denn aus dem Laubbaumwuchs der ersteren stachen mit dunklerer Färbung Tannen hervor. Man erkannte vom Kirchhof des Dorfes aus an der verschiedenen Höhe der Wipfel, daß der Boden unter ihnen sich stellenweise zu stärkeren Hügelwölbungen anheben müsse, von deren einer ein thurmartiger Aufbau neben dem Oberrand eines langgestreckten Helmdaches über Buchenkronen wegsah; das war · Schloß Helgerslund, uraltes Besitzthum der Freiherren von Rhade, nach dem Tode des letzten dieses Namens in die Hand des Herrn Friedrich von Brookwald übergegangen, der die Erbtochter des Abgeschiedenen, eine Schwester des beim Wettsegeln auf der Nordsee jung verunglückten Meinolf von Rhade geheirathet hatte.

Etwa zwei Stunden weiter nach Süden, von Loagger
ungefähr gleich weit wie Helgerslund entfernt, umschloß
der Wald noch ein Herrenhaus, das der Freiherrn von
Alsleben, doch es lag tiefer eingesenkt, so daß nichts
von ihm sichtbar ward. Ueberhaupt traf die Rund=
schau weit und breit wenig Menschenbehausungen an
ließ auch die anderthalb Meilen südlich entlegene kleine
Hafenstabt nur an ihrer Kirchthurmspitze ahnen, denn
eine Umbiegung des Deiches verdeckte völlig die Häuser.

Ja, ein ärmliches und einsames Stückchen Welt
und Menschenleben, an zwanzig Dächer in einem Halb=
bogen um die Dorfkirche hingestreut, zwischen ihnen
sandiger Grund oder eine kurznarbige, mehr graue als
grüne Grasdecke. An den Ostseiten der Häuser ab
und zu, in ihrem Windschutz, der kümmerliche Versuch
eines Gärtchenanbaus, doch nur am Pastorat wirklich
zum Bild eines kleinen Gartens aufgediehen, von sorg=
licher Pflege und Ausdauer zeugend. Ein paar Spalier=
bäume kletterten an der Wand empor, hinter der Wan=
dung verflochtener Lattenzäune waren einige Gesträuche
in die Höhe gekommen und beschirmten wieder zwischen
sie hineingeborgene Blumenbeete. Das Pfarrhaus, dem
Kirchhof an seinem Südrand benachbart, war nicht von
anderer Bauart als die Dorfhäuser, nur umfänglicher
und augenscheinlich in seiner Anlage schon aus ferner
Zeit stammend, denn es zeigten sich stellenweise einzelne

kleinere von den Granitsteinen, die vermuthlich bei dem Kirchenbau nicht mehr erforderlich gewesen, in seine Wände eingemauert. Das gab ihm etwas Gefestetes, sicher auf sich Ruhendes, in einem Gegensatz zu dem weiter an den Strand hinabgerückten Schulgebäude. Klein, aus wenig haltbarem Baumaterial zusammengefügt, lag dies auf dem Flugsandbette, als sei es von Wind und Wellen dorthin getragen, ein Spielzeug ihrer Laune, das sie ebenso wieder mit sich fortnehmen könnten. Doch hatten sie bis jetzt kein Gelüst danach gehegt, und Menschenhände nahmen nur wenn die Zeit gekommen, aus dem Schulhause, wie aus jedem andern, den Inwohner fort, um ihn hinter den Kirchhofswall zu tragen, in den allersicherſten Schutz, den die Burg des Pastors Christian Hollesen zu verleihen im Stande war.

*   *

*

Am Morgen nach dem Aprilabend, an dem Tilmar Hellbeck die ihm unerwartet gebotene besser besoldete Lehrerstellung ausgeschlagen, wanderte von Norden her ein Mann in mittleren Jahren Loagger zu, den Seestrand entlang. Er ging gemächlich, nach der Gewöhnung von Leuten, die mehr Lebenszeit auf dem Wasser als auf festem Grunde zugebracht, etwas mit den Hüften schlingernd; seine kleinen blaßblauen

Augen richteten sich aus gutmüthigen Zügen, doch un=
verkennbar scharfsichtig, wechselnd auf das Nahe und
in die fast ruhige Meerweite hinaus. Einer der
Wenigen war's, die sich selbst widerstanden und Ran
aus den manchmal schon zugreifenden Händen geschlüpft,
mit etwas erspartem Tascheninhalt zur heimathlichen
Küste zurückzukommen, an ihr für den Tagesrest zu
landen, Henning Wittkop, der Strandvogt. Er fing
an, sich mit seinem Namen ein wenig in Einklang zu
setzen, wenn auch noch nicht durch weiße Haarfarbe,
doch mit einem anhebenden grauen Schimmer an den
Schläfen: so schritt er, mit dem Umblick seines Amtes
waltend, daher. Jasper Simmerlunds Muthmaßung
hatte sich bestätigt, ein Gesetz schon seit manchen Jahren
strengere Vorschriften hinsichtlich antreibenden Strand=
gutes gemacht. Der alte unbeschränkte Aneignungs=
brauch aus Vorväterzeit her hatte zwar nie wirklich
als ein Recht bestanden, nun indeß war er wider=
rechtlich geworden, und jeder Fund mußte erst dem
staatlich bestellten Aufseher zur Anzeige gebracht, ihm
übergeben werden. Diese Aufsicht führte, ungefähr bis
zu einer Meile Entfernung nord= und südwärts von
Loagger, Henning Wittkop, ebenso gewissenhaft sorglich
seiner Amtspflicht, wie der rechtlichen Ansprüche der
·Finder bedacht.

Aufmerksam schaute er um, denn vor zwei Tagen

war ein verspäteter heftiger Sturm über die Nordsee
gefahren, daß er wohl Unfälle draußen mitgebracht
haben konnte. Doch keinerlei Anzeichen ließen sich
.gewahren und die langen Wellen zogen so gleichmäßig
und ruhig heran, als könne ihnen niemals einfallen,
sich zerschlagene Schiffsplanken und darauf treibende
Menschenköpfe als Fangbälle zuzuwerfen; die See war
heut' eine spielende Katze, die Krallen einziehend und
nur weiche Sammetpfötchen ausstreckend. Ueber dem
Wasser klafterten ein paar große scharfäugende Möven
zur Seite des Wanderers dahin und vor ihm über
den Ufersand lief vielstimmig singend eine Schaar
kleiner Strandpfeifer manchmal in blitzschnellem Flug
ein Stück fortschießend und schräg wieder zu Boden
schwirrend. Sonst befand sich nichts Lebendes rings
umher.

Nur aus der Richtung des kleinen würfelförmigen
Strandvogteigebäudes, von dem Wittlop hergekommen,
tauchte jetzt noch eine Menschengestalt auf und bewegte
sich ihm nach, dem Kirchdorf entgegen. Ein Mann,
dessen Gangart ihn schon aus ziemlicher Ferne erkennen
ließ, denn er knickte beim Auftreten mit dem linken
Knie etwas ein und zog das Bein langsamer nach.
Daran sah man, Nathan Aronsohn müsse es sein mit
dem immer gleichen schäbigen Anzug und dem un-
veränderlichen großen groben Sack über der Schulter.

Er hauſte drüben in einer kleinen Spelunke der Hafen=
ſtadt, doch war er wohl ein halb Dutzend Meilen rundum
in jedem Dorfe und Gehöft allbekannt, denn ſeinem
Humpeln zum Trotz zog er weit in die Runde, Lumpen.
und Plunder jeder Art ſammelnd, mit Mägden um
Knochen und mit Schindern um Häute feilſchend, nach
Scherben ſuchend, oft Unglaubliches aus Abfallhaufen
und Grabenſielen mit ſeinem Haken herausſtochernd.
Nichts Wertloſes gab es für ihn, er ſtoppelte Alles in
ſeinen Sack zuſammen, legte ſich, bis dieſer voll ge=
worden, bei Nacht hinter einen Zaun, oder in den
Heuwinkel einer offenen Scheune und kehrte erſt mit
ſtrotzender Laſt zu ſeiner Tochter Miriam nach Haus.
Wie er ſeinen ſchmutzigen Trödel für Geld an den
Mann bringe, war Jedem unverſtändlich, aber er friſtete
ſein Leben davon, deſſen Benöthigung allerdings äußerſt
gering ſchien; Niemand ſah ihn unterwegs einen Biſſen
zu ſich nehmen und er bettelte nie um Speiſe oder
Trank. Ebenſowenig konnte Jemand ihm nachſagen,
daß er ſich je etwas einem Andern Gehöriges unrecht=
mäßig angeeignet habe; es ging ein Wort in der
Gegend um: Ehrlichkeit bringt Segen, ſagt der Jude
Nathan.

So kam Nathan heute auf ſeiner Umſuche von
Norden her am Seeſtrand entlang angehinkt, und auch
ſein mageres Geſicht mit dem ſpärlich um die Ohren

zottelnden Haar ward erkennbar. Henning Wittkop
wartete auf ihn und sprach ihn an:

„Ihr schleppt heut schwer, scheint's, Nathan, mir
däucht, Ihr knickt stärker mit dem Bein als sonst."

Der Lumpensammler zog die breite Schirmmütze
vom Kopf. „Wunder, Herr Strandvogt, hat mir doch
der gnädige Herr geschenkt ein Wetterglas im Bein,
daß es mir sagt, ob's wird geben Regen. Weil der
gnädige Herr Baron drüben ist gewesen bei guter
Laune, hat er mir gerufen: ‚Wenn Du hast Hunger,
Jüd', friß den Knochen!' und hat mir geworfen einen
Eichenknüppel an's Schienbein, daß es davon ist gebrochen in der Mitte durch. Haben Sie Neubegier,
Herr Strandvogt, einzusehen in meinen Sack?"

Der Sprecher lud diesen von der Schulter ab
und band den oben drumgeschnürten Strick auf. Wittkop
antwortete: „Ich bin nicht neugierig, Nathan, was Ihr
drin habt, es ist bloß, weil's so sein soll."

„Was soll sein? Abfall, wie er ist für mich; es
würden sich nicht raufen drum unter'm Herrentisch
die Hunde."

Ein Sammelsurium buntester Art kam zum Vorschein: Seetangknollen, verwitterte Korkpfropfen, Bretter-
stücke, Muschelschalen, ein Dorschkopfskelett, todte Taschen-
krebse, ein paar bläuliche Sturmmövenflügel, alles
angeschwemmter, völlig werthloser Kram, fauligen Geruch

verbreitend. Der darauf Hinblickende, obwohl nicht
von verwöhnten Sinnen, drehte die Nase ab und sagte:
„Packt's ein und verderbt die Luft nicht. Geht Ihr
auch fischen? Ich hab' gemeint, es wär' wider Brauch
Eures Stamms, mit dem Salzwasser zu thun zu
haben."

Nathan Aronsohn schob die Sachen in den Sack
zurück. „Heißt's bei den Christen, der Jud' geht nicht
zu Wasser; muß er sich doch ernähren von Wasser und
Brod und nicht verachten das Brod, ob es schwimmt
im Wasser, auch wenn es hat mehr Salz, als ist für
den guten Geschmack."

Nicht die Nase des Strandvoogts allein hatte ihn
abgehalten, den Sackinhalt weiter zu untersuchen, auch
sein Gesichtssinn. Von Loagger her kam etwas am
Strand auf ihn zu, und in seine Augen gerieth ein
Glimmern, wie wenn ein Sonnenstrahl auf blaues
Wasser fällt. Auch Nathan, sich den Sack wieder auf
die Schultern ladend, hielt den Blick vorgerichtet, dazu
kam ihm vom Mund:

„Es wirft Mancherlei aus das salzige Wasser,
man sollt's nicht glauben. Es kommt als ein kleines
Samenkorn und geht auf als eine große Blume aus
der Fremde."

Ein Gleichniß zutreffender Art brachte er vor, in
der That einer schlankaufgeschossenen Blume ähnlich,

schritt es heran, nur nicht von landfremder Erscheinung. Anna Witta oder Zea Hollesen war's; nach den Jahrangaben der Berichte Jasper Simmerlund's mußte sie jetzt siebzehnjährig sein. Ihre Tracht ließ sich nicht bäuerisch und auch nicht eigentlich städtisch nennen; ein Kleid aus einfachem, sandfarbigem Stoff umgab sie, über den Hüften von einem Gürtel zusammengefaßt, doch nach Zuschnitt und Farbe stand's ihr, wie von der Natur ihr mitgegeben, als lasse sie sich nicht in anderem vorstellen. Unter dem Saum sahen ihre bloßen Füße hervor, denn wie die Dorfmädchen ging sie in Sommerszeit am Strande barfüßig; Schuhe thaten ihr Zwang an, und sie konnte kein beengendes Gefühl ertragen. Ihre Pflegemutter fand es nicht angemessen, daß sie es noch aus ihrer Kindheit so fortsetze, doch Pastor Hollesen willigte drein. Einige Strandläufer trippelten vor ihr her, aber flogen, von ihr eingeholt, nicht auf, sondern wichen nur ein wenig zur Seite aus. Sie mochten das Kleid und die kleinen Füße als ihrer Uferwelt mit zugehörig ansehen, augenscheinlich hegten sie vor der zwischen ihnen Dahinschreitenden keine Furcht.

Das Mädchen streckte die Hand aus. „Guten Morgen, Onkel Henning, ich sah Dich kommen." So redete sie ihn an und dußte ihn, wie er sie; es war selbstverständlich, daß das immer so Gewesene auch so blieb. Daß sie auf der Erde hier ging, dankte und schuldete sie ihm, zweimal hatte er ihr Leben erhalten. Behutsam nahm er ihre schmalen Finger in seine derbe Matrosenhand, doch freudig aufglänzenden Gesichts. Es bedurfte nicht vieler Kunst in der Deutung des Ausdrucks von Menschenzügen, um zu erkennen, daß Henning Wittkop hier Strandvogt geworden sei, in der Nachbarschaft des Mädchens sein Leben zuzubringen.

„Guten Morgen, Witta," erwiderte er. Niemand als er nannte sie so nach seinem Namen, auf den sie mitgetauft worden; es beglückte ihn, die besondere Anrede für sie zu haben, er empfand sie dabei als etwas ihm Angehörendes. Beide sahen aus blauen Augen, doch nur in der allgemeinen Bezeichnung stimmten diese überein. Diejenigen Wittkop's waren von matter Wasserfarbe, während Jasper Simmerlund die Irissterne des Täuflings wohl zuerst mit dem ihm unbekannten kostbaren Ringstein in Vergleich gebracht hatte, den er einmal an der Hand einer vornehmen Dame gesehen. Ein Saphir mußte es gewesen sein.

„Guten Tag, Nathan," sagte Zea Hollesen nun auch. „Ihr habt's noch schwer, bis Ihr nach Haus kommt. Wie geht's Eurer Tochter?"

Natürlich war er ihr ebenfalls lang bekannt. Er krümmte, vor dem Mädchen eine bückende Bewegung machend, den Rücken. „Es wird ihr sein eine Aus-

zeichnung, wenn ich ihr sage, daß sich das Fräulein
hat erkundigt nach ihrem Wohlbefinden. Ist es sonst
nicht der Brauch, daß die Taube thut eine Frage nach
der Dohle."

Zea gab zurück: „Heißt Ihre Eure Tochter so,
Nathan? Davon hat sie doch nichts, däucht mich."

„Hat sie doch schwarzes Haar um den Kopf und
nicht das Gefieder von einer Seeschwalbe, welches ist
weißer noch, als das von einer Taube."

Die Antwort des Juden enthielt einen neuen
Vergleich des Mädchens, und dieses hatte etwas an
sich, das auch dazu Anlaß geben konnte. Nicht sowohl
durch die helle Farbe ihres Gesichtes, als durch eine
eigene Art ihrer Bewegungen. Jasper Simmerlund
hatte von ihr, als noch kleinem Kinde, schon geschrieben,
sie gehe nicht wie Einer, der auf festem Boden schreite,
vielmehr als hebe sie sich drüber in die Luft. Das
war ihr geblieben, und auch das Emporheben ihres
Armes konnte an das Auflüften eines leichten Flügels
erinnern. Ein hübsches Gleichniß mit dem anmuthigen
Wesen der Seeschwalbe war's, doch merklich hatte Nathan
es nicht angewandt, um ihr zu schmeicheln, sondern nur
um des drin Zutreffenden willen.

Zea Hollesen war mit den Beiden umgekehrt, die
Morgensonne zeichnete den Schattenriß des Juden mit
dem Sack und dem einknickenden Bein lang als eine

phantastische Ungestalt auf den Sand. Um ein Stück
vor ihnen belebte sich jetzt der Dünenrücken zur See
hin: es war vormittägige Unterrichtspause, und ein
Dutzend von Kindern drängte sich aus der Schulhaus-
thür, jagte an den Strand abwärts. Hinter ihnen
tauchte Tilmar Hellbeck auf, er schien gleichfalls ein
Erfrischungsbedürfniß zu fühlen, sich durch einen kurzen
Gang Bewegung machen zu wollen. Rasch ausschreitend
wandte er sich nach Norden, der kleinen von dorther
nahenden Gruppe entgegen, doch ein Ruf seines Namens
hielt ihn an. Seitwärts kam Pastor Hollesen aus einer
Pforte der Kirchhofsumwallung herab und begrüßte
freundlich den jungen Lehrer. Dann fügte er die
Frage nach: „Ist's schon so spät, daß die Kinder sich
tummeln können? Der Tag läuft auf Rädern, und
mich dünkt, jeder sucht's noch schneller zu thun, als
sein Vorgänger."

Der Angesprochene versetzte: „Ja, es ist zehn Uhr,
Herr Pastor, die Zeit der Pause." In's letzte Wort
indeß fiel ihm vom Kirchthurm her ein Doppelanschlag
der Glocke, ließ Hollesen den Kopf drehn und danach
erwidern:

„Sie haben sich versehen, lieber Hellbeck, es schlägt
erst halb. Nun, den Beinen und Lungen kommt's
zu gut."

Am Haarrand Tilmar's flog eine leichte Röthe

auf, er wiederholte: „Versehen? — ich meinte doch —“, und nach dem Zifferblatt an der Kirche hinüberblickend, wandte er den Kopf ab.

Die Zeiger der Uhr bewährten, daß es erst halb zehn sei, doch der Pastor entgegnete:

„So meint sie's vielleicht gut mit dem jungen Volk und geht unrichtig.“ Er war ein Mann in der Mitte der Fünfziger, an den Schläfen ergrauend, mit klugen und schönen Augen, ohne etwas Pastorales in Haltung und Gesicht, dessen feinausdrucksvolle Züge eher einen Gelehrten vermuthen ließen. Aus seinem Wesen sprach leiblich und geistig fest auf sich Ruhendes; an Körpergröße wohl ein wenig unter Tilmar Hellbeck zurückbleibend, überbot er diesen fraglos ebenso an sicherem Wissensumfang und klassischer Bildung, wie an Lebensjahren und ihrer Erfahrung. Doch lag in seiner Sprache und Miene dem jüngeren Lehrer gegenüber nichts von Ueberhebung, sondern aufrichtiges Wohlwollen für einen weniger günstig vom Leben Gestellten. So fügte er seinen letzten Worten nach:

„Meine Frau hat Ihre gute Mutter heute Morgen gesprochen und von ihr erfahren, daß Ihnen eine einträglichere Stelle angeboten, doch von Ihnen nicht angenommen worden ist. Es hat mich überrascht, die Jugend pflegt in solchen Fällen rasch zuzugreifen —“

Der Sprecher brach ab, auf die See hinausblickend,

wo ein schmächtiges Segelfahrzeug sich nahe unter der Küste entlang hielt. „Das scheint Knut Dibbern mit seinem Kahn. Er thut richtig, nicht weit hinauszugehen, kleine Böte müssen am Strande bleiben, sagt ein guter Spruch."

Der Pastor wandte sich dem Lehrer wieder zu. „Aber es freut mich, lieber Hellbeck, daß Sie bei uns bleiben wollen, von unsrer Schule und Ihnen selbst abgesehen, auch um Zea's willen, daß sie einen Be= gleiter beim Pflanzensuchen auf der Heide behält. Doch Sie wollen sich auch etwas Bewegung in der Pause machen, die will ich Ihnen nicht verkürzen."

Er nickte freundlich, während Tilmar, an seinen Hut fassend, leicht verwirrt erwiderte: „Ja, ich dachte, einige Schritte —". Die Augen niedergeschlagen haltend, ging er, doch nicht in der eingeschlagenen Richtung weiter, sondern gegen das Schulhaus zurück. Ein abermaliger Anruf indeß ließ ihn wieder halten und sich umdrehen; die am Strande dem Dorf zugewandte kleine Gruppe war nahe herangekommen, und Zea Hollesen trat, eine Pflanze in der Hand aufhebend, gegen ihn hin: „Was ist das, Tilmar? Ich hab's noch nie gefunden."

Sie hatte, als er die Stelle in Loagger angetreten, noch ein halbes Jahr lang Rechenstunde bei ihm ge= habt; darin war sie zurückgeblieben, für Zahlen fehlte es ihr an Begabung, die gleichfalls nicht die Stärke des Pastors bildeten. Doch auch ein anderer Gegen- stand, dem sie sich mit lebhaftem Interesse zugewandt, lag ihm zu fremd ab, als daß er ihr, wie sonst in Allem, darin Unterricht hätte ertheilen können. Er war wohl ein Freund der Blumen, aber nicht pflanzen- kundig, und statt bei ihm hatte sie die Belehrung, nach der sie auf diesem Gebiet Verlangen trug, bei Tilmar Hellbeck und seinem alten botanischen Handbuch zu finden vermocht. So war er in gewisser Weise bis heute ihr Lehrer gewesen; sie sammelten im Sommer oft eifrig mit einander, ihr Vater sah nicht gern, daß sie allein weit in die Haide ging, zwischen deren Büscheln hier und da sich Kreuzottern aufhielten. Ein vertrautes Kameradschaftsverhältniß war aus diesem gemeinsamen Interesse und Umherstreifen bei ihnen entstanden; als seine Rechenschülerin, die sie als ein völliges Kind noch von niedrigem Wuchs gewesen, hatte er sie mit Du angeredet, während sie ihn Sie genannt. Dann wuchs sie in kurzer Zeit, fast plötzlich, hoch auf, und unwillkürlich eines Tages änderte er seine Ansprache. Aber dazu lachte sie, ob sie nicht mehr dieselbe wie gestern sei und er Spott mit ihr treiben wolle. Das gab ihm die Antwort in den Mund, wenn er sie Du fortnennen solle, müßte sie bei ihm das Gleiche thun, und sie versetzte, das komme ihr auch natürlicher vor,

5*

denn alle Leute im Dorf heiße sie von Kindheit her
so und daß Sie habe ihr immer Fremdes auf der
Lippe gehabt, da er doch näher mit ihr befreundet sei
als die Uebrigen. In die Stadt kam sie nur selten,
fühlte sich dort nicht auf heimathlichem Boden und
wußte kaum von städtischem Verkehrsbrauch.

So ging sie jetzt auf ihn zu, fragte: „Weißt Du's?"
und er nahm die Pflanze ihr vorsichtig aus den Fingern,
dieselbe zu betrachten. Doch dazwischen sprach sie noch=
mals: „Ich vergaß, daß ich Dich heut' noch nicht gesehen
habe. Guten Morgen, Tilmar!" Und sie reichte ihm
die Hand.

Die nämliche, noch knospenlose Pflanze war's, die
er gestern mit heimgebracht, und er stieß schnell heraus:
„Die Strandnelke ist's — Armeria maritima."

Etwas Freudiges, über seine Kenntnisse Froh=
lockendes klang aus dem Ton, allein gleich darnach
färbte ein Roth ihm die Schläfen, denn der Pastor
wiederholte mit anderer Betonung den Namen: „Armeria
maritima' — mir thut's leid, so unwissend in der
Botanik zu sein, aber was einem in der Jugend nicht
zu Theil geworden, holt man nicht ein."

Er kehrte sich begrüßend zu Henning Wittkop:
„Strandnelke — den Namen hätte man auch Eurem
Fund geben können, und er hätte ihm gut gestanden."
Sein Blick haftete dabei mit einer Mischung von

Zärtlichkeit und Stolz auf der schlanken Gestalt Zea's; der Strandvogt gab Antwort:

„Wenn's sein soll, Herr Pastor, dünkt's mich noch mehr — ich weiß nicht, wie sie heißt, aber es giebt so eine, die ganz weiß auf'm Wasser schwimmt und blüht. Das stimmt ja bei ihr, denn aus dem Wasser ist sie ja aufgegangen."

Es hatte etwas Merkwürdiges, doch zugleich Begreifliches, daß Zea Hollesen mit mancherlei Dingen verglichen wurde, ihr Ursprung und ihre Art legten es Jedem nahe. Schwerlich aber war's je geschehen, daß sie von einem Munde mit etwas Unschönem zusammengebracht worden.

Auch an den Weggenossen Wittkop's richtete der Pastor einen Gruß, Zeugniß von seiner menschlichen Gleichstellung des Juden, doch ebenso von einer Neigung zu launigem Humor bei ihm bekundend, denn er fragte:

„Nun, weiser Nathan, ist's Euch geglückt, den echten Ring Eurer Vorfahren aufzufinden und in Eurem Sack heimzutragen?"

Ein Scherzwort ohne spöttischen Beigeschmack war's, ließ erkennen, es sei nicht zum ersten Mal zwischen den Beiden davon die Rede und der Angesprochene mit dem Bezug vertraut. Die abgezogene Mütze in der Hand haltend, erwiderte Nathan Aronsohn:

„Streuet doch hin der Wind den Sand über Alles,

Herr Pastor; hätt' ich auch ausgegraben unter den Körnern den echten Ring, würd' ihn doch vielleicht nicht einmal kennen mehr Der, dem er hat angehört. Hat er vermuthlich ihn weggeworfen, daß er würde zugedeckt mit dem Sand und nicht wieder sichtbar für Augen. Weiß ich, Sie wollen nur machen einen Spaß, Herr Pastor, daß Sie mich heißen weise, und nicht lassen fallen Verdacht auf mich, daß ich trage nach Haus Gold in meinem Sack. Könnt' es mir doch nicht zukommen mit Recht wie altes Eisen, und wer nimmt fremdes Gut, nimmt sich den Schlaf. Haben Sie doch gehabt richtigen Grund zu sagen, weiser Nathan! Denn ich bin geworden ein alter Mann und will nicht nehmen mir den Schlaf."

Gleichmüthig, ohne von einem Gekränktsein zu reden, war's erwidert, nur ein bischen Abwehrendes klang hindurch. Christian Hollesen entgegnete: „Laßt es gut sein, Nathan; Ihr wißt, ich lese gern in Eurer Propheten Büchern, denn es sind Goldkörner der Weisheit drin, ausgesiebt aus dem Meersand des Lebens. Geht Euer Weg noch weiter, Wittkop, oder kehrt Ihr bei mir vor?"

Der Strandvogt griff sich, den Kopf schüttelnd, an den Nacken. „Nein, weiter wollt' ich nicht, Herr Pastor, blos mal so weit, ob ich Witta nicht zu Gesicht kriegte, ihr die Tageszeit zu sagen. Aber ich hab' seit

gestern Tags ein bischen was Ziehen hier hinten am
Hals; ich glaub' fast, ein reines Wort im Krug thät'
gut dafür."

Er verkürzte in Gegenwart des Geistlichen die
landesübliche Bezeichnung des Kornschnapses, doch
Christian Hollesen fiel lächelnd und in gewisser Weise
das Ausgelassene ergänzend ein:

„Das findet Ihr seinem Namen gemäß am besten
neben dem Hause Gottes in dem des Predigers und
es wird dort noch wohlthätigere Wirkung üben, als im
Krug. Gewiß ist's anrathsam für Euren Zustand im
Nacken; da wir keinen Doctor zur Stelle haben, nehm'
ich's auf mich, Euch das Mittel zu verordnen."

Eine Einladung in's Pfarrhaus statt der Schenke,
nicht die erste, war's, und Henning Wittkop antwortete
durch ein leichtes Schmunzeln, daß er ihr gern Folge
leiste. Der junge Lehrer hatte mit Zea über die
Strandnelke fortgesprochen, eifrig, so weit sein Wissen
reichte, die Familienzugehörigkeit der Pflanze erläuternd;
eine ihm entfallende Aeußerung schien darauf zu deuten,
er müsse während des Unterrichts von seinem Lehrpult
aus durch's Fenster das Vorüberkommen des Mädchens
am Schulhause wahrgenommen haben. Wiederum
schlagend zeigte die Thurmuhr jetzt den Ablauf der
vormittägigen Pause an, und Tilmar Hellbeck legte
offenbar Beflissenheit an den Tag, sich nicht den

Vorwurf einer Zeitversäumniß zuzuziehen. Sich rasch
umwendend, ließ er einen Pfiff auf dem Finger zum
Strand hinuntertönen, ein Zeichen, das seine Schüler
zurückrief, und die Gruppe der im Gespräch bei
einander stehen Gebliebenen löste sich auf. Der
Lehrer begab sich wieder in die Schulstube, Nathan
Aronsohn hinkte allein am Ufer entlang weiter,
während Henning Wittkop den Pastor und Zea den
Dünenrücken hinan unter dem Kirchhofswall fort zum
Pfarrhaus begleitete.

Bei der frühlingsmilden Luft hieß Christian Hollesen
ihn sich hier auf die Bank einer kleinen Laube des
Gärtchens setzen, wohin er, in's Haus tretend, nach
Kurzem mit einem wohlangefüllten Glase zurückkehrte.
Der Gast schien ein wenig dran nippen zu wollen,
that indeß statt dessen einen recht herzhaften Schluck,
und der Pastor beschäftigte sich neben ihm mit dem
Aufrichten eines von hereinfahrendem Windstoß nieder=
gedrückten, grünaustreibenden Gesträuchzweiges. Doch
nahm sein Gesicht dabei einen nachdenklichen Ausdruck
an, seine sonst geschickten Finger hantirten nicht recht
zweckgemäß. Dann drehte er einmal dem Sitzenden
den Kopf zu und fragte:

„Als meine Tochter vorgestern Nachmittag zu
Euch ging — ich war an der Kirche und mein
Blick gerieth einmal in die Richtung nach Eurem

Haus, aber es fing schon an zu dämmern — habt Ihr sich etwas auf der Heide bewegen sehen?"

Der Strandvogt nickte. „Ja, mir kam's so vor, aber es war schon sehr grau und grad hinter'm Birkenhaar."

Hollesen schwieg einen Augenblick. „Aus welcher Richtung däuchte Euch's, daß es käme?"

„So aus Osten her."

„Mir war's auch so — da" — der Pastor streckte die Hand nach Helgerslund zu.

„Ja, so die Gegend mocht's sein."

Es machte im Moment eigenthümlich den Eindruck, wie wenn Christian Hollesen Henning Wittkop weniger zu dem Zweck hierher eingeladen habe, ihm durch das reine Wort Gottes den Nackenschmerz zu bessern, als um die eben lautgewordenen Fragen an ihn zu stellen, und auch der Letztere schien von solcher Empfindung überkommen zu werden. Die Beiden sahen sich ein paar Secunden lang, ohne etwas weiter zu äußern, in's Gesicht. Dann sagte der Strandvogt:

„Das Wetter aus Osten zog auf, und ich dachte mir, es würde rasch dunkel, darum brachte ich Witta hier bis an die Thür zurück. Sie wollt's nicht haben, aber ich sagt's ihr so, der Wind könnt' sie mir sonst vielleicht in's Wasser blasen."

Kaum hörbar näherte sich vom Hausflur her ein

leichter Schritt bloßer Füße dem Garten, und die Stimme Zea's rief: „Bist Du noch da, Onkel Henning?" Lachend fügte sie nach: „Nimm nur nicht zu viel von des Vaters Medicin!"

Der Pastor griff eilig wieder nach dem grünen Zweig und ebenso Henning Wittkop nach dem Glas. Er führte es zum Munde, that mehr scheinbar als in Wirklichkeit einen langen Zug und erwiderte, das Glas absetzend: „Müssen die Lachmöven überall fliegen, wo sie nichts zu fischen haben? Aber sie haben 'mal so ihre Manier, wie Alles, was aus'm Salzwasser kommt." Und das Mädchen mit seinen kleinen Augen nicht minder zärtlich ansehend, wie der Pastor, erkundigte er sich bei diesem, von wem der Kornschnaps gekauft sei, als habe er eben mit ihm über Wirthschafts- angelegenheiten geredet.

III.

Nathan Aronsohn ging schon so klein in der Ferne,
daß er in seiner Fortbewegung an einen beinlahm
angeschossenen dunklen Vogel erinnerte. Sein Blick
suchte überall am Boden umher, manchmal stand er
still und purrte mit dem Haken in einer leichten Auf=
wölbung des Sandes, die jedem andern Auge unauf=
fällig geblieben wäre. Doch er nickte darauf nieder
und redete laut vor sich hin: „Es ist nichts ohne Grund
und Ursache in der Welt," und immer stellte sich heraus,
daß dieser Spruch sich auch bei dem von seiner Acht=
samkeit Wahrgenommenen bewährte. Ein Stein oder
ein Brettstück oder sonst etwas bildeten den Anlaß
der Erhöhung in dem ebenen Strandboden, meistens
vollständig, oder doch allein für den Lumpen= und
Trödlersammler nicht, werthlos. So kam er mit oft=
maligem Anhalten nur langsam weiter, der Tag zeigte
sich, wenigstens jetzt, nicht ausgiebig für ihn, selten

einmal lud er den Sack ab, einen Plunder hinein-
zuthun, und nur ungefähr zu zwei Dritteln erst war
jener gefüllt. So schon zu Haus zu kehren, lag nicht
in seinem Brauch; einmal den Inhalt übermessend,
ließ er vom Mund kommen: „Was man hat heute
gethan, hat man nicht nöthig mehr zu thun morgen.
Ist er doch ein Nimrod zu unserer Zeit, daß er vielleicht findet gutes Gefallen an dem Ding, daß ich hab'
an meinem Finden auch ein gutes Gefallen."

Mittagsstunde war's geworden, doch Nathan setzte
die Richtung der Stadt zu nicht weiter fort, sondern
bog nach links ab quer in's Land hinein. Nach einiger
Zeit ließ er sich auf eine etwas erhöhte Heidebulte
nieder, zog ein Stück alttrocken Brodes als Mittags-
mahlzeit aus der Rocktasche, und seine noch gut er-
haltenen Zähne krachten durch die harte Rinde. Die
linde Frühlingssonne hatte schon wieder mannigfaches
Leben der Thierwelt aus dem Winterleben hervorgelockt,
auch eine schwarzblaue Blindschleiche ringelte sich unter
einem Strauch heraus auf den warmen Sandboden.
Der Rast Haltende sah ihr zu und sagte: „Es bleibt
Alles in der Welt, wie es ist gewesen von Anfang her.
Sie hat versucht die Eva mit dem Apfel, wird der
Apfel wohl sein gewesen von Gold." Doch er zeigte
sich nicht sonderlich schlangenkundig, denn er redete die
harmlose Schleiche an: „Bist Du von der Sorte, davor

hat Besorgniß der Christenrabbi, sie könnt' die See=
schwalbe vergeben mit einem Giftzahn, daß er sie nicht
gern will laufen lassen mit den bloßen Füßen über
das Haibeland. Warum sollte das Gewürm beißen
ihr in den Fuß? Aber es ist wohl nicht, daß er's
meint so, sondern daß ich auch nicht ließe gehen die
Miriam allein weit über die leere Haide."

Nathan hatte zu Ende gekaut, blieb indeß, sichtlich
über etwas nachgrübelnd, noch ein Weilchen sitzen, dann
machte er sich wieder auf den Weg oder richtiger auf
den kaum wahrnehmbaren Pfad zwischen dem braunen
Gestrüpp. Doch er war hundert Mal hier gegangen
und fehlte keinen Tritt; ein Haidedorf, ein Häuflein
ärmlicher Hütten hob sich als nächstes Ziel vor ihm
auf. Aber für seinen Sack gab es keine besitzlose
Armuth; spähend und suchend humpelte er von Hofstall
zu Hofstall, meistens umsonst an sich nehmend, was
Niemand mehr wollte, ab und zu einmal handelnd und
aus einem altersschwarzen ledernen Schnürbeutel ein
paar schmutzverkrustete Kupferstücke herausfingernd. Dann
blieb das Dörfchen hinter ihm, wie eine abgeweidete
Koppel, von der die Herde weiterzieht, und er ging
wieder auf der freien Fläche. Seine Richtung hielt
sich dem näher rückenden breiten Waldgürtel im Osten
entgegen.

Bisher war immer sein Schatten neben ihm,

allgemach vor ihm auf gewandert, doch nun warb der=
selbe bleich und schwand rasch völlig weg. Die April=
sonne in seinem Rücken konnte sich noch nicht zum
Untergang anschicken, aber er hatte mit Recht gesagt,
daß er ein Wetterglas im Bein trage, und es kündigte
ihm für heut' noch einen Umschlag am Himmel an.
Das bestätigte sich, wie er den Kopf jetzt umdrehte.
Eine Wolkenbank schob sich, die Sonne deckend, über
der See herauf, vorauslaufender Wind ging mit einem
Stoß durch die da und dort noch an den Stengeln
haften gebliebenen vorjährigen dürren Haibeglöckchen
und ließ sie leise rascheln. Nathan Aronsohn redete
zu sich selbst: „Ist es doch der Jahresmonat, der nicht
weiß, was er will, ob er will scheinen lassen heiß die
Sonne oder wehen mit kaltem Sturm. Es ist in seiner
Jugend noch das Jahr, sie hat in sich bei einander
Sonne und Sturm."

Der Wind blies, und das Gewölk stieg rasch
höher, den ganzen Himmel einzunehmen. Kein Regen
fiel, doch es ward ein grauluftig rußiges Wetter; am
Waldrand, den der Wanderer nun erreichte, knarrte das
Geäst. Zwischen alten Buchen hindurch ging er auf
sich verbreiterndem besseren Weg, der auf Anderes als
bäuerisches Besitzthum hindeutete. Ein Klang scholl
durch die Stämme heran, jetzt als ein Hufschlag er=
kennbar, gleich danach tauchte um eine Krümmung her

ein Reiter auf. Ein junger, höchstens erst zwanzig=
jähriger Mann mit aristokratischen Gesichtszügen, einen
unter ihm tänzelnden feingliedrigen Fuchs zu langsamem
Schritt zügelnd. Sich an den Wegrand drehend und
die Mütze abziehend, blieb der Jude stehen, das Pferd
vorüber zu lassen, doch unerwartet hielt der Reiter,
ihn in's Auge fassend, an und sagte:

„Läufst Du noch immer mit dem Sack, Nathan?
Man glaubt's kaum, daß zu Haus Alles Tag um Tag
so bleibt. Setz' auf.“

Der Angesprochene sah, ohne dem letzten Geheiß
nachzukommen, ungewiß auf, eh' er entgegnete:

„Weiß ich nicht, ob ich mich lasse täuschen von
meinen Augen und ob es ist der gnädige Herr Junker
Meinold von Alsleben, der mir erweist die Gnade,
mich zu kennen und zu benennen mit meinem
Namen?“

Der junge Herr lachte. „Sind Deine Augen alt
geworden, Nathan, oder ich so anders in den dritthalb
Jahren, seit ich zuletzt hier war? Ich habe Dich doch
früher oft genug gefragt, was Du im Sack hätt'st.
Du siehst freilich nicht grad' wie eine Fee aus, aber
als Knabe war's mir, als müßt' einmal das Köstlichste
aus ihm herauskommen, wie nur der Karfunkelstein im
Märchen.“

„Wunder, Herr Junker, Wunder, das wird ge=

schaffen von der Zeit. Hat sie doch mitgebracht dem
Herrn Baron über der Lippe wie weiche Fäden von
Seide ein Wachsthum von braunem Haar, daß ist
geworden aus dem feinen Knaben ein schöner Mann
und er mir nicht mehr kenntlich geblieben in seiner
Veränderung."

„Glaubst Du, ich hätte Dich angehalten, um mir
ein Compliment von Dir machen zu lassen?" lachte der
Reiter wieder mit weißvorschimmernden Zähnen. „Wenn
Du das willst, kannst Du mich ‚Herr Doctor' an=
reden; wir treffen uns gewiß manchmal wieder. Ich
habe große Lust, hier in die Weite zu reiten, die
See hat's mir oft in der engen Stadt angethan, und
mich trieb's gleich heute hinaus. Du kommst von
draußen her, zwischen den Bäumen sieht man nicht
recht, aber mich däucht, der Himmel wird anders."

Nathan hatte seinen Sack von der Schulter
heruntergenommen und band ihn auf. Dazu ant=
wortete er:

„Wird er anders, hat er mich doch vielleicht geführt
mit guter Absicht auf diesen Weg, zu begegnen dem
Herrn Junker, der in früherer Zeit oft hat geglaubt,
daß ich trage Köstliches in meinem armen Sack. Habe
ich drin auch heut keine Kostbarkeit, aber ein Stück,
was könnte gefallen einem Liebhaber von alten Ge=
waffen, daß ich es wollte vorweisen auf dem Schloß

dem hochgnädigen Herrn Vater, weil er ist wie ein
Nimrod in unserer Zeit."

Unter dem Sammelsurium seines Sackes kramte
Nathan von zu unterst eine Sattelpistole herauf, die
augenscheinlich lange feucht gelegen, und an der er sich
bemüht, stellenweise den braunen Rost wegzuputzen.
Doch nur am Kolben war dies einigermaßen geglückt,
so daß sich zu den Seiten eingelegte silberne Arabesken
erkennen ließen; am Hahn und Laufe hatte der Säube=
rungsversuch nichts genützt. Nun hielt er die kleine
Schußwaffe zu dem Reiter aufgestreckt, der sie zur
Hand nehmend und betrachtend, zunächst erwiderte:

„Sehr alt scheint die Pistole mir nicht grad', und
das aus dem Märchen, was ich in Deinem Sack
glaubte, ist sie noch weniger."

Nathan fiel ein: „Der Herr Junker wird doch sein
ein Kenner, zu sehen, daß sie schon muß gedient haben
zu Großvaters Zeit."

Meinolf Alfsleben versuchte umsonst, den ein=
gerosteten Hahn zu spannen und versetzte dabei: „Hatte
man damals schon Percussionsschlösser? Ich verstehe
nicht viel von Feuergewehren, aber mich däucht, über
dreißig Jahre kann sie kaum alt sein. Hast Du sie
am Strand aufgefunden?"

Die letzte Frage kam ihm, weil bei einem Um=
brehen der Pistole einige weiße Sandkörner aus dem

Lauf fielen, und den Juden mit einem leicht- schalt-
haften Blick ansehend, fügte er nach: „Hat der Strandvogt sie Dir durchpassiren lassen, Nathan?"

Dieser zuckte die Schulter. „Ist es doch altes
Eisen, das gehört keinem Menschen und hat keinen
Besitzwerth für Irgendeinen, als für den Liebhaber.
Das Wasser hat's einmal gebracht an den Strand und
der Sand hat's genommen in sich und hat's heute
gegeben mir, als ich bin vorbeigekommen. Was hätt'
ich bemühen sollen den Strandvogt um ein Stück Eisen,
das ich selber nicht hätte aufgehoben, wenn mir nicht
wäre eingefallen, es könnte machen ein Vergnügen dem
gnädigsten Herrn Baron. Weil ich habe gehabt das
Glück, hier zu begegnen dem Herrn Junker, brauch'
ich vielleicht den Fuß nicht weiter zu setzen bis an's
Schloß, denn es hat ausgemacht ein Gewicht in meinem
Sack, es zu tragen bis hierher."

In einem Begleitblick des Sprechers lag Er-
wartendes, das dem Hörer nochmals ein Auflachen
abnöthigte. Das heißt, ich soll das Ding nehmen, es
meinem Vater zum Geschenk zu machen, und weil
Dein Rücken dran zu schleppen gehabt, hat das alte
Eisen, wenn's auch nicht aufhebenswerth ist, doch einen
Preis."

Er steckte die Pistole in den Halfter, griff nach
seiner Tasche und reichte dem Juden zwei Thalerstücke

in die Hand hinunter. „Das wird wohl genug sein, Nathan, für Dein Compliment von vorhin; mehr schätz' ich meine Schönheit nicht werth, und Dein rostiges Stück geht drein. Aber, treff' ich Dich wieder, hoff' ich immer noch, Du hast 'mal den Karfunkelstein im Sack."

Sein Pferd antreibend, ritt er weiter. Es ließ nicht Zweifel, er habe die Silberstücke nicht für die unbrauchbare Waffe gegeben, sondern aus Gutherzigkeit und weil's ihn erfreut, ein aus Kinderzeit altbekanntes Gesicht wieder zu sehen. Nathan Aronsohn stand noch auf dem Fleck und redete, die beiden Thaler be= trachtend:

„Hätt' ich bemüht den Strandvogt mit dem alten Gerümpel, es wär' nicht geworden irgend Jemandem zu Nutz. Und hätt' ich's gebracht dem Vater, er wär' nicht gewesen so freigebig dafür, wie der Sohn. Es muß Alles finden seine richtige Zeit und den richtigen Mann."

Den Kopf aufhebend blickte er dem zwischen den Stämmen Verschwindenden nach. „Was heißt der Karfunkelstein aus dem Märchen das junge Blut? Will's bedünken, es würde sein hochfreigebig dafür, wenn ich ihn könnt' seinen Augen herausholen aus dem Sack."

Diesen jetzt wieder aufladend, folgte er der Straße nicht mehr, sondern bog weglos rechts ab in den Wald,

6*

die nächste Richtung zur Stadt einschlagend. Der
Tag war zum Schluß doch noch einträglich gewesen,
denn auf so viel hatte er seinen Strandfund nicht
veranschlagt, und zufrieden zog er das knickende Bein
seiner noch beträchtlich entfernten Behausung zu. Der
Reiter war der Richtung gefolgt, aus der Nathan ge=
kommen, und vor den Waldrand hinausgelangt. Hier
traf der bisher aufgefangene Wind ihn in's Gesicht,
die Dämmerung brach noch nicht an, aber ein trübes,
unschönes Licht lag über der Heide, nur matt noch im
weiten Halbbogen die graue See und davor rechtshin
den Kirchthurm von Loagger erkennen lassend. Der
junge Mann hatte sich das Ziel seines Ausrittes anders
vorgestellt, statt des erwarteten Sonnenglanzes breitete
sich eine traurige Unterweltsbeleuchtung über Alles hin
und lockte ihn nicht, heut' zum Wachrufen heiterer
Knabenerinnerungen weiter zu reiten. Wenigstens nur
eine kurze Strecke noch, dann wandte er seinen Fuchs
um und schlug den Rückweg ein. Unter den Bäumen
fing jetzt vorzeitig Zwielicht zu spinnen an, doch wie
der Waldgürtel sich ungefähr nach einer Viertel=
stunde wieder lichtete, hob sich aus freiem Raum noch
deutlich ein Landschloßgebäude auf. Das Herrenhaus
des adeligen Gutes Elemvart war's, seinen Namen
vermuthlich von einem noch daneben ansteigenden, mit
dickknorrigen Eichen bedeckten Hügel tragend, der ein

Hünengrab ferner Vorzeit unter sich bergen mochte.
Das breite, aus grauem Gestein errichtete Gebäude
nahm sich, da und dort Verwitterungsspuren zeigend
und von Vernachläſſigung redend, nicht ſonderlich an-
heimelnd aus. Nach ſeiner Bauart mußte es bereits
aus dem Anfang des 17. Jahrhunderts ſtammen, und
ebenſo lange befand das Gut ſich im Beſitz der Herren,
ſeit der Mitte des vorigen Jahrhunderts Freiherrn von
Alfsleben. Der gegenwärtige Eigenthümer war Dietrich von Alfsleben, der Vater des heimkehrenden jungen
Reiters.

*　　*
*

Vollſtändig wider eigne Neigung und Willen hatte
Dietrich Alfsleben in früheſter Jugendzeit, faſt noch
als ein halber Knabe, von einem Gebot ſeines herriſchen
Vaters gezwungen, ſich mit einer reichen Erbin ver-
heirathet, deren Mitgift das Gut von einer erbrückenden
Hypothekenlaſt befreite. Leidenſchaftlich veranlagt, bäumte
er ſich zuerſt jäh gegen den Zwang auf, aber der
Wille des Alten, der ihm kurzweg nur die Wahl
zwiſchen Hochzeit und Enterbung ließ, drückte ihn
nieder, und mit gebrochener Widerſtandskraft brach er
auch innerlich unter dem aufgenöthigten Joch zuſammen.
Er wurde wortkarg, in ſich geſchloſſen, verdüſtert und
menſchenflüchtig, jeden anderen Verkehr abbrechend als

mit seinem Kindheitsgespielen und intimsten gleich=
alterigen Freunde Meinolf von Rhade, dem einzigen
Sohn des Herrn von Helgerslund. Mit Jenem ritt
er im tollem Jagen durch Tage und Nächte weit in's
Land oder segelte, oft bei wildbrohendem Sturm, in
die See hinaus; sein Begleiter ward zuweilen von
dem Gedanken angerührt, daß er stürzend oder mit
dem Boote umschlagend den Tod suche. Doch dann
kam ihm unerwartet Erlösung, kaum ein Jahr nach
dem Beginn seiner Ehe einem Sohn Leben gebend,
verlor die junge Frau das ihrige im Wochenbett, und
er war frei, dabei unabhängig und reich. Nach dem
Freunde ließ er den Knaben Meinolf taufen, begab
sich selbst mehrere Jahre hindurch auf Reisen in süd=
liche Länder. Stattlich, mit scharfgeschnittenen, schönen
Gesichtszügen ward er dort vielfach zum Zielpunkt von
Frauenaugen und Eroberungsgelüsten, doch sein heiß=
ungestümes Blut schien durch den erlittenen Ehezwang
kaltgedämpft, er achtete auf Keine, knüpfte selbst kein
flüchtiges Verhältniß an, sondern kehrte ungebunden,
von der Nachricht des plötzlichen Ablebens seines Vaters
zurückgerufen, nach Haus. Hier zeigte er, seiner Natur
gemäß, keine Trauer, da er keine empfand, machte viel=
mehr den Eindruck von Einem, der einen bösen Traum
abgeschüttelt und sich seines Aufwachens im heiteren
Morgenlicht freut. So ward er wieder Meinolf Rhade's

unzertrennlicher Genosse, der alte, doch das Letztere
nicht in Wirklichkeit, denn Beide standen erst im Anfang
der zwanziger Jahre, in freudigster Frühsonne des
Lebens. Wie ehemals ritten sie mit einander und
segelten, und Dietrich Alfsleben lachte wieder wie vor
seiner Heirath; sein Herz zog ihn nicht zum andern
Geschlecht, der Freund war seine Liebe. Ein Jahr
lang, da riß eines Tages der Wettersturm Meinolf
Rhade beim Segeln weit draußen auf der Nordsee in
die Tiefe, und Dietrich Alfsleben kam allein zurück.

An dem Tage hatte er die wiedergewonnene
Lebensfreudigkeit zum andernmal verloren und fand
sie nicht mehr; bei dem Jugendfreunde lag sie drunten
am Meeresgrunde. Sein Wesen nahm das schon
einmal über ihn Gerathene und Abgeschwundene auf's
Neue an, schweigsamdüster, menschenscheu, Alles von
sich weisend, saß er in dem alten Herrenhaus. Plötzlich
einmal griff er wieder zu dem einst angewandten
Mittel, sich auf weite Reisen zu begeben. Aber diesmal
versagte es ihm die Besserung, im gleichen seelischen
Zustande kehrte er nach Ekenwart heim, freudlos-einsam
in dem weitleeren Väterschloß sitzend, das er niemals
zum Aufsuchen von Standesgenossen in der Nachbarschaft verließ. Ueberhaupt hielt er mit keinem Menschen
Umgang, selbst nach Helgerslund hatte er nie mehr
den Fuß gesetzt, obwohl er naturgemäß früher auch

zu der Schwester Meinolf Rhabe's in naher freund=
schaftlicher Beziehung gestanden. Man wollte wissen,
er habe sie heimlich geliebt und der Abbruch seines
Verkehrs mit ihr stamme von ihrer Verlobung her,
doch war er schon Monate lang, ehe Herr von Brool=
wald zuerst dort ins Haus gekommen, nicht mehr in
diesem vorgekehrt. Nur Eines brachte ihn aus der
Thür hervor; etwas Sonderlingsthum hatte seit Vor=
vätern den Alfsleben im Blut gelegen und ebenso
Trieb zum Jagen, der bei ihm sich freilich in der
Jugend nicht gezeigt, sondern erst nach der zweiten
Rückkehr von seinen Reisen zum Ausbruch gekommen.
Dann aber steigerte dieser Anreiz sich rasch in ihm,
und sein einziges Trachten ging auf die Jagd hinaus,
mit Vorliebe in Mondnächten, die er häufig bis zum
Morgen im Wald verbrachte, sich den Tag über zum
Schlafen zu legen. Die von Nathan Aronsohn auf
ihn angewandte Nimrod=Vergleichung traf zu, eine im
Schloß schon vorhanden gewesene alte Waffensammlung
vermehrte er stets noch. Der Wald zog sich, mit
Lichtungen durchsetzt, wildreich weit landein, bot ihm
ein großes Revier zum Umschweifen, doch nützte er es
lediglich gegen Osten, ging westwärts nie bis an den
offenen Haiderand hinaus. Er wich dem Anblick des
Wassers aus; die erfindungsreiche Fama hatte sich
wieder eine Geschichte zurecht gemacht, daß er doch

einmal im Süden eine Liebschaft gehabt, die in irgend
einer tragischen Weise auf dem Mittelländischen Meer
ihr Ende genommen. Die Leute vermochten nicht für
wahr zu halten, er sei nie von einer Leidenschaft ent=
flammt gewesen, denn Frostigkeit nach dieser Richtung
lag gleichfalls nicht im Alfsleben'schen Blut, dem man
in der Gegend aus früherer Zeit manch' wildtolle
Dinge nachredete. Doch der wirkliche Grund, der ihn
vom Waldrand im Westen zurückhielt, war, daß er
die Nordsee vermied, sie nicht sehen konnte, weil
Meinolf Rhabe in ihr ertrunken lag; noch heute nicht,
wie seit achtzehn Jahren. Sein Kopf, obwohl erst
kaum der eines Vierzigers, ward von vollständig grauem
Haar überdeckt, nach seinem Anblick hätte man ihn
auf zwanzig Jahre mehr schätzen können. Auch sonst
täuschte sein Aussehen in Manchem; hinter der düsteren
Miene barg sich keine ihr ähnliche finstere und bös=
artige Gesinnung. Seine Untergebenen und Guts=
angehörigen fürchteten ihn nicht; ein Gefühl persönlicher
menschlicher Zuneigung zu ihm konnte zwar nicht in
ihnen rege werden, da er kaum je ein Wort an sie
richtete, aber sie hatten sämmtlich Anlaß, Dankbarkeit
für ihn in sich zu hegen. Er war selbstsuchtslos bedacht, ihre Lage zu verbessern, sie günstiger als auf
anderen Gütern zu stellen; nicht nur solche allgemeine
und offenbare, auch heimliche Wohlthaten gingen von

ihm aus, in Noth- und Unglücksfällen zu helfen. Ein
Physiognomiker hätte diese Sinnesbeschaffenheit nicht
hinter seinem verdüsterten Ausdruck, sondern bei dem
breit gutmüthigen des fast immer von einem Anflug
zum Lachen überlagerten Gesichts seines nördlichen
Gutsnachbars Friedrich von Brookwald gesucht, doch
wäre dabei ebenso, nur in umgekehrter Richtung, einer
Täuschung unterlegen. Denn die Züge des Letzteren
spiegelten gleichfalls nicht sein inneres Wesen zurück;
er besaß eine karg zumessende, am liebsten sich schließende
Hand, und diese war's gewesen, die dem linken Bein
Nathan Aronsohns das dauernde Gedächtniß an einen
übelgelaunten Tag hinterlassen hatte.

Von Anfang an war Meinolf Alfsleben der
Fürsorge einer Wartefrau anheimgegeben gewesen. In
den ersten Jahren bedurfte er naturgemäß weiblicher
Pflege, und während der zweimaligen langen Reise=
abwesenheit seines Vaters konnte sich daran nichts
ändern. Doch auch nach der letzten Rückkunft be=
kümmerte sich Dietrich Alfsleben kaum um den in=
zwischen fünfjährig gewordenen Knaben. Das Kind
einer Frau war's, die er nicht geliebt, nur als Zwang
und Last empfunden hatte, und er trug kein väterliches
Gefühl in sich, kein Bedürfniß, den Kleinen um sich
zu haben, sich mit ihm zu beschäftigen. Es war gesorgt,
daß es diesem an nichts mangelte, weiter ging die

Antheilnahme des Vaters nicht. Niemals rief oder
benannte er den Knaben bei seinem Namen, es schien,
daß er bereute, ihm den immer die Erinnerung auf=
weckenden seines verunglückten Freundes gegeben zu
haben. Gegen den sonstigen Brauch auf den adeligen
Gütern stellte er, als die Unterrichtszeit herangekommen,
keinen Hauslehrer für Meinolf an, sondern schickte ihn
gleich auf's Gymnasium in einer ziemlich entfernten
Stadt unter Obhut und Erziehung von seiten eines
der oberen Classenvorsteher. Von dort kam der Schüler
nur ein paar Mal im Jahr für die Ferienzeit nach
Ekenwart, kurze Wochen hindurch, in denen er kein
häusliches Heimathsgefühl gewinnen konnte, und gleicher=
weise setzte sich's fort, als er, um Jurisprudenz zu
studiren, die Universität bezog. Noch weniger entstand
ein Zugehörigkeitsverhältniß zwischen ihm und seinem
Vater, der für ihn lediglich ein stets auf's Reichhaltigste
freigebiger Ausspender von Geldmitteln war. So
kam's im Fortgang der Zeit dahin, daß Meinolf sich
eigentlich vor dem Aufenthalt in Ekenwart scheute, wo
nur das Wiederfinden aus der Kindheit vertrauter
Plätze und die See ihm Freude verhießen. Das Haus
mit seinen weiten todten Räumen umgab ihn trüb=un=
freudig, um so mehr als er im Innern heimlich an
seinem Vater hing. Von lebhaft erregbarer, leicht
ungestümer, sogar etwas wilder Knabennatur, trug er

daneben ein bedürftiges Herz in sich, das bei seinen
Universitätsgenossen wenig Nahrung fand und, be=
gehrlich verlangend, für den ihm im Leben am nächsten
Gestellten Liebe aufwachsen ließ. Aber sie blieb ohne
Erwiderung, ihre tastenden Versuche trafen stets auf
Ablehnung, und sie zog sich in scheue Schweigsamkeit
zurück; Dietrich Alsleben erschien keines väterlichen
Gefühles fähig. So schreckte Meinolf immer mehr
vor einem Nebeneinandersein mit ihm, das kein Zu=
sammenleben bildete, zurück; in den letzten dritthalb
Jahren war er auch während der Ferien nicht mehr
nach Haus gekommen, sondern unter bereitwilliger
Zustimmung seines Vaters zu seiner Ausbildung, die
jedoch für ihn selbst nie einen Vorwand abgegeben,
bald hierhin, bald dorthin auf weite Reisen gegangen.
Nun indeß hatte er sein juristisches Examen vortrefflich
bestanden und eine unbezwinglich angestiegene, namen=
lose Sehnsucht hatte ihn wieder hergebracht. Ihm
war's gewesen, ein sonnenhaftes Glück, eine volle Dar=
bietung alles Dessen, was er bisher entbehrt, warte
seiner hier. Doch nach der langen Zwischenzeit war
der Empfang gestern nur ein treuliches Abbild jedes
früheren geblieben. Kühl hatte sein Vater ihm die
Hand gereicht, mit einigen Worten sich über eine vor=
theilhafte äußere Veränderung des Ankömmlings aus=
gesprochen, doch gleichgiltig, ohne einen Klang innerer

Theilnahme. Wie ein frostiger Winterschatten war's auf den Herzenstrieb, die lebensfreudige Jugend und Hoffnung Meinolfs gefallen.

Nun hatte in anderer Weise heute das nachmittägige Einfallen der grauen Luft ihm die Erwartung, die er auf seinen Ausritt gesetzt, vereitelt, so daß auch dieser Tag wiederum eine Enttäuschung für ihn mit sich gebracht. Wie er im ersten Dämmerungsbeginn zum Schloß zurückkam, gewahrte er in einiger Entfernung seinen Vater, der, vom Förster und mehreren Teckelhunden begleitet, mit übergehängter Jagdflinte davonging. Meinolf hätte ihn noch erreichen können, er hatte eben auf dem Heimwege den Vorsatz gefaßt, einmal geradezu einen Schritt zu offenem Aussprechen zu unternehmen. Doch die Mitanwesenheit eines Dritten trat gegenwärtig dazwischen, und er begab sich in das einsame große Wohngemach des Herrenhauses.

Der augenblickliche Begleiter Dietrich Alfsleben's ließ im Aeußeren erkennen, daß er diesen erheblich an Jahren übertreffe; sein Haar zeigte gleiche Farbe, wie sein völlig weißer, ihm bis auf die Brust fallender Vollbart, doch sein Ausschreiten und seine Bewegungen sprachen nicht von Alter, vielmehr noch von kraftvoller Rüstigkeit. Er befand sich erst seit einem halben Jahr auf Elenwart, wohin er an einem stürmischen Novembertag gekommen, sich um die erledigte Stelle des

mit dem Tode abgegangenen Gutsförsters zu bewerben;
sein Name war Dirk Westerholz. Mit guten Zeug-
nissen seiner Jachtüchtigkeit versehen, hatte er durch
wortkarge, zurückhaltende Art das Gefallen Alfsleben's
erweckt; trotz dem Standes- und Bildungsunterschiede
boten beide Männer in ihrem Wesen eine gewisse
Aehnlichkeit. Daß der Bewerber sich als leidenschaft-
licher Jäger kundthat und ein ausgezeichneter Schütze
war, nahm den Freiherrn noch mehr für ihn ein, so
daß ihm nach kurzer Rede und Antwort die Förster-
stelle zu Teil ward. Westerholz war ein Landessohn,
vom Osten her, doch als er im Anfang der Vierziger
gestanden, über den Atlantischen Ocean fortgegangen,
sich am Missouri im Urwalde als Farmer anzusiedeln.
Von dort war er erst im letzten Herbst in die Heimat
zurückgekommen, nicht ohne Ertrag seiner Arbeit und
Mühe, daß er davon zu leben vermocht hätte. Aber
es duldete ihn nicht in unthätiger Ruhe, er mußte
ein Revier unter sich haben und jagen können; so hatte
er sich, da er von dem freigewordenen Posten vernommen, für diesen gemeldet und Alfsleben sich seitdem bald gewöhnt, seine Jagdgänge nicht mehr allein
zu machen, sondern Dirk Westerholz bei sich haben zu
wollen. Sie sprachen fast nie Anderes mit einander,
als das nothwendigste, auf ihren Zweck Bezügliche,
doch verstanden sie sich an hingeworfenen Worten.

Heute Nachmittag hatte der Förster den Gutsherrn be=
nachrichtigt, daß er etwas Seltenes in der Gegend,
einen Dachsbau, entdeckt habe, dessen Insasse vermuth=
lich mit Eintritt der Nacht seinen Stollen verlasse und
schußrecht werde. Helles Mondlicht stand zu erwarten;
so waren Beide, die Teckel statt eines Spürhundes
mitnehmend, aufgebrochen. Auch die Dachshunde gaben
keinen Laut von sich; was sich um Dietrich Alsleben
befand, war an schweigsames Verhalten gewöhnt.

Nun dämmerte es rasch unter dem zwar noch
unbelaubten, doch von braunen Knospen verdichteten
Gezweigdach der alten Buchen; wortlos zwischen diesen
schritten die Jagdgenossen fort, Westerholz führte. Es
sollte wieder heller werden, aber die Voraussicht traf
nicht zu, der Mond mußte hinter schweren Wolken
stehen. Mit knisterndem Ton schlugen einzelne Tropfen
durch die dumpf murrenden Baumkronen, wie etwas
greifbar Anrückendes wuchs die Dunkelheit. Der Förster
hielt einmal an, und Alsleben fragte: „Was ist, Dirk?“
— „Zu wenig Licht, Herr Baron, die Stämme sind
sich gleich. Ich verließ mich auf den Himmel.“

„Besser auf eine Leuchte. Aber laßt's Euch um
mich nicht kümmern.“

Aus der Antwort des Freiherrn klang's hervor,
nicht an der Jagdbeute sei's ihm gelegen, mehr am
nächtlichen Streifen im Wald; besser in diesem umher=

zuirren, als die Stunden im Schloß zuzubringen. Sie
suchten die Richtung nach ihrem Ziel, doch vergeblich,
geriethen in dichtes, dornverranktes Unterholz. Ohne
weitere Worte zu tauschen, arbeiteten sie sich durch,
aber offenbar wußte auch der Spürsinn des Försters
nicht mehr, wohin sie sich halten sollten.

Dann fuhr unerwartet einmal pfeifender Windstoß
ihnen in's Gesicht, sie mußten auf eine Lichtung in's
Freie heraustreten; unterscheiden ließ sich nichts mehr:
gleichmäßig lag Alles rundum in Finsterniß. „Wißt
Ihr, wo wir sind?" fragte Alsleben. Kaum gewahrten
sie sich noch wechselseitig.

„Nein. Aus dem Wald."

Westerholz schien noch etwas nachfügen zu wollen,
doch Plötzliches schnitt es ihm am Mund ab. Nathan
Aronsohns Bein hatte richtig vorausgesagt, ein erstes
Gewitter des Jahres schloß den sonnigen Frühlingstag.
Jäh schoß ein blendend funkelnder Blitz herunter, im
gleichen Augenblick schmetternd krachenden Donner mit
sich niederreißend. Taghell überflammt lag für einen
Moment dürrbraunes Haideland umher, und an seinem
Rand, weit im Halbbogen gestreckt, hob etwas Graues
sich herauf, geisterhaft wie mit dem Weiß leerer Augen
ansehend; die sturmgepeitschte, hohe Schaumwogen an's
Ufer rollende Nordsee war's. Nun fragte der Förster in dem
polternd verrollenden Donner: „Was ist, Herr Baron?"

Eine Hand hatte nach seinem Arm gegriffen, fest die Finger in ihn eindrückend, als ob sie sich an ihm halte; ein Rütteln durchlief sie. Westerholz gab selbst auf seine Frage Antwort: „Ja, das ging dicht an uns vorbei — da schießt's auf."

Nicht weiter als hundert Schritte seitwärts von ihnen mußte der Blitz am Waldesrand in einen Baum gefahren sein und gezündet haben; eine Flamme loderte empor. Zugleich jetzt begann schwerer Wassersturz aus den Wolken zu prasseln. „Wir müssen unterducken," sagte der Förster.

„Ja — in den Wald zurück."

„Der deckt noch nicht, aber da ist ein Dach."

Die Lichtflamme hatte es auch gezeigt, eine der mit Haidebulten zugedeckten Unterschlupfhütten, aus alten Bretterabfällen zusammengenagelt, und der brennende Baum ließ sie wieder gewahren, nach drei Seiten gegen den Wind geschlossen, die vierte offen. Alfs= leben ging haftig darauf zu und setzte sich in eine Ecke auf eine Ballenbank, das Nämliche that sein Begleiter ihm gegenüber; in dem kleinen Raum lag Halbhelle, der flackernde Brandschein fiel nicht durch die Oeffnung herein, doch an ihren Rand. Der Förster stand wieder auf und sagte ausblickend: „Der lodert nieder wie ein Strohdachhaus, aber auf die Andern gießen die Wolkenkühe ihre Milch, und weiter greift's nicht."

Kurz sprach er noch die draußen vor der Hütte in die Lohe starrenden Dachshunde an: „Duckt euch auch vor'm Wasser, ihr Narren!" trat zurück und setzte sich wieder. In seinen Augen glimmerte es, als spiegele noch ein Abglanz der Flammen aus ihnen, doch war's Täuschung, sie fielen nicht mehr hinein. Vor sich hin wiederholte er mit anderen Worten: „Der Regen hütet den Wald; wär's dürr, würd' ein gutes Stück von ihm zu Asche."

Der Freiherr hatte schweigend gesessen, doch ließ sich's merken, die Stille in der Hütte sei ihm zuwider, er wünsche, den Stimmenklang in ihr fortzuhören. Aufblickend fragte er: „Habt Ihr einmal in Amerika einen Waldbrand gesehen, Dirk?"

„Drüben? Nein." Der Erwidernde brach ab und fügte nach: „Ich wußte nicht, daß Sie Gewitterfurcht hätten, Herr Baron, sonst hätt' ich Ihnen vom Fang heut' abgerathen."

„Gewitterfurcht? Ihr schwatzt in den Tag."

Auch Alfsleben brach ab. „Ich sah einmal einen Waldbrand."

„Ich auch."

„So erzählt mir's! Kam er vom Blitz, wie der? Das Licht ist gut, davon zu hören."

„Ja, das Licht ist gut, davon zu sprechen."

Dirk Westerholz gab's zurück, doch verstummte darnach, bis der Freiherr kurz äußerte:

„Nun? Was schweigt Ihr?"

„Wollen Sie's hören, Herr Baron? Ich sprach's noch Keinem."

Im Ton des Försters klang etwas, daß ihn's von innen dränge zu sprechen. Er schickte hinterdrein:

„Thöricht wär's von mir. Ich bin dann wohl Förster auf Ekenwart gewesen."

„Warum?"

„Weil ich unvorsichtig war und gezeigt, daß ich nicht dazu tauge."

„Mich wird's nicht kümmern."

„Auch nicht, wenn — wenn Ihr Förster einmal seine Kugel statt einem Wild einem Menschengeschöpf in den Leib gejagt?".

Der Hörer machte eine jäh-zuckende Bewegung, mit der er seinen Kopf gegen den Sprecher vorrückte. „Ihr? drüben — einem Wilden?"

„Nein. Auch keine Kugel war's. Nur etwas zu große Wärme —"

Westerholz hielt nochmals an, eh' er fortfuhr: „Der Baum da hat's mir lebendig gemacht, als sollt's sein. Es ist lang, ich will's kurz sagen. Wenn Sie morgen zur Stadt fahren wollen, Herr Baron, an die richtige Thür, um es weiter zu erzählen, mir thut's nichts an."

Dietrich Alsleben entgegnete nichts und doch war's, als komme eine Antwort aus seinem Schweigen; noch

7*

um etwas weiter bog seine Stirn sich vor. Nun hatte
der Förster sich zu weit forttreiben lassen, um einen
Rückweg einschlagen zu können. Doch er suchte auch
nach keinem, hörbar lag ihm nichts an irgend welchen
Folgen seines Redens, und er sprach:

„Ich hatte Glück, Herr Baron, daß ich mir jung
ein junges Weib nehmen konnte. Wir lebten da hinüber, wo die Sonne aufgeht, weit von hier; als
Förster stand ich im Dienst eines großen Grundherrn,
eines sehr hohen Herrn. Der Hausname meiner Frau
war Zurhaiden, Swenna Zurhaiden, ich führ's an,
weil sie nach ihm aussah. Nicht wie die Haide jetzt,
sondern im Hochsommer, wenn sie rosenroth steht, die
Sonne drüber, Blau und mövenweiße Wolken. Sie
machte mich sehr glücklich und stolz, denn wer sie sah,
that's mit meinen Augen und neidete mich. Auch der
hohe Herr war gnädig gegen sie, wie gegen mich und
guter Laune, wenn er mit mir sprach; mir gab er
wichtigen Auftrag nach Schweden hinüber, dort seltene
Bäume für den Schloßpark zu wählen und mit dem
Wurzelreich heim zu schaffen; große Kosten machte es,
aber er sah nicht drauf und ließ mir volle freie Hand.
Und noch glücklicher sollte ich werden, im nächsten
Frühling, denn ich bekam eine Tochter. Die wuchs
fröhlich heran, man sah's bald, sie trug's in sich, an
Schönheit mit ihrer Mutter zu wetten. Nur — ich

weiß nicht was es war, Herr Baron — wenn des
Glück's zu viel wird, hält der Mensch wohl nicht mit
seinen Sinnen dawider Stand. Zum Mindesten konnt'
ich's nicht mit meinen; wann's zuerst so gekommen
und wie, kann ich nicht sagen, aber es war da und
ging nicht wieder fort. In den Augen lag's, die nicht
mehr so sahen wie vordem und sie machten's wohl,
daß ich auch meinen Dienst nicht mehr wie früher
versah. Der hohe Herr konnte mich nicht drin belassen,
aber er entließ mich nicht in Ungnaden, sondern als
Einen, mit dem er zufrieden gewesen, denn zum Abschied
gab er mir einen Verdienstorden mit. Nicht auf der
Brust, der hätte mir nicht viel genützt, ich hätte davon
nicht mit Frau und Kind essen und leben können. Ein
großer Orden war's, in dem wir zu Dritt Platz
fanden, ein hübsches Häuschen mit einem Gärtchen dran
und dann Wald dicht umher, wie's ein Förster gern
hat. Das Alles schenkte mir die Gnade meines hohen
Herrn zum Eigenthum, weil er merkte, daß ich unfähig
geworden und es nicht mehr gut that, mich länger in
meiner Stellung zu lassen. So kam ich, weit fort
von ihm, in diese Gegend her, darin mein schönes,
geschenktes Häuschen lag."

Der Freiherr hob den Kopf mit einem kurzen Ruck
auf. „Hierher? In unsere Gegend? Wohin?"

Der Befragte streckte flüchtig den Arm aus. „Da

brüben: ein halb Dutzend Meilen in's Land. Wald
und Haus gehörten dem Hochgnädigsten, von einer
Erbschaft glaub' ich. Ich hatte das Revier unter mir
zur Aufsicht, auch jagen und schießen durft' ich drin
nach Gefallen. Einsam und unbewohnt war's weitum,
da hatt's nicht viel Gefahr, daß Einer, dem's nicht ganz
richtig im Kopf ist, sich einmal versehen könnt', einen
Menschen für einen Fuchs halten und auf ihn anlegen.
Sie wollten's hören, Herr Baron, aber ich will Sie
nicht langweilen, denn das müßt's thun, wollt' ich
Ihnen vorerzählen, was die Tage und Jahre in dem
hübschen Haus aus mir machten. Der Schnee lag
draußen, und was meine Frau im Garten gepflanzt,
ward grün und blühte, oft, ich weiß nicht, wie vielmal.
Meine Tochter wuchs auf wie die Blumen, und wenn
einmal Jemand von außen her sie sah, da sagte er,
glaub' ich, sie werde schöner, als die schönste von ihnen.
Mir war's wie durch Nebel, denn es ging abwärts
mit meinem Verstand, immer weiter. Sie können's
draus abnehmen, Herr Baron, ich hatte im Wald ein
Vogelnest aufgefunden; darauf verstand ich mich von
Kindesbeinen an und wußte an der Art, Grasmücken
hätten's gebaut. Unnöthige Wissenschaft war's zudem,
denn ich sah die Alten heranfliegen, im grauen Feder=
werk, ein Junges drin zu füttern. Aber von Tag zu
Tag — oder war's von Jahr zu Jahr — sah ich's

und erkannt' ich's deutlicher, es bekam keine grauen
Federn, sondern sie fingen an ihm goldfarbig an der
Kehle zu schimmern. Darüber brütete ich nach; wie
kam ein Pirol in das Grasmückennest? Denn das
ward's und war's, immer klarer ließ es am Kopf und
Gefieder keinen Zweifel mehr, ich kannte die Pirolart
genau. Wenn Einer über so etwas zu brüten angefangen hat und es sich ihm im Hirn rundbreht,
Herr Baron, da ist's ein Zeichen, daß es nicht anders
ausgehen kann, als mit Verrücktheit. Wen hätt' ich
fragen sollen, wie's so wider die Natur gerathen sei?
Die Grasmücke? Von der hätt' ich nicht Antwort bekommen; die Weibchen sind stumm, geben keinen Laut.
Und der junge Pirol. Er wußt's selbst nicht, daß er's
sei; Nestvögel sind einfältig, er hielt sich für eine
Grasmücke. Aber herausbringen mußt' ich's, denn wie
ein böser Schwamm an einem Baumast saß es mir
auf der Brust, wuchs nach innen, ich konnte nicht mehr
Luft bekommen. Da kam mir ein Gedanke, an einem
Maimorgen war's, am Tag, an dem vor neunzehn
Jahren meine Hochzeit gewesen —"

Von der anderen Bank der Hütte klang's nach-
gesprochen herüber: „An einem Maimorgen?" Und
Dietrich Alßleben fügte nach: „So lange hattet Ihr's
getragen?"

Der Förster nickte. „Wenn Sie's tragen nennen

wollen, Herr Baron, aber ich trug's nicht mehr; zuletzt
bricht die Schulter und der Kopf. Lange trocken war
es in dem Frühjahr gewesen, wie seit Menschenerinnern
kaum, selbst das Gras stand gelb und dürr. Da kam
der Gedanke mir — Einem, den der Wahnwitz am
Gehirn riß, Herr Baron —"

Da Dirk Westerholz anhielt, fragte Alfsleben: „Was
für ein Gedanke?"

„Das Nest war mein, ich konnt' mit ihm thun,
was ich wollte, für gut hielt. Und ich fand für gut,
damit ich nicht mehr darüber zu brüten brauchte, es
von der Erde wegzuschaffen, in die Luft fort, als
Rauch, fliegende Asche —"

Ein augenblickskurzer, jäh herausgeflogener Stimmen-
ton schnitt dem Sprecher das letzte Wort vom Mund.
Ein Laut war's gewesen, wie der einer durch Sturm-
wind fortschießenden Möwe, halb Schrei, halb Lachen;
dann sagte Dietrich Alfsleben:

„Was heißt das? Heißt's, Ihr zündetet an dem
Maimorgen Euer Haus an?"

„Da Sie's wissen, Herr Baron, muß ich's schon
verständlich gesagt haben. Es gehörte mir, mit dem
was drin war; zu Bett war ich in der Nacht nicht
gegangen, denn ich schlief doch nicht, seit lange nie
mehr. Dafür that ich Anderes, häufte in meiner
Kammer unter'm Strohdach Reisig und Spähne, und

die Läden an den Fenstern rundum schloß ich von
außen gut mit Nägeln und Klammern. Noch sehr
früh am Tag war's, eh' die Sonne kam, ich hatte ein
Licht nöthig zu meiner Arbeit. Doch danach nicht
mehr, so daß ich's in der Kammer stehen ließ, als ich
hinunter ging, durch die Hausthür und sie hinter mir
schloß. Ein Brunnen war daneben, sein Wasser
klatschte, denn ich warf den Schlüssel hinein; er rostet
wohl heut' noch drin."

Dem Freiherrn flog vom Mund: „Ihr thatet's,
Dirk? Ihr setztet das Haus in Flammen?"

Die beiden Fragen zeugten hörbar von einer inneren
Erregung des Sprechers. Sie konnten nichts Anderes
wollen, als Ungläubigkeit oder Schreck über die That
des Försters ausdrücken, doch sie thaten's mit un-
richtiger Betonung, denn beidemal legten sie diese auf
das Anredewort „Ihr". Westerholz entgegnete:

„Ich weiß nicht, was es gethan, Herr Baron, wie's
so geschehen, nur daß eine Flamme aus dem Dach
schlug, als ich mich umsah. Aber wenn's mich nicht
kümmerte, ging's Keinen sonst an. Denn das Haus
gehörte mir mit dem, was drin war."

„Ich denke der Pirol nicht. An ihn hattet Ihr
kein Recht."

„Das hat der Verstand der Klügeren Leute aus-
gefunden, Herr Baron. Was ist Recht für Einen, der

seine Sinne nicht beisammen hat? Doch der Gold=
brossel waren Flügel gewachsen. Ich habe wohl ge=
dacht, sie könne auf ihnen davonfliegen, wenn's ihr im
Rauch nicht gefalle."

„Die Goldbrossel muß noch einen anderen Namen
gehabt haben. Wie hieß sie sich selbst?"

„Wenn Sie's zu hören wünschen, Vorschrift ist's,
daß ein Kind den Namen führt, den seine Mutter bei
der Hochzeit bekommen; wie hätte sie's anders sollen?
Nur hieß ich mich damals anders als jetzt, und so
nannte sie sich Edud Nordwalt."

„Edud Nordwalt —"

Der Freiherr Dietrich von Alfsleben sprach den
Namen nach, stand auf, trat an den offenen Rand der
Haidehütte und blickte nach dem brennenden Baume
hinüber. Etwa eine Minute lang, dann kehrte er
zurück und sagte:

„Ihr hattet Recht, er zündet nicht weiter und lischt
von selbst aus. Aber Euer Haus — das brannte
nieder?"

Aus den Worten klang kein Ton der Entrüstung
oder Verurtheilung. Es machte den Eindruck, der
Freiherr habe bei seinem Verweilen und Hinausblicken
nach der verglühenden Buche sich die That seines
Försters abgewogen. Dieser versetzte kurz:

„Ich vermuthe es. Ich sah's nicht mehr."

„Und Eure Frau und — ihre Tochter?“

„Ich weiß es nicht, Herr Baron. Mein Hochzeits=
tag war's und im Rückgedenken an ihn ging ich davon.
Nur aus der Weite zeigte zu breitgestreckter Rauch mir, daß
ich mich als ein unvorsichtiger Förster benommen. Zu lang
war's dürr gewesen und der Wald in Brand gerathen.“

Alsleben nickte. „Mir kommt's in's Gedächtniß,
einmal davon gehört zu haben. Der Brand dehnte
sich weit; durch eines Försters Unbehutsamkeit, hieß
es, sei's geschehen, und er habe sich ertränkt.“

„Er hätt's wohl besser gethan, aber er ging nur
auf's Wasser und drüberhin.“

„Mit anderem Namen. Wie sagtet Ihr? Nordwalt?“

„In den Wald im Westen ging ich, darnach nannte
ich mich. Ein neuer Mensch brauchte einen neuen
Namen, und er paßte mir wie ein umgewendeter Rock.
Seit bald zwanzig Jahren hab' ich des alten nicht
mehr gedacht. Der Waldbrand da weckte ihn auf, und
Sie haben's gewollt, Herr Baron. Fahren Sie morgen
in die Stadt, dem Richter anzuzeigen, Dirk Nordwalt,
der Mordbrenner, sei wieder hier, damit der Hanf ihm
in der Luft nachholt, was das Wasser nicht gethan.“

Der Feuerschein draußen hatte sich rasch abgeschwächt,
in der Hütte war's dunkel geworden, kaum ließ sich
etwas unterscheiden. Nach einem Schweigen scholl die
Stimme des Freiherrn:

„Ich danke Euch, Dirk, für Eure Unterhaltung. Ihr versteht Euch nach Försterbrauch auf Jagdgeschichten. Oder war ich hier in der Ecke eingeschlafen und habe geträumt, Ihr erzählet etwas? Dem Dachs kommen wir heute nicht mehr bei. Wir wollen nach Hause gehen."

Er setzte den Schritt vor, Dirk Westerholz folgte; der Regen hatte nach kurzem heftigen Niedersturz aufgehört, durch die sich verdünnende Wolkendecke kam jetzt ein mattes Licht der falben Mondscheibe und ermöglichte das Einschlagen des richtigen Wegs. Bis sie den Waldrand wieder erreicht, hielt Alsleben das Gesicht von der Seeseite abgewandt, er ging wortlos, erst vor'm Schloßthor sagte er: „Gute Nacht, Dirk. Wenn es morgen Abend heller ist, wollen wir versuchen, ob wir besseres Glück haben."

Ein Lichtschein vom Hause her ließ gewahren, er strecke dazu dem Förster die Hand hin. Das hatte er noch nie gethan, und merklich war's einem unbedachten Impuls entsprungen. Denn wie er auf die entgegengehobene Hand Dessen traf, der sich ihm selbst Mordbrenner benannt, zog er, sie kaum fassend, die seinige rasch zurück, wiederholte nochmals kurz: „Gute Nacht" und trat in's Schloß, dessen Uhr aus der Höhe grade die elfte Vollstunde herabschlug. Er begab sich in's große, hellerleuchtete Wohnzimmer des Erdgeschosses, mehrere Lampen und Armleuchterkerzen brannten, es mußte nach seiner Vorschrift bis in jeden Winkel hell sein, wenn er sich Abends drin aufhielt. Bei seinem Eintritt hob sich, ein Buch zur Seite legend, Meinolf aus einem Sessel auf; die Bewegung ließ den Freiherrn zurückstutzen, ungewiß sah er einen Augenblick lang in das Gesicht seines Sohnes. Dann sagte er:

„Du? Ich hatte vergessen — es ist erst seit gestern und ich bin nicht gewöhnt, Jemand hier anzutreffen. Hast Du den Nachmittag gut zugebracht? Ich glaube, Du rittest aus."

Ueber die Züge des jungen Mannes ging ein schmerzlicher Ausdruck; er antwortete: „Ja — als ich zurückkam, sah ich Dich zur Jagd fortgehen. Ich wäre Dir gern nachgegangen, aber —"

Meinolf hielt zögernd an, sein Vater fragte: „Was aber —?"

„Du warst nicht allein, mit dem Förster."

„Warum hielt der Dich ab?"

„Weil ich Dir etwas unter unseren vier Augen sprechen wollte."

„Hast Du große Schulden?"

Der Erwidernde setzte den Fuß vor, es erregte den Eindruck, er beabsichtige, sich zu einer Kasse zu begeben, Meinolf das Erforderliche auszuhändigen. Doch der Letztere faßte haltend mit der Hand ihm nach dem Arm:

„Vater —"

„Was hast Du?"

„Ich nicht — Du hast Schulden, Vater, lang an=
gehäufte — eine große Schuld —"

Der Freiherr fuhr mit dem Arm zurück, sein Mund
stieß hervor:

„Du? Was will Deine Hand? Will sie —?"

„Dich halten, Vater — einmal — heut' — eh'
es zu spät ist. Du sagtest es, Du hattest vergessen,
daß ich hier war — mein Leben lang hast Du's ver=
gessen, daß ich Dein Sohn bin. Ich weiß nicht, ich
hab's gehört — nicht von Dir, von fremden Leuten —
daß meine Mutter Dir nicht lieb gewesen — und ich
weiß auch nicht, ob es ihre Schuld war, die Du mich
bis heute zahlen ließest. Aber mein Herz klagt gegen
Dich, Vater, daß Du Dir eine Schuld an mir an=
gehäuft hast, denn es suchte nach Deinem, immer wenn
ich hierher kam. Doch sein Verlangen, seine Liebe
fand Dich nicht — niemals — auch gestern nicht, als
ich fast drei Jahre fern gewesen — und heute fragst
Du, ob ich Geld gebrauche. Ist's denn wahr, wie sie
sagen, daß Dein Herz keine Liebe kennt und nach keiner
auf der Welt je verlangt hat?"

In heftiger Gemüthsbewegung, ungestüm, mehr
fordernd als bittend, hatte Meinolf es herausgerungen,
doch an den Wimpern glänzten ihm Thränen. Sein

Vater stand mit starr aufgeweiteten Lidern; etwas irr
Flackerndes, das bei seiner letzten Entgegnung ihm durch
die Augen gegangen, war aus ihnen weggeschwunden,
ein weich aus ihrer Tiefe aufquellender Glanz hatte
sie angefüllt. Seinen Körper durchlief ein Rütteln,
mühsam, nur halbverständlich brachte er von zitternden
Lippen:

„Du —? Du liebst mich —?"

Staunen und Glückseligkeit malte sich in den Zügen
des Befragten, der mit dem Blick am verwandelten
Gesicht seines Vaters wie an einem noch nie gesehenen
hing. Ein jubelnder Ton durchklang seine Stimme:

„Fühlst Du's zum ersten Mal? Ich wußte es, Du
bist gut und warm — meine Augen sehen es. Laß
mich's auch hören, gieb mir den Namen, mit dem mich
Niemand auf der Welt nennt, mit dem Du mich nie
benannt — zum ersten Mal, Vater!"

„Meinolf — mein lieber Sohn."

„Mein lieber Vater! Hab' Dank — das ist ein
Name, von dem ich weiß, daß Du ihn geliebt hast,
der mir sagt, daß Du lieben konntest. Du gabst ihn
mir wie ein Kleinod, als einen Schlüssel zu Deinem
Herzen, und heute hat sich's ihm geöffnet. Was ist
Dir, Vater?"

„Nichts — es kam mir zu unerwartet."

Dietrich Alßleben hatte die Hände auf die Schultern

seines Sohnes gelegt, ein Zeichen seines Gefühls, ein väterliches Erfassen war's gewesen. Doch sie begannen schwerer zu lasten, man sah, er hielt sich mit ihnen an einer Stütze aufrecht. Seine Kniee trugen ihn nicht, zurückschwankend ließ er sich auf einen Sessel herunter, schloß die Augen, wie von einem Schwindel befallen. Halblaut, als Bitte kam ihm vom Mund: „Bleib' bei mir!" Meinolf kniete vor ihn hin, und sein Vater legte ihm die Hände auf's Haar. Wo sie die Stirn und Schläfe streifend berührten, fühlten sie sich kalt, wie leblos an.

Beide waren von tiefer Erschütterung bewältigt und die Schwäche, die den Freiherrn überkommen, wohl begreiflich. Nach zwanzig Jahren plötzlich hatte er einen Sohn gefunden; er mußte mit diesem im gleichen Wahn gelebt haben, daß kein Band des Herzens zwischen ihnen vorhanden sei. Aber diese Stunde bewies, er habe die nämliche Sehnsucht nach Liebe in' sich getragen, und zurückgezwungen, gezagt und gebangt, sie zu offen= baren, als ob er ihre Erwiderung unmöglich gehalten, sich vor einem Erbtheil in der Brust Meinolf's ge= fürchtet. Was sein Verhalten gegen die Gutsangehörigen kundthat, war hier deutlich vor Augen getreten. Seinem düstren Aeußern entgegen hatte die Natur ihn im Innern nicht hart gepanzert; er besaß ein weiches, jäh zu ergreifendes und ihn überwältigendes Herz.

Beide verharrten eine Weile schweigend in ihrer Stellung. Dann fand die Jugend zuerst die Sprache wieder, das letztgesprochene Wort aufnehmend:

„Ich soll bei Dir bleiben — wie in dieser Stunde möcht ich's — lange. Willst Du mich den ganzen Sommer behalten, Vater?"

Die Hände Dietrich Alfsleben's preßten sich um den Kopf des Sohnes. „Ja, bleibe bei mir — immer. Komm', steh' auf! Du sollst nicht vor mir knien — mir käm's zu vor Dir, Dir zu danken."

Nun saßen sie beisammen, mit einander redend, wie sie's noch nie im Leben gethan. Die hohe Fluth der Empfindung, von der sie sich entgegengeführt worden, beschwichtigte sich, der Mannesnatur gemäß, doch von der Zunge Meinolf's klangen auch die gewöhnlichen Worte fort wie in einem Freudenrausch gesprochen, und die Augen seines Vaters, ihnen fremdartig folgend, erhellte ein Glück. Der Erstere erzählte von seinem Leben, seinen Reisen, seinen Zukunftsplänen; dieser gedachte er mit lachendem Munde. Sie lagen ihm von der letzten Stunde fern in die Weite entrückt; was er wie ein Traumgefühl in sich getragen, daß etwas Sonnenhaftes hier auf ihn warte, hatte sich doch heute erfüllt, und nur die schöne Gegenwart hielt ihn umfangen, der Gedanke an den Sommer im heimathlich gewordenen Haus. „Frau Themis wird sich trösten,

wenn sie noch darauf warten muß, daß ich mich ihr
als Staatsanwalt vorstelle."

Dann und wann war ein Glockenklang von der
Schloßuhr gekommen, jetzt schlug es langandauernd lang=
sam Mitternacht. „Die Geisterstunde," lächelte Meinolf;
„hier findet sie gute Geister aufgeweckt. Aber Du bist
müde von Deinem Jagdgang, lieber Vater, und ich
bin's vom Glück; zum ersten Male lern' ich's, daß es
sich auch auf die Augen legt. Hast Du gute Beute
heimgebracht?"

Er war aufgestanden, sein Vater that das Gleiche.
„Ja, unerwartete," erwiderte er, und fügte nach: „das
heißt, nicht wirklich. Wir gingen auf etwas Seltenes
bei uns aus, einen Dachs, doch wir fanden ihn nicht."

„Das freut mich für ihn," flog's Meinolf heiter
vom Mund, „denn ich fühle heut', wie schön es ist,
zu leben." Zufällig ging sein Blick seitwärts und er
streckte die Hand nach dem Tisch, an dem er gesessen.
„Ich habe dafür etwas gefunden, eigentlich nicht ich,
sondern Nathan Aronsohn, der Jude, der's irgendwo
am Strand aus dem Sande gescharrt und in seinen
Sack gesteckt. Aber ich hab's ihm abgehandelt für
Deine Sammlung, wenn's Dir einen Platz drin werth
ist. Das Ding scheint nach dem Rost lang im Wasser
gelegen zu haben, bis eine Sturmfluth es heraus=
geworfen."

Der Freiherr nahm die Pistole. „Ich danke Dir, daß Du schon an diesem Abend an mich gedacht hast; das giebt ihr Werth für mich, sonst hat sie freilich wohl keinen besonderen."

„Wenigstens spannen läßt sie sich nicht mehr," lachte der junge Mann, „oder ich verstand mich nicht darauf."

Er fügte das Letztere hinzu, denn sein Vater hatte den Daumen auf den verrosteten Hahn gelegt und ihn mit geübter Hand doch in Bewegung versetzt, daß er sich vom Piston aufhob; nun knackte er und stand. Dietrich Alßleben bog den Zeigefinger um den Drücker und sagte, die kleine Feuerwaffe näher an eine Lampe haltend: „Sie ist einmal von nicht schlechter Art gewesen, auf dem Kolben scheint etwas eingelegt." Das Licht ließ jetzt die von Nathan Aronsohn einigermaßen wieder herausgeputzten silbernen Arabesken am Griff unterscheiden, doch im selben Augenblick erfolgte ein scharf klappernder Ton, und ein andrer, schreckhafter flog dem Freiherrn vom Mund. Sein Finger hatte eine Rückbewegung gemacht, und der Hahn war niedergeschlagen; Meinolf stieß unwillkürlich aus: „Was hast Du, Vater? Warum?"

„Nichts — ich war ungeschickt. Ein Eisensplitter scheint abgesprungen und mir in die Hand. Man muß sich mit solchem alten Plunder vorsehen. Der Jude hat Dir natürlich das unnütze Ding für guten Preis angehängt."

8*

Alsleben legte geringschätzig die Pistole auf den Tisch zurück und schloß an's letzte Wort: „Du hast Recht, es ist spät und Schlafzeit. Laß uns geh'n!"

Sie stiegen zusammen die Treppe zum oberen Stockwerk hinauf; vor der Schlafzimmerthür des Frei= herrn hielt Meinolf, seine Rechte ausstreckend, an. „Gute Nacht, lieber Vater. Schlafe gut!"

„Gute Nacht."

Der Antwortende versetzte es kurz, seine linke Hand nahm die des Sohnes, der verwundert fragte: „Warum giebst Du mir die?"

„Die andere kann ich Dir nicht geben — sie thut weh' —"

„Dann ist der Splitter wohl noch drin, ich will nachsehen."

„Nein." Alsleben öffnete seine Thür. „Es schmerzt nur noch nach, morgen wird's vorüber sein. Schlafe Du gut, mein Sohn! Deine Jugend bedarf des Wunsches nicht."

Er trat rasch ein, und Meinolf begab sich durch den alten gewölbten Gang weiter nach seinem Schlaf= gemach. Dasselbe war's, das er von Kindheit auf innegehabt, wenn er in den Ferien hier gewesen, wie alle Räume des Schlosses groß und hoch, alte Bilder sahen von den Wänden. Es hatte nie Trauliches für ihn besessen, manchmal sogar beim Zubettgehen ihn mit

einer Scheu überkommen; heut' zum ersten Mal fühlte
er sich drin in seiner Heimath. Er war sehr glücklich,
kehrte sehr anders in den Raum zurück, als er am
Nachmittag zu hoffen gewagt, daß er ihn wieder be=
treten werde. Betrachtend stand er vor einem der
Portraitgemälde, das seine Mutter als junges Mädchen
darstellte, mit ihr hierher und nach ihrem Tode in
dies Zimmer gekommen war. Die Züge besaßen Un=
schönes, Hartes, ließen begreifen, daß sein Vater sie
nicht geliebt habe. Meinolf selbst sah das Bild als
das einer Fremden an, mit der ihn kein Zusammen=
hang verknüpfte. Sein weiches Gefühl regte sich, ihm
aus diesem Empfindungsmangel einen Vorwurf zu
machen, doch er konnte sich nicht wider seine Natur
zwingen. Die seines Vaters lebte in ihm, und dies
Gesicht hätte ihm auch nicht Liebe einzuflößen vermocht.
Freilich hatte noch keines je solche in ihm geweckt; er
wandte sich ab, trat an ein Fenster, öffnete es und
blickte in die Nacht hinaus.

Es hatte wieder zu regnen begonnen, doch in eigener
Art. Sacht durch linde, stillgewordene Luft kam's
herab, nichts regte sich, das Ohr vernahm nur ein
gleichmäßiges Rauschen. Darin lag etwas Melodisches,
dem sich harmonisch eine zwiefache Lichthelle gesellte.
Die eine war bleibend, entstammte fraglos dem selbst
nicht sichtbaren Mond, der hochher mit einem Schimmer

den nur mehr bünnen Gewölkschleier durchbrang. Am
Horizont dagegen lag noch bichtere Wolkenmasse, aus
der ab und zu ein Blitzschein aufflog. Doch ohne
nachfolgenden Donner, kein Gewitter mehr war's, nur
ein Geleucht blauer, spielender Flammen. Wie ein
plötzlich auftauchender und wieder verschwindender
zauberischer Vorhang erschien's, hinter dem sich die
Aufführung eines märchenhaften Schauspiels bereite.
Das Gefühl sprach auch davon, was es sei: der Einzug
des Frühlings im wallenden Mantel des warmen
Regens. Doch es ließ nicht Zweifel, wenn der Morgen
komme, werde er das graue nächtliche Kleid mit einem
Goldgewand vertauschen, sich in leuchtender Herrlichkeit
zu zeigen. Und auch ein Musikklang kündigte jetzt die
Eröffnung des freudigen Spieles an, aus einem Busch
in der Parkferne her schlug eine Nachtigall. Sie mußte
zugleich mit Meinolf, als eine nicht wahrgenommene
Reisegenossin, vom Süden eingetroffen sein, that ihre
Ankunft zum ersten Mal kund.

Geraume Weile hatte der junge Mann sich aus
dem Fenster gelehnt und mit tiefen Zügen die köstliche
Luft eingeathmet, denn der Halbschlag der Schloßuhr
tönte. Nun wandte er sich zurück, allein die Müdigkeit war ihm vergangen, er fühlte, daß er noch nicht
schlafen werde. Nach kurzem Besinnen nahm er seine
Kerze, sich von unten das Buch heraufzuholen, in dem

er am Abend gelesen. Der Gang und das ganze Haus
lagen dunkel, die Dienerschaft hatte alle Lichter gelöscht,
und am Fuß der Treppe blies unvorgesehene Zugluft
von einem offenstehenden Flurfenster her ihm auch das
seinige aus. Doch er kannte jeden Schritt im Hause,
bedurfte der Kerze nicht, sondern fand die Wohn=
zimmerthür und tastete sich dem Tisch zu; der war's,
auf den sein Vater die rostige Pistole zurückgelegt,
daneben mußte das aufgeschlagene Buch sich befinden.
So verhielt sich's auch, der Himmel kam ihm zu Hilfe
und goß kurz einen blauen Wetterschein durch die Stube,
bei dem er die weißen Blätter wahrnahm und gleich
darauf mit der Hand gefaßt hielt. Um ihn war's
wieder finster; hatte er sich doch vielleicht geirrt, ein
anderes Buch von einem andern Tisch genommen?
Die Empfindung überkam ihn, er wußte zuerst nicht,
weshalb; dann erklärte sie sich ihm daraus, daß er bei
dem flüchtigen Aufleuchten nur das Buch, doch nicht
die Pistole daneben gesehen. Seine Hand tastete über
den Tisch, aber dieser war leer. Meinolf dachte einen
Augenblick nach, erinnerte sich indeß nicht, daß irgendwo
ein anderes aufgeschlagenes Buch gelegen; er mußte
das gesuchte in der Hand halten, der Diener bei'm
Auslöschen der Lampen die alte Schußwaffe bei Seite
geräumt haben. Wie er in sein Zimmer zurückkam,
zeigte sich auch, daß er das richtige mitgebracht; ein

Döbereiner'sches Platin=Feuerzeug ermöglichte ihm, seine Kerze wieder anzuzünden. Aber jetzt hatte die Müdig= keit sich seiner auf's Neue voll bemächtigt, er las doch nicht mehr, stand nur noch einmal auf, das Fenster wieder zu öffnen. Leise rauschte der Frühlingsregen; mit geschlossenen Augen sprach Meinolf Alßleben ein paar ihm besonders liebe Verse eines altrömischen Dichters vor sich hin:

„Quam juvat, immites ventorum audire susurros,
Et dulces somnos imbre juvante sequi."

Schon in halbem Traum kam's ihm von den Lippen, und auf den Schlag der näher an's Schloß herangekommenen Nachtigall hörend, fiel er in Schlaf.

IV.

Letzter Wochentag war's gewesen, und als der Morgen anbrach, kündete die Kirchenglocke von Loagger den Sonntag über Land und Wasser. Weitum ging ihr Ruf durch stille Luft; nicht ein Sonntag nur war's, auch ein Sonnentag, erfüllend, was die weiche Regennacht verheißen. Dem Schiffer, der, sich über die Planke lehnend, draußen unter kaum gebauschtem Segel auf kleinem Deckboot langsam dem Ufer entlang zog, klang's wie ein singender Ton aus den leis' dünenden Wellen. Den Strand lief's entlang, wie ein Wettspiel mit den huschenden Vögeln. Fern auf die Haide hinaus ging's eilend und bleibend, allgegenwärtig, ihr noch schmuckloses Gesträuch, wie jeden grünknospenden Birken= zweig umsummend; aufhorchend da und dort hoben die Eidechsen ihre Köpfe in's freudige Licht. Nach dem Waldbrand im Osten schien der Schall hinüber zu trachten, doch bis dahin gelangte er nicht; kaum zu empfinden zwar, stand die Luftbewegung ihm entgegen, seine Schwingungen lähmend, wie Schwingen eines sich ermüdet zum Boden herabsenkenden Vogels. Sonntags= geläut, seine Mahnung zur Abwendung vom Irdischen war's, aber im Ohr tönte sie wie ein lieblicher Gruß des Frühlings, ein holder Weckruf zum Erblühen und zur Freude.

Und auf die Kanzel stieg der Pastor Christian Hollesen und verkündigte das Evangelium, die Botschaft des Himmels an die Menschen, daß alle Herzen bereit seien, mit freudigem Dankgefühl sich der ewigen Güte und Liebe zu öffnen. „Sehet, sie schreitet draußen über Feld und See im goldenen Gewand. Zu Jedem tritt sie heran, denn Keinen achtet sie gering. Ob die Lippe schweigt, ihr gilt als Gebet der Glückstrahl eines Auges, das Klopfen eines Herzens. In ihm tragt Ihr den Wahrspruch, Euch selbst zu kennen, ob Ihr der Gaben werth seid, die Euch zugemessen, Euch ihrer zu erfreuen oder vor ihnen zu erschrecken. Denn es leuchtet gleicherweise der Sonne Licht über Gerechte und Un= gerechte, die unser Blick oftmals nicht scheiden kann im Dunkel ihrer Brust, doch in ihr fället Jeglicher sich sein Gericht."

So sanft die Stimme Christian Hollesen's klingen konnte, so mächtig auch vermochte sie das Kirchengewölbe zu durchhallen und that dies gegenwärtig bei dem letzten

Satz. Allerdings zur Hebung des Tones auch durch
einen äußeren Anlaß genöthigt, um sich bei einem vom
Fliesenboden aufdröhnenden Geräusch von Fußtritten
vernehmbar zu machen. Ein Wagen war draußen vor-
gefahren, aus dem die Gutsherrschaft von Helgerslund,
Herr Friedrich von Brookwald, seine Frau und seine
Tochter gestiegen. Sie fehlten niemals beim sonntäglichen Gottesdienst, stellten sich gewöhnlich noch vor
seinem Beginn ein. Doch heut' hatten sie sich ver-
spätet; im Vorschreiten das Gesicht dem Prediger zuwendend, ließ der Schloßherr einen Ausdruck des Be-
dauerns darüber aus seiner gutmüthig jovialen Miene
sprechen. Er war nicht eigentlicher, wenigstens nicht
alleiniger Patronatsherr der Kirche, deren Verhältnisse
nach dieser Richtung von alter Zeit her nicht recht
klar gelegen, bis sie einmal von Seiten des Staates
dahin fester geordnet worden, daß dieser sich mit den
Gütern Helgerslund und Ekenwart in das Patronat
getheilt. Doch bekümmerte er sich kaum um Zustände
und Bedürfnisse der abgelegenen Pfarre und noch
minder der jetzige Freiherr von Alsleben, der seit
bald zwei Jahrzehnten den Fuß nicht hierhergesetzt.
So war Fritz Brookwald — mit dem Namen ward
er in der Gegend zumeist von seinen Standesgenossen
benannt — der Einzige, an den sich der Pastor in
äußeren Angelegenheiten der Kirche mit Erfolg zu

wenden vermochte, und es hatte sich daraus zwischen ihnen ein Verkehr gestaltet oder richtiger der fortgesetzt, welcher vorher zwischen dem Pfarrhaus und dem verstorbenen Besitzer von Helgeslund, dem Schwiegervater Brookwald's, bestanden. Christian Hollesen hatte die Frau des Letzteren noch als Kind gekannt, sie, wie ihren in der Nordsee ertrunkenen Bruder confirmirt und die Trauer über diesen jähen, erschütternden Unglücksfall mit ihr und ihrem Vater getheilt. Dann war die Trauung Gertrud's von ihm vollzogen worden, so verknüpften ihn langjährige Beziehungen mit ihr. Nun war die Zeit weitergeschritten, eine neue Geschlechtsfolge heranreisend, denn Unna Brookwald stand bereits nah davor, ihr siebzehntes Jahr zu erreichen.

Die zu spät Gekommenen nahmen ihren besonderen Stuhl ein, mit Ausnahme Unna's, die sich an die Seite Zea Hollesen's setzte, von dieser durch eine etwas fortrückende Bewegung dazu aufgefordert. Es ließ Neigung und Befreundung zwischen den beiden jungen Mädchen erkennen; die erst jetzt Eingetroffene faßte unter dem überspringenden Tischrand zu einer stummen Begrüßung nach der Hand ihrer Nachbarin und behielt sie in der ihrigen, während ihr Vater zu einem kurzen Gebet vor sich nieder sah und dann andächtig aufmerksam der Predigt zuhörte. Frau Gertrud von Brookwald that das Gleiche, doch lag in dem Falten ihrer Hände etwas von Gewöhnung Ausgeübtes, bei dem ihr Denken nicht anwesend sei. Sie zeigte in den Gesichtszügen Aehnlichkeit mit ihrer Tochter, natürlich dem Unterschied der Jahre gemäß. Indeß war sie, wenn auch von mehr als doppeltem Alter, keineswegs eine alte Frau, hätte, kaum über die Mitte der Dreißiger hinaus, fast noch zu den jungen gezählt werden können. Doch sie sah älter aus, wenigstens überwogen auf den ersten Blick das schon leicht ergrauende Haar und leis' die Stirn durchziehende Schattenstriche das Jugendliche, das ihren Zügen noch geblieben und erst bei genauerer Betrachtung hervortrat. Aus ihren blauen, großen Augen sprach Milde; sie hingen am Munde des Predigers, doch nicht eigentlich mit einem Ausdruck kirchlicher Andacht. Ohne Zweifel kam sie willig, von eigenem Trieb geführt, hierher, den Worten Hollesen's zuzuhören. Aber nicht der Pastor war's, der vor ihr von der Kanzel redete, sondern ein Mensch, mit dem sie lange Freundschaft, Verehrung und Vertrauen von Kindheit auf und Uebereinstimmung der Gedanken verband. Zuweilen erschien's, als nehme ihr auf sein Gesicht hingerichteter Blick auch ihn nicht gewahr, sondern sehe durch ihn hin in eine Weite.

Wie immer füllten die zur Gemeinde Gehörigen den kleinen Kirchenraum dicht an, auch Henning Wittkop befand sich in sonntäglichem Anzug drin. An einem

Pfeiler stehend, hörte er sichtlich der Predigt, sowohl
mit schuldiger Achtsamkeit, wie auch gern zu, doch hielt
diese kirchliche Pflichterfüllung ihn nicht ab, in jeder
Minute nach den neben einander sitzenden jungen Mäd=
chen zu schauen und einmal sogar wohl ohne Selbst=
wissen, halb= oder viertelslaut in seinen Bart hinein
zu reden: „Sie sind richtig als wie ein Seeschwalben=
paar, bloß daß die Witta noch weißer von Federn ist.“
Unweit von dem Strandvogt stand auch Tilmar Hellbeck;
sein Blick hatte nichts stetig Verbleibendes, ging durch
die Kirche umher, hob sich nach den von Sonnenstrahlen
glitzernden Fenstern und schweifte wieder abwärts. Er
schien an Pflanzen und Blumen draußen auf der Haide
am Seestrand zu denken, wenigstens deutete Fea Hollesen
sich es so, die aufschauend einmal seinen Augen be=
gegnete und den Anflug eines Lächelns um ihre Lippen
spielen ließ. Manchmal nahm sie am sonntäglichen
Gottesdienst theil, manchmal versäumte sie ihn, blieb
draußen in der Sonne. Ihr Vater verlangte nicht,
daß sie zugegen sei, hatte nie ein Wort der Mißbilligung,
wenn sie nicht gekommen. Doch wußte sie, ihre Gegen=
wart erfreue ihn, und ihr bereitete es gleichfalls Freude,
dem, was er von der Kanzel sprach, zuzuhören, so war
sie heute hier anwesend. Wohl aber begriff und fühlte
sie auch, daß man sich trotzdem aus dem engen Kirchen=
raum fortsehnen könne, in die Weite, unter das blaue

Himmelsbach hinaus, und dies Verständniß geheimen
Wunsches Tilmar Hellbeck's drückte das leise Lächeln
ihres Mundes aus. Doch der junge Lehrer faßte es
kaum auf, sein Blick ging rasch nur an ihr vorüber.
Ein einziges Mal waren seine Augen in die Richtung
ihres Platzes gerathen und zufällig gerade die ihrigen
mit ihnen zusammengetroffen. Es wiederholte sich
nicht, denn sein Gesicht kehrte nicht mehr nach ihrer
Seite zurück.

Christian Hollesen aber nahm am Schluß seiner
Predigt noch einmal den Gedanken auf, dem er gerade
bei der Ankunft der Helgerslunder Gutsherrschaft Aus=
druck gegeben. In seiner Art, sich gerne der Bilder
zu bedienen, welche die Natur um Loagger darbot,
that er's und sprach:

„Es hält sich oft verborgen des Menschen Trachten
und Thun gleich dem Grunde des Meeres, wohin nicht
Auge und Ohr reicht, daß er es wohl verdeckt wähnt
und nicht sorgt, das Licht des Tages könne drauffallen.
Aber ein Wind braust daher, den er nicht vorgesehen,
und läßt die Welle aus der Tiefe aufrauschen, daß sie
Verschwiegenes emporhebt und dem Blick an's Ufer
trägt. Sei es eine Sünde des Gedankens, sei es eine
Missethat, sie werden zeugen gegen den, der sie gehegt
oder begangen, denn Gerechtigkeit hält die Schalen der
Waage, Jeglichen zu wägen nach seiner Gebühr. Ob

auch die Zeit über eine Schuld sich legen mag gleich
dem Flugsand, es wandert doch die Düne wieder ab
von ihr, und entblößt liegt sie vor der Sonne für die
Stunde des Gerichts. Ist Einer unter Eurer Zahl,
dem vor Solchem bangt, da kehre er in Reue sein
Herz, abzulassen vom bösen Trieb. In sich, als sein
eigener Richter, spreche er sein Urtheil und finde Ver=
gebung, wenn er sie in sich selbst zu finden vermag."

Der christliche Pastor hatte das nämliche Gleichniß
von dem alles überdeckenden Sand gebraucht, wie gestern
der Jude Aronsohn, es lag gleichsam draußen vor der
Kirchenthür, und für die Strandanwohner konnte kaum
ein Bild etwas deutlicher bezeichnen. Auch Henning
Wittkop nickte mit dem Kopf und nach seiner Gewohn=
heit murmelte er, als Tonlaut halbverständlich für das
Gehör der ihm zunächst Stehenden vor sich hin: „Ja,
Sand in die Augen." Doch was er mit dieser an sich
selbst gerichteten Bemerkung besagen wollte, war nicht
zu entnehmen; seine Stirn hob sich dabei zu einem
kurzen, durch die Kirche hin über die Bankreihen der
Dorfeinwohner weggehenden Aufblick, dann verwandte
er seine Achtsamkeit auf die Predigt zurück. Sie war
nicht lang mehr, das Schlußgebet klang bald von der
Kanzel, der Gesang hob wieder an, verhallte, und die
Kirche leerte sich. Sehr schön war's, aus dem kalten
Licht des kühlen Raums in den warmüberfließenden

Sonnenglanz hinauszutreten; Unna hielt den Arm in
den Zea's gelegt, so gingen sie mit einander, die junge
Brust Beider athmete wie wetteifernd in unbewußter
Freudigkeit die kräftige Frühlingsluft ein. Sie kamen
nicht oft, nur am Sonntag-Vormittag und auch dann
meistens nur für kurze Zeit zusammen, doch unverkennbar
hing Unna Brookwald mit dem Herzen an ihrer Begleiterin. Sie war ungefähr nur ein Jahr jünger,
schlank und schön aufgewachsen, aber ein Kind noch an
Leib und Gemüth, fröhlich wie ein Falter in der
Sonne. Ihre Augen gingen über den Friedhof, doch
sahen nur das Flimmern und Spielen der Lichter auf
den Kränzen und Grabsteinen, die Schatten, die von
ihnen über den Boden hinfielen, rührten sie nicht an.
Den leichten Fuß einmal haltend, sagte sie mit heiterer
Stimme: „Da ist Onkel Meinolf's Stein; es sieht aus,
als wäre der Epheu im Winter noch gewachsen, man
kann kaum mehr die Inschrift lesen."

Die Leiche Meinolf's von Rhade hatte das Meer
nicht herausgegeben, doch seine Schwester ihm auf dem
Kirchhof von Loagger ein Gedächtnißmal gesetzt, als
liege er darunter bestattet. Eine weiße Marmorplatte
war in den Granitblock eingelassen, auf ihr stand der
Name des Todten und ein Grabspruch, den Christian
Hollesen hinzugefügt. Der Epheu hing verdeckend
darüber, nicht, weil er sich zu stark verdichtet, der

Wind hatte lose Ranken herabgedrückt. Die Hand Zea's schob sie jetzt bei Seite und sie sprach dazu: „Für mich ist's nicht nöthig, ich weiß von Kindheit auf auswendig, was darauf steht. Aber der Spruch meines Vaters ist schön und gehört in die Sonne."

Sie stand zwischen dieser und dem Stein, so daß ihr Schatten auf ihn fiel, doch die Inschrift trat jetzt deutlich hervor:

„In Jugend, sprachen die Alten, gehen dahin, die von den Göttern geliebt werden. Leiblos aus der Sonne entrafft jäh sie der Blitzstrahl. So leben sie immer jung dem Gedenken."

„Mich däucht's doch besser älter zu werden," sagte Unna Broolwald, „ich möchte noch nicht sterben. Oder Du?"

Sie mußte zu der letzten Frage lachen, und Zea antwortete frohsinnig: „Glaubst Du, ich habe die Sonne weniger gern?" Der Grabstein warf für sie Beide keinen Schatten, verknüpfte ihnen keine Vorstellung. Sie hatten Den, dessen Gedächtniß er erhielt, nicht gekannt.

Doch Unna's Mutter, die jetzt auch herzukam, sah man an, sie trage die Erinnerung in sich. Wie immer, wenn sie die Kirche verließ, nahm sie den Weg hier vorüber, den Stein mit einem mitgebrachten Gedenkzeichen zu schmücken; heut' waren es erste

Veilchen, die ihr Bruder besonders geliebt. In ihren Augen stand, während sie die kleinen Duftblüthen schweigend zwischen den Epheuranken befestigte, sie bringe die Gabe ihm, doch auch sich selbst, einer Vergangenheit, in der sie noch lebe, die sie an dieser Stelle wie noch seiend vor sich gewahre. Dann wandte sie sich, Bea freundlich zu begrüßen; aus der Art, wie sie dem Mädchen die Hand reichte, sprach, daß sie die Zuneigung ihrer Tochter theile.

Ihr Mann war zurückgeblieben, auf das Herauskommen des Pastors aus der Kirche zu warten, mit dem er eine Pfarrei-Angelegenheit zu besprechen hatte. Christian Hollesen trug die vorgeschriebene geistliche Summartracht nur auf der Kanzel, legte sie stets erst in der Sakristei an und wechselte sie dort wieder gegen seine gewöhnliche Kleidung um. Nun näherte er sich in dieser im Gespräch mit Herrn von Brookwald gleichfalls heran; der Letztere blickte den Weg vorauf, brach von der Unterredung ab und sagte, sich die auf die beiden Mädchen vorgerichteten Augen mit der Hand beschattend: „Dort, glaube ich, stehen meine und Ihre Tochter, man kann sie bei der Sonnenblendung kaum von einander unterscheiden, ihre Größe ist fast gleich, Unna muß im letzten Jahre stark gewachsen sein."

Der Pastor ordnete noch etwas an seinem um-

getauſchten Rock, ehe er antwortete: „Ja, auch ihre
Geſichter haben etwas Aehnlichkeit mit einander.“

„Finden Sie? Das iſt mir noch nicht aufgefallen;
freilich bei meiner Kurzſichtigkeit kann's mir begegnen,
daß ich eine Holztaube für eine Elſter anſehe und
darauf loszknalle.“

Fritz Brookwald erwiderte es in ſeiner, den erſten
beſten ihm auf die Zunge kommenden Ausdruck nicht
abwägenden, halb derben, halb ſaloppen Sprechweiſe;
ſie gab ihm etwas offen Natürliches, dem geſuchte
Worte fremd und ungelegen ſeien. Er fügte nach:
„Da muß ich ſie mir einmal betrachten,“ und gegen
Zea hinantretend, redete er ſie an: „Laß Dich einmal
unter die Lupe nehmen, Kind — oder mir gehen heute
wohl die Augen auf, daß es an der Zeit geworden
iſt, ‚Fräulein‘ zu ſagen und ſich dahinter mit der dritten
Perſon zu incommodiren. Nein, lieber Paſtor, allen
Reſpect vor Ihren guten Augen, aber weiter als im
Längenmaaß kann ich nichts Aehnliches bei den zwei
in's Kraut geſchoſſenen Pflanzen ausfinden. Die Sorten
kommen mir doch ganz verſchieden vor.“

Vielleicht klang aus dem Letzten ein bischen
ariſtokratiſcher Hochmuth, der von vornherein eine
Artverſchiedenheit zwiſchen der Tochter des Sprechers
und dem bürgerlichen Adoptivkind des Geiſtlichen als
ſelbſtverſtändlich betrachtete, und Holleſen beeilte ſich,

zu entgegnen: „Natürlich, mir konnte nicht einfallen, Beide weiter als in der oberflächlichen Erscheinung vergleichen zu wollen." Brookwald versetzte lachenden Mundes:

„Ich glaube, ich habe einmal wieder Zeug ge= schwatzt, verstehen Sie's nicht falsch, lieber Freund. Sie kennen meine schlechte Gewohnheit, nicht lange nachzudenken, was mir herausfährt. Uebermäßig zart= fühlend bin ich ja nicht zur Welt gekommen, aber ich hoffe, für so geschmacklos halten Sie mich nicht, daß ich —"

Eine launige Miene ergänzte den Schluß und der Sprecher fuhr fort: „Uebrigens hat mir heute Ihre Predigt ganz besonders zugesagt. Unsereins weiß leider Gott's, wie noth es thut, den Leuten manchmal ordentlich in's Gewissen zu reden. Wenn's Ihnen recht ist, gehe ich mit in Ihre Studirstube, daß wir die Patronatssache dort besprechen. Ich bleibe ja doch einmal vor dem Nest damit, der Staat läßt sich den Schlaf nicht dadurch verderben und mein Nachbar auf Ekenwart noch weniger. Sein Sohn, der Meinolf, hör' ich, hat sich einmal wieder eingefunden, da kriegt er vermuthlich einen Cumpan für sein Herumknallen und seine Schrullen; die Aepfel pflegen nicht weit vom Stamm zu fallen."

„Ihre Anerkennung ist ehrend und erfreuend für

mich, Herr Baron. Wenn es Ihnen beliebt, ich stehe
zu Dienst."

Christian Hollesen beobachtete dem Patronatsherrn
gegenüber einen seinem Munde fremdstehenden förm-
lichen Ton, der die joviale Weise nicht erwiderte,
sondern sich merkbar mit Zurückhaltung unterordnete.
Fritz Brookwald war nicht freiherrlichen Standes, doch
der ihm von dem Pastor gegebene Titel ward ihm
allgemeinbräuchlich beigelegt; die Besitzer von Helgerslund waren seit Menschengedenken Barone gewesen.
Seine Kurzsichtigkeit mußte nicht so hochgradig sein,
wie er sie dargestellt, denn er hatte bemerkt, daß bei
einem der von ihm lachend gesprochenen Worte seine
Frau leicht gezuckt und ein schmerzlicher Zug über ihr
Gesicht hingegangen. Er wandte sich jetzt zu ihr:
„Was hast Du? Ach so, der Name Deines Bruders
war's. Entschuldige, aber ich bin nicht sentimental
veranlagt, und mich dünkt, Du könntest nach so langer
Zeit dies empfindsame Gefühl auch einmal ablegen,
liebe Gertrud. Wir müssen Alle sterben, und wäre
er nicht —"

Brookwald führte den Satz nicht zu Ende. Das
Ungesprochene ließ verschiedene Deutungen zu, doch als
die wahrscheinlichste, daß ihm auf der Zunge gelegen,
fortzufahren: „Wäre er nicht gestorben, so würdest
Du nicht die Erbin von Helgerslund gewesen sein."

Gertrud entgegnete nichts, aber ihr stand im Gesicht zu lesen, sie habe es so verstanden. Ein Antlitzausbruck war's, der in seiner Schweigsamkeit noch mehr redete, zwischen ihr und ihrem Manne bestehe kein innerliches Verhältniß, die frühen Schattenstriche auf ihrer Stirn und das graudurchspielte Haar seien nicht in einem Widerspruch mit ihrer Lebensführung. Allein sichtlich war sie gewöhnt, sich zu beherrschen, keinen Laut ihres Inneren offenbar werden zu lassen. Mit einem blassen, freundlichen Lächeln wendete sie sich jetzt Mathilde Hollesen, der Frau des Pastors, entgegen, die, nach ihr suchend, um die Kirche herzukam. Die beiden Frauen begrüßten sich, freundschaftliche Beziehung an den Tag legend, und schlugen miteinander den Weg nach dem Pfarrhofe ein, wohin Herr von Brookwald und der Pastor schon voraufgegangen. So blieben die beiden jungen Mädchen wieder allein, standen nach wie zuvor beisammen, und Zea sagte: „Deine Mutter war traurig."

Unna Brookwald antwortete, der Genannten nachsehend: „Ja, Mama ist manchmal empfindlich und verträgt dann das Spaßen meines Vaters nicht." Es lag ein Unterschied in ihrer Bezeichnung der Beiden, sie fuhr fort: „Mir thut's weh, wenn ich dabei bin; so wie ihr kann's mir ja nicht sein, aber ich fühl's doch mit, der Onkel Meinolf muß ein prächtiger Mensch

gewesen sein, ganz anders als — als sonst viele und
jedenfalls auch als Der, der nach ihm den Namen
bekommen hat. Daß der wieder da ist, meinetwegen
hätt' er's nicht nöthig gehabt. Kannst Du Dich noch
an ihn erinnern?"

„An wen?"

„Meinolf Alfsleben; mein Vater sagte ja, er
wäre wiedergekommen. Da kann man sich in Acht
nehmen, daß einem die Glieder heil bleiben; wo er
dabei ist, riskirt man immer geradezu sein Leben.
Man kriegt etwas an den Kopf geworfen oder er stößt
einen blindlings in den Teich."

Zea Hollesen fiel ein: „Ach Der, ja, mir fällt's
ein, es muß lange her sein. Aber er holte Dich auch
wieder heraus, ist's mir."

„Natürlich, sonst könnt' ich mich heut' wohl nicht
daran erinnern." Unna lachte fröhlich, sie war ein
Kind, dem einen Augenblick der schmerzliche Zug im
Gesicht ihrer Mutter nah' gegangen, aber der Frohsinn
brach rasch wieder in ihr durch. „Mama kam, wie er
mich, von oben bis unten triefend, in's Haus trug, er
selbst war natürlich ebenso pudelnaß, und sie litt nicht,
daß er so wegging, sondern er mußte sich auch erst bei
uns trocken umziehen. Das weiß ich noch gut, denn
ich hoffte, Mama würde ihn gehörig ausschelten und
heruntermachen für seine Fahrigkeit, aber statt dessen

war sie nur dankbar und zärtlich gegen ihn, daß er mich herausgezogen und mir das Leben gerettet hätte, und er bekam ein großes Glas voll von einem schönen, warmen Getränk, von dem ich nur ein kleines abbekam."

„Ja, gesehn hab' ich ihn wohl auch ein paarmal, aber bis hier heraus ist er vermuthlich selten gekommen; wie er aussieht, weiß ich nicht mehr."

Zea drehte sich halb und erwiderte auf einen Gruß: „Guten Morgen, Tilmar. Dir ward es heut' bei der Sonne zu eng in der Kirche."

Der junge Lehrer war, da und dort eine Grab=inschrift lesend, der Letzte auf dem leergewordenen Kirchhof geblieben, jetzt den Weg entlang geschritten und hatte vor den beiden Mädchen den Hut gelüftet. Es schien in seiner Absicht gelegen zu haben, vorüber=zugehen, doch die Anrede ließ ihn stehen bleiben und entgegnen:

„Guten Morgen, Anna. Weshalb meinst Du's?"

„Ich las Dir's in den Augen. Worüber lachst Du, Anna?"

Die Befragte drückte sich die Zähne auf die Lippe. „Mir kommt's so komisch vor, daß Jemand Dich Anna nennt. Warum sagen Sie denn nicht Zea?"

Tilmar Hellbeck stieg ein leichtes Roth in's Gesicht. „Das kommt mir nicht — kommt mir nicht auf die

Zunge. Ich habe Fräulein Hollesen Anna genannt, als sie noch meine Schülerin war —"

Das ließ auch ihr ein Lachen um den Mund spielen. „So hast Du mich noch nie genannt. Liegt's heute in der Luft, auch Unna's Vater wollte mich so neu anreden."

Er stand etwas ungewiß, ob er noch bleiben oder weitergehen solle; sie setzte hinzu:

„Was hast Du heut' Morgen vor? Der Sonntag ist Dir der beste Tag."

„Ich dachte, nach Herbsand zu rudern, nachzusehn, ob dort schon etwas zu finden ist."

Nicht die Worte, doch ihr Ton regte das Gefühl, eine Antwort zu erwarten; Zea fiel ein:

„Dahin möcht' ich mit Dir, es muß heute schön drüben sein. Kannst Du nicht mit, Unna?"

Die Befragte schüttelte den Kopf. „Ich glaube nicht, meine Eltern werden bald zurückfahren."

„Wir wollen uns erkundigen. Sieh Dich nach mir am Strand um, Tilmar; wenn's geht, komme ich."

Der junge Lehrer lüftete den Hut wieder und ging; die Verabschiedungsart galt dem abligen Fräulein, Zea hätte solche Grußweise von ihm nicht verstanden. Die Mädchen wandten sich jetzt nach dem Pfarrhause; wie er aus der Hörweite gekommen, sagte Unna Brook= wald:

„Mich reizt es auch schon zum Lachen, wenn ich Tilmar Hellbeck sehe. Ich weiß nicht warum, er ist so komisch."

„Er ist der Beste, außer meinem Vater, mein liebster und einziger Freund; wenn ich ohne ihn sein sollte, das könnte ich mir nicht denken. Was Du sagst und thust, ist kindisch, Unna, und steht Dir schlecht an. Du kennst ihn nicht, nichts weiter, als daß er bei Dir, wenn er Dich mit mir trifft, etwas verlegen ist. Du kommst ihm vermuthlich wie etwas Anderes vor, als ich."

Unwillig, beinahe hastig war's Zea Hollesen vom Mund gekommen. Unna Brookwald erschrak und griff rasch nach ihrer Hand.

„Sei mir nicht böse, ich bin ja einfältig. Was Du lieb hast, ist gewiß gut, ich lache nur gern, und zu Hause ist's mir selten recht darnach. Hast Du mich auch wieder lieb?"

Sie streichelte zärtlich die langbefingerte feine Hand Zea's, die ihren Unmuth schnell wieder ausglich. Den Kopf der Reumüthigen an sich ziehend, küßte sie Unna rasch einmal auf die Lippen; für einen Zuschauer war's in diesem Augenblick täuschend gewesen, als biege sich ein junges Gesicht seinem eigenen, aus einer Spiegel= fläche zurückkommenden Bild entgegen. Merklich war's ein Kuß von nicht an solches Thun gewöhnten Lippen, auch die Empfängerin schien davon überrascht, doch mehr noch beglückt. Ihren erschreckten, bittenden Augen gegenüber hatte Zea ein plötzlicher Antrieb gefaßt, die erzürnt ihr entfahrenen Worte so wieder gut zu machen; nun fügte sie nach:

„Ich weiß ja, daß Du nichts böse meinen kannst. Warum ist's Dir denn zu Hause nicht zum Lachen?"

„Mir wär's immer, wenn ich Dich bei mir hätte." Die Antwortende griff wieder nach der Hand der Freundin. „Komme heute mit! Wir haben genug Platz im Wagen. Seit wie lange bist Du nicht bei uns gewesen! Thu's!"

„Wenn mein Vater mich wieder einmal zu Euch mitnimmt. Allein darf ich den weiten Weg nicht gehn, er hat's mir verboten."

„Sonst verbietet er Dir doch nichts." Ueber die Freudigkeit Unna's war ein Schatten gefallen. „Hin führest Du ja mit uns, mehr Schutz brauchst Du doch nicht. Und was sollte Dir denn unterwegs zustoßen?"

„Mein Vater sagt, auf den Koppeln bei Euch vor'm Wald ist zuweilen ein böser Stier los, der könnt' auf mich zustoßen mit den Hörnern. Ich habe keine Furcht davor, aber meine Eltern würden sich ängstigen. Sonst ginge ich gern mit Dir, auch auf der Haide muß es heut' schön sein."

„Du, warum sind die Stiere eigentlich im Frühling

oft fo böŝ, viel ärger als fonft? Das kommt mir ganz
unnatürlich vor, grab' um diefe Zeit, wenn Alles fo
fchön wird, könnt' ich's doch am wenigften fein."

Darauf wußte Zea keine Antwort, aber fie mußte
lachen. Wohl hauptfächlich über die Vorftellung, Unna
folle fich wie ein bösartiges Thier behaben, indeß auch
über die Frage; die hätte fie nicht gethan, fie war doch
um ein Jahr älter. Nun erreichten die Mädchen das
Pfarrhaus, vor dem der Helgerslunder Wagen fchon
zur Rückfahrt bereit hielt. Die beiden Frauen faßen
beifammen im Gärtchen, fie hatten mit einander ge=
fprochen oder eigentlich Mathilde Hollefen allein. Wie
ihr Mann, wenn er den Summar abgelegt, nichts von
einem Geiftlichen an fich trug, fo hatten auch ihr
Geficht und Wefen nichts von dem, ziemlich allgemein
im Lande ähnlich Wiederkehrenden der Frau eines
Paftors. Sie war Frau von Brookwald um zehn
Jahre voraus, ungefähr in gleichem Altersverhältniß,
wie es zwischen den Männern beftand, doch in ihrem
Verhalten der abligen Dame gegenüber lag nichts von
Steifheit, vielmehr ein völliger Gegenfat. Sie hatte
eine kleine Weile mit ihren freundlich=ftillen, doch von
innerer Theilnahme zeugenden Augen fchweigend in
den Sonnenglanz umher geblickt und fagte gegen=
wärtig etwas gedämpften, aber zum Herzen gehenden
Ton's:

„Ich sah Ihnen an, Gertrud, daß es schmerzend
in Ihnen aufgewacht sei. Wenn der Tag so schön ist,
bringt er's wohl mit sich, die Sonne ruft den Schatten.
Daß die Haare grau werden, ändert's nicht — bei
Ihnen freilich ist's zu früh — aber in sich, däucht
mich, wird man dadurch nicht älter. Ich wenigstens
bin's noch nicht geworden und fühle mit Ihnen wie
an dem Tag, als Sie zu mir kamen und bei mir
weinten, wie bei einer Mutter. Damals suchte ich
Sie zu trösten und glaubte selbst noch daran, an sein
Wiederkommen. Das ist nicht geschehen, und heut'
glaube ich, es war besser so für Sie. Mein Mann
hat es auf den Stein geschrieben: ‚So leben' sie jung
dem Gedenken'; das gilt nicht für die Todten allein.
Ein ungelöstes Räthsel ist mir's auch, aber es ist
manch' Dunkles um uns auch im hellsten Licht. Ich
meine — da kommen die Kinder, Ihre eigene Tochter,
liebe Gertrud. Die meinige macht mich gewiß so
glücklich, wie ich es wünsche, doch das Schicksal war
Ihnen gütiger gesinnt. Ich mußte mir erst aneignen,
erobern, was es Ihnen freiwillig gab."

Die Absicht eines Trostes klang nicht gerade
aus den letzten Worten hervor, aber der freudige
Augenausdruck der Sprecherin konnte nicht fehlen,
in ihrer Herzensempfindung sei kein solcher Unter=
schied vorhanden. Einfallend wiederholte Gertrud

von Brookwald: „Gütiger! Gab es Ihnen nicht, Ihren —?"

Sie sprach nicht aus, es schien, daß sie um der in den Garten eintretenden Mädchen willen abbrach, doch ein Zucken der Lippe ließ ihrem Innehalten andere Deutung. Im Studirzimmer des Pastors endeten die beiden Männer ihre Besprechung; Hollesen hatte nach herkömmlicher Weise eine Portweinflasche auf den Tisch stellen lassen, von deren Inhalt der Patronatsherr mit Wohlgefallen getrunken. Nun ordnete der Pastor, ihm kurz den Rücken wendend, einige be= nutzte Papiere in sein Schrankfach zurück; er nahm dabei eigentlich unnöthig, eine schräge, etwas unbequeme Stellung ein, die Fritz Brookwald äußern ließ: „Als Practicus sind Sie nicht auf die Welt gekommen, lieber Pastor, das hätten Sie mit weniger Incommo= bität zu Wege bringen können." Er streckte die Hand nach dem Tisch sein Glas zu fassen, wie Christian Hollesen es trotz seiner Ablehnung wahrnehmen konnte, denn er stand gerade so, daß ihm ein in halbdunkler Ecke hängender kleiner Wandspiegel ein Wiederbild seines Gastes zurückgab. Den Blick darauf hingerichtet haltend, beendete er sein Thun; wie er den Kopf da= nach wieder umdrehte, sagte Brookwald lachend: „Man muß sich bei Ihnen einladen, um etwas Gutes zu kriegen, neben der Kanzel wachsen die besten Reben,

Das ist alter Brauch und vermuthlich der Weinberg des Herrn, von dem die Schrift redet. Aus meinem Mund werden Sie's nicht als Blasphemie nehmen, lieber Freund, es gehört sich, daß die göttliche Welt= ordnung auch ordentlich für ihre Diener sorgt. Aber ich denke, Sie werden mit mir, als ihrer Handhabe für die Kirche in Loagger, gleichfalls zufrieden sein; wo geistlich und weltlich Regiment einträchtig Hand in Hand gehen, kann gute Ernte nicht ausbleiben. Also auf Ihr Wohl den Rest des ausgezeichneten Trunks!"

Der Pastor verneigte sich. „Ich freue mich für unsre Kirche, daß die Angelegenheit durch Ihre Zu= stimmung erledigt worden, Herr Baron. Darf ich Ihnen das Glas noch einmal füllen?"

„Nein, danke, danke! Sie wissen, ich habe leider Gott's mancherlei Untugenden, aber von der über den Durst lasse ich mich nicht an der Kehle fassen. Im Grund ist's haarsträubend, daß ich Ihnen oft Sonntags Ihren guten Wein austrinke und Sie mir nie Gelegen= heit geben, mich zu revanchiren. Na, ich hoffe doch bald 'mal! Jetzt heißt's, den Gäulen ein paar über= ziehen, daß wir nach Haus kommen. Ich habe vor Tisch noch allerlei zwischen die Finger zu nehmen, es ist immer dafür gesorgt, daß es was giebt, Wochentag und Sonntag. Dabei läuft einem dann das Leben auch durch die Finger."

Hollesen geleitete den Helgerslunder Schloßherrn hinaus, der, seine Frau und seine Tochter herbeirufend, den Wagen bestieg, auf dem er die Zügel ergriff, während der Kutscher einen Hintersitz einnahm. Die Pastorin und Zea winkten den Abfahrenden Grüße nach; es waren zwei Familien, deren weibliche Angehörigen in freundschaftlichem Verhältniß zu einander standen. Ebenso verhielt sich Fritz Brookwald in seiner treuherzig-biedern Art gegen den Pastor, und nur dieser wich nicht von den gemessenen Formen ab, die er sich in seiner Stellung dem abligen Patronatsherrn gegenüber vorgeschrieben. Seit mehreren Jahren schon beobachtete er sie in immer gleichbleibender Weise.

Das elegante Jagdfuhrwerk rollte ostwärts über die Haide fort, aufgeräumt sprach Brookwald zu den hinter ihm sitzenden Frauen zurück. „Ein närr'scher Kauz, der Hollesen mit seiner Steifheit! Ich glaube, er thut sich was auf die feine Manier zu gut, Leute aus seinem Stand haben's manchmal so an sich. Na, Jedem sein Vergnügen! Nur, ich sagt's ihm auch, es ist mir nachgrade nicht angenehm, daß ich Sonntags immer seinen schlechten Portwein heruntertrinke und ihm fast nie etwas wieder vorsetzen kann. Hast Du Deine Freundin eingeladen, Unna, daß man sich wenigstens auf diese Art etwas rebanchirt? Sie könnte ja 'mal ein paar Wochen bei uns bleiben."

Die Befragte antwortete: „Ja, aber sie darf nicht, ihr Vater hat's ihr verboten."

Durch die Wimpern Fritz Brookwald's ging ein kurzes Zucken, er wiederholte: „Verboten? Wer? Ihr Vater? Ihr Adoptivvater meinst Du! Dummes Zeug! Du mußt Dich verhört haben. Warum sollte er's ihr verbieten?"

„Es wär' ein böser Stier bei uns auf der Koppel, über die der Weg geht."

„So, darum. Da soll man den Bullen einsperren, ich will dafür sorgen. Sag's ihr am nächsten Sonntag, zu albern, was die Leute sich oft für überflüssige Hirngespinnste machen. Also vergiß es nicht, der Pastoralwein kratzt mir sonst noch mehr in der Kehle. Na, macht 'mal Beine!"

Die trotz dem sandigen Weg rasch forttrabenden Pferde gaben eigentlich nicht Anlaß zu den heftigen Peitschenhieben, die Fritz Brookwald ihnen überzog. Ihn mußte etwas verdrossen haben, und er gab zu erkennen, daß seine spaßlustige Laune dadurch jäh in's Gegentheil umschlagen könne, wie's das Bein Nathan Aronsohn's vor Jahren zu bleibendem Gedächtniß erfahren. Christian Hollesen war, dem Wagen nachblickend, noch vor'm Pfarrhause stehen geblieben; des Weg's vorbeikommend, trat jetzt grüßend Henning Wittkop an ihn heran. „Das waren wohl die Helgersknuder, Herr Pastor?"

„Ja." Der Angesprochene erwiderte es kurz, sichtlich mit einem Nachdenken beschäftigt. Dann hob er den Kopf.

„Macht die Luft heut' trocken, Henning?"

„Na, so'n bißchen was davon ist ja bei Sonnenschein immer drin."

„Da könnt' ein bißchen Feuchtigkeit ja nicht schaden. Ihr habt's hier näher als im Krug, Herr von Brookwald hat einen Rest in der Flasche gelassen."

Eine Einladung war's, die nicht in Zweifel ließ, daß Hollesen die Gesellschaft des Strandvogts augenblicklich erwünscht sollte. Dieser machte halb komisch etwas wie an einem Glas kostende Lippenbewegung und fragte dann:

„Ist die Flasche gut, Herr Pastor?"

Doch offenbar kam ihm das Unangemessene der, als spreche er mit dem Krugwirth, herausgeflogenen Frage zum Bewußtsein, denn er fügte gleich drein: „Wenn die vornehme Herrschaft draus getrunken, ist sie freilich für mich eher zu gut. Aber wenn Sie mich dazu einladen —"

Die Beiden gingen in die Stube, wo Christian Hollesen ein Glas vollschenkte, das Henning Wittkop zum Mund führte. Doch nippte er vorerst nur dran, setzte es ab und sagte:

„Ja, das ist gut, bloß was kräftig, zu viel darf
10*

Einer nicht davon trinken, wenn er seine Zunge noch
gut festhalten will; das hat der Herr Baron ja auch
nicht gethan. Auf'm Schiff kriegt man so 'was nicht,
was es da giebt, is freilich noch was heftiger, daß
Einer sich davor noch besser in Acht haben muß, wenn
nicht Alles klare Sicht auf der See ist. Vorkommen
thut's ja freilich wohl 'mal, aber dafür hatten wir an
Bord ein altes Sprichwort, das Einem dann wieder
Trost machte: „En ehrlichen Kerl süppt sik wol mal
dun, en Schalk awer höd't sik davör."

Der Pastor nickte: „Ja, an Bord — setzt Euch
doch, Henning. Ihr habt mir öfter erzählt, wie's an
Bord und unter'm Deck auf dem Schiff ausgesehn, das
Ihr damals ohne Mannschaft auf der Nordsee traft.
Aber Einiges davon ist mir doch aus dem Gedächtniß
gerathen, und Ihr habt's wohl auch nicht mehr so
deutlich vor Augen. Doch vielleicht kommt's Euch in
Erinnerung, wenn ich danach frage. Ihr kam't also
von Eurer „Providentia" auf die „Thetis" hinüber
und die Treppe hinunter in die kleine Koje, wo die
todte Frau auf dem Bett lag, mit dem Kinde neben
sich. Dachtet Ihr Euch — oder brachte irgend etwas
um sie her Euch darauf, zu denken — sie sei vielleicht
keine verheirathete Frau gewesen? Ich hörte Euch gern
noch einmal Alles recht genau beschreiben, was Ihr im
Gedächtniß behalten habt."

Sonntag war's, zur Kirche war Zea Hollesen heut'
nicht barfüßig gegangen, und so ging sie auch jetzt in
Schuhen an den Strand hinunter. Sie suchte nach
Tilmar Hellbeck, sah ihn indeß nirgendwo; so wanderte
sie nordwärts einem Dünenvorsprung zu, ob er an
einer kleinen Einbucht hinter diesem warte. Auch dort
war er nicht, doch sie begab sich nicht zurück, sondern
blieb stehn. Summend liefen die Wellen ihr zu den
Füßen hin, sonnenglimmernd, in beweglichem Spiel,
immer gleich kommend und umkehrend. Sie blickte
darauf nieder, dann in die Seeweite und vergaß darüber
ihre Absicht, bis nach einer Weile hinter ihr die Frage
klang: „Glaubtest Du mich hier?" Den Kopf drehend,
sah sie den jungen Lehrer einen Augenblick etwas ab-
wesend an, eh' sie antwortete:

„Ja, weil Du drüben nicht warst. Ich habe Dich
nicht kommen gehört, das Wasser singt heut' so. Konntest
Du mich hier sehen?"

„Nein, aber ich sah Deine Fußspur im feuchten Sand."

„Die hätten Dich leicht täuschen können, es
sind viele."

„Ich kenne sie draus hervor."

„Ja so." Das Mädchen blickte vor sich nieder,
„weil ich Schuhe heut' trage. Hast Du ein Boot?"

„Ich fand's nicht gleich, aber jetzt hab' ich ein's.
Du fährst also mit?"

„Ja, mir ist die Welt noch nie so schön vor=
gekommen, wie heute."

„Mir ist's auch so. Der Frühling thut's wohl."

Sie gingen an den Platz zurück, wo das Fischer=
boot lag und stiegen hinein. Jea nahm eines der
Ruder, er wollte ihr's wehren und sagte: „Nein, laß'
mich allein, es strengt Dich an." Doch sie versetzte:
„Thu' ich)'s nicht immer? Warum soll's mich heut'
anstrengen? Glaubst Du, meine Arme werden schwächer?"

Sie schlug das Ruder ein, unter dem Kleid bog
sich ihre kräftige Brust vor, im Rhythmus mit der
Armbewegung tief einathmend. Ein kleines Fahrzeug
mit nur einer Bank war's, sie mußten neben einander
sitzen; Tilmar rückte, so weit er konnte, nach seiner Seite,
um mit dem Arm nicht den des Mädchens zu be=
hindern, das dagegen ab und zu an seine Schulter traf.
Dann sagte sie lachend: „Ich bin ungeschickter als Du
und muß noch wieder bei Dir in die Schule gehen."
Sie wiederholte es mehrfach mit etwas anderen Worten;
das Zusammenstoßen der Schultern hatte Spaßhaftes
für sie, fast schien's, sie führe es manchmal absichtlich
herbei.

Das leichte Boot flog rasch und die Entfernung
nach Herdsand war nicht groß; in einem halben Stünd=
chen erreichten sie das kleine Eiland. Doch die Fluth
befand sich nicht mehr auf der Höhe, hatte schon so

weit abgenommen, daß sie nicht am trocknen Ufer landen
konnten; der Kiel stieß vorher auf den Schlickboden,
und Wasser, wenn auch seicht, umgab das Fahrzeug.
Zea sah darauf und sagte:

„Die dummen Schuhe! Wozu hab' ich sie angezogen,
nun kann ich sie wieder ausziehen.“

Sie bückte sich, dies zu thun, ließ jedoch davon ab.
„Nein, besser ist's, Du trägst mich hinüber, da geht's
schneller, wir haben nicht viel Zeit bis Mittag. Und
klüger ist's für mich auch, da hast Du die Müh' und
ich keine.“

Tilmar stand, sie anblickend, ohne sich zu regen.
Einen Athemzug lang auch ohne zu erwidern, dann
fragte er:

„Erlaubst Du's mir?“

„Was?“

„Dich hinüber zu tragen.“

Nun fiel sie ein: „Das war recht und gehörte mir
drauf. Ich hätte sagen sollen: ‚Bitte, trag' mich.‘
Aber Du hast mich verwöhnt, daß ich mich vor keinem
Klaps bei Dir fürchte.“

Sie stieg auf die Ruderbank und legte, wie er zu
ihr hintrat, den Arm um seinen Nacken; so hob er sie
auf, vorsichtig dann über die Bootplanke mit ihr fortschreitend. Das Wasser reichte ihm kaum zu den
Knöcheln, und er brauchte nur wenige Schritte zu

machen, sie niederlassen zu können. Doch er ging um das Doppelte weiter, so daß ihr vom Mund kam: „Wohin willst Du denn mit mir? Wir sind ja schon lange auf dem Trocknen."

Das ließ ihn stillstehen, und sie glitt von ihm herunter. Ihr Blick fiel auf seine Schuhe und sie sagte: „Verzeih' mir, ich war unbedacht und selbst= süchtig, nun hast Du nasse Füße. Du bist zu gut gegen mich."

Er schüttelte nur den Kopf, sie fuhr fort: „Doch! Und so schwer war ich Dir auch, ich seh's Dir an."

Sein Gesicht hatte sich in der That beinah' weiß gefärbt, wie nach einer zu großen körperlichen An= strengung. Abermals mit einer kurzen verneinenden Kopfbewegung entgegnete er inteß: „Gar nicht — Du bist leicht."

Sie wiederholte: „Doch! Ich hör's sogar, es muß Dein Herz sein, was so klopft."

Völlig lautlos war's umher, und der leise hastige Ton, der bis zu ihr hinklang, konnte von nichts Anderem herrühren. Tilmar Hellbeck schien ein „Nein" ant= worten zu wollen, aber er schloß die Lippen wieder. Und für einen Augenblick, wie in einem Schwindel= gefühl, auch die Lider, dann fragte er:

„Klopft Dein Herz nicht?"

„Wie käm's dazu, ich habe ja nichts Schweres ge=

tragen. Nun kommt das Blut Dir in's Gesicht zurück; wir wollen langsam gehen, das thut am Besten. Ich kenne es bei mir auch, wenn ich zu stark gelaufen bin."

Still und leer lag die kleine Insel vor ihnen, auf der noch kein Vieh weidete, man sah kaum, daß der Boden später ausreichenden Graswuchs dafür auf= schießen lassen werde. Nur da und dort schimmerten aus der Einfarbigkeit kleine gelbe, blaue und röthliche Blüthen, kurzgestielt, und eine Lerche trillerte drüber. Doch das Auge nahm nichts von ihr gewahr, sie stand zu hoch, oder das Blau um sie leuchtete zu hell.

Die Beiden gingen über das Eiland hin, der junge Lehrer bückte sich ab und zu, um zu pflücken, dabei sprach er botanische Namen, meistens lateinische. Zea hörte zu, doch sagte einmal: „Mir ist's heute, als wär' es eigentlich gleichgiltig, wie sie heißen, und komme nur darauf an, daß man sich daran freut. Die Namen hat ihnen Jemand gegeben, sie selbst, glaub' ich, wissen's gar nicht, und wollte man sie anders nennen, blieben sie doch ebenso."

„Ja, wie Du auch."

„Ich? Was meinst Du?"

„Du wirst auch so verschieden genannt, nach dem Kirchenbuch Anna, und Henning Wittkop heißt Dich Witta."

Das Mädchen stand still und legte ihm die Hand

auf den Arm. „Ich wollt's Dir schon öfter sagen, Tilmar, mir klingt's auch komisch, sonderbar meine ich, wie Anna Brookwald aus Deinem Mund. Warum nennst Du mich nicht Zea? Anna sagt doch Niemand sonst zu mir. Gefällt Dir das besser?"

„Nein — ja — daß es Niemand sonst sagt. Aber Zea klingt hübscher."

„Daraus werd' ich nicht klug."

„Anna heißen Viele, aber Zea bist Du, Beides zusammen — Oceana."

„So wollte mein Vater mich nennen."

„Ich thät's auch am liebsten."

„Nein, das ist zu lang, und man kann's nicht rufen. Aber sag' künftig Zea, Anna klingt mir immer fremd."

„Ich habe Dich immer so genannt."

„Aus Deinem Mund auch nicht, aber ich höre auch von Dir lieber Zea. Komm, laß uns auf die Düne."

Nah vor ihnen schloß nach Westen die Insel ein niedriger Dünenwall, als ihr Beschirmer gegen die Fluth, ab. Auf dem Sandrücken wuchs nichts, als der grasgrün flimmernde Halm, fast stets vom Wind leis' bewegt, heut' standen die schmalen Blätter in seltener Ausnahme regungslos aufrecht. Zea stieg voran und setzte sich auf den warmen, weich unter ihr fließenden Körnerboden; sie sagte: „Ich wußte, es müsse heute so schön hier sein, wie noch nie, darum wollte ich gern mit Dir. Fühlst Du's nicht auch so? Wir thun's ge= wöhnlich Beide gleich."

„Ja, schöner als je noch — so fühl' ich's auch." Er ließ sich neben ihr auf den Sand nieder; unter ihnen dehnte sich die offene See uferlos an den Horizont. Nur ein weißer Schein kam und ging auf und über ihr, näher oder weiter manchmal eine kleine Schaum= welle und in der Luft eine schneehelle Möwenbrust. Ueber die endlose Fläche hinschauend, sprach das Mädchen:

„Wie sanft sie daliegt, kaum zu denken scheint's, daß die Sturmfluth in ihr schläft, und ich glaube, wie die Blumen ihre Namen nicht kennen, so weiß sie es selbst auch nicht. Eigentlich bin ich ihr Kind, Du sagtest es vorhin mit dem Namen, den Du mir gabst, aber sie ist eine Mutter, die sich nicht um ihr Kind bekümmert. Du hast eine wirkliche Mutter, hast Du sie sehr lieb?"

Ein ganz leiser schwermüthiger Hauch schwebte über den Worten, wie die leicht zitternde Sonnenluft über dem Wasser; hin und wieder einmal, von jeher, konnte es so aus der Stimme Zea Hollesen's aufklingen. Der junge Lehrer antwortete:

„Ja, sehr."

„Ist sie Dir das Liebste auf der Welt?"

„Nein." Ihm entflog's, halb erschreckt fügte er

rasch nach: „Sie hat so viel für mich gethan und ent=
behrt, wie's eines Menschen Liebe auf der Erde kann.
Undankbar und unrecht ist's von mir, wie ein Stich
thut's mir im Herzen weh. Aber ich habe mir mein
Herz nicht gegeben —"

Seine Zuhörerin nickte: „Nein, das hat man und
weiß nicht woher. Ich fühl' es mit Dir."

Er versetzte hastig: „Du hast ja Beides, Mutter
und Vater —"

„Ja, sie sind so gut, ich habe sie sehr lieb."

Einen Augenblick, langsam Athem schöpfend, schwieg
Tilmar Hellbeck, dann brachte er mit beklommener
Stimme die Frage hervor:

„Hast Du denn etwas noch lieber als sie?"

Bea schüttelte den Kopf. „Ich weiß es nicht, aber
ich möcht's, mir ist, als könnt' es sein. Mich müßte
Jemand noch lieber haben, dann glaub' ich, wüßt' ich's
auch. Mir thut's weh, wie Dir, und doch wär's so
schön, schön wie die Sonne. Zuweilen ist's mir —
heute Nacht wachte ich auf, da war's mir so — meine
Mutter hätte mich so lieb gehabt, meine wirkliche —
da —"

Sie hob die Hand und deutete über die See hinaus,
es schien, die leis' dünenden Wellen trügen ihr das
sehnsüchtig schwermüthige Gefühl heran. Tilmar ant=
wortete nichts und sie sprach weiter:

„Auf dem Stein ist geschrieben: ‚Sie leben immer jung dem Gedenken.‘ Der, von dem der Spruch redet, liegt auch da vor uns, irgendwo, wie meine Mutter. Vielleicht sind sie nah' bei einander, aber sie wissen's nicht. Das dachte ich öfter als Kind schon, darum behielt ich die Inschrift, mir war's, als gelte sie meiner Mutter. Nur lebt sie mir nicht, wenn ich an sie denke, denn ich kann sie mir nicht vorstellen; der Onkel Henning allein kann's, sonst hat sie Niemand mit den Augen gesehn. Doch er spricht mir nicht von ihr, und zu Hause thun sie's auch nicht; ich glaube, sie halten's besser für mich. Aber das ist's nicht, sie sehen mir nicht in die Brust hinein; auf die kommt's mir manchmal wie die Wellen, so weich, und so schwer wie sie, daß ich nicht Athem mehr habe. Nur in Deinem Buch von Simmerlund steht's; als Du mir zuerst davon gesprochen, zog's mich zu Dir, wie zu keinem Andern. Nachher las ich's selbst bei Dir, aber Geschriebenes auf dem Blatt ist nicht eine Sprache von den Lippen, die Augen hören nicht. Im Ohr klingt's so traurig-schön, wenn Du es sagst, denn ich höre d'raus, Du fühlst es mit, wie ich, das thut sonst Keiner. Mir wär's lieb, daß Du noch einmal wieder sprächest, wie es Dir aus dem Buch im Gedächtniß ist — heute — hier — da wird's mir sein, als sagten's die Wellen selbst.“

Der nämliche Wunsch war's, den drüben im Pfarrhaus Christian Hollesen gegen Henning Wittkop geäußert, und wie dieser dort, so kam auch Tilmar
Hellbeck ihm nach. Fast ebenso genau vermochte er's,
denn jedes Wort der Niederschrift Jasper Simmerlund's
stand ihm in's Gedächtniß eingeprägt, und Zea's
Empfindung hatte unfraglich recht, aus seiner Stimme
klang innerste Theilnahme hervor. Sie saß, den Kopf
auf die schmale Hand stützend, so blickte sie unbeweglich
auf die See hinaus und hörte zu, nur selten athmend.
Geraume Zeit verging, ehe der junge Lehrer zum Ende
kam; als er dann innehielt, sah sie ihn groß mit den
blauleuchtenden Augen an und sagte: „Ich danke Dir
— wenn Du nicht wär'st, müßt' ich's allein tragen.
Aber Du hilfst mir und verstehst, was ich —"

Sie saßen so nah neben einander, daß sie ihre
Hand ausstrecken und auf die seinige legen konnte.
Ihr Mund war, das Begonnene unvollendet lassend,
verstummt, nach einem kurzen Schweigen fragte sie:

„Glaubst Du, daß die Todten noch sprechen
können?"

Er brachte stockend mühsam hervor: „Ich weiß
nicht — was meinst Du?"

„Ob sie noch einmal zu mir sprechen wird."

Es ließ nicht Zweifel, wer damit gemeint sei.
Tilmar verneinte mit einer Kopfregung. „Zu lange

ist's — achtzehn Jahre fast — da kommt nicht Kunde
mehr aus der Tiefe."

Er brach ab, seine letzten Worte weckten eine Vor=
stellung, die er schnell wieder auszulöschen trachtete,
und er fügte rasch nach: „Du allein bist gekommen
und sie sagen's, woher."

Sein Blick hatte sich in den ihrigen gerichtet fort=
gehalten, doch sie verstand jetzt nicht, wovon er sprach
und sagte: „Wer sagt?"

„Deine Augen, daß sie dorther aus der See ge=
kommen, denn sie sind wie ein Stück von ihr."

Das Mädchen nickte ernst. „Sie ist meine Mutter.
Ich will zu ihr, sie soll mich in ihre Arme nehmen."

Die Sprecherin machte eine Bewegung aufzustehn,
er fiel ein: „Was — wohin willst Du?"

„Bleib' Du hier, ich gehe dort hinunter an den
Dünenrand. Hab' keine Sorge um mich, Du weißt,
ich schwimme gut."

„Du willst Dich in der See baden — drüben?"
Ein Schreck ging durch Tilmar Hellbeck's Augen, er
stieß hastig hinterdrein: „Nein, das sollst Du nicht
— das Wasser ist noch zu kalt. Ich darf's nicht
leiden — Dein Vater würde Dir's verbieten, und ich
muß es für ihn thun!"

Seine Hand hatte sich um ihren Arm gelegt und
hielt ihn. Es war mit einem plötzlichen Antrieb über

sie gekommen, nun besann sie sich und versetzte: „Du hast Recht, es ist noch zu früh. Mir kam's nur und war's, als würde ich sie in den Armen halten. Ja, es wäre kalt gewesen —"

Mit einem fröstelnden Schauer überlief sie's, ihre Hand griff wieder nach der ihres Gefährten, und sie wiederholte: „Du hast Recht, in der Sonne ist's besser und bei Dir, Deine Hand ist warm. Der Himmel hat es gut für mich bedacht, als er Dich zu mir hierher brachte."

Sie stutzte bei'm letzten Wort, sichtlich kam ihr etwas Beunruhigendes, und rasch sprach sie's aus: „Aber er kann Dich auch wieder von mir nehmen, gestern sagte es Jemand, man wolle Dich anderswohin und dort hättest Du's besser, könntest mehr für Deine Mutter sorgen. Willst Du fort von hier? Nein, geh' nicht — bleib' bei mir!"

„Nein," antwortete er verhaltenen Ton's, die eine Hand auf die Brust drückend, als dränge sie dort etwas zurück: „Nein, ich gehe nicht fort, Zea — ich kann es nirgendwo besser haben, als hier."

Zum ersten Mal war's, daß er sie so genannt, doch hatte seine Zusicherung ihre aufgewachte Furcht noch nicht völlig beschwichtigt. Sie fiel ein: „Aber Deine Mutter kann's, die Du so lieb hast."

„Ich sagte Dir vorhin, sie ist mir nicht das

Liebſte auf der Welt. Sie war's, aber iſt's nicht mehr."

„Was iſt Dir denn noch lieber?"

„Mit Dir hier zu ſein — wie heut' — und zu denken, es bliebe immer ſo, mein Leben lang."

Tilmar Hellbeck hielt kurz an, wie Kraft und Muth ſammelnd, dann ſprach er weiter. Nicht ungeſtüm, in der äußeren Art kaum anders als ſonſt, nur leiſe Schwingungen eines ſehnſüchtigen Verlangens bebten in ſeiner Stimme. So ſagte er:

„Ich gehe nicht fort, weil Du hier biſt, Zea, denn ich kann nicht von Dir. Mir wäre Alles nichts, wo Du nicht biſt; nur wo Du biſt, iſt die Sonne und das Glück. Für mich brachte der Himmel mich hier= her; könnt' ich immer mit Dir ſein, wäre mein Haus ein Palaſt, und die Schulſtube wäre wie ein Königs= ſaal. Aber das kann nicht geſchehen, und das höchſte Glück meines Lebens kann ich nur draußen finden, am Strand und auf der Haide, dort mit Dir zu gehen."

Das Mädchen hatte ihm, vor ſich hinblickend, zu= gehört und nickte nun, aufſtehend. „Ich wußte, daß Du mich lieb haſt, aber nicht, daß ich Dir das Liebſte auf der Welt bin, das macht mich froh. Mir wär's auch am Schönſten, immer mit Dir zu ſein; warum ſagſt Du, das kann nicht geſchehen? Deine Mutter wird alt und braucht bald eine junge Hilfe; haſt Du noch nicht daran gedacht, Dich zu verheirathen? Wenn Du mich zu Deiner Frau nähmest, wohnte ich mit Dir im Schulhause."

Ein Ruck durchfuhr Tilmar Hellbeck, er saß wie von einem unsichtbaren Blitzschlag gelähmt, weiß-entfärbten Gesichts, wie zuvor, als er Zea an den Strand getragen. Zitternd und stotternd brachte er vom Mund:

„Du —? Du wolltest meine Frau sein?"

Sie erwiderte, ein helles Lachen bekämpfend: „Unna hat Recht, Du bist manchmal komisch. Du hast mich lieb und ich Dich, das ist doch die Hauptsache, wenn man gut zusammen leben soll. Oder bin ich Dir als Deine Frau nicht klug genug? Dann gehe ich weiter bei Dir in die Schule und Du machst mich dazu. Sieh, da kommt die Lerche auf den Boden herunter und setzt sich, ihr Nest muß drüben in dem Haide-kraut sein."

Der junge Lehrer war noch unfähig zu sprechen, stumm folgten nur seine Augen der deutenden Hand Zea's. Dann wiederholte er traumhaften Tones: „Ja, sie kommt vom Himmel herunter —"

Die schwermüthige Anwandlung war von Zea ab-gesunken, fröhlich fiel sie ein: „Dann haben wir auch ein Nest, wie sie, und werden auch Kinder bekommen und Deine Mutter wird sich freuen. Und von meiner lesen wir zusammen in dem Buch, immer wird's so schön sein wie heute. Wie gut war's, daß ich mit Dir fuhr! Aber Dir scheint's — ist's Dir doch nicht ganz recht und willst Du lieber eine andere Frau?"

Jetzt hatte er so weit Herrschaft über sich gewonnen, daß er zu sagen vermochte:

„Du willst mir Deine Hand geben?"

Der darin liegende Sinn war ihr fremd, sie verstand's anders und entgegnete: „Ja, ich gebe Dir die Hand darauf, daß ich zu Dir in's Haus komme, wenn Du's sagst. Du kannst Dich ja noch besinnen, ob Du's gern thust."

Er hielt ihre Hand, aus seinen Augen kam ein Glanz, wie ein jauchzender Klang, doch ernst und schüchtern, fast scheu: „Mich besinnen?" sprach er wieder nach — „wenn ich's Dir sage?"

Einem Schatten gleich lief ein ängstlicher Zug über sein Gesicht, er setzte schnell hinzu: „Wir wollen es Keinem sagen — Du auch nicht — laß uns allein davon wissen. Nun ist mein Haus ein Palast geworden und meine Stube ein Königssaal — aber Andere sehen's nicht und würden's nicht gut genug für Dich halten. Ich muß bessern daran, es so zu machen, das will ich bei Tag und Nacht, nichts Anderes denken. Doch vorher darf's Niemand merken — und ich will nicht so oft mehr mit Dir auf die Haide gehen —"

„Nein, dann würd's ja weniger schön als bisher."
Das Mädchen dachte einen Augenblick nach. „Aber Du
hast Recht, mein Vater könnte meinen, Du wärest nicht
reich genug, eine Frau zu haben. Doch ich kann leicht
durch mein Fenster hinaus — so geht's gut — da
komme ich manchmal bei Nacht zu Dir, wenn der
Mond scheint. Der ist nicht einmal nöthig, ich finde
auch im Dunkeln den Weg."

Ein jähes Erschrecken, wie schon vorher, gab sich
in den Zügen Tilmar Hellbeck's kund, und wie damals
stieß er aus: „Nein, das darfst Du nicht, nie, gelob'
es mir auch mit Deiner Hand! Du mußt bei Nacht
schlafen, das ist nothwendig für Dich. Und krank
könntest Du Dich machen, aus der Wärme des Bett's
in den kalten Wind, der von der See kommt."

„Du denkst gleich an Alles und bist viel vernünftiger als ich, aber Du bist ja auch älter und weißt
mehr. Wenn ich so alt werde und immer mit Dir
zusammen war, da bin ich's gewiß auch. Sei nicht
bange drum, ich will mir recht Mühe geben, daß ich
eine vernünftige Frau werde. Hör', da schlägt's vom
Thurm, der Wind steht her. Das ist Mittag, wir
müssen hinüber."

Glockenhall kam luftgetragen verzitternd vom Dorf;
der junge Lehrer sagte betroffen: „Schon Mittag? Wie
schnell ist die Zeit vergangen — thut's Dir auch leid?"

„Ja, aber wir dürfen uns nicht mehr verspäten, sonst warten sie drüben."

So eilten die Beiden über die Insel zurück, halb laufend, Hand in Hand. Das war nichts Besonderes des Tag's, hatten sie schon öfter gethan; manchmal, wenn er sie an der Hand gefaßt, ihr über etwas fort= zuhelfen, gingen sie eine Zeit lang so weiter. Die Ebbe war beträchtlich stärker geworden; als sie wieder an ihr Fahrzeug gelangten, lag es völlig auf dem Trockenen, und sie schoben es mit einander an den Wasserrand vor. Auch das war ihnen gewohntes Thun, nicht viel Anstrengung erfordernd, doch kam's Zea heut' nicht so leicht als sonst vor, daß sie fragte: „Wem gehört das Boot? Das ist nicht Brede Rinning's."

„Nein, der fuhr grad' ab mit seinem, drum bekam ich nicht gleich ein's. Paul Dibbern's ist's."

Das Boot war's, dem Pastor Hollesen am Tage vorher während eines Gespräch's mit dem Lehrer nach= gesehen und dazu geäußert: „Kleine Böte müssen am Strande bleiben." Demgemäß erheischte es, wenn auch um etwas schwerer, doch keinen zu großen Kraft= aufwand; wie sie's zum Wasser hingebracht, sagte das junge Mädchen: „Wart' noch, ich will erst hineinsteigen." Aber Tilmar wehrte ihr: „Nein, dann kommen wir nicht los, ich trage Dich wieder." Sie lachte: „Da bist Du wieder vernünftiger als ich," und er bückte sich rasch, hob sie auf die Arme und ließ sie im Boot nieder. Ihn ansehend, sagte sie: „Diesmal bist Du nicht blaß davon geworden, sondern roth, es war nicht so weit, da ging's leichter." Nun ruderten sie und gelangten schnell zurück; vom Thurm schlug's erst halb eins, als sie anlandeten. Der gemeinsame Weg führte sie vom Strand zum Schulhaus, Zea blieb davor stehen, betrachtete es und äußerte:

„Ich freue mich darauf, Alles drinnen und außen recht hübsch zu machen. Hier, wohin der Westwind nicht kommt, will ich ein Gärtchen anpflanzen, wir müssen viel mit einander dafür zusammensuchen. Was wächst dort auf unser'm Dach? Das habe ich noch nicht gesehen?"

Zea wies zum Strohdach auf, aus dessen dunklem Moosüberzug sich eine kleine röthliche Pflanze mit hellgrünen schuppenartigen Blättern höher heraushob. Der junge Lehrer blickte ebenfalls hin und erwiderte:

„Das ist — ich sah's auch zum ersten Mal — der Wind muß den Samen hergetragen haben, in Loagger, glaub' ich, ist's, sonst nirgends — es kann nichts Andres sein als die Hauswurz. Auch Donnerkraut heißt's, weil es vor dem Blitzschlag schützt; überhaupt, wo es wächst, bringt's nach dem Glauben alles Gute, Glück und Zufriedenheit. Wie schön, daß es zu uns gekommen und wir es grade heut' entdecken!

Dein Abbild, Du selbst bist's, wirst das Alles mit=
bringen."

Freudenvoll sprach er's, Zea fragte: „Wie nanntest
Du's? Hauswurz?"

Er dachte nach. „Ja — warte, ich hab's gleich —
auf Lateinisch: „Sempervivum tectorum."

„Was heißt das auf Deutsch?"

„Immer — semper ist immer — Immergrün,
weil es auch im Winter aushält."

„Und — was sagtest Du noch? — tectorum?"

„Das gehört dazu, bedeutet nichts weiter — ist
der Artname, vielleicht von Einem, der so geheißen."

Das Mädchen schüttelte den Kopf.

„Mir kommt's vor, als müßt's etwas Anderes be=
deuten, aber ich versteh's ja nicht. Nun muß ich geh'n, leb'
wohl, Tilmar. Also wenn Du's sagst, dann komme ich."

Sie reichte ihm die Hand, nicht anders als an
jedem Tag, während er die seinige um ihre zusammen=
schloß und sie festhielt. Doch Zea wiederholte:

„Ich muß nach Haus, es ist jetzt hohe Zeit."

So ließ er sie los und blickte ihr nach, wie sie
dem Pfarrhause zuging und hinter der Umbiegung des
Kirchhofwalles verschwand. Ihm im Rücken trat Margret
Hellbeck aus der Thür und sagte:

„Das Mittagessen ist fertig, Til; ich sah schon
einmal nach Dir aus. Warst Du mit dem Kinde fort?"

Er fuhr leicht zusammen und antwortete, noch ab=
gewandt bleibend:

„Ja, liebe Mutter, wir haben auf Herdsand Blumen
gesucht. Setz' die Suppe nur auf den Tisch, ich komme
gleich."

Die Alte ging zurück; er glaubte, Zea müsse an
einer Stelle noch einmal sichtbar mit dem Kopf wieder
über dem Wall auftauchen. Doch er wartete umsonst,
ihr Goldhaar kam nicht mehr zum Vorschein, und vor
sich hinsprechend: „Sempervivum tectorum — was
kann es heißen?" trat er in's Haus.

V.

Jn stets gleichmäßigem Gang schritten von je die Tage und schritten die Jahre über das stille Strandborf. Sie brachten auch hier den allgemeinen Wechsel im Jahresrundlauf und im Menschenleben mit sich, Winter und Sommer, ruhende Luft und Stürme, Werden, Vergehen und Wiedererstehen in der Natur, wie unter den vermoosten Strohdächern. Es wiederholten sich Arbeit und Ruhe, Erfolg und Mißgeschick; Gesundheit und Krankheit lösten sich ab, hier begann eine Geburt neues Dasein, dort setzte der Tod länger oder kürzer gewesenem ein Ende. Doch das Bild, der Bestand des Ganzen erhielt sich immer unverändert; ob der Einzelne draus fortschwand, blieb die Gesammtheit die nämliche. Wer aus den letzten Schlafkammern um die Kirche her einmal aufzustehen und in die Runde zu schauen vermocht hätte, und wenn er ein Jahrhundert schon drunten verbracht, würde kein neu=

entstandenes Haus, nirgendwo etwas Fremdes gewahrt
haben. Wohl unbekannte Gesichter, aber auch nur für
den ersten Hinblick, beim näheren Sehen und Hören
hätte er sie gleichfalls als aus seiner Zeit wiedergekehrte erkannt, vor Allem hätte nichts Fremdes ihn
aus ihrem täglichen Thun, ihrem Sprechen und Denken
angerührt. So wie heute war es immer gewesen, nur,
wie in der hochsommerlichen Mittagssonne die kurzen
Schatten der Hausgiebel, wuchs unmerklich ein junges
Geschlecht weiter, bis es die Größe seines Vorgängers
erreicht hatte, allmählich an dessen Stelle trat. Am
Strand auch kamen und gingen unablässig fluthend
und ebbend die Wellen, doch die See blieb ohne
Unterschied, die sie immer gewesen.

Als ein kleines, doch treuliches Abbild dieser
Stetigkeit im Wechsel lag das Pfarrhaus von Loagger
da. In ihm ebenfalls glich sich der Gang der Jahre,
wie der Tage, und seit Langem waren es sturmlos-
friedliche, gute und schöne; Zea Hollesen hatte nie
andere darin gekannt. Im Dorfe fanden sich Wenige,
vielleicht Niemand, der befähigt war, den Pastor
Christian Hollesen wirklich zu verstehen. Alle achteten
und liebten ihn, fühlten, er sei geistig hoch über ihnen
und gehöre eigentlich nicht auf dies abgeschieden ärmliche Fleckchen Erde. Die kirchliche Landesbehörde
dachte ähnlich, hatte ihm mehrfach eine seinen Gaben

beffer angemeffene, reicher dotirte Stelle geboten, ob=
wohl er von jeher unter den Strenggläubigen mißliebig
gewesen und als ein weitgehender Rationalist gegolten.
Aber wie Tilmar Hellbeck in diesen Tagen, hatte er
jede derartige Verbefferung abgelehnt, beschied sich seit
bald dreißig Jahren mit der kleinen Pfarrei und der
geringen Einnahme in Loagger. Aus anderem Beweg=
grund als der junge Dorflehrer, nicht allein für das
Verständniß seiner Gemeinde nicht, überhaupt für nur
wenig Menschen begreifbarem. Doch er stand in der
That auf einer selten erreichten, das Leben über=
blickenden Höhe, es mit anderem Begehren und Trachten,
als die Meisten, abschätzend. Ruhige, innere Befrie=
digung während der flüchtigen irdischen Daseinstage
erschien ihm als das einzig werthvolle und höchste Ziel,
das er hier in seinem engen Wirkungskreis gefunden,
kein äußerer Schein lockte ihn davon ab. Was das
Leben einem Menschengemüth an wahren Gütern bieten
konnte, besaß er; ihm blieb nur, es zu behüten. Mehr
an Glück erzeugte die Erde nicht, als die Liebe einer
treuen mitalternden Lebensgenossin und eines jung=
aufblühenden Kindes, heitere Sorgenfreiheit, die immer
bereite harrende Freude am Schönen oder Gewaltigen
der Natur, geistig erhebende, selbstbelehrende oder
Andere fördernde Thätigkeit. Er verletzte keine kirchliche
Vorschrift, kleidete, was er zu seinen Hörern sprach, in

sichergewählte, der Kanzel, wie der Fassungskraft Jener
angemessene Worte. Aber er war doch über dem ihm
vertrauten Amte, die geistliche Form mit menschlichem
Inhalt erfüllend. Ob etwas nach dem Irdischen sein
werde, vermaß er sich selbst nicht zu bejahen, noch zu
verneinen. Eine Frage enthielt's ihm, für deren Be=
antwortung die Mitgift des Menschen nicht ausreiche;
seine Weltanschauung hatte er an der von Weimar
ausgegangenen klassischen Dichtung genährt. Noch
jugendlich unklar in sich selbst, war er durch den
Wunsch, die unbemittelte Lage seiner Eltern zur geist=
lichen Berufswahl veranlaßt worden, eine Zeit lang
innerer Kampf daraus für ihn erwachsen. Doch ein
lange zu Ende geführter; seitdem er sein Amt ange=
treten, stand er in keinem Widerspruch zu diesem, trug
keinen Zwiespalt in sich. Im höchsten Sinn war er
ein Seelsorger seiner Gemeinde, für die Beschränktheit
denkend, mit dem Unglück fühlend, tröstend und auf=
richtend, doch nicht minder für das leibliche Wohl eines
Jeden als Berather und Helfer besorgt. Auf seiner
philosophischen Höhe, wie der des Gemüthes, war er
doch auch ein in Vielem praktisch erfahrener, umsichtiger
und kluger Mann, Allem offene Augen zuwendend,
mit unbemerktem Blick beobachtend und prüfend.

So lebte Christian Hollesen in weiser Zufrieden=
heit, bedacht, das, was er seinem Verlangen entsprechend

als vollendetstes mögliches Erdenglück erkannt, zu be=
hüten, und so hatte er im Verein mit seiner Frau
über dem leiblichen und geistigen Gedeihen seiner
„Tochter", des ihm von der Nordsee in's Haus ge=
brachten Kindes, Obhut gehalten. Jahre lang war er
Stillen bemüht gewesen, irgend eine Spur aufzufinden,
die zu einer Entdeckung der Herkunft des seltsamen
Fundes Henning Wittkop's leiten könne; doch umsonst,
nichts gab den geringsten Anhalt. Innerlich ihm zur Be=
glückung, denn er fürchtete sich vor einem solchen, der ihn zu
nöthigen vermocht hätte, das ihm zugefallene „Geschenk
der Vorsehung" an einen Berechtigten zurückzugeben.
Dann aber, seines Eigenthumes sicher geworden, um=
faßte er es mit ganz sich hingebender Liebe väterlichen
Gefühls, so sorglich, wie seine Hände die hilflose Kleine
in der Sturmnacht gefaßt hatten, sie aus der Schul=
stube Jaspar Simmerlund's in's Pfarrhaus hinüber
zu bringen. Das Einzige, was ihm noch gefehlt, war
ihm mit ihr gegeben; sein Herz war des Dankes voll
dafür, und Alles in ihm richtete sich darauf hin, ihre
Kindheit von so viel Sonne erhellen und durchwärmen
zu lassen, wie einem jungen Leben zu Teil werden
kann, jeden Schatten von ihr zu halten. Kummerloser
hatte nie ein Kind sein Jugendglück genossen, eine
Freiheit, nur von unsichtbaren und unfühlbaren Schranken
umhegt; Zea Hollesen wußte nicht, was Sorge und

Leid, nicht, was ein ungestillter Wunsch sei. Was sich
der Pastor im Gange seines Lebens gewonnen, die
Erkenntniß der einzig werthvollen Güter des Daseins
und das Trachten nach ihnen, wollte er ihr als unbewußte Mitgift in's Gemüth legen: die höchste seiner
Aufgaben war's ihm, an seinen Goldfäden lenkte er
ihr Geist und Herz. Das ärmliche Strandborf ließ
nicht ahnen, welch' reiche Aussaat sie empfangen, die
in ihr aufgekeimt, doch sie selbst trug am wenigsten
ein Bewußtsein davon in sich. Sie empfand es nicht
als sorglich bereitete und weiter genährte Bildung, ihr
war's ein selbstverständlicher Besitz, natürlich, so zu
denken und zu fühlen. Nicht methodischen Unterricht
hatte Christian Hollesen ihr ertheilt, doch ihr den
Trieb und Wunsch geweckt, lernen und begreifen zu
wollen. Dazu brachte sie unverkennbar ein Erbtheil
leicht auffassender Begabung mit, etwas Angeborenes,
das nur des Haltes, der richtigen Leitung bedurfte,
wie eine mit dem Drang, sich zum Licht aufzuheben,
ausgestattete, an der Richtschnur emporrankende Pflanze.
Und sie in's Licht zu heben, daß sie sich selbst drin
entfalte, sorgte des Pastors unmerkbares Bemühen;
er war kein Lehrer, der sie mit einem Uebermaaß des
Wissens belastete. Was er an üblichen Schulkenntnissen
für nöthig erachtete, empfing sie von ihm gleichsam
im Vorübergehen, als wohl Erforderliches, doch an

innerem Werth Geringes. Unterlaßlos aber regte und
reifte er ihr den Sinn für die Duftblüthen des
Menschengemüthes, für hohe über das Tägliche hebende
Gedanken und die Freude am Schönen; wie er edler
Dichtung die Hauptnahrung seines Wesens entnommen,
nützte er sie für das Gedeihen seines Kindes. Man
sah dem Dorfpfarrhaus nicht an, welches Besitzthum
an besten Büchern es in sich trage, und dem barfüßig,
gleich den Bauernkindern, gehenden Mädchen nicht,
welche Gaben es aus jenen im Kopf und Herzen
empfangen. Eine Bildung anderer Art war's, fast
völlig entgegengesetzter, als die allgemeine des jungen
Geschlechts aus den sogenannten guten Häusern; in
diesen wäre Zea Hollesen vermuthlich mannigfach, als
in wichtigsten Unterrichtsgegenständen und der Erziehung zu junger Damen Brauch vernachlässigt, be-
mitleidet worden. Doch der letztere Begriff war ihr
gleicherweise fremd, wie Vorschriften des Anstandes
und der Schicklichkeit; Unbewußtes bestimmte ihr Thun
und Lassen, umgab sie bei Allem mit der Anmuth
freier Regung und Entwickelung jedes Wachsthums
der Natur. Kein Gedanke rührte sie an, daß sie über
Jemandem stehe, aber ebenso wenig der einer Unter-
ordnung. Weder das Elternhaus, noch die Welt
drumher hatte sie jemals einen Zwang kennen gelehrt;
in schöner Freiheit lebte sie, nur selbst sich gebietend.

So glich sie den weißen Vögeln, die, von der See
kommend, nach eigener Flugwahl am Strand und auf
der Haide über ihr kreisten.

Einen Keim gab's, den Hollesen nicht in die
Seele des Mädchens hineingelegt, der von diesem mit=
gebracht schien, auch dorther, von wo die Möwen zum
Land herüberkamen. Jea wußte, daß sie nicht die
wirkliche Tochter ihrer Pflegeeltern sei, und ein Be=
gehren, zu erfahren, wer ihre Mutter gewesen, war in
ihr erwacht, als sie zu einem Verständniß dafür reif
geworden. Doch schon vorher, als kleines Kind noch,
hatte sie dann und wann am Strand bei einem Spiel
mit Steinen und Muscheln plötzlich den Kopf gehoben
und, die Hände reglos lassend, mit weitgeöffneten
Augen auf die See hinausblickend gesessen. Daß sie
von dieser herstamme, mochte einmal in ihrer Gegen=
wart gesagt worden und unverstanden in ihr haften
geblieben sein; im Sonnenschein und bei Meeresstille
rührte es sie nicht an, doch konnte aus einem Möwen=
schrei, dem Aufrauschen einer Welle oder hohlauf=
pfeisendem Windstoß so über sie kommen. Henning
Wittkop meinte: „Das geht ja ganz natürlich zu, denn
das war ja auch so'n Heulen in der Luft damals, als
ich sie aus der Koje auf der ‚Thetis' an Deck mit
heraufnahm, und das Wasser klatschte nicht schlecht und
das Vogelzeug hatt' es wie unklug mit seinem Schnabel=

lärm, davon weiß sie ja natürlich nichts, dafür war
sie doch noch nicht klug genug; blos liegt's ihr so als
wie eine Erinnerung im Kopf, und wenn sie's wieder
hört, dann ist es ihr, sie weiß nicht recht was und
macht verwunderte Augen." Von einem wirklichen Gedächtniß konnte allerdings bei ihr nicht die Rede sein,
und die von Kindheit auf wind- und wellengenährte
Phantasie Henning's ließ dem Pastor ein Lächeln um
den Mund gehen. Das zeitweilig absondere Behaben
der Kleinen erschien ihm als das etwas plötzlich einmal
wie zum ersten Mal staunend anblickender Kinderart,
und er bekümmerte sich nicht darum. Doch als Zea
dahin gekommen, die Erzählung des Strandvogts, wie
er sie gefunden und hierher gebracht, zu verstehen, und
sie danach immer wieder fragte und bat und mehr
von ihrer Mutter hören wollte, da bedünkte Hollesen
dies als ein kindlicher Neugiertrieb, dem besser die
Zufuhr entzogen werde. Er besorgte, die junge Einbildungskraft könne sich zu stetig und schädlich über-
wuchernd mit dem Bericht Henning Wittkop's beschäftigen; so hieß er diesen, wie auch Simmerlund,
dem Wunsch des Mädchens nicht mehr willfahren,
und im Pfarrhause blieben weitere Fragen Zea's
ebenfalls ohne Beantwortung. Der Pastor sah lieber,
daß sie, anstatt sich am Strande aufzuhalten, in die
Haide hinausging, und suchte sie unvermerkt daran zu

gewöhnen; freilich war eines Tags einmal ein Gedanke über ihn und eine Beunruhigung in ihn gerathen, die er vorher nicht gekannt, sie könne dort einer Gefahr — der, von einer Kreuzotter gebissen zu werden — ausgesetzt sein. Deshalb durfte sie sich nicht zu weit vom Dorf entfernen, besonders nicht gegen Norden, wo er ein häufigeres Vorkommen der Schlangen be= fürchtete; nach Süden hin verstattete er ihr freiere Bewegung. Wenn er den Tod Jasper Simmerlund's auch bedauert hatte, war ihm doch die Berufung des neuen jungen Dorflehrers nach zweifacher Richtung sehr erwünscht gefallen. Tilmar Hellbeck's botanisches Interesse weckte auch ein solches in Zea, zog sie mehr vom Wasser ab auf Landwege, und sie gewann an jenem einen Begleiter und Behüter. Zum ersten Mal aber auch einen Vertrauten, bei dem sie das in ihr gebliebene, nun nicht mehr lautgewordene Verlangen stillen konnte, zwar in geringem Maße, nur mit dem wenigen, von der Handschrift Simmerlund's Ueberlieferten. Doch mehr wußte überhaupt Niemand, und der stärkste Drang in ihr hatte danach getrachtet, einen Menschen, einen Freund zu haben, mit dem sie über das sprechen könne, wovon ihr sonst Alle schwiegen. Daraus war ihr Anschluß an Tilmar Hellbeck ent= sprungen, sie mit immer festerem Band an ihn zu knüpfen. Oftmals seit Jahren hatten sie hier und

dort, wie heute, auf der Düne neben einander gesessen
und über die See hinausblickend von dem geredet,
was stumm ihre Tiefe verbarg. Der Pastor ahnte
nichts davon, er glaubte, Zea denke nicht mehr an das
einmal zu lebhaft in ihre Kinderphantasie Eingedrungene;
kein Heimlichthun und Verhehlen der Beiden ihm
gegenüber war's, nur eine ungesprochene Uebereinkunft,
etwas allein zu behalten, wofür Niemand außer ihnen
gleiches Gefühl und Verständniß habe. Tilmar hätte
auch kaum Anlaß gefunden, Jemandem davon zu
sprechen, er betrat das Pfarrhaus nur selten, lebte
für sich allein mit seiner Mutter. Und dem Mädchen
kam die alte Anwandlung nur draußen, dann und
wann, aus dem Rauschen der Wellen herauf, folgte
ihr nicht über die Schwelle des Hauses. In diesem
ging nie ein Schattenanflug durch den jungen Frohsinn
ihrer Augen.

Nur heut' am Mittagstisch verschwieg sie zum
ersten Mal etwas mit Bewußtsein und Absicht, daß sie
Tilmar die Hand darauf gegeben, seine Frau zu werden.
Sie hatte ihm versprechen müssen, noch nichts davon
zu sagen, und sie selbst empfand es auch als besser so.
Sein Einkommen war gering, ihre Eltern hätten sich
vermuthlich deshalb Sorge gemacht. Ihr Schweigen
bedrückte sie auch mit nichts; es war ja eigentlich
nichts von Bedeutung, und Alles blieb fast ebenso wie

12*

früher. Statt der alten Mutter, sorgte sie drüben
für die Hauswirthschaft, doch ließ diese ihr Zeit genug,
ebenso viel wie immer hier zu sein. Auch um der
Bücher willen, denn was Tilmar an solchen besaß,
war mit ein paar Ausnahmen armseliger Art, ließ
eigentlich kaum begreifen, daß er daraus hauptsächlich
seine Kenntnisse und seine geistige Bildung gewonnen
habe. Die Nächte mußte sie gleichfalls hier in ihrem
Zimmer zubringen, in dem wenig geräumigen Schul=
haus war keine unbenutzte Kammer vorhanden. Das
nöthigte sie zu frühem Aufstehen und Hinübergehen,
um das Frühstück herzurichten. Zur Sommerzeit ging
das auch leicht und war schön, doch im Winter mußte
die Schulstube rechtzeitig geheizt werden, das mochte
zuweilen eine recht kalte Besorgung sein. Es ging
ihr bei dem Gedanken einen Augenblick ein bißchen
fröstelnd über den Rücken.

Am Tisch war's heute stiller als sonst. Allein
nicht Zea gab den Anlaß dazu, sondern ihr Vater.
Er sprach nicht nach gewohnter Weise und nicht mit
der sorglosen Heiterkeit der Züge; ein Nachdenken schien
ihn in Anspruch zu nehmen. Ihr kam's einmal, er
hege doch vielleicht eine Vermuthung von dem eben auf
Herbsand Geschehenen, und sie stand, troß der Abrede,
im Begriff, davon anzufangen, um ihn nicht in einer
Beunruhigung zu lassen, zumal da er die Frage that:

„War Hellbeck heute Vormittag mit Dir?" Aber wie
sie darauf „ja" geantwortet, fuhr er fort: „Das ist gut,
bitte ihn immer, Dich zu begleiten. Es ist mir lieber,
für Dich lehrreicher, als wenn Du allein gehst, um
Pflanzen zu suchen." Das stand zweifellos in vollem
Gegensatz zur Annahme einer Besorgniß des Pastors,
so daß Bea von ihrem kurz gefaßten Vorsatz wieder
abließ. Statt dessen fragte sie ihn, da es ihr grade
in's Gedächtniß gerieth, ob er wisse, welche Bedeutung
der lateinische Pflanzenname Sempervivum tectorum
haben könne. Mit einem leichten Lächeln erwiderte
Hollesen: „Hat Dein Freund Tilmar Dir das nicht
übersetzt?" Das Mädchen entgegnete: „Ja, er meinte,
es heiße Immergrün und das zweite Wort sei ein
Name." Nun kam dem Pastor wirklich ein Lachen
von den Lippen: „Ganz trifft's nicht zu, mit dem
Rathen geht's nicht gut, wenn Jemand eine Sprache
nicht gelernt hat. Es heißt ‚das immer auf den
Dächern Lebende‘; ein Lateinschüler aus den untersten
Klassen hätte Dir's verdeutschen können, ohne irgend
etwas von Botanik zu wissen. Die Halbbildung ist
immer ein gefährliches Ding, sie läßt gern irrig an
sich selbst glauben und erzeugt leicht den Drang in
sich, nach Unerreichbarem zu streben; zu spät bereitet
dann richtige Erkenntniß bitterliche Enttäuschung. Hell=
beck ist ein vortrefflicher, über seine Lehrerstelle hier

geistig hinausragender Mensch, aber von seinem wissen=
schaftlichen Dilettantenthum sollte er lassen, dazu reichen
die Mängel seiner Bildung und Kenntnisse nicht aus.
Freilich, wenn es ihm Freude macht, bessere Frucht
kann der Mensch von seinem Acker nicht ernten. Doch
er hätte klüger gethan, die ihm gebotene einträglichere
Stellung anzunehmen, und ich habe ihm gestern dazu
gerathen, doch allerdings selbstsüchtig hinzugesetzt, es
freue mich um Deinetwillen, daß er bei uns bleiben
wolle."

So ausführlich hatte der Pastor sich noch kaum
über Tilmar Hellbeck geäußert und ein entschiedenes
Wohlwollen und Zuneigung trotz den angefügten Aus=
stellungen aus seinen Worten gesprochen. Zea war
im Gefühl ihrer Verheimlichung ein wenig erröthet,
hörte dann aber innerlich erfreut zu. Sie wußte, ihr
Vater schätzte nichts höher, als daß Jemand ein vor=
trefflicher Mensch sei, und was Tilmar für sie außer=
dem noch war, wie kein Anderer sonst, konnte sie allein
beurtheilen. Es war zweifellos, ihre Eltern würden,
vielleicht nach anfänglicher Ueberraschung, ganz ein=
verstanden mit dem sein, was sie heut' Vormittag auf
Herdsand gesagt und gethan. Vom Tisch aufstehend,
ordnete sie nach täglichem Brauch noch Dies und Jenes;
sie war eine erwachsene Tochter des Hauses und hatte
schon seit einem Jahr ihrer Mutter mancherlei wirth=

schaftliche Besorgungen abgenommen. Nach ihrer Verrichtung begab sie sich mit einem Buch in's Gärtchen,
um zu lesen, heut' zum ersten Mal wieder seit dem
Herbst, im Sommer war es ihr gewohntes Nachmittags-
thun. Doch nach einer Weile lockte der Sonnenglanz
sie weiter in's Freie hinaus, stellte ihr auf der Haide
einen Lieblingsplatz vor Augen, den sie den Winter
hindurch nicht mehr aufgesucht; dort mußte sich's schöner
weiter lesen. Die sonntägigen Schuhe fielen ihr lästig;
sich ihrer rasch im Zimmer entledigend, ging sie davon,
nach der Vorschrift ihres Vaters eine Zeit lang in
südlicher Richtung. Kurz hatte sie geschwankt, ob sie
Tilmar zum Mitgehen holen solle, aber nach seiner
Aeußerung auf der Insel hielt er für gut, daß er sie
nicht so oft mehr begleite. Nach dem was ihr Vater
heut' Mittag gesagt, entsprang das freilich einer durchaus
unnöthigen Besorgniß, übertriebener Aengstlichkeit, allerdings in einem Zusammenhang mit der Art Tilmar's;
etwas Aengstliches lag überhaupt in seinem Wesen,
Unsicheres, sich selbst nicht recht Vertrauendes. Es
nahm eigentlich Wunder, daß er seine Schuljungen in
Ordnung und Zucht zu halten vermochte; Zea konnte
sich ihn nur sich unterordnend und bittend vorstellen,
nicht fordernd und befehlend. Ungewiß hatte sie einige
Schritte auf das Schulhaus zu gemacht, doch bog sie
wieder ab. Sie trug sich ja auch mit der Absicht,

auf dem Haidesitz zu lesen, das konnte sie nur allein
und war außerdem am Vormittag mit Tilmar mehrere
Stunden zusammen gewesen. Danach blieb ihnen für
heut' nichts gemeinsam zu bereden, so ließ sie davon,
ihn zum Mitgang aufzufordern.

Ein Viertelstündchen wanderte sie dem Ufer entlang, um zur Linken landein den Weg einzuschlagen,
auf dem Nathan Aronsohn gestern fortgehinkt, jenem
ungefähr ebenso lange folgend. Dann jedoch verließ
sie ihn, pfadlos weiter zu gehen; deutlich erkennbar
lag oder hob sich ihr Ziel in einiger Weite vor ihr
von der Fläche auf. Zumeist ward diese nur von
niedrigem Strauchwerk oder da und dort vereinzelten
Kiefern unterbrochen, doch an jener Stelle stiegen
mehrere benachbarte schlanke und höhere Stämme empor,
mit weiß in der Sonne blinkender Rinde sich als
Birken kündend und auf besser nährenden, feuchten
Bodengrund deutend. Ein wenig seitwärts von ihnen
streckte sich flach etwas Dunkles hin, einem Schatten
gleich, doch beim Näherkommen körperhaft, einer der
in der Landschaft verstreuten großen Steinblöcke; graue
Flechten überzogen ihn, wie eingebettet lag er im
Haidekraut, an seinen Seiten rankten sich Erdbeeren-
und Kronsbeerenpflanzen mit eben sich grün ent-
wickelnden Blättchen herauf. Das war Zea's liebster
Sitz, sie fühlte sich auf ihm einer Herrin gleich, der

Alles um sie her gehöre und ihr unterthan sei. Die
Umgebung bot nicht, wie sonst umher, Einförmiges,
sondern Mannigfaltigkeit, der Fleck bildete eine kleine,
auch mit Wasser begabte Oase. Vor Zeiten hatte man
hier Torf zu graben versucht, davon standen noch
senkrecht abgestoßene braune Wände, von langhalmigen
Gräsern und Farnkräutern überwachsen, die sich auch
durch den Winter ihre Farbe forterhalten; darunter,
einem Schwarzspiegel ähnlich, sah ein kleines dunkles
Moorgewässer auf. Es lag reglos, wie's auch die
Luft darüber war, und doch schienen die von ihm
zurückgeworfenen Wiederbilder der Birkenzweige sich
zu bewegen, als würden sie von leisem Wind hin und
her gewiegt. Der Frühling war gekommen, alles
Leben wachte auf, und winzige, stahlblau schillernde
Wasserkäfer schossen unablässig auf der besonnten Fläche
hin und her, zu klein, um wirkliche Wellchen zu er-
zeugen, aber sie breiteten ein zitterndes Spiel darüber.

So war's seit vielen Jahren hier immer gewesen,
und so war's nun wieder. Zea setzte sich auf den
Granitstein und schlug ihr Buch auf, aber sie betrachtete
erst noch den grünen Schimmer, mit dem sich das
Birkenlaub ankündigte. Ein freudiges Hervordrängen
kam aus jedem Zweig, aus Allem ringsumher; ver-
einzelte Bienen summten, sie fanden noch nicht was
sie suchten, hatten nutzlos den weiten Weg hierher

gemacht und schwirrten davon. Die junge Herrin sah
ihnen nach, sagte einmal zu einer: „Weshalb kommst
du schon? Ich habe dich noch nicht gerufen." Dann
bückte sie den Kopf vor und las eifrig, sichtbar mit
freudiger Theilnahme; die Aprilsonne hatte noch weit
bis zum Seehorizont, doch sie zeigte, schrägere Bahn
nehmend, daß sie nicht anhalte, sich fortschreitend
dorthin bewege.

Trotz dem augenscheinlichen Interesse der Lesenden
an dem Buch hob Zea ab und zu den Blick, so daß
er über das Blatt fortging. Dann traf er auf die
kleine Wasserfläche und die Insecten, die wie glitzernde
Weberschiffchen darüberhin von Rand zu Rand schossen,
und wenn sie wieder auf die Seite zurücksah, ging
das zitternde Spiel ihr vor den Wimpern noch fort,
als ob die Buchstaben lebendig würden, selbst sich in
hin und her schnellende Käferchen verwandelten. Gleich
einem leichten Schleier wallte ihr's vor den Augen,
doch auch in diesen lag's wohl; sie hatte den Tag zum
größten Theil im Freien zugebracht, und die erste
linde Frühlingsluft machte leicht etwas müde. Ihr
Blick senkte sich einmal seitwärts nieder; mit einer
kurzen Bewegung konnte sie sich neben dem Steinsitz
auf weichen Boden strecken, wie eine zubereitete Lager-
stätte war's. Prüfend schaute sie um, ob etwas von
einer Schlange wahrnehmbar sei; daß es solche auf

der Haide gäbe, ließ sich wohl nicht anzweifeln, doch
die Besorgniß ihres Vaters erschien ihr übermäßig,
sie war mit Ausnahme eines einzigen, ihr nur dunkel
im Gedächtniß gebliebenen Falles aus früher Kindheit,
noch nie auf eine Otter gestoßen. Es muthete köstlich
an, sich dorthin zu legen, mit dem Kopf auf eine
kleine Hebung wie auf ein leicht emporgehöhtes grünes
Kissen, und nun hatte sie der Lockung nachgegeben,
lag da und sah zu einer schneeweiß über ihr langsam
durch das Himmelsblau ziehenden Wolke auf. Das
Getriller einer Haidelerche klang gleichfalls von oben
herab, weckte ihr Erinnerung an die auf Herbsand und
zugleich an ihr vormittägiges Zusammensein dort mit
Tilmar Hellbeck. Sie hatte hier nicht mehr daran
gedacht; unwillkürlich kam ihr jetzt noch Anderes dabei;
die Pflanze auf dem Schulhaus und der lateinische
Name. Ein Schuljunge, hatte ihr Vater gesagt, hätte
ihr verdeutschen können, es heiße, „das immer auf dem
Dach Lebende“. Oder unter dem Dach? Sie konnte
sich nicht ganz besinnen, die Gedanken gingen ihr ein
bischen durcheinander. Wenn das Letzte gewesen, dann
paßte es auch auf sie, war sie selbst solche Hauswurz,
die künftig immer unter dem Schulhausdach lebte.
Halblaut und halblachend sprach sie vor sich hinaus:
„Sempervivum tectorum“. Vor dem Blick gesellte sich
ihr etwas dazu, wie ein vom Blau zu ihr herunter=

flatterndes ganz goldenes Blatt, ein Citronenfalter
war's, der dicht über sie hingaukelte. Doch nahm sie
ihn nur einen Augenblick lang gewahr, er verschwand
ihr sogleich wieder. Nicht weil er wirklich weiter
taumelte, vielmehr kehrte er, wie neugierig, ein paar
Mal zurück. Aber sie sah ihn nicht mehr, denn die
Lider waren ihr zugefallen. Ihr war's nicht in den
Sinn gekommen, sich hinzulegen, um zu schlafen, doch
dem Frühlingstag gefiel's so, seine Macht an ihr zu
bewähren.

Auch wußte sie nicht, daß sie geschlafen habe,
oder war nach ihrer Meinung wenigstens gleich wieder
aufgewacht. Nur lag, wie sie den Kopf aufhob, das
Licht anders um sie, nicht mehr strahlenblendend, sondern
mit einem gedämpften röthlichen Glanze. Im Ohr
klang ihr etwas nach, ein eigenthümliches Geräusch,
und sie hatte ein Gefühl in sich, als ob sie davon
aufgeweckt worden sei; sich zum Sitzen emporrichtend,
blickte sie um sich, was es gewesen sein könne. Da
kam's wieder, ein schnaubender Ton, und auf ein
halbes Dutzend Schritte entfernt sah sie den Urheber,
den Kopf eines braunen Reitpferdes; daneben, ab-
gestiegen, stand ein hochgewachsener junger Mann, der
die Augen auf sie gerichtet hielt. Etwas von Verwunderung that sich in ihnen kund, und er fragte jetzt:

„Willst Du die Nacht hier bleiben?"

Noch nicht recht zur Besinnung gekommen, blickte sie ihn an. Ein Fremder war's, nach der Kleidung von vornehmerer Art, als die Landleute der Gegend, vermuthlich ein junger Herr aus der Stadt. So antwortete sie nach einem Moment ungewissen Hinblicks:

„Haben Sie den Weg verloren und wollen zur Stadt? Dort liegt sie."

Ihre Hand deutete, doch er versetzte: „Nein, das ist nicht meine Absicht, auf der Haide gefällt's mir besser." Zu einer Umschau den Kopf drehend, fügte er nach:

„Wo sind denn Deine Gänse?"

Das Mädchen wiederholte verständnißlos: „Meine Gänse?"

„Oder was Du sonst hütest. Sind's Schafe?"

Dafür angesehen zu werden, war ihr noch nie geschehen, und sie mußte ein Lachen bekämpfen. „Wofür halten Sie mich denn?"

Er stutzte ein klein wenig bei dem Ton der Frage, versetzte dann indeß:

„Für das, was Deine Füße sagen."

Mit einer unwillkürlichen Bewegung zog sie ihre Füße unter den Kleidsaum zurück, während er, sie betrachtend, hinzusetzte: „Dein Kleid ist freilich nicht so, wie die Bauernmädchen sich's machen, ich seh's jetzt,

und Deine Sprache ist auch anders. Warum gehst
Du denn barfuß?“

Es trieb Zea, aufzustehen; sie lag oft so mit
Tilmar Hellbeck zusammen und sprang hurtig in die
Höhe, wenn sie weiter gehen wollten. Doch gegen=
wärtig zauderte sie ein bischen, wußte ihre Absicht
nicht gleich auszuführen und that's dann in weniger
geschickter Weise als sonst, fast etwas unbeholfen.
Selbst fühlte sie's, und es verdroß sie, und dazu auch
noch etwas Anderes. Nach dem Landbrauch war sie
gewöhnt, zumeist mit „Du“ angeredet zu werden, auch
vom Mund eines fremden Bauernburschen wär's ihr
nicht aufgefallen. Doch der vor ihr Stehende war ein
Städter, der an anderen Brauch gewöhnt sein mußte;
ihr lag etwas Geringschätziges darin, daß er diesen bei
ihr nicht innehielt, zumal sie ihn mit „Sie“ ansprach.
So sagte sie, aufgestanden:

„Da Sie erkennen, daß ich keine Bauerntochter
bin, und wohl auch, daß ich kein Kind bin —“

Weiter kam sie nicht, einestheils wußte sie selbst
nicht recht, was sie hinzusetzen wollte, zum andern
malte sich in seinen Augen ein lebhaftes Erstaunen
über die Veränderung ihrer hoch vor ihm aufgewachsenen
Gestalt und ließ ihn einfallen: „Wer bist Du denn?“

Offenbar hatte er den Sinn ihrer letzten Aeuße=
rung nicht verstanden oder nicht verstehen wollen.

Das Zweite erschien als das Muthmaßliche, denn er
fügte hübsch auflachend drein:

„Bist Du die Herrin hier?"

Zea Hollesen überkam Unbekanntes, geweckt von
etwas ihr zum ersten Mal im Leben entgegengebotenem
Unbekannten, ein Aufwallen in ihrem Innern, ein
trotziges Sichauflehnen. Sie erwiderte: „Ja, ich bin
die Herrin hier," und drehte sich kurz ab, um davonzugehen. Doch hinter ihr klang seine Stimme
nochmals:

„Du vergißt, Dein Buch mitzunehmen." ·

Sie hielt den Fuß an, obwohl ihr's unangenehm
war, sich wieder zurückwenden zu müssen; lieber hätte
sie das Buch liegen lassen und morgen geholt. Aber
da er sie hörbar mit einem leicht spöttischen Ton auf
ihre Nachlässigkeit aufmerksam gemacht hatte, entschloß
sie sich zur Umkehr und trat, so viel Würde, als ihr
möglich fiel, in der Haltung zusammen nehmend, auf
den Stein zu. Zugleich indeß setzte auch er den Schritt
vor und fragte, den Arm ausstreckend:

„Was liest Du denn?"

Das Mädchen gab keine Antwort mehr, sondern
faßte nur rasch nach dem Buch, doch im selben Augenblick that er das Gleiche und zog's ihr mit festem
Zugriff aus der Hand. „Wart', ich will's erst sehen.
Wenn Du auch die Herrin bist, mußt Du Dich doch

daran gewöhnen, daß ich der Herr hier bin, wenigstens hab' ich mich bis jetzt dafür gehalten."

Nicht herrisch gesprochen war's, doch mit einem heiter=jugendlichen Uebermuth, einem merklich daran Gewöhnten, nach seiner Lust und Laune zu handeln. Nun schlug er das Titelblatt auf und las laut: „Hermann und Dorothea." Verwundert hob er den Kopf und fragte ungläubigen Tones:

„Verstehst Du das?"

Zea stand schweigend, nur eine leichte Bewegung ihrer Kleidärmel verrieth, daß die Arme darunter ein Zittern durchlief. Nach einem kurzen Anhalten setzte er hinzu:

„Wer bist Du denn eigentlich?"

Sie hatte die Zähne auf die Unterlippe gedrückt, kein Wort mehr hervorzulassen, doch die Frage bot ihr willkommene Gelegenheit, ihm eine beschämende Zu= rechtweisung zu erteilen, und, ihren Vorsatz ändernd, entgegnete sie, ihre Erregung zu möglichstem Gleich= muthsanschein beherrschend:

„Wenn Sie danach fragen, ich bin die Tochter des Pastors Hollesen in Loagger."

Eine durchaus andere Wirkung ergab's, als sie bezweckt. Wohl drückte sich im Gesicht des Hörers eine Ueberraschung aus und er bemaß die Züge des

Mädchens wie mit einem suchenden Blick. Dabei aber flog ihm lachend der Ausruf hervor:

„Also Einer beim Andern!"

Das war völlig unverständlich, und gegen ihren Willen kam Zea die Frage vom Mund: „Was heißt das?"

Er deutete nach dem Granitblock. „Zwei Findlinge, beide vom Wasser hergebracht und sich ähnlich wie Zwillinge, mißvergnügt, daß ich ihre Unterhaltung gestört. Doch jetzt find' ich's wieder heraus, Du hast's wie die Birke da gemacht, seit ich sie zuletzt gesehen. Aber Du bist — warte, Dein Name steckt mir irgendwo in einer Ecke, mit der See ist's was, natürlich — nein, mit dem Ocean, das war's — Oceana — ich lachte darüber, als ich's hörte — ‚Zea' riefen sie Dich — Zea Hollesen bist Du. Wenn eine Ente wird wie ein Schwan, kommt man nicht darauf, daß es noch der gleiche Vogel ist. Kennst Du mich nicht mehr?"

Die Befragte blickte ihn wortlos an, nur aus ihren Augen sprach Verneinung. Er warf launig hin:

„Deine Augen sind anders, als die Nathan Aronsohns, aber seine haben ein besseres Gedächtniß. Vielleicht weiß Dein Ohr es noch — Meinolf Alsleben hieß ich einmal, und dabei ist's auch geblieben."

„Du bist —?"

Eine unbewußte Erwiderung Zea's war's, man sah, aus dem Namensklang kehrte ihr auch eine Er= innerung des Gesichtssinnes. Doch unmittelbar danach verbesserte sie, die Hand vorstreckend: „Geben Sie mir mein Buch, Herr Baron, ich will fort."

Ihm flog heraus: „Wie albern das aus Deinem Mund kommt! Freilich, Du bist nicht nur groß geworden, sondern auch gebildet und liest Goethe. Ich hätte Dich wohl auch mit ‚Sie‘ anreden und ‚Fräulein‘ nennen sollen? Entschuldige, daß Du mir nicht danach vorkommst, auch eh' ich wußte, wer Du bist."

Sie entgegnete nichts, that nur das Gleiche, wie er zuvor, indem sie, rasch zugreifend, ihm das locker gehaltene Buch entriß. Doch ebenso schnell streckte auch er wieder die Hand danach unter dem Ruf: „So verschlagen bist Du? Ich dachte, Du wolltest mir die Hand geben, als Gruß aus der Kinderzeit und als Abbitte für Deine spöttisch gemachte Anrede. Deine Art ist sonst nicht so höflich, scheint mir."

Beide hielten das Buch, zogen es ein paarmal hin und her, heftig erregt stieß das Mädchen aus: „Es ist meins — was wollen Sie damit?"

„Es noch behalten. Ich hätte Dir's zurückgegeben, aber mit List und Trug wegnehmen lasse ich's mir nicht."

Ein Ringen ward's, seine linke Hand umfaßte

plötzlich ihren Arm und zwang ihn herunter. Ihr durchfuhr eine Erinnerung den Kopf, daß sie ohne Besinnen über die Lippen brachte: „Willst Du mich in's Wasser stoßen, wie Unna Brookwald?"

Ein helles Auflachen klang dicht an ihrem Ohr. „Warst Du dabei? Das war spaßhaft! Nein, Dich da wieder herauszuholen, wär' mir zu umständlich und schade für Deine sauberen Füße, wenn sie von dem Moorwasser braun würden. Ich will Dir nur beweisen, daß ich der Herr hier bin und mehr Kraft habe, als Du."

Das bewies er, denn rückhaltlos seine Stärke gebrauchend, zwang er sie, ihm das Buch zu lassen. Mit Meinolf Alsleben war seit gestern Abend, dem stürmischen Ausbruch, in dem er um die Liebe seines Vaters gerungen und gesiegt, eine Verwandlung vorgegangen; wie ein Rückschlag in vergangene Zeit hatte es ihn gefaßt. Er war augenblicklich ganz der übermüthig tollende, bedachtlose, ungebärdige Knabe von ehemals, der seinen Kopf d'rauf stellte, durchzusetzen, was ihn reizte. So hielt er triumphirend das eroberte Buch und sagte jetzt:

„Auf Ekenwart ist's nicht, ich habe grade Lust, ‚Hermann und Dorothea' wieder zu lesen, morgen bekommst Du's zurück. Ich bring's Deinem Zwilling da, von dem kannst Du Dir holen. Heut' nehm'

ich's mit, die Nachtigall wird heut' Nacht wieder
schlagen, dabei ließt sich's gut. Hab' ich Dich zu hart
angefaßt und Dir weh gethan? Das kommt von
Deinem Trotz."

Bea stand gelähmt, sah rathlos auf ihr Hand=
gelenk nieder, das er bei dem Ringen fest umfaßt
gehalten, einen rothen Streifen ließ es gewahren. Ihr
Gesicht dagegen war blaß entfärbt, ihre Brust athmete
nicht rasch, wie sonst nach einer heftigen Anstrengung,
sondern bewegte sich kaum. Etwas Eigenartiges geschah;
ein Citronenfalter, vermuthlich der, welcher vor Stunden
hier in der Sonne gegaukelt, mußte sich an dem
durchwärmten Findlingsstein zur Nachtrast niedergelassen
haben und von dem Handgemenge noch einmal auf=
gescheucht worden sein. Er flatterte wieder und zwar
einige Male, wie im Halbschlaf taumelnd, um den
Kopf des Mädchens, daß es aussah, als drehe der Wind
ein goldenes Blatt um sie im Kreis. Dann lauerte
er sich, die Flügel zusammenfaltend, an den Granit=
block zurück.

Meinolf hatte dem plötzlichen Auftauchen und
spielenden Flug des Schmetterlings stummverwundert
zugesehen, nun sagte er:

„Gehört Ihr auch zu einander? Da sitzt er
wieder und will die Nacht hier schlafen. Wäre ich
nicht zufällig hierher gekommen und Du davon auf=

gewacht, hätteft Du's wahrfcheinlich ebenfo gethan. So
hab' ich Dich wohl vor einer kalten Nacht bewahrt,
Zea Hollefen, und Du mußt für mein Kommen dank=
bar fein."

Nicht mit ironifchem Klang waren die letzten
Worte gefprochen, doch gab ihrem Inhalt der Mienen=
ausdruck Zea's folche Färbung, denn in ihm that fich
Alles eher als Dankbarkeit kund. Was für Gedanken
und Empfindungen in ihr feien, ließ indeß das Geficht
nicht lefen; es hatte etwas Sonderbares, als ob fie
eigentlich überhaupt nichts denke und fühle. Nur das
Eine, die Richtigkeit des von Meinolf Alfsleben Gefagten,
daß er mehr Kraft habe als fie und daß fie mit
Gewalt nichts gegen ihn ausrichten, ihm das Buch
nicht wieder entringen könne. Auch was fie wolle,
wußte fie nicht, oder wenigftens ward ihr gleichfalls
nur Eines deutlich, fie wollte nach Haufe gehn. Dazu
aber mußte fie den Fuß heben, und ihr kam's vor,
als ob er eingewurzelt fei und fie habe keine Herr=
fchaft über ihn. Dann indeß gelang's ihr doch, fie
nahm alle Stärke zufammen, löfte ihn mit einem
Ruck vom Boden, wandte fich und fchritt fort. An=
fänglich ganz langfam, — hinter ihr klang noch einmal
feine Stimme: „Du weißt alfo, wo Du Dein Buch
wieder findeft." Danach blieb's ftill, und nun ging
fie rafcher, allmählich beinah' wie laufend. Der Abend

fiel ein, es begann zu dämmern, nur über der See im Westen lag noch rother Himmelsrand. Wie der Haidegrund unter ihr verschwand und ihre Füße auf den weichen Dünensand traten, blieb sie stehen und sah verdutzt um sich. Vor ihr, in der Entfernung einer Viertelstunde, hob sich im Zwielicht ein Thurm auf mit grauer Dachhaube, den sie nicht kannte; sie mußte in falscher Richtung, nach der Stadt zu, gegangen sein. Doch dann war's, als falle ihr etwas vor den Wimpern weg, und nun war es der Kirchthurm von Loagger. Der lange Aufenthalt draußen und daß sie geschlafen hatte, ging ihr offenbar wunderlich in den Augen nach; im Weitergehen sah sie beständig einen kleinen dunklen Wasserspiegel vor ihnen, über dem sich glitzernde Käfer hin und her schnellten. Sie dachte noch immer nichts, nur als linkshin das Schulhaus wie ein dunkler Würfel von der Düne aufstieg, kam ihr die Erinnerung, wie sie am Nachmittag hier gegangen, habe sie sich gewundert, daß Tilmar Hellbeck seine Schulkinder in Ordnung und Zucht zu halten vermöge, da er sich nicht fordernd und befehlend, sondern nur bittend und unterordnend vorstellen lasse. Doch daß sie dies hier gedacht, kam ihr nicht wie von heut', sondern wie seit Tagen vor; das mußte auch davon herrühren, weil sie so lange auf der Haide geschlafen hatte. Auf dem Hausflur traf sie ihre

Mutter, die zu ihr sagte: „Du kommst spät, das Abendessen wartet schon. Trotzdem ging sie erst noch in ihre Stube; als sie in dieser stand, wußte sie freilich nicht, wozu. Nur daß sie mechanisch eine Schublade aufgezogen hatte, darüber dachte sie nach, weshalb, und besann sich, es sei ihr kalt, sie friere und es komme von den bloßen Füßen her. Eilig legte sie Strümpfe und Schuhe an und begab sich in's Wohnzimmer an den Tisch.

An dem Tische war's wie allabendlich, nur wie am Mittag richtete der Pastor ab und zu den Blick auf Zea's Gesicht; er schien darin nach etwas zu suchen, doch zu vermeiden, daß sie es merke. Jedenfalls lag in dieser Art, wie er sie ansah, Anderes als sonst, übte, ohne daß sie sich sagen konnte, warum, eine abhaltende Wirkung auf ihr Vorhaben, von dem, was ihr begegnet war, zu erzählen. Doch fehlten ihr auch die richtigen Worte für das Fremde, ihr zum ersten Mal im Leben Geschehene, sie wußte nicht, wie sie das Benehmen Meinolf Alsleben's gegen sie benennen solle. Ober das wohl, junkerhaft anmaßend und hochfahrend, herrisch und gewaltthätig war's gewesen; was ihr eigentlich den Mund schloß, war Scham und Unmuth über ihr eigenes Verhalten dabei, ihre Unfähigkeit, ihm die gleiche selbstständige Sicherheit entgegenzusetzen. Freilich hatte er seine überlegene körperliche Kraft

angewandt, und wenn sie sich auch wohl getrauen
würde, gegen Tilmar in einem Ringen zu bestehen,
hatte sie es natürlich mit ihm nicht aufnehmen gekonnt.
Aber das änderte nicht ab, daß sie ihm unterlegen
war, sich seinem Willen hatte unterordnen müssen,
Ihr klang's als ein Wort, mit dem sie selbst über
sich gespottet habe, im Ohr nach, wie sie auf seine
Frage zurückgegeben, ja, sie sei die Herrin hier. Das
war sinn= und bedachtlos gewesen, bekam durch das
weiter Vorgegangene etwas kinderhaft Einfältiges. Sie
fühlte bei der Erinnerung daran ein Klopfen in den
Schläfen.

So schwieg Jea aus Mißmuth über sich selbst
von ihrer Begegnung mit Meinolf Alfsleben, griff,
um nicht auffällig stumm dazusitzen, manchmal eilig
nach Diesem und Jenem, davon zu sprechen, und that's
mit etwas lauterer Stimme, als sonst; ihre Nerven
befanden sich noch in einem unbekannten Zustand von
Erregung. Doch kam trotzdem und obwohl sie draußen
geschlafen hatte, früh Müdigkeit über sie, so daß sie
bald Gutnacht sagte und in ihre Stube ging. Der
Pastor blickte ihr nach, und seine Frau sagte:

„Mich dünkt, das Kind war sonderbar heut'
Abend; Dir scheint's auch aufgefallen."

Er wiederholte: „Sonderbar? warum meinst Du?
Ja, sonderbar war's mir heut' —"

Nach einem kurzen Anhalten setzte er hinzu: „Ist Dir nichts aufgefallen?

„Ich weiß nicht, was Du jetzt meinst.“

„Mir kam heut’ morgen und bis eben in der Vorstellung die Aehnlichkeit zwischen ihr und Unna Brookwald noch vergrößert vor, stärker als je, fast wie die zwischen Schwestern. Und ich müßte mich sehr täuschen, wenn es Herrn von Brookwald, als wir zusammen auf dem Kirchhof standen, nicht ebenso gegangen.“

Mathilde Hollesen hob den Kopf und sah ihren Mann überrascht mit einem staunend=fragenden Ausdruck an. „Du meinst — das kann nicht sein. Sie hat Dietrich Alfsleben sehr geliebt und lange auf ihn gehofft, das weiß ich am Besten. Aber dafür würde ich Dein und mein Leben verbürgen — ich kenne Gertrud —“

Den Kopf schüttelnd, fiel der Pastor ein: „Ich auch, und wie soll ich von ihr sprechen? Du verdenkst Dich — daß die todte Frau in der Kajüte ihre Mutter gewesen, kann wohl nicht zweifelhaft sein. Wohl aber, ob sie in anderem Sinn eine Frau war — ich sprach auch mit Wittkop darüber und glaube —“

Fortfahrend dämpfte er die Stimme noch mehr: „Ich bin überzeugt, ihr Vater befindet sich am Leben, und wir haben ihn heut’ Morgen gesehen.“

Die Hörerin fuhr zusammen, über ihr Gesicht flog etwas Schreckhaftes, doch mit Ungläubigkeit gepaart; sie versetzte:

„Unna gleicht nicht ihm, sondern ihrer Mutter, hat ein Rhade'sches Gesicht."

Die Miene des Pastors ließ erkennen, daß der Einwand ihn nicht in seiner heute gefaßten Ueberzeugung beirre. Er antwortete: „Die Natur theilt gewöhnlich dem Kinde von beiden Eltern zu, nur sieht man's oft erst bei näherer Vergleichung. Ich finde auch Züge von ihm an Unna, und vielleicht besaß die Todte mit Gertrud Aehnlichkeit."

„Und Du glaubst — er ahnt — er weiß es —?"

Eigenthümlich zögernd war die Frage hervorgebracht, und mit einem Ton, als berge etwas Ungesprochenes, doch für den Hörer dennoch Verständliches sich unter ihr; erwartungsvoll hielt sich der Blick Mathilde Hollesen's in den ihres Mannes gerichtet, der langsam erwiderte:

„Von uns nicht Begriffenes — schon lange hinter uns — könnte sich daraus erklären" —

Mit noch mehr herabgeminderter Stimme als vorher hatte er es entgegnet, doch brach er, auf die Thür sehend, ab: „Wir wollen in unser Schlafzimmer hinübergehen." Draußen im Flur scholl der Fußtritt der Hausmagd, gleichzeitig mit seiner letzten Aeußerung

stand Christian Hollesen auf, ging voran und seine
Frau folgte ihm schweigend nach.

Zea schlief bereits, doch es wahr ihr kühl, denn
sie lag nicht in ihrer Stube, sondern war irgendwo
unter freiem Himmel eingeschlafen. Neben ihr hockte
ein Schmetterling und sagte: „Ich bewahre Dich vor
einer kalten Nacht," und dazu schlug er große Flügel
auseinander, daß sie sich wie zu einem goldenen Dach
über ihr breiteten. Aber eigentlich war's, trotz der
Nachtzeit, eine Decke aus Sonnenstrahlen, von der jetzt
Wärme über die Träumende hinging. Sie dachte nach,
wo sie sei; eine Lerche trillerte. Danach befand sie
sich vermuthlich auf der Düne von Herbsand; und ihr
kam's auch, Tilmar Hellbeck sitze neben ihr, obwohl sie
nichts von ihm sah, und sie habe ihn eben gefragt, ob
er nicht einverstanden wäre, daß sie seine Frau werde.
Aber dann war's kein Lerchengesang, der eines anderen
ihr unbekannten Vogels; sie dachte weiter darüber nach,
eine Nachtigall mußte es sein. Um Loagger, am
Strand und auf der Haide gab's keine solche, doch im
buschigen Parkgarten von Helgerslund, dort hatte sie
vor Langem einmal mit Unna zusammen eine gehört
und kannte daher noch den Gesang. Also war sie
auch wohl dort, nur stimmte nicht damit überein, daß
der Falter sie fragte: „Soll ich Dich heirathen?" Sie
mußte dazu lachen, denn er sprach jetzt mit der Stimme

Tilmar's, und dieser stand auch vor ihr und bückte sich, um sie aufzuheben. Ein seichtes Wasser lag unter ihr, aber nun rief plötzlich Unna Brookwalb: „Nimm Dich in Acht, er wirft Dich hinein! Bei ihm riskirt man immer sein Leben." Dabei flog der goldene Schmetterling über das tief und dunkel werdende Wasser hin fort, einem entfernten Walbrand zu, und Alles war still und leer. Zea lag schlafend auf der Haide neben dem alten Findlingsstein und wußte, daß sie unsinnig geträumt habe. Doch sah sie in der Weite noch den Falter wie ein im Winde flatterndes Blatt, und in ihr war etwas geblieben, ein Verlangen, fast eine Sehnsucht, die Nachtigall noch einmal schlagen zu hören. Sie horchte auf, aber umsonst. Bis nach Helgerslund war's zu weit; um ihren Wunsch erfüllt zu bekommen, mußte sie dort im Parke sein.

Als sie aus dem Schlaf aufwachte, lag der Morgen mit gleichem Frühlingssonnenglanz um sie, wie gestern. Spät schon erschien's nach der Helle, so daß sie hurtig die Kleider überwarf; im Gefühl war's ihr, es sei wieder Sonntag, und mechanisch legte sie auch die Strümpfe und Schuhe an; dann erst besann sie sich, aber da sie's einmal gethan, beließ sie's so. Unter häuslichen Arbeiten verging ihr die Hälfte des Vormittags; als sie ihren Obliegenheiten nachgekommen, wollte sie sich zum Lesen in den Garten setzen, begab

sich in ihre Stube, den Band mit der Goethe'schen
Dichtung zu holen. Er lag nicht an seinem Platz;
sie hatte während ihrer Beschäftigung Empfindung
davon in sich getragen, doch als ob sie nur in der
Nacht geträumt habe, daß er nicht dort sei. Nun sah
sie, das Buch fehle in der That, und ihr kam zurück,
sie habe es wirklich nicht, sondern es liege draußen
auf dem Granitblock. Das hieß, wenn Meinolf Alfs=
leben es schon dorthin zurückgebracht, oder wenn ihm
überhaupt einfiel, seine Zusage zu halten; wahrscheinlich
dachte er heute gar nicht mehr daran.

Bea fühlte ihren gestrigen Unmuth beinah noch
verstärkt wiederkehren; ihr lag augenblicklich Alles daran,
‚Hermann und Dorothea‘ weiter zu lesen, und sie
konnte es nicht. Es war innerlich empörend, daß
Jemand aus anmaßender Willkür sie nöthigte, darauf
Verzicht zu leisten; abliger Hochmuth gab sich darin
kund. Er hatte sie anfänglich für ein Bauernmädchen
gehalten, doch auch die Pastorentochter galt ihm nicht
mehr, und obendrein noch ein Findling. Sie hörte
ihn lachend die Worte sagen: „Zwei Findlinge, einer
bei'm andern." Mißächtlich klang's ihr nach, nur
daneben wundernehmend, daß er eine Erinnerung daran
bewahrt hatte. Nachträglich entsann sie sich allerdings
seiner jetzt auch aus lange vergangener Zeit, zuletzt
wohl vor fünf oder sechs Jahren, daß er ab und zu

einmal im Broolwald'ſchen Wagen am Sonntag mit
herübergekommen, und im Grunde mochte er ſich nicht
ſehr verändert haben; ihr kam's, daß er ſie ſchon
damals ausgelacht, warum, wußte ſie natürlich nicht
mehr, aber mit Mißachtung war ihr noch nie ein
Menſch begegnet; daß Jemand Hand an ſie legen
könne, ſie zu etwas zu zwingen, hätte ſie bis geſtern
nicht für denkbar gehalten.

Zea war aus der Hausthür getreten und einige
hundert Schritte in ſüblicher Richtung fortgegangen,
um ſich das Buch aus der Haide zu holen, doch ſie
kehrte jetzt wieder um. Vermuthlich hatte er es noch
nicht zurückgebracht, oder wenn, ſo lief ſie Gefahr, dort
abermals mit ihm zuſammenzutreffen. Das ſchuf
ihr eine widrige Vorſtellung, und ſie verſchob den
Gang bis zum Nachmittag, machte ſich auch an dieſem
erſt ziemlich ſpät auf den Weg. Aus der Entfernung
ging ihr Blick über die Fläche nach ihrem Ziel vorauf;
die weißrindigen Birken ſtanden einſam ſtill in der
ſchrägen Sonne, nichts Ungewohntes, kein Pferdekopf
ragte neben ihnen in die Höhe, nur die niedrige Platte
des großen Granitſteins. Auf ihm lag nichts, die
ſcharfſichtigen Augen des Mädchens unterſchieden es
bereits von ziemlich weit her; offenbar traf Das zu,
was ſie auch am Wahrſcheinlichſten bedünkt, er dachte
überhaupt nicht mehr an die Rückgabe des Buches,

wenigstens kam's ihm nicht in den Sinn, deshalb den
Weg von Ekenwart hierher zu machen. Nur den
Namen kannte sie und wußte, daß Herrenhaus liege
hinter dem Waldrand; dort war sie nie gewesen, hatte
nur dann und wann gehört, der Freiherr von Alfs=
leben sei ein unzugänglicher, sich von allem Verkehr
abschließender Mann. Jedenfalls auch aus mißächtlich
auf Andere herabsehendem Hochmuth, sein Sohn diente
ihm zur Erläuterung.

Obwohl ihre Hierherkunft sich so als zwecklos
bestätigte, ging Zea doch weiter auf den Findlingsblock
zu und setzte sich auf seinen Rand; ihr alter Lieblings=
platz war's, ein langjähriges Eigenthum, als dessen
Herrin sie sich heut' wieder fühlen konnte. Sie
athmete einmal tief die weiche Luft ein, ein leiser,
warmer Wind strich um sie, sonst lag Alles unbewegt
in der Sonnenstille.

Da erklang unweit von ihr eine Menschenstimme:
„Du hast mich lange warten lassen, Zea Hollesen.“

Etwas seitwärts her kam sie, von einer durch
einen Wachholderstrauch halbverdeckten Haidebulte, die
außerdem gegen die schräg fallenden und blendenden
Strahlen lag. So wurde Zea auch jetzt nichts von
dem Urheber der unerwarteten Anrede gewahr; sie fuhr
nur schreckhaft zusammen und wollte aufstehen. Doch
nur ein Antrieb des ersten Augenblicks war es, dann

schwoll ihr aus dem Innern Selbstgefühl und ein
trotziger Stolz auf. Fast mit einer Befriedigung
desselben überkam's sie, daß Meinolf Alfsleben glaubte,
seine Willkür nochmals an ihr auslassen, sie zu einem
Spielzeug seiner Laune nutzen zu können. Doch sie
ließ sich durch ihn nicht von ihrem Sitz vertreiben; er
war nicht für sie vorhanden, mochte sprechen, was er
wolle, durch kein Zeichen gab sie kund, daß eine Stimme
ihr an's Ohr töne. Unbeweglich behauptete sie den
Platz, blieb, und wenn es Nacht werden solle, bis er
seines herrisch-anmaßenden Vorhabens müde ward,
davonging und sie hier als die Herrin zurücklassen
mußte.

Er hielt das gestern von ihm mitgenommene
Buch aufgeschlagen auf den Knieen und fügte seiner
Ansprache kurz nach: „Du hast ein Zeichen eingelegt,
wie weit Du gekommen bist, so weit habe ich heut'
Nacht auch gelesen. So können wir zusammen fort=
fahren, ich lese Dir's vor; da hast Du's nicht nöthig,
und wenn der Citronenfalter wieder irgendwo sitzt,
kann er auch zuhören."

VI.

Der Frühling war gekommen, und er schritt weiter vor. Nach seiner Weise im nordischen Land leisen Ganges, kaum merkbar, oft wie zögernd und anhaltend. Seine Zeit war's, und er kam als Gebieter, der keine Auflehnung wider sein Geheiß zuließ. Doch nicht herrisch trat er auf, sondern sich sanft einschmeichelnd, nirgendwo ein Gefühl weckend, daß er sich Gehorsam erzwinge. Halme und Blätter schimmerten in lichterem Grün, in verborgenem Kelchschooß bildeten sich Ansätze von Knospen; jeder Lebenstrieb war dem großen Willen unterthan. Dem eigenen Drang dabei folgend, aber unbewußt; Alles geschah wie in einem Traum, dessen Vorgänge ohne Zusammenhang mit der hellen Tages=wirklichkeit erschienen. Da und dort am Strand und auf der Haide hob sich aus dem sandigen Boden eine Pflanze wie trotzig abgekehrt auf, als wolle sie im winterlichen Stande verharren. Doch lächelnd sah

der Frühling mit dem goldenen Sonnenauge auf sie
nieder; er wußte, wie sie sich auch weigere, zuletzt
müsse sie ihm doch gehorchen.

So schwand Tag um Tag die leblos braune
Farbe mehr von der Haide ab, daß diese aus der
Weite leicht einer von grünen Wellen überkräuselten
Wasserfläche zu gleichen begann, und so bedeckte sich
an ihrem Ostrand der Buchenwald mit jungem Laub.
Nur die Eichen standen, von fern gesehen, noch winterlich kahl dazwischen, allein, näher kommend, gewahrte
man, auch in ihnen rege sich ein frischer Safttrieb,
zaubernd, nur langsam sich aufringend, doch Zeugniß
von wiederkehrendem Lebensdrang ablegend.

Einer solchen Eiche ähnelte der Freiherr Dietrich
von Alfsleben. Auch ihn hatte eine Frühlingskraft
gefaßt und im Innern durchdrungen, die entdeckte,
lautgewordene Liebe seines Sohnes für ihn. Mit
einer Sonnenmacht war sie über ihn gekommen, dunkle
Wolken jäh durchbrechend und abscheuchend; wohl nicht
aus völlig entschatteten Augen, doch die bisher vor-
gesenkte Stirn freier hebend, blickte er auf. Er war
in dem öden Hause nicht allein mehr, die Stimme
Meinolf's klang um ihn, und an der Stelle freudlos-
inhaltsleerer Verbringung seiner Tage erwuchs ihm
wie aus lange brach gelegenem Acker ein neuer, thätiger
Daseinszweck. Seitdem er zum Besitzer Ekenwart's

geworden, hatte er sich niemals um die Bewirthschaftung
des großen Gutes bekümmert, Alles einem Verwalter
überlassend; welche jährlichen Einkünfte es ihm brachte,
war ihm bedeutungslos gewesen, seine tägliche Lebens=
führung machte kaum mehr Ansprüche als die des ein=
fachsten Landmannes. Doch jetzt nahm der Besitz ihm
plötzlich ein verändertes Gesicht an, gewann einen Werth
für ihn als das Erbe, das er seinem Sohn hinterließ.
Zum ersten Mal sein Augenmerk auf die Zustände des
Gutes richtend, sah er, daß sich gewohnheitsmäßige
Vernachläſſigung, in Manchem faſt zu einer Verwahr=
loſung ausartend, eingeſchlichen habe, unter ſeiner eigenen
Leitung bei achtſamer Aufſicht der Ertrag ſich um das
Doppelte ſteigern könne. Das ſchloß ihm ein weites
Gebiet der Unterſuchungen und Beſchlußnahmen auf,
diente gleichfalls zu einer völligen und günſtig auf
ihn wirkenden Umwandlung ſeines früheren zwecklosen
Abwartens, daß der Morgen zum Abend werde. Unter
Beihülfe des Förſters griff er nach der Art lange
unthätig Geweſener eifrig die Aufgabe an, die er ſich
vorgeſetzt; Dirk Weſterholz erwies ſich als nicht nur
in ſeinem Fach umſichtig und tüchtig, auch als Land=
wirth hatte er bei der Urbarmachung ſeiner Farm in
der amerikaniſchen Wildniß nützlichſte Erfahrungen
geſammelt. Auf das, was er in der Haidehütte
während des Unwetters aus ſeinem Vorleben hier im

14*

Laube kundgegeben, war der Freiherr mit keinem Wort
zurückgekommen. Er hatte es damals eine Jagdgeschichte
benannt, nicht Zweifel litt's, er sehe die That des
Försters auch mit dessen Augen an, fühle keine Ver-
pflichtung, sie gerichtlich zur Anzeige zu bringen. Offenbar hatte Westerholz für ihn ein Menschenrecht gehabt,
der unablässig an seinem Innern fressenden, ihm den
Kopf mit Irrsinn umnebelnden Marter ein Ende zu
setzen, und schließlich nichts weiter vollbracht, als ihm
Gehöriges, sein Haus, die Stätte seiner Qual, vom
Boden weggetilgt. Was aus seiner treubrüchigen Frau
und Der, die nicht seine Tochter war, geworden, wußte
er selbst nicht; die Muthmaßung, daß sie sich trotz
den verschlossenen Fenstern und Thüren doch aus dem
brennenden Gebäude gerettet hatten, lag am Nächsten.
Doch was immer an dem Maimorgen, über den eine
lange Reihe von Jahren hingegangen, sich zugetragen
haben mochte, Dietrich von Alsleben fand in sich keine
Nöthigung, heute noch dafür eine Ahndung zu veranlassen. Vielmehr ließ sich empfinden, sein Vertrauen
zu dem Förster habe sich noch erhöht, mit einer menschlichen Antheilnahme und Zuneigung verbunden; einen
Ausdruck dafür lieferte gewissermaßen, daß er ihn
unter vier Augen öfter mit seinem ursprünglichen
Namen Nordwalt ansprach. Vor den neuen Anforde-
rungen an die Thätigkeit Alsleben's trat jetzt die Jagd

zurück, doch viele Stunden des Tags sahen ihn, stets von Dirk Westerholz begleitet, seinen Grund und Boden bald hier, bald dort in Augenschein nehmen, um Miß= stände zu beseitigen.

Auf solchem Weg schreitend, der ziemlich weit nach Norden bis an die Grenze der Güter Ekenwart und Helgerslund führte, trafen die Beiden eines Morgens in einem Gehölz unvorhergesehen mit einer alleingehenden Dame zusammen. Gertrud von Brook= wald war's; um eine Wegkrümmung kommend, hemmte sie unwillkürlich in einer kleinen Entfernung den Schritt, und das Gleiche that Dietrich Alfsleben. Trotz der Nachbarschaft hatten sie sich seit bald zwei Jahrzehnten nicht mehr gesehen, ungewiß hielten sie die Augen gegen einander gerichtet. Sichtlich nicht im Zweifel, wer der Andere sei, ungeachtet der langen Zeit erkannten sie sich auf den ersten Blick. Doch wußten offenbar Beide nicht gleich, wie sie sich bei der unerwarteten Begegnung verhalten sollten; kein Bruch oder Zerwürfniß hatte zwischen ihnen stattgefunden, nichts Feindseliges schied sie, nur war Alfsleben nie mehr nach Helgerslund gekommen. Dem Förster war die nachbarliche Gutsherrin von Angesicht bekannt, und er lüftete zu respektvollem Gruß den Hut.

Dann hob Gertrud Brookwald zuerst das be= fangene Zaudern auf, that das Einfache, Natürliche.

Sie ging auf den Jugendfreund zu, und ihre Anrede
an ihn drückte aus, daß nichts zwischen ihnen sei,
sondern sie alt-unveränderte Gesinnung in sich trage.
Wie ehemals den unzertrennlichen Genossen ihres
Bruders sprach sie ihn an, sagte freundlich, fast herz-
lichen Tones: „Das war eine gute Fügung, die mich
hierher gehen ließ, Dich zu treffen, Dietrich." Nicht
anders klang's, als ob sie ihn vor kurzen Tagen zuletzt
gesehen, und sie hielt ihm die Hand entgegengeboten.

Er mußte antworten, und ihr Vorgang gab ihm
auch die Fähigkeit dazu; wenngleich etwas stockend,
erwiderte er: „Ja, Gertrud, ich freue mich, Dir zu
begegnen." Doch seine Hand blieb regungslos nieder-
hängend, er schien die Absicht der ihrigen nicht wahrzunehmen. Nochmals die wieder geschlossenen Lippen
öffnend, fügte er nach: „Wir haben uns lange nicht
gesehen; mir war nicht danach, das Haus zu verlassen,
ich suchte Niemand auf."

Keine Begründung gab's, doch ward daraus die
Absicht vernehmlich, nicht mit Stillschweigen über sein
Fortbleiben wegzugehen. Als ob ihr die Erklärung
genüge, rührte auch Gertrud nicht weiter daran, sondern
versetzte nur: „Dein Sohn, hab' ich gehört, ist zurückgekommen."

Die Züge Alsleben's überhellten sich, rasch entgegnete er jetzt: „Ja, zu meiner Freude — er kam

früher manchmal zu Euch hinüber, ich hoffe, das wird
er nun wieder thun. Du warst immer nachsichtig und
gütig gegen ihn, ich weiß, er erzählte mir's zuweilen,
dafür hätte ich Dir gern gedankt. Verzeih', ich war —
unser Zusammentreffen war so unvermuthet — Du
wolltest mir die Hand geben, kommt mir jetzt erst.
Wenn Du es noch willst —"

Sie hatte den Arm langsam zurücksinken lassen,
doch hob ihn nun wieder. „Du sahst es nicht," antwortete sie, und mit den Worten: „Ich danke Dir
heut' dafür," faßte er jetzt ihre Hand. Doch nur
einen Augenblick lang, denn während sie erwiderte:
„Ob er auch manchmal ungebärdig herumtollte, freute
ich mich immer, wenn Meinolf zu uns kam," ließ er
schnell ihre Hand wieder aus der seinigen und versetzte dazu:

„Ich kannte ihn kaum so, in meiner Gegenwart
war er immer still, dafür tobte er sich wohl bei Euch
aus. Jetzt ist's anders geworden, ich habe auch kennen
gelernt, daß er ungestüm sein kann und heftig Auf-
stürmendes ihm im Blut ist. Wohin gehst Du?"

Die letzte Frage fügte Dietrich Alsleben, von
dem ihr Vorausgegangenen kurz abbrechend, eilig nach
und schloß gleich daran: „Wenn Du nicht lieber allein
gehst, so begleite ich Dich ein Wegstück."

Ein Nicken Gertrud's gab nicht zu mißdeutende

Antwort; der Förster, der sich etwas zurückgehalten, trat heran und fragte, ob er die beabsichtigte Anordnung des Freiherrn zur Ausführung bringen lassen solle. Doch der Letztere entgegnete rasch: „Nein, bleibt, Dirk, folgt uns nach; ich gehe nachher mit Euch weiter." So hielt Westerholz sich nur etwa zehn Schritte hinter den mit einander durch das Gehölz Fortschreitenden; Gertrud Brookwald erwiderte jetzt auf eine vorherige Aeußerung ihres Begleiters:

„Ja, er erinnerte mich öfter an Dich, wie Du in seinem Alter warst; ich fand's auch, dasselbe Blut war's in ihm. Dir konnte ebenso plötzlich etwas durch den Kopf schießen, daß Du es thatest und ausführtest, fast eh's Dir bewußt ward. Später verändertest Du Dich — mein Bruder sagte mir's, ich sah Dich nicht viel mehr, Du kamst nur nach Helgerslund, ihn abzuholen und mit ihm auszureiten. Doch als dann Dein Meinolf zu uns kam, hätte ich ihn gleich erkannt nicht am Gesicht allein, auch am Wesen. Sein Name zog mich zuerst zu ihm hin, daß ich den wieder sprechen, ihn damit rufen konnte."

Fühlen ließ sich's, die Sprecherin befliß sich, kein Schweigen eintreten zu lassen, sondern suchte von dem, womit sie begonnen, fortzureden. Zu sonderbar war's, wie sie hier neben einander gingen und nicht an dem rührten, was sie Beide gleicherweise stumm in sich

tragen mußten; an dem Unerklärten des jähen Ab=
bruchs ihrer Kindheits= und Jugendfreundschaft, daß
sie seit so unendlicher Zeit nie mehr zusammengekommen.
Von Dietrich Alfsleben war es ausgegangen; man sprach,
er habe die Schwester seines Freundes geliebt und
Helgerslund nicht mehr betreten, weil sie die Braut
Fritz Brookwald's geworden. Doch sie wußte, ein
leeres Gerede sei's; nicht er, sie hatte ihn schon von
früh auf geliebt und lange auf seine Wiederkehr ge=
hofft, auch noch, am meisten, als der Tod die ihm
von seinem Vater aufgezwungene Ehe gelöst, und auch
ihres Bruders stiller, höchster Wunsch war's gewesen,
daß sie seine Frau werde. Hatte er diese stumme
Hoffnung in ihren Augen gelesen und, da er die Liebe
nicht erwiderte, nach dem schreckvollen Tode seines
Freundes den Entschluß gefaßt und ausgeführt, ihr
nicht mehr zu begegnen? Wie sie's eben gesagt, in
seiner Jugend konnte ein Augenblick ihm Plötzliches,
Unberechenbares eingeben, ihn damit überwältigen; der
Schlüssel zu dem Räthsel seiner Abkehrung von ihr
mußte darin verborgen liegen. Nun ging sie zum
ersten Mal wieder neben ihm, wie in einem anderen
Leben, und doch war es noch das nämliche. Sie trug
ihn noch im Herzen wie damals; hätte sie's nicht ge=
than, wäre sie seit Langem schon einmal in Elenwart
eingekehrt, ihm die Hand der alten Kinderfreundschaft

entgegen zu reichen. Sie hätte dabei lächeln, vielleicht
von dem, was in ihr gewesen und vergangen, sprechen
können, aber es war nicht ausgelöscht; wann sie seinen
Knaben gesehen, hatte sie's gefühlt, und heut' bei seinem
ersten Erblicken mit alter Kraft und altem Leib. Und
so ging sie jetzt wieder an seiner Seite, glücklich und
angstvoll zugleich. Wenn er auch damals von ihrer
Liebe gewußt, daß diese noch ebenso in ihr lebe, mußte
sie verbergen, im Blick der Augen und im Klang der
Stimme. Und sie redete, selbst nicht das Klopfen in
ihrer Brust zu hören, was in ihr war, sich und ihn
mit Worten zu übertönen. Unverkennbar war's gewesen, daß er nicht allein mit ihr gehen gewollt, deshalb dem Förster mitzukommen geboten habe. Er hätte
es auf andere Art vermeiden, sich von ihr verabschieden
können, ohne sie zu begleiten. Aber das hatte er
ebenfalls nicht gewollt; fühlen ließ sich, er griff danach,
festzuhalten, was der Zufall heut' gefügt, die alte, durch
nichts zerrissene und doch so sonderbar sich fremd gewordene Freundschaft neu wieder zu beleben. Nur
ihre Hand zu fassen, hatte er gezögert, und das
klopfende Herz sagte ihr, warum. Er wußte, die
Hand war's, die sie ehemals für's Leben in die seinige
zu legen bereit gewesen wäre, und die er nicht gewollt.
Das ließ ihn ungewiß zaudern, denn in ihm lang
begrabene Erinnerung ward von der Hand belebt.

Nun gingen sie neben einander, und mit ihnen
ging Ungesprochenes, von dessen schweigsamem Druck
sie sich durch wechselnd lautes Reden zu entlasten
suchten. Ueber ihnen am Waldweg flimmerte das
junge Frühlingslaub, dann traten sie in die Sonne,
und ihre Schatten kamen, sie zu begleiten. So waren
sie einst oftmals zusammen gegangen, als heranwachsende
Kinder, nur fehlte der Dritte, der immer mit ihnen
gewesen, der Bruder Gertrud's. Nicht wie Gegenwart
und Wirklichkeit lag der Apriltag um sie, sondern
traumhaft, und so auch klangen ihnen gegenseitig ihre
Stimmen, wie aus einer weiten, schönen Ferne her.
Einen altvertrauten Ton hatten sie, und unvermerkt alte
Vertraulichkeit gewannen sie zurück. Dietrich Alfsleben
hielt einmal an und sagte, nach dem niedrig dicht über dem
Boden breithin gestreckten, seltsam verflochtenen Geäst
einer Buche deutend: „Dort hatten wir uns eine Sommer-
hütte eingerichtet — ich wollte, sie wäre noch, Gertrud.“

„Aber ihr Dach hielt nicht dicht, das Gewitter
brach los und wir wurden durch und durch naß. Doch
als wir am andern Tag wiederkamen, war eine große
Matte durch die Aeste geflochten, in der Nacht hatte
Meinolf sie mühsam hergeschleppt und empfing uns
lachend — was willst Du?“

Er hatte nach seiner Uhr gegriffen. „Es ist
spät — ich muß noch —“

Doch sie fiel ein: „Heut' ist ein Tag, wie er lang nicht mehr gewesen; mich däucht, er liegt außer der Zeit und dem, was sie von Andern fordert. Zum ersten Mal sah ich's, daß man von hier unser Dach über den Erlenbusch hin wahrnimmt; mir scheint, es hat sich aufgereckt, nach Dir auszublicken, und wäre enttäuscht, wenn es Dich vor ihm umkehren sähe."

Die erste Aeußerung Gertrud's war's, die sich in eine scherzende Form kleidete, und ein leichtes Lächeln begleitete sie. Doch die Stimme vermochte keinen Klang des Scherzes in die Worte hineinzulegen; sie kamen ernsthaft von den Lippen und sprachen mit einem verhaltenen Ton innerer Bewegung eine Bitte. Alfsleben erwiderte nichts, aber sein Fuß hob sich zum Weitergehen auf; was ihn überkommen haben mochte, das ihn zur Umkehr veranlassen gewollt, er hatte es von sich gethan, folgte der Aufforderung der Jugendgespielin, nach unendlicher Zeit wieder unter das von drüben herblickende Dach zu treten. Obwohl sie zusammen fortgeschritten, war's im Anfang gewesen, wie wenn ein trennender Wasserlauf sich zwischen ihnen hinziehe, an dessen Rändern sie hüben und drüben gegangen. Doch nun waren sie hinüber und zu einander gekommen; Dietrich Alfsleben hatte stumm den Schritt drübergesetzt, indem er den Entschluß kund gab, mit bis zum Hause zu gehn. Die ferne Ver-

gangenheit hatte sich wieder mit der Gegenwart zu=
sammengeknüpft, die das fremd dazwischen Hingedehnte
gleich nicht Gewesenem vergessen wollte, in seinem
Dunkel ließ, wie die Sonne jetzt neben ihnen das
wirkliche Gewässer eines Baches, der in gewundenem
Lauf hier und dort hell im Licht spiegelnd hinzog,
doch dazwischen unter dem übergebogenen, tiefverschatten=
den Erlenbusch dem Blick entschwand.

Bald trat nun das Helgerslunder Herrenhaus
offen hervor, heller und heitrer als das von Ekenwart,
obwohl der Bauart nach aus der nämlichen Zeit
stammend. Doch verschieden gealtert erschienen sie,
dies hier hatte sich jünger erhalten, oder zeigte wenig=
stens nach Außen einen durch bessere Pflege jugendlich
bewahrten Anstrich. Zwei epheuumwachsene, oben um=
zinnte Flankenthürme hielten das Schloßgebäude zwischen
sich, das nirgendwo von Vernachlässigung redete; ein
Bild heutigen Lebens bot es im Gegensatz zu dem
Eindruck halber Abgestorbenheit, den der Alfsleben'sche
Wohnsitz verursachte. So zog sich auch wohlgeordnet
der Park drumher, überall von ihm auferlegter Vor=
schrift zeugend; sichtlich steuerten der Eigenwilligkeit
jungen Wachsthums Messer und Scheere des Gärtners,
dem aus den Schranken treiben alter Bäume Säge und
Beil. Alles stand in einer gewissen Paradehaltung;
im Einklang dazu sahen von genau abgezirkelten Beeten

nach der Schnur gereihte Krokos und Hyacinthen auf. Aber sie blühten und durchdufteten die Luft, und bunte Schmetterlinge fragten nicht, ob sie von Menschenhand hierher gepflanzt und gezüchtet seien. Was freudig aus ihnen trieb, war doch dieselbe Naturkraft, der gleiche Frühlingsweckruf, der draußen in Feld und Wald allem Leben aufzuwachen gebot. Dies anders zu gestalten, als es ihm im Keime vorgebildet worden, lag nicht in Menschenmacht, und die Falter, in der Sonne sich auf den Blüthen wiegend, sahen in ihnen kein zum Prunk hingestelltes Erzeugniß der Gärtner= kunst, sondern die freie, nur ihrem Gesetz folgende Entfaltung jedes Kelches. Und ebenso erfreute sich an ihnen auch, als an einer Gabe aus der Hand der Natur und des Frühlings, Unna Broolwald, augen= blicklich vor einem der Beete niedergekniet; die Schön= heit und der Duft einer lichtblauen Hyacinthe hielten ihr die Augen und den Geruchsinn gefangen.

Jetzt rief ihre Mutter sie an, daß sie aufstand und herzukam. Gertrud's Begleiter war ihr fremd, sie begrüßte ihn stumm, nicht in damenhafter, sondern noch in halb kindlicher Weise; ihm kam fragend vom Mund: „Ist das Deine Tochter?" Doch er be= antwortete es selbst sich gleich danach: „Ja, Deine Tochter ist's."

Gertrud nickte. „Man sieht's ihr wohl an. Aber

wenn sie Knabenkleider trüge, glaub' ich, würde sie Dich mehr noch an Meinolf erinnern, als stände er wieder da, wie vor einem Vierteljahrhundert."

„Du meinst — ich finde, sie gleicht Dir — ganz, wie Du warst," versetzte Dietrich Alßleben, doch sein Blick betrachtete das Mädchen nicht näher, ging während des Sprechens am Gesicht Unna's vorbei und heftete sich auf das Haus. Dazu fügte er rasch drein:

„Ein Vierteljahrhundert — man sieht's dem Epheu da am Thurm an. Habt Ihr ihn drinnen ausgebessert? Weißt Du's noch, wir kletterten einmal die alte Wendeltreppe hinauf, unter dem Fuß krachte es uns und brach, und ein Wunder war's, daß wir lebendig wieder zurückkamen."

Der Sprecher hatte es schnell vorgebracht, seine Augen hafteten auf dem Thurm, als ob dieser ihn am meisten durch Wachrufen der Erinnerung fessele. Im Klang seiner Stimme jedoch lag dabei völlig Gleichgiltiges; Gertrud fühlte, er habe nur nach etwas gegriffen, um von einem Weiterreden über die Aehnlichkeit zwischen ihr und Unna abzulenken, und sie erwiderte im gleichen antheillosen Ton: „Es ist drinnen noch ebenso, glaub' ich, mein Mann hat deshalb die Zugangsthür verschlossen."

Der, von dem sie sprach, Herr von Brookwald,

trat in diesem Augenblick unter dem Schloßportal
hervor und ging, den Hut lüftend und schwenkend, auf
die Ankömmlinge zu. „Das ist seltene Ehre, Herr
Nachbar, da muß ich mir rothe Farbe für den Kalender
suchen. Aber willkommen! willkommen! Gute Nach=
barschaft kommt nie zu spät, nicht zu spät und nicht
zu früh! Mich freut's, wie Sie aussehn! Vortrefflich,
als ob Sie im Jungbrunnen herumgesprattelt hätten.
Nehmen Sie's nicht krumm, ein Bauer hat nicht gleich
die richtig gewählten Worte auf der Zunge. Die Ge=
sinnung bleibt die Hauptsache. Freut mich außer=
ordentlich, Sie hier zu sehen.“

Fritz Brookwald und Alfsleben kannten sich kaum,
nicht weiter als vom Ansehen und dann und wann
einmal im Gang der Jahre vorgekommenem kurzem
Grußaustausch bei zufälligen Begegnungen im Freien.
Doch wußte der Helgerslunder Gutsherr von dem
früheren Gerede, seine Heirath habe den Anlaß gegeben,
daß der ehemalige Jugendfreund der Geschwister im
Rhade'schen Hause nie mehr den Fuß hierher gesetzt,
und ihm die Hand bietend, fügte er seiner Begrüßung
hinzu:

„Hat meine Frau Sie eingefangen? Das war
vernünftig von ihr und von Ihnen, alte Freundschaft
macht's wie guter Wein, wird mit der Zeit immer
besser. Im Leben kommt Allerhand anders, als man

denkt, aber dafür kriegt man ja in unfern Jahren die Vernünftigkeit in die Kopfscheune eingefahren und hat's im August nicht mehr auf Maitrank stehn. Bitte, einzutreten, Herr Nachbar, ich laffe ein anderes, gutes Glas aus dem Keller holen, um die Jahreszeit macht das Gehen am Trockensten in der Kehle. Sie haben ja meinen verftorbenen Schwager noch gekannt und können sich mit meiner Frau von ihm unterhalten. Damit thun Sie ihr ein bene an, ich kann's nicht, denn als ich zuerft hier in's Haus kam, lag er schon unter der Erde.oder eigentlich unter'm Waffer. Ent= schuldigen Sie, ich dachte nicht daran, Sie wiffen das ja beffer als ich), und Ihnen ist's auch nah gegangen. Natürlich, einen Freund fo jung verunglücken sehen und ihm nicht helfen können, das gehört nicht zum Besten im Leben. Ich höre gern mit zu, wenn Sie zusammen von ihm sprechen; ist Fritz Brookwald wohl auch ein bißchen verbauert und hat Anlage dazu mit auf die Welt gebracht, ganz von der Sorte, wie das liebe Vieh auf der Weidekoppel ist er doch noch nicht geworden."

In seiner offen=treuherzigen, etwas unbedacht und derb herausfahrenden Manier hatte er gesprochen, im Anfang zu einem Ausdruck gebracht, daß ebensowenig bei ihm die Unvernunft einer Eiferfuchtsregung zu besorgen fei, als ihm ein noch heutiges Fortbestehen eines ehemaligen Wunsches bei seinem Elenwärter Nachbarn möglich vorkomme. Gertrud hatte ihr sich mit einer Röthe bedeckendes Gesicht abgekehrt, doch auch die Züge Alsleben's zeigten eine verworrene Unschlüssigkeit, ob er der Einladung Folge leisten solle. Der bis hierher mitgekommene Förster war in einiger Entfernung zurückgeblieben, Brookwald nahm ihn jetzt gewahr und fragte: „Ist's Ihr Begleiter, so bitte ich ihn auch, uns drinnen bei einem Trunk Gesellschaft zu leisten."

„Ja, mein neuer Förster Dirk Nordwalt —."

Die Augen des Helgerslunder Gutsherrn waren gegen die Sonne gerichtet und offenbar geblendet, denn er schlug einmal mit kurz-unwillkürlichem Zucken die Wimpern zusammen und erwiderte: „Wer? Ich sehe nicht recht."

Aus der Frage kam Dietrich Alsleben erst zum Bewußtwerden, daß er mit abwesenden Gedanken geantwortet, statt des gegenwärtigen Namens des Försters seinen früheren genannt habe. So verbesserte er: „Ich versprach mich, er ist noch nicht lange bei mir und sein Name mir noch nicht im Mund geläufig, daß ich ihn leicht verwechsle. Er heißt Westerholz."

Nun lachte Fritz Brookwald: „Ja, damit kann's einem komisch gehn, die Zunge ist manchmal wie ein Pferd, der Kutscher will rechts und der Gaul bockt

und geht links. Ihren alten Förster kannte ich ganz
gut, aber den neuen hab' ich noch nirgends getroffen.
Na, Namen machen die Menschen ja nicht anders und
ihren Durst auch nicht. Also, lieber Westerholz, kommen
Sie dem Herrn Baron und mir nach!"

Gertrud Brookwald hatte die ihr noch einmal
wiedergekehrte Befangenheit überwunden, sie trat zu
dem Jugendfreund hinan und sagte: „Wie schade,
daß Dein Meinolf nicht bei uns ist, in meinem Gefühl gehört er mit hierher. Heiß' ihn recht bald
kommen, die Tante zu begrüßen!"

Sie lächelte zu den letzten Worten, und kurz
begegneten ihre Augen sich mit denen Dietrich Alfsleben's. Der Blick sprach noch etwas von den Lippen
nicht Gesagtes, ließ Jenen unwillkürlich den Kopf nach
der Seite, wo Anna stand, hinwerfen. Dann nickte
er: „Ja, ich will ihn veranlassen, daß er morgen sich
Euch vorstellt; ich wußte ihn bei Dir immer gut aufgehoben, Gertrud, und es wäre mir lieb, wenn er den
alten Platz bei Dir neu einnähme."

Etwas nur von den Beiden Verstandenes lag
darin, eine Kundgabe der Uebereinstimmung mit Dem,
was die Augen Derjenigen, die sich lächelnd die Tante
Meinolf's benannt, gesprochen. Mit einer raschen
Bewegung bot Dietrich Alfsleben ihr seinen Arm, sie
durch die Thür des Hauses zu führen, daß er nach

15*

balb zwanzig Jahren zum ersten Mal wieder betrat. Eine Vertraulichkeit war zwischen ihnen zurückgekehrt, die den Blick vom Vergangenen abwendete, auf die Gegenwart, in die Zukunft richtete. Im großen Schloßflur drehte Alfsleben umschauend den Kopf: „Deine Tochter kommt doch mit uns?" Und das Gleiche that und sagte hinter ihnen Fritz Brookwald: „Sie kommen doch mit, lieber Westerholz?"

Etwa eine Stunde ging hin, bis Alfsleben und der Förster wieder aus der Thür hervortraten, um den Rückweg einzuschlagen. Der Hausherr geleitete sie hinaus und verabschiedete sich draußen von seinen vormittägigen Gästen.

„Auf ein baldiges Wiedersehen, Herr Nachbar! Sie wissen jetzt den Weg hierher und daß er nicht saurer zu gehen ist als früher. Das heißt, so ver= bauert bin ich doch noch nicht, daß ich Ihnen nicht erst pflichtschuldig meinen Gegenbesuch mache. Nächster Tage, wenn Ihr Sohn zu uns kommt, kann er mir vielleicht Nachricht mitbringen, wann ich Sie zu Haus treffe. Wir sind ja als Kirchenpatrone so was wie geistliche Gevattern; freilich, Sie machen keinen Gebrauch davon, natürlich, jeder nach seinem Gusto! De gustibus non est disputandum! so viel Latein kann ich auch noch, und wo's fehlt, müssen Sie christlich mit mir vorlieb nehmen.

Also guten Heimweg — Wiedersehen, mein lieber Förster!"

Mit der Hand schwenkend, sah Friß Brookwald den Fortschreitenden noch ein paar Augenblicke nach, dann kehrte er in das Zimmer, aus dem er gekommen, zurück. Unna war davongegangen, seine Frau befand sich allein darin. Er leerte einen noch in seinem Glas verbliebenen Weinrest aus und sagte danach:

„Ich bin ganz Deiner Meinung, der Gedanke war mir noch nicht gekommen, aber er ist gut, euch steckt eben der Kuppelpelz von Haus im Kopf. Hypotheken sind nicht auf Ekenwart, und bei besserer Wirthschaft kann's das Doppelte einbringen. Zeit, daran zu denken, ist's ja auch; Du warst klüger als ich und hast's vermuthlich schon vorgehabt, als Du den Jungen manchmal cajolirtest; angemerkt hab' ich's Dir heut' zuerst, aber, item, ich bin's zufrieden, und Du wirst schon richtig weiter machen, daß die Beiden auch nichts davon merken, der Junge und der Alte. Ich glaube wahrhaftig, Du sißt ihm noch im Kopf und er kam, um wieder mit Dir zusammen zu sein. Das ist Eisen, was sich leicht schmieden läßt und vortheilhafter nicht zu wünschen. Thu' nur nicht spröd', wenn er einmal die alte Liebhaberei auf's Tapet bringt, dann könnt'st Du's verderben. Daß er ein verrückter Kauz ist, hat er genug bewiesen — ich meine nicht, weil er noch ein Auge auf Dich hat, wenn's auch komisch ist — aber er muß vorsichtig angefaßt werden, auf das Wie wirst Du Dich selbst verstehn. Eurer Eitelkeit oder Weiblichkeit, wie Ihr's nennen wollt, ist's am Ende doch nicht zuwider, wenn ein verschmähter Liebhaber nach zwanzig Jahren noch im Netz zappelt, und so kann's einmal heißen: ‚den Schwiegersohn mein' ich, den Schwiegervater streich!' ich'. Unna ist noch ein einfältiges Ding; sag' ihr, wenn der junge Alfsleben kommt, so soll sie sich nicht zieren und ihn ‚Sie' an= reden, sondern mit Vornamen und ‚Du', wie sie's früher gethan. Das bringt leichter zusammen; Du hast's ver= nünftiger Weise mit dem Alten ja auch beibehalten und kannst das als Grund angeben. Ich habe in meiner Stube etwas nachzusehen.“

Brookwald verließ das Zimmer; er hatte gezeigt, daß er gut zu beobachten verstehe, einen verschwiegenen Wunsch und eine Absicht seiner Frau erkannt habe. Nur täuschte seine Scharfsichtigkeit sich in dem Ver= hältniß zwischen ihr und Dietrich Alfsleben, maß diesem zu, was sich in ihrem Innern barg. Er hatte nie in einem Gemüthszusammenhang mit ihr gestanden, um sie bei ihrem Vater geworben, weil sie die Erbin von Helgersund geworden, und wußte nichts von dem geheimen Leben ihres Herzens. Doch wenn er hinein= zublicken vermocht hätte, wäre die Entdeckung ihm

jedenfalls durchaus gleichgültig gewesen, er würde
darüber nur gelacht haben. Sie gingen neben einander
hin, gewohnheitsmäßig auch Gertrud so neben ihm,
aber sie kannte ihn im Innern gleichfalls nicht, nur
daß sein Gesicht und Wesen im Verkehr mit Anderen
eine Maske von Treuherzigkeit und derber Biederkeit
trug, unter der sich rechnende Vortheilssucht verbarg.
Seiner Frau gegenüber hielt er jenen Anschein nicht
aufrecht, zeigte sich, wenigstens in dieser Richtung,
unverhohlen; wie sie über ihn denken mochte, galt
ihm auch gleich, er trachtete weder nach ihrer Liebe,
noch nach ihrer Achtung. In noch einer Hinsicht aber
kannte sie ihn ebenfalls als von durchaus kaltem, leiden-
schaftlicher Wallung unfähigem Blute, und wenn sie
bei dem Gespräch Christian Hollesen's mit seiner Frau
zugegen gewesen wäre, würde sie unbedingt erklärt
haben, die Annahme desselben, daß Zea einem früheren
Liebesverhältniß Brookwald's entstamme, beruhe auf
einer Täuschung. Sie hätte wahrscheinlich überhaupt
nicht recht zu begreifen vermocht, warum und wie der
sonst Alles mit ruhig=verständigem Blick bemessende
Pastor lediglich durch eine allgemeine Aehnlichkeit
seiner Pflegetochter mit Unna zu solcher sonderbaren,
phantastischen Vermuthung gelangt sei.

So hatte Gertrud den Aeußerungen ihres Mannes
schweigend zugehört, wohl von seiner Erkenntniß ihres

geheimen Wünschens und Trachtens überrascht, doch
sonst ohne Befremden, da sie im Voraus gewußt, daß
bei ihm nur ein rechnender Beweggrund für das
Erstrebenswerthe einer Verbindung zwischen seiner
Tochter und Meinolf Alfsleben ausschlaggebend sein
könne. Wie verschieden davon der ihrige war, fühlte
sie sich durch die unerwartete Kundgabe seines Ein-
verständnisses erleichtert und freudig erregt; ihr Leben
gewann noch einmal einen Zweck und Inhalt, der ihr
die Empfindung mit der Schönheit eines Traumes
anrührte. Nur hatten die letzten, fast unbemäntelt
cynischen Andeutungen und Rathschläge ihres Mannes
ihr ein Roth in die Schläfen getrieben, und sie blieb
nach seinem Weggang noch sitzen, mit den Händen sich
das Blut aus dem Gesicht zurückdrückend. Es gab
ihr eine jugendlich blühende Färbung; sie mußte nicht
nur überaus anmuthig und lieblich gewesen sein, sondern
war es so noch, und es legte ein sprechendes Zeugniß
der Unempfänglichkeit Dietrich Alfsleben's für weiblichen Schönheitsreiz ab, daß er von dem der Schwester
seines unzertrennlichen Jugendfreundes nicht erfaßt
worden, ihre Liebe zu ihm nicht erwidert hatte.

Fritz Brookwald war in seine Stube gegangen,
deren Thürschlüssel er eintretend rasch umdrehte. Seine
Augen ließen erkennen, daß die Gedanken hinter ihnen
sich gespannt auf etwas gerichtet hatten; er öffnete ein

verschlossenes Schrankfach, dem er einen ziemlich um=
fänglichen Quartband entnahm. Das Buch besaß eine
Geschichte, die im Zusammenhang mit dem nachschleppen=
den Bein Nathan Aronsohn's stand, der eines Tags,
vor mehr als zehn Jahren, gekommen, um Brookwald
eine alte, mit Bildern durchschossene Hausbibel zum
Kauf anzutragen. Er hatte gesagt: „Warum soll ich
nicht handeln damit, was ist durch Zufall gerathen in
meine Hand, und es bringen dem Herrn Baron, der
ist ein fromm=gläubiger Herr und zu sehen jeden
Sonntag in der Christenkirche; wird ihm das heilige
Buch nicht geworden sein weniger achtungswerth, weil
ich es habe aufgefunden und, was ich nicht kann ge=
brauchen für mich, gebe ich fort um billigen Preis."
Das war in der That der Fall gewesen, so daß der
Hausherr die Bibel dafür genommen, doch um einige
Wochen später einen Diener zur Stadt geschickt, um
Nathan nach Helgerslund herauszubestellen, und als
dieser in Erwartung eines Geschäfts eingetroffen, ihn
empfangen: „Du hast mich betrogen, in der Bibel
lag ein beschriebenes Blatt, das zu ihr gehörte, aber
nur eins; ein anderes noch muß dabei gewesen sein,
wo hast Du's?" Davon hatte der Befragte nichts
gewußt und geantwortet: „Hab' ich doch nicht gelesen
in dem Buch, Herr Baron, für das sind meine Augen
zu schlecht, und nicht umgeschlagen die vielen Blätter,

daß ich könnt' wissen, was drin ist gewesen Hochheiliges gedruckt oder geschrieben." Weiteren Aufschluß hatte Brookwald nicht erlangen können und war darüber in so besinnungslosen Grimm gerathen, daß er dem zur Thür hinausflüchtenden Juden wie einem Hunde den dicken Eichenknüppel nachgeworfen, von dem Nathan Aronsohn der linke Unterschenkel zerschlagen worden. Seit dem Tag hatte er oft bei verriegelter Thür die alte Bibel aus dem Fach geholt, nicht um in ihr, sondern um das wieder zu lesen, was auf dem zwischen den Blättern von ihm zufällig aufgefundenen Blatte stand, und von irgend einem Anlaß dazu bewogen, las er es heut' abermals:

„Wenn ich morgen nicht komme, so wird dies statt meiner zur Dir gelangen. Ich schreibe nach Mitternacht, die Zeit ist kurz. Und auch nur kurz darum kann ich Dir sagen, was Du nicht weißt. Daß ich's muß, wirst Du nachher verstehen, erst den Anfang.

„Wir, D. und ich, hatten uns ein weites Ziel vorgenommen und ritten ohne Anhalt eine Mondnacht im letzten Mai durch, weit ostwärts. Als der Morgen kam, sahen wir plötzlich aus einem Wald hohen Rauch aufsteigen, hielten darauf zu und fanden ein einsam belegenes Haus, aus dessen Dach Flammen schlugen. Ein sonderbarer, halb wie gespenstischer Anblick war's

in der erſten Frühlingsſonne; ganz ohne Leben lag's,
Niemand ſchien drin zu wohnen. Aber dann ſcholl
ein Hülferuf und zwei Frauen wurden an einem
oberen Fenſter ſichtbar. Wir begriffen nicht, warum
ſie ſich nicht durch die Hausthür retteten, und riefen's
ihnen zu, doch ſie machten Zeichen, die wir erſt ver-
ſtanden, als wir ihnen durch die Thür zu Hülfe kommen
wollten, denn ſie war verſchloſſen und ebenſo alle
Läden unten an den Fenſtern. Zeit aber gab's nicht
mehr zu verlieren; die Beiden oben, eine ältere und
eine junge, drohten vor Rauch, der hinter ihnen quoll,
zu erſticken, und die Erſtere ſprang in der Athemnoth
herunter. Sehr hoch war's nicht, doch ſie fiel un-
glücklich; ich wollte ſie auffangen, kam aber zu ſpät,
konnte ſie nur noch raſch wegtragen, damit ſie nicht
von niederſtürzendem Balkenwerk getroffen würde. Wie
D. währenddeſſen die Andere rettete, ſah ich nicht,
blitzſchnell jedenfalls. Du weißt, wie gewandt er iſt;
er ſagte mir nachher, daß er eine Möglichkeit entdeckt,
bis nah unter das Fenſter hinaufzuklettern; auf ſein
Geheiß hatte ſie ſich gleiten laſſen, er ſie glücklich gefaßt, und ich nahm erſt gewahr, wie er ſie auf den
Armen neben ihre Mutter hintrug. Frau und Tochter
eines Förſters waren es, der hier in der Waldeinſam-
keit wohnte. Von ihm bekamen wir nichts zu ſehen, er-
fuhren überhaupt nichts, als daß er Dirk Nordwalt hieß."

Fritz Brookwald hielt kurz an und ließ die Augen durch's Fenster hinausgehen, dann las er weiter:

„Ich habe nicht Zeit, mehr als das Nöthigste zu schreiben. Die Mutter hatte sich bei dem Sturz wahrscheinlich innerlich verletzt, kam kaum mehr zum Bewußtsein und starb noch am selben Tage, eh' ein Arzt geholt werden konnte, in dem nächsten Haidehof, den wir auffanden. Eduv, die Tochter, nahmen wir mit und brachten sie, halbwegs bis zu uns her, in einem vereinzelten Gehöft unter. Sie war von Allem wie betäubt, wußte über nichts Aufschluß zu geben, weder wo ihr Vater sei, noch wie das Feuer entstanden, das sie im Schlaf überrascht hatte. Noch von weitem sahen wir, daß der Wald mit in Brand gerathen war.

„Ich habe, als ich an dem Abend heimkam, nichts davon erzählt, Dir und den Eltern nicht. Ein unbestimmtes Gefühl hielt mich ab und ebenso D. bei sich zu Haus. Bald, nach wenig Tagen schon, blieb mir kein Zweifel über den Grund meines Geheimhaltens; ich wußte, daß unser Vater sich nicht bewegen lassen würde, mir seine Einwilligung zur Heirath mit der Tochter eines Försters zu geben. Und so verschwieg ich auch Dir, zum ersten Mal in meinem Leben, etwas, um Dich nicht zu erschrecken und zu ängstigen. Denn ich fühlte, es könne nicht anders geschehen, so sei Liebe. Meine erste war's und ist's und meine einzige wird es sein.

„Mir schneidet in's Herz, was ich schreiben muß. D. und ich ritten in den ersten Tagen zusammen nach dem Gehöft, um nach Ebud zu sehen; wir betrachteten sie wie vom Himmel unter unsern Schutz gegeben. Dann — ich brauche nicht mehr zu sagen, warum — begab ich mich allein zu ihr; was ich vorschützen wollte, fiel unnöthig, D. schien keine weitere Obhut über sie erforderlich zu halten, nicht mehr an sie zu denken; er unterließ es, mich wie vorher abzuholen. Wohl zwei Wochen dauerte es, in denen ich ihn kaum flüchtig sah, er sagte, eine Erbschaftssache seiner verstorbenen Frau nähme ihn sehr in Anspruch. So befand ich mich täglich des Morgens mehrere Stunden lang allein mit Ebud; sie war schüchtern, sprach wenig, doch in ihre wunderbaren Augen kam nach und nach Helleres, ein Glanz, wenn ich hereintrat. Einmal ward ich verhindert, daß ich sie erst am Nachmittag, gegen Abend aufsuchen konnte. Wir saßen in dem kleinen Garten unter einem blühenden Busch, es fing an zu dämmern, und beim Sprechen faßte ich zum ersten Mal ihre Hand, die sie mir stumm ließ. Da tönte ein hastiger Fußtritt heran, und plötzlich stand D. vor uns. Auch er war, ohne daß ich es ahnte, täglich um diese Zeit wiedergekehrt, und Ebud hatte Keinem von dem Kommen des Andern gesprochen. Sie wußte nichts von Liebe in sich, doch da er und ich nicht mehr mit einander kamen, hatte ein dunkles Empfinden ihr mit einer ungewissen Scheu den Mund geschlossen.

„Weiter, weiter. Vor mir steht D., als ob er vom Blitz getroffen und gelähmt sei, wie er mich Hand in Hand mit ihr sitzen sieht. Dann brach jählings ein Sturm aus ihm hervor, wie ich ihn in keines Menschen Brust, am wenigsten aber in seiner für möglich gehalten. Er war sinnberaubt, Thränen entstürzten ihm, fordernd, flehend, jammernd rief er Eduv an, er habe ihr Leben gerettet, sie gehöre ihm. Alles an ihm sprach, er könne es nicht anders glauben, sie müsse ihm in die Arme fliegen, auf denen er sie aus dem brennenden Haus getragen. Lautlos, zitternd stand sie und ich halb wie betäubt, erschüttert von einem inneren Durchriß, von der nie geahnten, übergewaltigen Leidenschaft des Freundes, den ich gleichgiltig für allen weiblichen Zauber geglaubt. Endlich, mit Mühe fand ich Worte: ‚Sie soll wählen zwischen uns.‘ Da fuhr ein Zucken durch Eduv's Glieder, sie verstand, was in ihrem Herzen zu schlagen angefangen, schluchzte auf und warf ohne Worte ihre Arme um meinen Hals.

„Ich begriff's nachher, begreife es in diesem Augenblick mehr denn je, daß er mußte, nicht anders konnte. Sähest Du sie, wie sie schlafend wenige Schritte von mir entfernt liegt — im halben Licht der Lampe, die ich verschattet — Du hieltest sie nicht für die Tochter

eines Försters, sondern für ein Königskind aus einem
alten Märchen, zu dem die Sonnenstrahlen und das
Himmelsblau, weiße Sommerwolken und die blühende
Haide gekommen — jede ihr einen —"

Mit dem letzten Wort endete das auf zwei Seiten
eng beschriebene Quartblatt, offenbar fehlte ein zweites,
das die Fortsetzung enthalten. Die Handschrift trug ein
ihr eigenartiges Gepräge, das sie sofort von anderen
unterscheiden ließ, doch sprach von fliegender Hast der
Feder. Und mit solcher auch mochte der Schreiber
das vollgefüllte Blatt rasch in die neben ihm liegende
alte Bibel hineingelegt haben, denn die letzte Zeile,
deren Tinte noch nicht trocken gewesen, war halb ver=
wischt.

Oftmals seit zehn Jahren hatte Fritz Brookwald
das ihm durch Zufall in die Hand gerathene Schrift=
bruchstück gelesen, den Jähzorn, mit dem er damals
Nathan Aronsohn mißhandelt, bereut und, soweit es
möglich war, gutzumachen gesucht. Gegen seine Ge=
wohnheit zeigte er sich bald nachher ungemein frei=
gebig, dem Juden ein Pflaster auf die Wunde zu
legen, bestellte ihn, als das Bein geheilt worden, durch
ein eigenhändiges Schreiben wieder nach Helgersiund
heraus, unter Zusicherung, daß ihm keinerlei Schaden,
nur Vortheil draus erwachsen solle. Wie Nathan dann
angehinkt kam, sah Brookwald ihm schon erwartungsvoll

am Parkrand entgegen, fragte eilig, wo der Tröbler
bei seinem Herumziehen die alte Bibel gekauft habe,
nöthigte ihn, troß seinem noch mühseligen Schleppen
in geschwindem Schritt mit nach dem meilenweit ent-
legenen Gehöft zu gehen, aus dem das Buch herstammte.
Doch alle Erkundigungen dort blieben fruchtlos; die
früheren Insißer des ärmlichen Hofs waren vor Jahren
gestorben und die neuen, auf niedrigster Geistesstufe
stehend, wußten nichts, als daß das alte Buch im
Haus gewesen und sie es gern für einen Thaler weg-
gegeben hatten, weil sie doch nicht drin lesen konnten.
Dunkel erinnerten sie sich an ein Hörensagen, oben in
der Dachstube, wo die Bibel im Staube auf dem
Schranke gelegen, habe einmal eine Zeit lang eine
fremde junge Frauensperson gewohnt, die, so wie sie
gekommen, eines Tags auch wieder weggelaufen wäre,
Keiner habe etwas mehr von ihr gesehen und gehört.
Weiter vermochte alles Nachfragen und eifrigstes Suchen
des Gutsherrn in der Stube nichts herauszubringen;
Nathan aber gereichte damals der schmerzhafte Weg
keineswegs zu dem verheißenen und erhofften Vortheil.
Denn wenn auch Friß Brookwald ihm nicht auf's
Neue thätlichen Leibesschaden zufügte, jagte er ihn doch,
wieder in Wuth versetzt, abermals mit Schimpfworten
wie einen räudigen Hund davon und der Jude hütete
sich seitdem, in die Nähe von Helgerslund zu gerathen.

Nun hatte heut' etwas Broolwald veranlaßt, das
beschriebene Blatt aus dem sorgfältig verschlossen ge=
haltenen Fach zu nehmen und es wieder einmal bis
zu dem mitten im Satz abgebrochenen Schluß zu über=
lesen. Danach wiederholte er, was er im Gang der
Zeit wohl schon ein halb dutzend Mal gethan. Alle
Wahrscheinlichkeit sprach dafür, daß der Schreiber das
fehlende Stück der Handschrift gleichfalls in das Buch
hineingelegt habe, in der Hast, mit der er geschrieben,
vielleicht an eine andere Stelle, und der heutige In=
haber der alten Bibel schlug vom Anfang bis zum
Ende achtsam Blatt um Blatt um, ob das Gesuchte
sich etwa doch noch irgendwo dazwischen verborgen ge=
halten habe. Aber das Ergebniß blieb wie früher,
nichts fand sich, und Fritz Broolwald drückte knirschend
die Zähne auf einander. Ihm mußte außerordentlich
viel an dem verloren gegangenen Blatt gelegen sein,
doch er konnte es sich nicht herbeischaffen, nur Ge=
danken darüber im Kopf umwälzen, was es noch ent=
halten haben möge. Diesem Thun hatte er oftmals
nachgehangen, war zu einer Vermuthung gelangt, die
ihm zur Ueberzeugung geworden. Nur gebrach's ihm
an der Möglichkeit, sich Eines aufzuhellen, das für ihn
überhaupt dem Schriftstück seine Bedeutung gab, das
allein Wichtige daran war. Nach dieser Richtung
gewann er aus ihr heute so wenig Aufschluß wie

früher; jeder Anhalt, jede Andeutung nur fehlte. Trotzdem drückte seine Miene gegenwärtig Anderes, als nach dem sonstigen Ueberlesen des Blattes aus, er verschloß es zurück, stand auf und trat an's Fenster. Sein Blick richtete sich nach dem Weg hinunter, auf dem Dietrich Alsleben und der Förster davongegangen waren, und er schien von einem heftigen Antrieb ge= faßt, ihnen nachzufolgen. Doch mit besonnener Ueber= legung stand er von der Ausführung dieses Vorhabens für heute ab, bezwang sich, warf den schon ergriffenen Hut wieder hin und ging pfeifend in seiner Stube auf und ab.

Das vornehme Helgerslunder Schloß und das ärmliche Schulhaus von Loagger standen in keinerlei Beziehung zu einander, doch gab sich im Letzteren heut' ähnlicher Beschäftigung, wie Herr von Brookwald, auch der junge Lehrer Tilmar Hellbeck hin. Freilich nicht gleichzeitig, sondern erst am Abend; wie er es gleich= falls schon häufig gethan, holte er in seiner Kammer die Handschrift Jasper Simmerlund's vom Wandbord, um vor dem Schlafengehen noch wieder die Mittheilungen über das kleine hilflose Kind zu lesen, das nun zu so wunderbarer Schönheit aufgewachsen war und seine Lebensgenossin hier unter dem vermoosten Dach werden sollte. Oft wohl waren seine Augen über die Berichte hingegangen, doch noch nie mit so stillem, traumhaft=

seligen Glanz. Jedes Wort wie unheimlich ihn an=
blickendes Glück in sich aufnehmend, las er vom Anfang
bis zum Schluß, seine Finger zitterten leicht, wie er
das letzte Blatt mit ihnen hielt. Ihm kam bei diesem
Festhalten desselben wieder die Empfindung, daß es
sich dicker anfühle, als die übrigen, doch deutlicher wie
sonst. Die Verschiedenartigkeit des Papiers in dem
Buch war merkwürdig, nicht recht begreiflich, sein
Finger spielte am Rand des dicken Blattes, das sich
dabei plötzlich an einer Stelle spaltete, und er entdeckte
zum ersten Mal, daß sich zwei Blätter fest wie zu
einem aneinander geheftet hatten. Nun löste er sie
und sie trennten sich mit einem leisen Knistern, als
ob zwischen die Ränder eine klebrige Flüssigkeit hinein=
gerathen sei, die sie zusammengeleimt habe, und zwar
erst nach ihrer Benutzung, denn die beiden Seiten
zeigten sich beschrieben. Was auf ihnen stand, gehörte
nicht zum weiter Folgenden, sondern noch als ein
Nachtrag zum Vorangegangenen, enthielt die Auf=
zeichnung:

„Es ist die angenommene Tochter des Pastors
Hollesen, bald nachdem sie fast der Vergiftung durch
Arsenik unterlegen wäre, in ihrem neunten Jahre
nochmals einer großen und räthselhaften Lebensgefahr
ausgesetzt gewesen. Denn lediglich durch einen glück=
lichen Zufall ist an einem Sonntag Abend die Frau
16*

Pastorin noch mit in die Schlafkammer des Mädchens gegangen und hat etwas an dem Bett in Ordnung zu bringen gefunden, wobei ihre Hand auf etwas Glattes und sich kaltschlüpferig Anfühlendes gestoßen ist, so daß sie selbige hurtig zurückgezogen. Da auf ihren Ruf der Herr Pastor gekommen, hat sich herausgestellt, daß in dem Bettlinnen eine große Kreuzotter, von denen der schwarzen Hautfarbe, die das Volk „Höllennatter" nennt, verwickelt gelegen, die zischend den Kopf auf= gerichtet, jedoch alsbald durch einen wohlgezielten Streich zu Tode unschädlich gemacht worden. Es ist zwar die Stube Anna Hollesen's ebenerdig nach dem Garten zu belegen und ein Lattengeländer zum Anhalt für Birnenbäumchen unter dem Fenster durchgezogen, so daß eine Schlange sich wohl daran heraufwinden könne. Aber es hat seit Menschengedenkzeit Keiner eine solche jemals im Dorfe angetroffen, noch über= haupt die schwarze Art auch auf unsrer Haide gesehen, geschweige denn, daß eine Otter in ein Haus ein= gedrungen wäre, wie es allerdings in den heißen Ländern von Giftschlangen mannigfach zu schrecklichster Lebensgefährdung der Einwohner geschehen soll, da eine Regung im Schlaf ihnen alsdann leichtlich, bevor sie noch recht erwachen, den Tod bringt. Also hätte es auch dem Kinde geschehen mögen, daß man es am Morgen entseelt im Bette aufgefunden.

„Es ist Pastor Hollesen danach, wie es denn wohl
zu begreifen, von einer Besorgniß vor der Wiederkehr
solcher Lebensgefahr seiner Tochter befallen worden,
daß er sie abgehalten, allein weiter auf die Haide
hinauszugehen, wie sie's gern gethan, weil er vermuth=
lich dafür hält, es könne grade dort in heimlicher
Stille derartiges Unheil wieder auf sie lauern und
ihr unvorgesehen zustoßen. Und scheint es auch rath=
sam, ein Kind, das zweimal so bösem Zufall aus=
gesetzt gewesen, sorglicher zu behüten, da wohl in den
beiden Fällen über ihm ein besonderer Schutzengel
gewacht, doch es darum dem Menschen nach der ihm
vom Schöpfer gegebenen Vorschrift und Einsicht nicht
zusteht, sich zum Dritten unachtsam auf die gleiche
Beihülfe zu verlassen. Wenn wir auch solche immer
in die Hand der Vorsehung befehlen müssen, da unsrer
Augen Sehkraft nicht ausreicht, was sich im Dunkel
verbirgt zu gewahren."

Ein Schreck hatte Tilmar Hellbeck beim Lesen
der ihm bisher unbekannt gebliebenen Mittheilung, daß
nochmals eine derartige Bedrohung über dem Leben
Zea's geschwebt, durchfahren, und er verstand jetzt erst
die ihm nie recht erklärlich gewesene Furcht des Pastors
vor den Ottern auf der Haide. Zugleich indeß er=
kannte er bei einer näheren Besichtigung, daß die beiden
Blätter nicht zufällig, sondern zweifellos durch einen

an ihren Rändern aufgetragenen Klebestoff zusammen=
gehalten worden seien.   Jasper Simmerlund mußte
aus irgend einem Grunde für besser geachtet haben,
einem Leser seiner Aufzeichnungen diesen letzten Bericht
zu entziehen, und als ein Zweites ging aus der nach=
folgenden Fortsetzung des Buches hervor, daß der
Schreiber ursprünglich die beiden Seiten frei gelassen,
wie wenn er ein Vorgefühl in sich getragen, ihrer noch
zu einer Nachfügung zu bedürfen.   Ein doppeltes und
gleicherweise nicht verständliches Verfahren Simmerlund's
sprach daraus, über das der junge Lehrer einige Augen=
blicke, doch umsonst, nachdachte. Gestalt und Antlitz
Derjenigen, von deren Kindheit die Blätter redeten,
drängten sich seiner Einbildungskraft dazwischen, standen
wie lebend vor ihm. Seine zukünftige Frau war's;
seltener als sonst und nur für kurze Dauer hatte er
sie im Gang der letzten Woche gesehen; sie kam dem
von ihm für rathsam befundenen Verhalten nach, be=
grüßte ihn nur flüchtig dann und wann, doch ohne ihn
aufzufordern, sie zu begleiten. Aber er bedurfte ihrer
wirklichen Nähe auch nicht, sie war ihm immer und
überall gegenwärtig, wie vor den Augen, so hörte er
ihre Stimme. Gleich hastig in's Sonnenlicht empor=
strebenden Frühlingsblüthen rankten sich wunderholde
Bilder der Zukunft um ihn her; dann losch einmal
plötzlich die Sonne aus, daß er erschreckt auffuhr und

ſah, der Docht ſeiner niedergebrannten Talgkerze ſei
umgefallen. Doch ließ ein letztes Glimmern ihm noch
die aufgeſchlagenen Seiten der Niederſchrift ſeines
Vorgängers entgegenſchimmern; ein unwillkürlicher
Schauder überlief ihn, das Buch weglegend, begab er
ſich raſch zu Bett. Aber ein Traum kam über ihn
in dem er auf der Haide ſtand und eine ſchwarze
Otter ſich gegen Zea heraufſchnellen ſah. Er wollte
ihr zu Hilfe eilen, doch war er zu weit entfernt,
konnte es nicht mehr und wachte, wie aus der Luft
niederfallend, halb auf. Und nicht angſtvoll, denn er
hörte ſie fröhlich lachen; eine Hilfe war ihr noch
rechtzeitig gekommen, woher und wie wußte er nicht,
aber er athmete befreit, ſie war gerettet, und eine
Stimme, welche die Jasper Simmerlund's ſein mußte,
ſagte: „Es hat wider Verhoffen ſomit auch zum
Dritten ihr Schutzengel doch noch wiederum über ihr
die Wache gehalten."

Leipzig,

Druck von Ramm & Seemann.

—.

Aus See und Sand.

✤

Roman

von

Wilhelm Jensen.

✤

Zweiter Band.

Dresden und Leipzig.

Verlag von Carl Reißner.

1897.

VII.

Raſch erweiterte und befeſtigte der Frühling ſeine Herrſchaft, ließ erkennen, ſein Trachten ziele dahin, ſich ſelbſt in ein prangendes Krönungsgewand zu kleiden. Aus Gold und Blau wob er's und beſtickte es raſtlos mit vielfarbigen Blüthenſternen, ſchlang den Wald als hellleuchtenden Smaragdgürtel drumher. Und Alles gehorchte ihm nicht nur, ſondern kam bereitwillig ſeinem Geheiß entgegen, allein über die Haide ſchien er keine Macht zu beſitzen. Sie weigerte ſich gleichgültig=trotzig, zu ſeinem Schmuck beizutragen, blieb unverändert, lag da wie ein winterlich fahlbrauner Saum ſeines Pracht= mantels. Wenigſtens für den drüber hingehenden Blick; im Verborgenen mochte ſie dennoch gleichfalls dem großen Willen nicht Widerſtand leiſten können, unmerklich, ohne es ſelbſt zu wiſſen, ſich zum Anſetzen von Knoſpen für die Hochſommerzeit bereiten. Doch wenn's ſo geſchah, entzog es ſich jeder Wahrnehmung, Tag um Tag ging und ließ keinen Unterſchied an ihrem Bilde erkennen.

Zwischen dem dürren Haidekraut aber suchte täglich
Zea Holleien ihren alten Lieblingsplatz auf. In's
Freie hinaus zog und trieb sie die köstliche Frühlings=
luft, wie's die Wiederkehr jedes Sommerbeginns ihr
gethan. Doch war's in diesem Jahr anders als sonst,
Tilmar begleitete sie nicht, mindestens nicht auf weiteren
Gang, nur ab und zu im nahen, allen Augen sicht=
baren Umkreis des Dories. Das hielt er für besser,
und sie folgte seinem Rath; zuerst hatte sie's nicht
begriffen, aber dann kam's ihr auch, er habe wohl
Recht damit. Aehnlich erging's ihr mit seiner Ab=
wesenheit; anfänglich entbehrte sie ihn auf Schritt und
Tritt, meinte immer, er müsse noch nachkommen, doch
die Gewöhnung machte sich bald geltend, daß sie dies
Gefühl verlor, nicht mehr nach ihm umschaute und auf
ihn harrte. Auch begab sie sich öfter jetzt zu einer
Zeit hinaus, in der er ihr doch nicht Gesellschaft leisten
gekonnt hätte, sondern in der Schulstube auf dem Pult
stehen mußte. Sie bedauerte ihn deßhalb, denn es
war draußen so schön, und sie setzte sich vor, als seine
Frau wolle sie ihm im Sommer oft eine Unterrichts=
stunde, die sie geben könne, abnehmen, damit er auch
am Vormittag in's Freie zu kommen und Pflanzen zu
suchen im Stande sei.

Das aber lag noch in der Ferne, gegenwärtig
konnte sie's nicht, und es wäre ohne Sinn gewesen,

daß sie sich nicht am Aufwachen alles Lebens draußen
freue, weil er genöthigt war, im Hause zu bleiben.
Des Wunsches ihres Vaters eingedenk, nahm sie die
Richtung nicht nordwärts, sondern stets nach Süden,
ihr selbst gefiel's von jeher dort auch mehr. Dann
bog sie zur Linken ab, den junggrün von ferne winken=
den Birkenwipfeln neben dem großen Findlingsblock
und dem dunklen Torfstichgewässer zu. Ihre liebste
Stätte auf der Haide war's, die sie als ihr angehörig
behaupten, von der sie sich nicht vertreiben lassen wollte.
Zum ersten Mal in ihrem Leben war ihr zum Be=
wußtsein gekommen, daß sie einen Willen habe, war
ein solcher in ihr wach geworden. Und sie lehnte sich
fest dagegen auf, ihren Willen der Willkür eines Anderen
unterordnen zu sollen.

Das aber hätte sie vor Diesem und vor sich selbst
gethan, wenn sie von dem Platz fortgeblieben wäre,
weil auch Meinolf Alsleben seinen Kopf darauf gesetzt
hätte, täglich wieder dorthin zu kommen; er mußte
keinerlei Beschäftigung haben und gab müßiggängerisch
einer Laune, einem spaßhaften Zeitvertreib, auf den er
verfallen, nach. Zea suchte allerdings ein Zusammen=
treffen mit ihm zu vermeiden, es lag ihr nicht daran,
ihm zu zeigen, daß sie sich nicht verdrängen lasse,
sondern ihr hätte ganz genügt, lediglich vor sich selbst
ihren Willen durchzusetzen. So kam sie zu verschiedener

1*

Tageszeit, wechselnd am Vormittag, am frühen oder
späten Nachmittag, und schien ihre Absicht damit auch
zu erreichen. In leerer Stille allemal lag der Granit=
stein da, daß sie sich erfreut auf ihn niederlassen konnte
und mit einem inneren Siegesgefühl dasaß, durch Aus=
dauer das ihr streitig gemachte Eigenthumsrecht be=
hauptet zu haben. Aber regelmäßig stellte diese
Zuversicht sich als verfrüht und dennoch enttäuschend
heraus; stets nach Ablauf von zwei bis drei Viertel=
stunden erscholl hinter ihr eine Stimme und kündigte
an, daß Meinolf Alsleben doch seiner junkerhaften
Laune noch nicht müde geworden, sondern geräuschlos
herzugekommen sei und auf dem Haidehügel, den er
sich ausgewählt, sitze. Etwas nicht Begreifliches lag in
dem Zufall, der ihn immer grad' in der Stunde ihres
Hierseins herbrachte; freilich kein Zufall in Bezug auf
sein Wegziel und seinen Zweck, denn er kam ja nur,
um ihr den Aufenthalt zu verleiden. Doch zu welcher
Tageszeit ihm dies gelingen werde, konnte er bei
ihrem Wechseln nicht wissen, und das Merkwürdige
war, daß trotzdem der Zufall ihn täglich die für seine
Absicht richtige Stunde treffen ließ.

Bea schrak jedesmal bei diesem plötzlichen Stimmen=
klang zusammen, wenn sie sich auch beherrschte, dies
durch keine körperliche Regung kundzugeben. Aber nach
einigen Tagen faßte sie eine Furcht davor an; das

Ungewiſſe, was hinter ihrem Rücken vorgehe, grade
die lautloſe Stille der Einſamkeit bekam etwas Un=
heimliches für ſie, und ſie veränderte ihre hergebrachte
Stellung, ſetzte ſich in umgekehrter Richtung auf den
Stein. So ging ihr Blick über die Haide bis an den
Waldrand von Ekenwart und ſie konnte ihren Gegner
ſchon in der Weite als dunklen Punkt die Richtung
auf ſie zu nehmen ſehen, ohne daß er noch von ihr
etwas zu gewahren vermochte. Dann lief es ihrem
Stolz nicht zuwider, fortzugehen und ihm die leere
Stätte, die ſie wenigſtens ſo lange innegehabt hatte,
zu überlaſſen. Am Tage jedoch, an dem ſie dieſen
neuen Plan zuerſt ausführte, blieb auch er zum erſten
Mal aus. Nichts tauchte auf, ſich vom Waldrand
heranzubewegen, ihren ſcharf hin gerichteten Augen hätte
es nicht entgehen können. Sie athmete befriedigt, die
ſonſt ſtets gleichmäßige Zeit zwiſchen ihrer Ankunft
und ſeinem Eintreffen mußte abgelaufen ſein; da durch=
fuhr ſie der Schreck noch ſtärker als ſonſt, denn jäh=
lings klang von der anderen Seite her hinter ihr doch
ſeine Stimme auf. Der Zufall hatte ihn wieder zur
nämlichen Zeit wie ſie hergeführt, und als ob er
Falkenaugen im Kopf trage, mußte er ſchon aus ferner
Weite erkannt haben, daß ſie das Geſicht dem Wald=
rande entgegengewendet habe. Daraus aber hatte er
offenbar auch ihre Abſicht hervorgeleſen, davonzugehen,

wenn sie sein Auftauchen wahrnehme. Ihr diesen Plan
zu vereiteln, war er in verschlagener Bosheit noch eine
lange Strecke nach Norden umgebogen, um so doch
unbemerkt in ihren Rücken zu gelangen, und ließ ihr
abermals nur die Wahl, mit ihm den Platz zu theilen
oder diesen schimpflich vor ihm zu räumen. Wunsch
und innerer Trieb drängten sie zu Letzterem, aber
darüber bäumte es sich heftiger in ihr auf, ihm solchen
Triumph zu bereiten. Und so griff sie wieder nach
dem Mittel, mit dem sie sich tagtäglich gegen seine
herrisch-höhnische Anmaßung zur Wehr setzte. Keine
Regung und kein Laut von ihr that sein Vorhandensein für sie kund, sie saß allein in der einsamen Haide-
stille, unbeweglich so lange, bis er sich überwunden
gab. Denn sie wußte, länger als ungefähr eine Stunde
hielt er's doch nicht aus, dann verschwand er und ließ
sie als Siegerin zurück.

Wenn aber seine Stimme so hinter ihr aufklang,
sprach sie keinen Gruß oder etwas der Art, sondern er
hub an, laut aus „Hermann und Dorothea" zu lesen,
immer an der Stelle beginnend, wo er am Tage vorher aufgehört. Nur einmal hatte er Anderes gesprochen,
zuvor kurz geäußert: „Wenn Dir's unangenehm ist,
daß ich hierher komme, weil der Platz mir gut gefällt,
so brauchst Du's nur mit einem Wort zu sagen, dann
suche ich mir eine andere Stelle." Das war ein Spott

gewesen, der ihr beinah eine bejahende Antwort über die Zunge hätte fliegen lassen. Doch sie beherrschte sich noch rechtzeitig; er war ja nicht vorhanden und zu einem Nichts konnte sie doch nicht sprechen. Dann hatte er noch hinzugefügt: „Du wunderst Dich vielleicht, daß ich laut lese, aber das thue ich immer, wenn etwas mich besonders anzieht, ich verstehe es so besser."

Bea saß stets von ihm abgekehrt, unbehindert, frei die Augen aufzuschlagen, ohne daß sie ihn sah. Doch seine Stimme mußte sie hören, das Ohr konnte sie nicht schließen, denn wenn sie ihrem Antrieb nach- gegeben, die Hand darauf zu drücken, hätte sie dadurch gezeigt, daß seine Gegenwart ihr bemerkbar werde. Im Uebrigen gewöhnte sie sich an den unterbrechungs- losen Fortgang und Klang der Worte wie an einen Naturlaut, das Plätschern eines Wassers, Lerchen- getriller und Bienengesumm. Außerdem las er sehr deutlich und richtig dem Sinn nach; dann und wann einmal faßte sie den Inhalt auf, eine Stelle zog sie an, daß sie darauf hinhörte. Sie kannte das Goethe'- sche Gedicht, doch erinnerte sich der Einzelheiten nicht, war wohl noch zu jung gewesen, als es ihr zuerst in die Hand gekommen. Indeß davon abgesehen, lag offenbar etwas darin, daß Manches durch lautes Lesen besser verständlich wurde, als bei stillem. Die Schön- heit der Sprache und des Verses kam anders zur

Geltung, ohne daß die Auffassung der Gedanken darunter litt. Denn er las langsam und gut, eigentlich schön, mußte sich viel darin geübt haben, oder vielleicht war's eine zufällige Naturmitgift, die ihm zu Theil geworden. Oefter wallte es in ihr mit einer plötzlichen Empörung auf, daß er ihr gewaltsam das Buch für sich weg= gerungen hatte und es augenscheinlich nicht zurückgeben wollte, biß er damit zu Ende gekommen. Ganz Neues kam ihr aus der herrlichen Dichtung herauf, und sie wäre gern mit Tilmar Hellbeck zur Düne von Herb= sand gerudert, sich jene dort von ihm vorlesen zu lassen; wenn sie seine Frau geworden, wollte sie ihn bitten, es täglich zu thun. Schwer begreiflich war's, daß Meinolf Alßleben ein Interesse und Verständniß für Hermann und Dorothea besaß; freilich bei einigem Nachdenken stellte es sich als nicht räthselhaft, sondern natürlich heraus. Er hatte eine gelehrte Schule besucht, danach die Universität, und die Bildung, zu der Jemand dadurch kam, brachte selbstverständlich auch das mit sich. Uebrigens nahm er vermuthlich auch gar nicht wirklich Antheil daran, that nur so, das Buch war ihm eben zufällig als passendes Mittel in die Hände gerathen, seiner Laune nachhängen zu können, sie täglich zu ärgern. Daran hatte er von klein auf Vergnügen ge= funden; ihr gerieth es deutlicher allmählich in Erinnerung, daß Unna früher oft davon erzählt hatte, auch daß sie selbst doch häufiger mit ihm zusammen gewesen sei. Er stand ihr wieder als Knabe vor Augen, im Grunde jetzt nur größer, sonst kaum verändert, so daß sie wahrscheinlich bei der ersten Begegnung ihn sonnenblind angesch'n, da sie ihn sonst hätte erkennen müssen. Davon war ihr auch die einfältige Anrede „Sie" und „Herr Baron" in den Mund gekommen; sie schämte sich, wenn sie daran dachte, wie albern-geziert es gewesen, jetzt würde sie sich nicht mehr so abgeschmackt aufführen, sondern ebenso wie er nach alter Kinderweise „Du" sagen. Doch brauchte sie dies zum Glück nicht zu thun, denn sie sprach ja nicht mit ihm, er war ja Luft; das hatte sie, als er die Unverschämtheit gehabt, sie am anderen Tag wieder hier quälen zu wollen, instinktiv höchst vernünftig angefangen, fühlte sich so befriedigt davon, daß sie ab und zu einen heimlichen Lachreiz unterdrücken mußte, wie einfach sie ihn um den erhofften Erfolg seiner schadenfrohen Absicht gebracht habe und täglich wieder bringe. Sie war außerordentlich klug gewesen, denn anstatt daß er seinen Zweck erreichte, sie zu kränken und daran sein Vergnügen zu finden, mußte er, ohne es zu ahnen, ihr eines durch sein gutes Vorlesen bereiten. Das enthielt kein ihm anzurechnendes Verdienst, verbesserte seine häßliche Gemüthsart in nichts, aber es war spaßhaft; die Schadenfreude drehte sich gewissermaßen um,

Zea fing an, ihm mit solcher entgegen zu sehen. Einmal kam ihr ein Gedanke; sie hatte am letzten Sonntag erfahren, daß er neuerdings zuweilen nach Helgerslund gehe, und ihr schoß durch den Kopf, er solle Unna Brookwald heirathen. Das paßte sehr gut, Unna war auch von adliger Herkunft, und es brauchte ja noch nicht gleich zu sein, so daß sie erst noch etwas älter und verständiger werden konnte. Dann aber ließ sich von ihr erwarten, sie werde ihn wie ein unbändiges Pferd am Zügel nehmen und ihm seine Unarten und Anmaßungen abgewöhnen. Das bildete eine dankbare Aufgabe für eine Frau, es that Zea fast leid, selbst bei Tilmar keine solche vor sich zu haben, da es an ihm für seine Frau nichts Eigenwilliges und Abstoßendes zu verbessern gab. Sie war so von ihren Ideen eingenommen, daß es ihr in dem Augenblick schwer fiel, bei ihrer lautlosen Stummheit zu beharren, und sie mußte die Lippen zusammendrücken, um nicht zwischen ihnen herausfahren zu lassen: „Du thätest gut, Unna Brookwald zu heirathen."

Aus ihrem Wiederzusammenkommen mit dieser an einem Sonntag ergab sich aber, daß bereits mehr als eine Woche vergangen sein müsse, seitdem täglich die besondere Stimme hier so hinter ihrem Sitz geklungen. Oder waren es schon zwei Wochen gewesen? Möglich erschien's ihr auch, fast glaubhafter, so lange gewohnt lag der Ton ihr im Ohr. Am Besten hätte die Zeit sich nach der Länge von „Hermann und Dorothea" bemessen lassen, nur hatte er anfänglich größere Stücke gelesen, doch allmählich immer kürzere. Unvermuthet hörte er plötzlich auf, und verschwand ohne weiteren Laut und ohne daß sie ihn davongehen sah, denn sie hatte die veränderte Stellung nur das eine Mal eingenommen, saß, da sie die Nutzlosigkeit erkannt, stets wieder in ihrer alten Weise, dem Walde den Rücken zukehrend.

Seine Absicht aber bei dem Lesen kürzerer Abschnitte lag auf der Hand, er sparte damit, weil sie ihm die beste Handhabe gaben, seinen ihr gespielten Schabernack und Unfug länger auszudehnen. Fraglos empfand er selbst, wenn das Buch zu Ende sei, werde er davon abstehen müssen, da er kein Vergnügen mehr daran finden könne, sie ohne eigne Unterhaltung eine halbe oder ganze Stunde durch seine Anwesenheit nutzlos zu belästigen. Denn daß ihre großartige Schweigsamkeit jedem Versuch von seiner Seite, sie durch irgend etwas zu erschüttern, trotzen und Siegerin auf dem Platz bleiben werde, konnte ihm nicht mehr zweifelhaft sein.

Schließlich indeß mußte auch ungeachtet des Hinausschiebens das Gedicht bis zur letzten Seite kommen; sie rückte unverkennbar näher, und Zea wartete mit

einer gewissen Spannung diesem Ende entgegen. Zu=
fällig wußte sie die beiden, ihr von früher im Ge=
dächtniß gebliebenen Schlußverse auswendig, und un=
willkürlich sprach sie sich dieselben in ihrer Stube ab
und zu vor. Nun war's wieder ein später Nachmittag,
an dem sie hinausgegangen, wie damals, als sie die
erste widerwärtige Begegnung hier mit Meinolf Alß=
leben gehabt; — ebenso schräg fielen die Sonnenstrahlen
über die Haide von der See her, nur wärmer, denn
aus dem April war beinah Maimitte geworden. Sie
saß und hörte dem Leser zu, doch nicht recht, wenigstens
dachte sie gegenwärtig nicht an das Ende der Dichtung,
ihre Gedanken gingen unbestimmt in's Weite. Da tönte
es plötzlich einmal hinter ihr:

„Und gedächte Jeder wieder, wie ich, so stünde
die Macht auf gegen die Macht und wir erfreuten
uns Alle des Friedens."

Ein Klang scholl hinter dem letzten Wort drein,
wie vom Zuschließen eines Buches, danach ward es
lautlos still. Die Schlußverse von „Hermann und
Dorothea" waren es gewesen und Zea vollständig
überraschend gekommen; sie zitterten durch das Schweigen
umher in der Luft und eigenthümlich ebenso auch wie
in ihr selbst nach. Das Letztere rührte offenbar davon
her, daß sie nicht darauf vorbereitet gewesen; etwas
Unerwartetes, ein Windstoß, ein Vogelruf konnte solche

täuschende Empfindung eines inneren körperlichen Mit=
schwingens hervorrufen.

Zea horchte auf, ob sie irgendwie Geräusch hinter
ihrem Rücken vernehme, doch nicht das leiseste. Oder
vielmehr so lautlos war's und blieb's, daß sie eine
ganze Zeit lang das Surren einer verspäteten, vor=
übergeflogenen Biene noch aus der Ferne hörte. Es
trieb sie, aufzusteh'n, und hielt sie doch zugleich wie
unter einem Banne fest. Eine Vorstellung bemächtigte
sich ihrer, Meinolf Alfsleben sei nicht wie sonst fort=
gegangen, sondern sitze noch regungslos da und warte,
daß sie sich umwende, um dann mit einem spöttischen
Lachen auf ihre Bewegung zu erwidern. Die Vor=
stellung wuchs zu einer Furcht in ihr an, die ihr das
Herz hörbar klopfen ließ; so blieb sie wohl noch eine
Viertelstunde in der gleichen Haltung. Aber nichts
änderte sich und die Stille nahm mehr und mehr
etwas Unheimliches, ihr den Athem Versetzendes an;
zuletzt ertrug sie's nicht länger, drehte langsam, Linie
um Linie anhaltend und weitergehend, den Kopf. Da
war der Platz hinter ihr leer und alles d'rumher, nur
oben auf einer Haidebulte lag das Buch.

Ein paar Augenblicke sah sie wieder unbeweglich
darauf hin. Im Gefühl war's ihr, als wache sie nicht,
sondern habe geträumt, daß sie täglich hier gesessen
und auch heute hier sitze. Aber dann schnellte sie sich

jählings mit einem Sprung auf, nach dem Buch hin,
das sie ergriff, als ob es von Etwas gehalten werde,
dem sie's mit Gewalt fortreiße. Es gehörte ihr, sie
hatte ihr Eigenthum wieder, sich zurückgerungen in
einem Kampfe, aus dem sie als Siegerin hervorgegangen.
Aus dem Blick, den sie umherwarf, sprach, auch der
Platz sei wieder ihr Eigenthum, sie stehe auf ihm
gleichfalls als Siegerin. Ihr Widersacher hatte ihn
vor ihrer hartnäckigen Ausdauer geräumt, war zum
letzten Male hier gewesen und kam nicht mehr. Den
Kopf hebend, sah sie ihn als einen dunklen Punkt sich
zum Waldrand zu bewegen; hoch Befriedigendes lag
darin, einem geschlagenen Gegner nachzublicken, sie
that's, bis er unter den Bäumen verschwand.

Nun begab sie sich auf den Heimweg; der Mai=
abend war von einer weichen Schönheit, wie sie kaum
eine gleiche im Gedächtniß trug. Doch sie fühlte, der
errungene Triumph, der ihr noch das Herz laut klopfen
ließ, nur nicht mehr schreckhaft, sondern freudig, komme
hinzu, Himmel und Erde zu so zauberischem Einklang
zu verweben. Ihr machte Erinnerung an ein ihr im
Traume gekommenes Verlangen auf, im Helgersklunder
Park einmal wieder die Nachtigall zu hören, heut'
Nacht mußte sie köstlich schlagen. Wie Bea am Strand
entlang gegen das Dorf zuschritt, begann es leise zu
dämmern, indeß war's noch so hell, deutlich auf ziem=

liche Entfernung gewahren zu lassen, daß eine ihr
entgegenkommende Gestalt Tilmar Hellbeck sei. Auch
ihre Augen hielten sich ihm zugekehrt und sahen ihn,
doch nur mit einem äußeren Auffassen, sie erkannte
ihn erst, wie er sie freudig anrief. Da zuckten ihr
die Wimpern, sie erwiderte: „Du bist's? Ja, Du bist
es ja, Tilmar," und sie fügte rasch nach): „Das trifft
sich gut, ich wollte morgen zu Dir, Dich zu bitten,
mit mir nach Herdsand zu fahren." Er entgegnete
mit beglücktem Aufglanz der Augen: „O wie gern,
Bea — glaubst Du, daß wir gut daran thun?" Sie
fiel ein: „Warum nicht? Du weißt — — Ach so
— Du bist zu ängstlich! Wir sehen uns ja so wenig
mehr, und ich möchte gern, daß Du mir auf der Düne
aus dem Buch hier vorläsest."

Ihm ging's über die Kraft, zu widerstehen, er
antwortete: „Gewiß — dann erwarte ich Dich." Wie
sie neben einander fortschritten, faßte er nach ihrer
Hand, so gingen sie redend auf Loagger zu. Von
Meinolf Alfsleben sprach Bea nicht mit ihm, wie sie's
auch zu Hause nicht that; sie hatte sich vorgenommen,
darüber zu schweigen, aus mancherlei Gründen, sie
wußte nicht alle mehr. Hauptsächlich weil ihr Vater
und Tilmar sich ängstigen möchten, der von Knabenzeit
her als unbändig und unvorsichtig Bekannte könne ihr
irgend etwas Uebles zufügen, sie in's Wasser stoßen,

ober dergleichen; das hätte ganz unnöthige Besorgniß, ähnlich wie mit den Ottern, gegeben, denn davor hegte sie nicht die geringste Furcht mehr, nur am ersten Tag war's ihr so vom Mund geflogen. Der junge Lehrer redete mehr als sie; wie ihr vorhin etwas vor den Augen gelegen, ihn nicht von Weitem zu erkennen, so lag's ihr auch im Ohr, daß sie Manches nicht deutlich hörte. Vom morgigen Tag sprach er, der Fahrt und vom Aufenthalt auf der Insel, dem Lerchengesang dort über ihnen, dem Glück neben ihr zu sitzen. Das mußte ihr zum Verständniß kommen und sie sich auch darauf freuen, denn ihre Hand, die bisher unbeweglich in seiner gelegen, hub an, sich leise zu regen und spielend die Finger um die seinigen zu schlingen; ein süßes Schauergefühl durchfloß ihn davon. Doch er war besonnen, sie kamen dem Dorf zu nahe, konnten gesehen werden, und er zog seine Hand aus der ihrigen. Sie schrak zusammen wie Jemand, der aus einem Halbtraum fährt; ihr kam von den Lippen: „Was — Du bist's — Du sagtest — ja so, wir sind schon hier — Du hast Recht, es ist besser, daß Du nicht weiter mit gehst. Gute Nacht, Tilmar."

Allein legte sie im einfallenden Dunkel das letzte Stück zum Pfarrhaus zurück. Sie fühlte sich so leicht, als ob sie nicht auf den Boden trete, sondern darüber schwebe, und ebenso froh war's ihr zu Sinn. Nur besann sie sich vergeblich den Abend hindurch auf etwas, das in ihr vorhanden war, aber sich versteckt hatte. Erst als sie in ihrer Stube zum Schlafen gegangen, kam's ihr plötzlich, das eigenthümliche Zusammenstimmen der beiden Schlußverse von „Hermann und Dorothea", mit ihrem Erlebniß der letzten Wochen auf der Haide war's gewesen. Das Gedicht meinte zwar Anderes, Großes mit ihnen, aber sie ließen sich auch auf den kleinen Vorgang draußen anwenden. Macht war dort gegen Macht, Wille gegen Wille aufgestanden, einen sonderbaren Krieg zu führen, und nun erfreute die Siegerin sich des Friedens. Das stimmte völlig überein, daher rührte ihr Leichtgefühl und Frohsinn; sie empfand jetzt, daß sie sich täglich mit Gewalt zu dem Weg habe zwingen müssen, er war ihr sehr unangenehm gewesen, so daß sie mehrmals fast dazu gekommen, den Kampf aufzugeben. Doch glücklicherweise hatte sie sich fest gezeigt, der Streitsüchtige davor weichen müssen, und den Lohn dafür trug sie heut' Abend in sich. Denn ohne den Sieg hätte sie sich des Friedens nicht erfreuen können.

Sie schlief vortrefflich die Nacht durch, ohne zu träumen, wenigstens bewahrte sie keine Erinnerung daran. Doch mußten Gedanken sich in ihrem Kopf fortgesponnen haben, denn mit dem Aufwachen stand der Entschluß vor ihr, sogleich auf die Haide hinaus-

zugehen, um von ihrem wiedergewonnenen Eigenthum
feierlich Besitz zu nehmen. Am Nachmittag hatte sie
ja mit Tilmar nach Herbsand zu fahren verabredet,
das mochte mitgewirkt haben, ihr im Schlaf den Vor=
satz einzugeben. Es geschah manchmal so, schon öfter
hatte sie's erfahren, daß etwas während der Nacht
unbewußt im Kopf vorgehen konnte, woran sie bei'm
Zubettgehen nicht gedacht. Doch beim Aufwachen stand
es fertig da, ließ sich nicht abschütteln, übte einen
Zwang aus.

Der Morgen war wundervoll, sie flog mehr am
Strand entlang, als daß sie ging, die Leichtigkeit von
gestern lag noch erhöht in ihr; schneller als je kam
sie an ihr Ziel. In solcher Frühe war sie noch nie=
mals hier gewesen, Alles sah sie vertraut und doch
auch fremd an. Die Schatten fielen anders, Thautropfen
blitzten diamantenhaft an den Haidekrautzweigen, jeder
Athemzug der noch ein wenig herben Luft regte das
Blut zu einer kräftig vom Herzen ausströmenden Welle.
Das kleine dunkle Wasser lag noch verschattet und
reglos, aber wie das Mädchen, auf dem Stein sitzend,
darauf hinblickte, glitten allmählich die Sonnenstrahlen
über den Rand und weckten das zitternde Spiel auf
der ruhigen Oberfläche. Einer um den andern, be=
gannen die winzigen Käfer sich, glitzernden Weber=
schiffchen ähnlich, hin und her zu schnellen, wie an

dem Nachmittag, als Zea zum ersten Mal nach dem
Winter hierher gekommen. Nur hatten die Ränder
des Abstichs sich jetzt dicht mit herabhängenden Pflanzen
aller Art grün überrankt, so daß kaum noch etwas
von dem Braun des Torfes durchschimmerte; daraus
ging hervor, es müsse mancher Tag vergangen sein,
an dem Blatt um Blatt in der Stille so habe hervor-
wachsen können. Fast unglaubhaft erschien's ihr, groß-
blickend ruhten ihre Augen darauf. Aber Alles gehörte
jetzt wieder unbestritten ihr an, in sicherem Frieden
saß sie hier. Durch die Luft kam etwas getanzt, als
habe sich ein ganz winziges Stückchen Himmelsblau
abgelöst, zur Erde herunter zu flattern. Ein Schmetterling war's, doch kein Citronenfalter mehr, ein kleiner
Bläuling. Das sagte auch Gleiches, wie das grüne
Blättergewirr, der Frühling neigte sich schon zum
Sommeranfang hin, denn mit dem kamen die kleinen
blauen Falter. Die Augen Zea's gingen seinem vor-
übergaukelnden Flugspiel nach; noch ein Anderer gesellte
sich ihm hinzu und mit einander stiegen sie schwebend
auf und nieder, umkreisten, haschten und ließen sich,
doch immer zurückkehrend. Seltsame Täuschung wob's
vor dem Blick, als seien es nicht zwei, sondern zu-
nehmend immer mehr, unzählbar, die ganze Luft über
dem Haidegrund ward zu einem blauen Geflatter.

Da klang es plötzlich hinter ihr: „Warum gehst

2*

Du nicht mehr barfuß, wie damals, als ich Dich zuerst hier traf?"

Das konnte keine Wirklichkeit sein, sie mußte mit offenen Augen träumen und im Traum die Stimme zu hören glauben. Aber nur für eines Athemzuges Dauer war diese verstummt, dann tönte sie abermals: „Ich habe über Nacht Lust bekommen, den Oberon von Wieland zu lesen. Wenn es Dich stört, sag' es mir, da suche ich einen anderen Platz auf."

Wirklichkeit war's, unfaßbar und ungeheuerlich; wie windgewirbelte Blätter kreisten die Gedanken durch den Kopf Zea's. Unfaßbar, daß er in dieser frühen Morgenstunde sie hier vermuthet habe, zu einer Zeit, in der sie noch niemals hergekommen. Ungeheuerlich, daß er dennoch wieder hier war, ihr Sieg, ihr Triumph, der schöne Frieden, dessen sie sich erfreuen zu können geglaubt, Täuschung gewesen. Dazwischen klang seine erste Anrede ihr im Ohr nach, trieb eine hastige Welle der Empfindung in ihr auf. Um Nichts in der Welt würde sie wie beim ersten Male dasitzen und ihm ermöglichen, ihre bloßen Füße zur Zielscheibe seiner Spottlust zu machen. Um so boshafter war sein Hohn darüber gewesen, als er seinen Ton verstellt. die Worte geklungen hatten, wie wenn er ein auf=richtiges Bedauern damit ausdrücke, daß sie sich um seinetwillen den Zwang, Schuhe zu tragen, anthue

Doch aus diesem Gedankengedränge trat Eines im Nu deutlich erkannt vor sie hin. Der Kampf war also nicht beendet, sie mußte ihn noch weiter führen. Aber ihr bangte nicht davor, nur ein erster Schreck der Ueberraschung hatte sie durchfahren. Auch von ihrem Herzschlag ging eine Kraftwelle aus, sie bis in die Spitzen der Finger hinein durchfluthend. Noch nie hatte sie sich so stark, so muthvoll, so siegesgewiß gefühlt; da es nicht anders war, freute sie sich sogar auf die Erneuerung des sonderbaren Zweikampfes. Macht stand gegen Macht auf, das hieß, ihre Macht setzte der seinigen die unerschütterliche gleichmäßige Ruhe des Behauptens ihres Sitzes entgegen. Nichts auf der Erde, und wenn die Sonne herunter fiele, konnte sie dahin bringen, durch eine Bewegung, einen Laut kundzugeben, daß sie ihn höre oder sehe, daß er um sie vorhanden sei. Kein Zug ihres Gesichts, ihrer Haltung, hatte sich verändert, allein saß sie da auf dem alten Findlingsstein in der Haide, und hinter ihrem Rücken erklang's laut durch die Morgenluft:

Noch einmal sattelt mir den Hippogryphen, ihr Musen,
Zum Ritt in's alte romantische Land!
Wie lieblich in meinem entfesselten Busen
Der holde Wahnsinn spielt! Wer schlang das magische Band
Um meine Stirn? Wer treibt von meinen Augen den Nebel,
Der auf der Vorwelt Wundern liegt?

Meinolf Alfsleben hielt kurz an und sprach dazwischen: „Wenn es Dich langweilt, Zea Hollesen, so sag's, dann höre ich auf." Doch ein Nichts konnte nicht sprechen und nicht Antwort bekommen, und so las er weiter.

VIII.

Die beste Jahreszeit nun war's für Nathan Aron=
sohn, ohne scharfen Wind und nicht sommerheiß
noch, der Regel nach auch die trockenste und in diesem
Jahr besonders, denn Woche um Woche brachte immer
gleiche Sonnenschönheit. So ging oder hinkte Nathan
emsig in seinem weiten Geschäftskreis von Ort zu Ort,
mit dem leeren Sack ausziehend, und erst mit dem
gefüllten nach Haus kehrend. Doch hätte dessen ge=
meinigliches Inhaltssammelsurium einen unrichtigen
Schluß auf den Betrieb und die Erwerbsquellen seines
Trägers ziehen lassen. Auch der Sack umschloß keines=
wegs lediglich Abfall, nicht selten barg sich dazwischen
allerhand billig eingehandeltes altes Geräth und
Schmuckwerk, das gut aufgeputzt um Vielfaches höheren
Preis wieder eintrug; nur war der Jude genügsam
und unermüdlich, mißachtete nichts, sondern nahm
Alles mit, was Anderen als vollständig werthlos

erschien. Mit einem Dreier machte sich schließlich auch der jämmerlichste Fund noch bezahlt, und aus Dreiern hatte er sich anfänglich ein bißchen Geldbesitz zusammengetragen, um nicht nur im Wegwurf scharren, auch für Dies und Das einen Preis bieten und kaufen zu können. Mit der angeborenen Bedürfnißlosigkeit seines Volksstammes im Essen und Trinken brauchte er fast nichts für sich, und die gleiche Blutmitgift hatte ihn früh seinen Erwerb beginnen lassen. Andere Zugänge zum Leben verschloß seine Abkunft ihm, wie seit Jahrhunderten seinen Vätern, er gehörte einer fremden niedrigen Kaste an, auf die der Straßenbettler noch herabsah, der keine Ernährungsmöglichkeit, als durch den kleinen Handel offen stand. Lachen und Fingerdeuten empfingen ihn und gaben ihm Geleit, Gassenjungen trotteten schreiend hinter ihm drein, nicht selten ward er wie ein Hund von der Thür gejagt. Aber er war ein philosophischer Hund, der ruhig Spott und Schimpf auf sich regnen ließ, wenn er den Knochen erhaschte, auf den er sein Auge hielt. Er knurrte, antwortete nie, schien nichts zu hören und zu denken, als an seinen nächsten Zweck. Geduldig ging er im selben Aufzug Tag um Tag seinem Geschäft nach, nur mit sich selbst sprach er zuweilen laut am Strand und auf der Haide.

Darüber war eines Menschenlebens Dauer ver-

floſſen, und gealtert, das Bein nachſchleppend, ſonſt
unverändert, zog er heut' wie im Anfang mit ſeinem
Sack umher. Doch in ſeiner Behauſung ſah es ganz
anders aus, als damals und als die Leute muthmaßen
mochten, die ihm draußen auf ſeinen Wegen begegneten.
In gewiſſer Weiſe hatte er die Fabel verwirklicht,
in welcher der Eierkorb das Mädchen in lebhafter
Vorſtellung ſich ſchon als Beſiterin eines Hühnerhofes,
einer Viehherde, eines großen Landgutes fühlen ließ;
nur war's bei ihm kein Traumbild geweſen, das mit
den vom Kopf herunterfallenden und zerbrechenden
Eiern wie eine zerplatende Seifenblaſe weggeſchwunden.
Aus dem Plunder ſeines Sacks hatte er ſich ein Haus
gekauft und mehrere Stuben drin voll mit Dingen
angefüllt, die beſſeren Gewinn abwarfen als die, welche
er zuerſt auf dem Rücken heimgetragen. Alles, was
ſeit mehr als dreißig Jahren in der Stadt und weitum
käuflich geweſen, hatte er eingehandelt, und es lag und
hing bei ihm wieder zu Kauf, alte Schränke, Tiſche
und Stühle, Geräthe, Stoffe, Bilder, Schmuckſtücke,
Uhren, Teller und Gläſer, Unaufzählbares. Sein
Haus bildete einen Raritäten-Tröblerladen nach groß-
ſtädtiſcher Weiſe, doch wußte er nichts von ſolchem
Geſchäftsbetrieb Anderer, war aus eigener Eingebung
darauf verfallen. Die Zeit fing an, alte Sachen wieder
zu ſchäten und begehrenswerth zu finden, und Nathan

war auch ein Spürhund mit guter Witterung für den neuen Geschmack, die Wünsche, Liebhabereien, Narr= heiten und Prahlereien der mehr oder auch minder wohlbemittelten Leute; sein Geruchssinn war's, mit dem er Todesfälle vorausspürte, die billige Weggabe eines Nachlasses verhießen, und mit den ausdruckslosen Augen sah er Gesichtern sonst sich in geordneten und ver= möglichen Umständen Befindenber, zeitweilige Verlegen= heiten und Bedrängniß durch Schuldverpflichtungen ein= geschrieben. Davon rührten Pfandscheine, daneben auch Wechsel in einer Lade her, alle gut und sicher, keiner, der etwas auf's Spiel setzte, und ebenso ohne hohen Wucherzins. Den nahm Nathan nicht, nur so viel, als billigerweise der Nothlage, aus der er heraushalf, entsprach und ihm nicht etwa vor Gericht als eine übermäßige Erpressung vorgehalten werden konnte. Ein Jude, niedrigerer Kaste angehörend, war er ge= blieben, aber man lachte, schrie nicht mehr hinter ihm, deutete nicht mit Fingern auf ihn. Als eine Jedem bekannte, lang gewohnte Erscheinung und als eine anders wie früher angesehene, hinkte er am Abend durch die Straßen seinem Hause zu, sich dort nach der Tagesmühsal enthaltsam und mäßig, wie von jeher, mit der einzigen Hausbewohnerin außer ihm, seiner Tochter Miriam, an den Tisch zu setzen.

Denn niemals im Gange der Jahre hatte etwas

Anderes eine Verlockung auf Nathan Aronsohn geübt, als die Aussicht auf ein vortheilhaftes Geschäft. Ein junges Geschöpf mit blauschwarzem Haar und Kohlenaugen kam in die Stadt, als Zugehörige einer mit Affen und Bären herumziehenden Jahrmarktsbande von Seiltänzern und Possenreißern; eine Zigeunerin aus Ungarn sei's, und als solche ward sie bestaunt. Doch Nathan fühlte das verwandte Blut aus ihr heraus, sie gestand's ihm auch zu, sie sei nur eine seines Stammes, und als ihre Genossenschaft weiter zog, blieb sie bei ihm zurück, denn er hatte einen Handel mit ihr abgeschlossen. Ob er guten Einlauf damit gemacht, ließ er, wie bei Allem, nicht laut werden, und ob sie rechtmäßig seine Frau gewesen sei, wußte Niemand, noch fragte man viel danach. Viele Meilen weit umher gab's keinen Rabbi, um eine Ehe zwischen Juden zu schließen, und was Creaturen thaten, die nicht Christen waren, bekümmerte weder die Geistlichkeit, noch die weltliche Behörde. Auch dauerte das Zusammenleben der Beiden nicht lange, denn sie starb schon nach kaum zwei Jahren. Nathan holte einen Arzt herbei und ließ durch diesen feststellen, welche Krankheit die Ursache ihres frühen Todes gewesen; dann nahm er seinen Sack auf den Rücken und ging über Land, nicht anders als sonst. Und was er ab und zu draußen halblaut vor sich hinredete, drückte

nicht aus, er habe einen Verlust gehabt, der schwer
wieder einzubringen sei. Im Gegentheil ließ es eher
darauf schließen, daß er vorschnell gewesen, sich auf
die eingehandelte Waare nicht verstanden gehabt und
Zufriedenheit mit sich trage, sie durch günstigen Zufall
an ihren gegenwärtigen Inhaber unentgeltlich wieder
los geworden zu sein.

Behalten aber hatte er als Hinterlassenschaft einen
Sprößling der zweijährigen gemeinsamen Lebensführung,
ein Mädchen, dessen Aufziehen ihm bei seiner häufigen
Abwesenheit vom Hause in den ersten Jahren viel
Schwierigkeit machte und obenbrein Kosten bereitete.
Doch er legte diese für Wartung und Aufsicht der
Kleinen bei einer Nachbarfrau an; wenn er's nicht
gewollt hätte, würde die Behörde ihn genöthigt haben,
für das Kind zu sorgen, aber davon abgesehen that
er's aus eigener Einsicht, daß man müsse machen die
Einzahlungen, wenn man wolle bekommen nach Ablauf
von Jahren ein Capital auf der Sparcasse. Und zu
einem solchen wuchs Miriam ihm schneller heran, als
er gerechnet, zu einer brauchbaren Beihülfe seines sich
erweiternden Geschäftsbetriebs. Sobald sie ordentlich
laufen konnte, hielt sie sich am liebsten in den Stuben
mit den zusammengebrachten, sich jährlich mehrenden
Verkaufssachen auf, besah, befühlte und musterte Alles,
huschte, wenn Käufer eintraten, behend in einen dunklen

Winkel und hockte dort geräuschlos hinter einem Möbel=
stück oder unter einer niederhängenden Decke wie eine
sich im Versteck haltende Katze. Doch ihre schwarz=
gestirnten Augen lugten durch einen Spalt, sie horchte
und hörte Alles, was gesprochen wurde, zeigte sich
kluggelehrig und gab's durch Verständniß für Werth
und Preis von Gegenständen zu erkennen, daß Nathan
zuweilen sagte: „Bist ein Wunder der Welt, Miriam;
es ist nicht worden angelegt, was ich habe ausgegeben
für Dich, für einen schlechten Schuldschein. Du bist
ein Kind Salomo's, und ist Dir früh groß gewachsen
im Kopf seine Weisheit, daß auf der Welt Alles ist
Waare, zu handeln damit, es kommt darauf an, welchen
Preis Einer will bieten dafür." Da brachten eines
Tags Leute auf einer Tragbahre Nathan Aronsohn
mit dem abgeschlagenen Bein nach Haus, und das
Mädchen, obwohl kaum achtjährig, begriff sofort, was
Noth thue, versah eifrig und umsichtig allein die Pflege
bei dem Verwundeten, damit er zu dem unumgänglichen
kostspieligen Arzt nicht auch noch eine theure Wärterin
zu nehmen brauche. Und zum ersten Mal in seinem
Leben mit einem gerührten Ton sagte Nathan: „Bist
ein Capital, ein Juwel Gottes, Miriam; wenn Deine
Mutter wäre gewesen wie Du, ich hätte gerauft mir
die Haare über ihre Sterbenskrankheit. Aber ich habe
nicht gegriffen nach ihnen, weil sie nicht hatte genug

Einsicht, zu begreifen, daß auf der Welt Alles ist Waare, zu handeln damit, es kommt darauf an, welchen Preis Einer will bieten dafür. Such' Dir aus, Miriam, unter'm Zeug im Laden etwas Feines, Dir machen zu lassen davon ein Kleid auf Deinen Leib, wie's Dir gefällt am Besten nach Deinem Geschmack. Wird es doch gefallen auch den Leuten, die es sehen, daß sie finden d'ran auch Geschmack und sie kommen laufen in's Geschäft. Und als Du hast gesagt, wird's kommen zu stehn billiger, als eine kostspielige Wärterin, daß Du trägst auf dem Leib Deinen eignen ersten Verdienst, und ich lege dazu in die Lade die gute Ersparniß."

Ueber diesen Beinschaden Nathan's war auch wieder ein Jahrzehnt hingegangen, und schon seit Langem hatte er während seiner Abwesenheit vom Haus die Besorgungen im Tröblerladen vollständig seiner Tochter überlassen. Sie wußte so genau von Allem Bescheid, wie er selbst, und er konnte versichert sein, bei der Heimkunft niemals etwas in's Verlustbuch schreiben zu müssen, ward vielmehr manchmal von unverhofft über den Anschlag hinaus Eingegangenem überrascht. Dann sagte er: „Bist ein Capital; was die Leute heißen Schönheit von einem Frauenzimmer am Gesicht und Leibeswuchs, ist ein Capital, das jeden Tag einträgt seine Zinsen. Sie zahlen besser, als wenn ihnen präsentirt die Waare eine häßliche Urschel,

und glauben, ihre Augen haben den Anblick für umsonst.
Hätte Deine Mutter gehabt Einsicht, vernünftig an=
zulegen ihr Capital, das sie auch hatte mitbekommen,
ich würde sein noch heute untröstlich über den Verlust,
den ich hätte gelitten durch ihren Tod. Thut man
seines Gold nicht in einen alten Beutel von Leder,
d'ran ist Schmutz und Unrath, und nicht Capital wie
Deines in einen groben Sack. Laß Dir machen dafür
ein schönes, ein neues Kleid, es trägt sich gut ein
von den Augen, welche die Leute tragen im Kopf."

Das war eine Ermahnung, die eignem Antrieb
Miriam's entsprach, so daß sie ihr stets bereitwillig
nachkam. Sie kleidete sich immer mit bedachtsamer
Wahl, und es lag ihr im Blut, dies in besonderer
Weise zu thun, stets farbige Zeuge zu bevorzugen.
Doch keineswegs geschmacklos, grob und grell in die
Augen fallend, sondern mit wirklichem Instinkt, was
ihrem schwarzen Haar und den schwarzen Augen, ihrer
ganzen fremdländischen Schönheit am Vortheilhaftesten
stehe. Sie war ihrer Mutter nachgeartet, aber über=
traf diese mit einem verfeinerten, geschmeidigeren Reiz;
Nathan meinte einmal, sie zuerst in einer neuen
Kleidung gewahrend: „Du wärst gewesen eine Blume
im Garten von König Salomo, und er würde gesungen
haben zum Harfenschlag auch auf Dich ein Hohes Lied.
Hatte er doch auch eine hohe Freude und vielen

Verstand für die Schönheit, daß er that gern auf seine
Schatzlade mit Gold angefüllt, um zu vergelten, daß
seine Augen sich recht konnten erlaben an ihr. Aber
es hat die Welt nicht mehr einen König Salomo;
wenn auch sind geblieben noch seine Augen und sein
Verstand, ist doch geworden hochselten seine richtige
Einschätzung einer Waare von besonderer Güte durch
die Freigebigkeit seiner Hand. Wird nicht Einer, der
besitzt in seinem Garten eine kostbare Blume und hat
Klugheit, sie bieten zu Kauf um geringfügigen Preis,
aber er wird auch halten in Bedacht, daß eine Blume
nicht immer blüht fort bis in den Winter hinein,
sondern daß sie hat eine nicht lange Zeit, wo sie steht
für den Sachkundigen am Meisten im Werth. Hab'
ich eingehandelt gestern um billigen Preis einen alten
Gürtel, wie ihn in früherer Zeit haben getragen die
Weiber um ihre Leibesmitte am Festtag, und will
machen damit kein Geschäft, schenk' ihn Dir, Miriam.
Wenn Du Dir Müh' giebst, ihn sauber abzuputzen
mit Schlemmkreide und einem Stück weichen Leder,
wird es sein, als ob Du trügst um Deinen Leib
sichtbar goldene Staubfäden von einer seltenen Blume
d'runter."

Miriam antwortete nichts auf die erstaunliche
Freigebigkeit ihres Vaters, doch es glimmerte in ihren
dunklen Augen, und sie setzte sich sogleich in eine Ecke,

stundenlang an dem alten Gürtel sorgfältig zu putzen.
Solcher Mühe hatte sich ihre Mutter nicht unterzogen
gehabt, dazu war sie zu bequem, gleichgiltig an Er=
werbssinn und zu einfältig gewesen. Wenn die Tochter
ihr auch äußerlich nachgeschlagen, trug sie doch in sich
eine Blutsmitgift von ihrem Vater.

Für Nathan Aronsohn aber war jetzt die beste
Jahreszeit wieder gekommen, nicht zu kalt und nicht
zu heiß, regenlos sich folgende Wochen. Vom Morgen
bis zum Abend, bald nach dieser bald nach jener
Seite suchte er hinkend sein Jagdrevier mit der Waid=
tasche über'm Rücken ab, und oft auch brachte sein
Weg ihn durch den Ekenwarter Wald. Dabei gewahrte
er, obwohl zu verschiedenen Tageszeiten daher kommend,
jedesmal mit seinen scharfsichtigen Augen von Weitem
den jungen Freiherrn von Alsleben am Waldrand
stehn und durch ein ausgezogenes Taschenfernrohr west=
wärts nach der See hinüberschaun. Gewöhnlich setzte
er dies fort, bis Nathan ihn aus dem Gesicht verlor,
zweimal indeß schob er das Fernglas zusammen, steckte
es zu sich und ging rasch in die Haide hinein. An=
fänglich achtete der Jude kaum darauf, er trug nichts
im Sack, was sich dem Junker weiter zu Kauf an=
bieten ließ; aber dann setzte das häufige Antreffen
desselben am gleichen Platz Vormittags und Nachmit=
tags ihn doch in eine Verwunderung, daß er einmal

vor sich hinredete: „Nach was kann er jetzt aus mit
dem Schiebeglas und gehn auf das dürre Land, wo
nichts ist Brauchbares, was wächst? Sollt' er suchen
nach dem Karfunkelstein aus dem Märchen, von dem
er sich hat gewünscht, ich möcht' ihn haben im Sack.
Es ist 'mal eingerichtet, daß ein junges Blut hat
großen Gefallen d'ran, und vielleicht wird es sich er=
weisen hochfreigebig für den Fund. Kann man doch
von nichts sagen im Voraus, wie es ist und wird sein;
warum sollt' er nicht einmal treffen an einen Karfunkel=
stein auf der Haide?"

Nathan blickte dem heut' über diese Davon=
schreitenden nach, bis er zwischen Wachholdersträuchern
und anderem Buschwerk verschwand. Hurtig ging
Meinolf Alsleben, eine halbe Stunde später plötzlich
hinter dem Sitz Zea Hollesen's die Stimme aufklingen
zu lassen und im Lesen des Wieland'schen „Oberon"
fortzufahren. Das Räthsel seines stets mit ihr gleich=
zeitigen Hierherkommens erhellte allerdings sein Fern=
rohr; doch er mußte in der That ohne jede Beschäf=
tigung sein, nicht wissen, wie er seinen Tag verbringen
sollte, daß er immer, nach dem fernen Auftauchen des
Mädchens ausblickend, sich am Waldrand aufhielt, und
eine knabenhafte Schadenfreude mußte noch immer in
ihm stecken, die fortgesetzt sich daran belustigte, Zea
täglich durch seine Gegenwart ihren Lieblingsplatz zu

verleiben. Aber sie zu irgend einer Kundgebung zu
bringen, daß er dies mit Erfolg thue, gelang ihm
nicht. Stets regungslos behauptete sie ihren Sitz,
zuhörend, weil sie sich das Ohr nicht schließen konnte,
doch auch nicht widerwillig. Der „Oberon" war ihr
fremd, und wenngleich sie an Manchem, besonders an
dem Schlachtgetümmel, wenig Antheil nahm, mischten
sich doch oftmals auch Verse und Abschnitte ein, die
durch Schönheit und melodischen Klang erfreuten.
Grade heut' häuften mehrfach sich Stellen solcher Art,
zusammen:

Was half mir, freigeblieben
Zu sein bis in mein zweites zehntes Jahr?
Auch meine Stunde kam, mein Schicksal war,
Im Traum zum ersten Mal zu lieben.

Ja, Scherasmin, nun hab' ich sie gesehn,
Sie, von den Sternen mir zur Siegerin erkoren,
Gesehen hab' ich sie, und ohne Widerstehn
Beim ersten Blick mein Herz an sie verloren.
Du sprichst, es war ein Traum? Nein, Mann, ein Hirngespinst
Kann nicht so tiefe Spuren graben!
Und wenn Du tausendmal mich einen Thoren nennst,
Sie lebt, ich hatte sie, und muß sie wieder haben.

Denk' Dir ein Weib im reinsten Jugendlicht,
Nach einem Urbild von dort oben
Aus Rosengluth und Lilienschnee gewoben;
Gieb ihrem Bau das feinste Gleichgewicht,
Ein stilles Lächeln schweb' auf ihrem Angesicht —

3*

Zea drückte unmerklich die Lippen gegen einander,
ihr war's, als sei aus Wort und Ton des letzten
Verses das Lächeln hervor, auf sie zugekommen, ihr
selbst an den Mund zu huschen und leis' um ihn zu
spielen. Das vertrug sich nicht mit dem Ernst ihres
Schweigens, der täglichen Aufgabe, die sie hierher
brachte, sie mußte der Vergeßlichkeit der Lippen mit
Strenge begegnen. Beste Beihilfe dazu lieh das Denken
an etwas Anderes, das ihr indeß auch manchmal, ohne
herbeigerufen zu werden, kam. Eine Erinnerung war's,
unwillkürlich ein Vergleichen mit sich führend. Wie
sie's gewünscht, hatte Tilmar Hellbeck ihr auf der
Düne von Herdsand aus „Hermann und Dorothea"
vorgelesen, doch nur einmal, sie hatte ihn nicht gebeten,
es zu wiederholen. Seine Stimme hörte sie sonst gern,
aber sie wußte nicht recht, was es sei, daß sie kein
Gefallen daran gefunden. Oder doch, es lag daran,
daß er mit dem Rhythmus der Verse nicht zurecht
kam, sie falsch und wie Prosa las; dazu gesellten sich
häufig unrichtige, den Sinn der Gedanken entstellende
oder völlig aufhebende Betonungen. Offenbar gelangte
oftmals das Schönste in der Dichtung ihm selbst nicht
zum Verständniß, freilich begreiflicher Weise, da es ihm
dafür wie für manches Andere an der Vorbildung
gefehlt. Meinolf Alfsleben hatte es leicht, die Verse
richtig zu lesen und inhaltlich Alles so wieder zu

geben, wie's der Dichter gedacht und empfunden. Er
war auf einer gelehrten Schule gewesen, wo er natürlich
das Verständniß dafür empfangen, und den schönen,
biegsamen Klang seiner Stimme hatte er ebenso ohne
sein Zuthun als Naturmitgift bekommen. Bei solcher
Verschiedenheit des Vorausgegangenen ließ sich die
Befähigung der Beiden zum Vorlesen eines Gedichts
natürlich nicht vergleichen; ebenso unbillig wär's ge=
wesen, wie von Tilmar zu erwarten, er solle im
Ausdruck und Wesen das Freie, Sichere Meinolf Alfsleben's haben. Es war eben durchaus ungerecht auf
der Erde zugemessen, daß Jemand, der es besser ver=
dient hätte, so benachtheiligt wurde und einem Andern
ohne alles Verdienst derartige Bevorzugung zu
Theil ward.

Ein paar Mal hinkte Nathan Aronsohn auch auf
dem Weg zwischen dem Eßenwarter Wald und Loagger
entlang, doch ließ kein Zufall ihn dabei Zea Hollesen
begegnen oder sie aus der Entfernung gewahren. Und
an dem Findlingsstein führte der schmale Haidepfad
zu weit seitwärts vorüber, um die Augen zu jenem
hinreichen, geschweige denn das Ohr etwas von der
merkwürdigen Vorliebe Meinolf Alfsleben's, sich dort
täglich den „Oberon" laut vorzulesen, vernehmen zu
lassen.

Die lang abgerissenen Fäden der altfreundschaft=

lichen Beziehungen zwischen Ekenwart und Helgerslund
hatten sich neu geknüpft, und fast täglich schlug Dietrich
Alfsleben den Weg zum Letzteren ein. Es zog ihn
dorthin; seitdem er, was ihm nicht erreichbar erschienen,
die Liebe seines Sohnes entdeckt und gewonnen, lag
die Welt verändert um ihn, und freier hob er die
Stirn in's freudige Licht des schönen Frühlings auf.
Und seit dem Tage, an dem er den Fuß über das
schweigsame Gewässer gesetzt, das unsichtbar zwischen
ihm und Gertrud Brookwald geflossen, hatten Beide die
Scheu, die sie bei der ersten Wiederbegegnung über=
kommen, von sich abgethan. Die Sonne warf über
Alles ihre Strahlen so hell und warm, daß auch die
·Schatten das Gefühl nicht frostig anrührten, vor den
Augen ihre dunkle Färbung verbleichen ließen; so
verschwand das Gedenken an lang' Vergangenes unter
der wohlthätigen Wirkung der zu neuem Leben er=
weckenden Gegenwart, des gemeinsamen Trachtens für
die Zukunft. Von diesem ward in Anwesenheit Fritz
Brookwald's nicht geredet, doch daß er mit dem Wunsch,
eine eheliche Verbindung zwischen Unna und Meinolf
herbeizuführen, einverstanden sei, wußte Alfsleben durch
Gertrud. Sie hatte ihm, gegen die Ermahnung ihres
Mannes zur Behutsamkeit, aus ihrer schon lange im
Stillen gehegten Hoffnung kein Hehl gemacht, aber
wechselseitig Jeder beim Andern den gleichen Gedanken

empfunden, sie diesen nur zuerst ausgesprochen. Nun
bildete er den Hauptgegenstand ihres Gesprächs, wenn
sie allein mit einander gingen, täglich manchmal stunden=
lang, auf Feld= und Waldwegen. Der Austausch ihrer
Worte war für das Glück der Beiden bedacht, doch
zuweilen schritten sie ein Weilchen verstummt, und
dann webte es sich zwischen ihnen sonderbar wie von
einem wortlosen, nicht für das Ohr hörbaren Klang.
Wohl nicht mehr in Jugendblüthe stehend, aber ein
noch schönes Menschenpaar war's: wer sie sah, mußte
denken, sie seien für einander geschaffen und sich an=
gehörig. Wunderlich kreiste die Empfindung in Ger=
trud, sie verlor die Furcht, durch etwas zu verrathen,
daß die Liebe für Dietrich Alfsleben noch ungealtert
in ihr fortlebe. Ungesprochen kam's von ihm zu ihr
herüber, daß er sich nicht wieder abkehren, das Band
zwischen ihnen auf's Neue zertrennen würde, wenn
unbewacht ein Blick oder Ton ihm den Schlag ihres
Herzens kundgäbe. Von Tag zu Tag trug sie sogar
deutlicher ein Gefühl in sich, es brauche gar nicht zu
gescheh'n, er wisse, sehe und höre es. Und doch kam
er, ward nicht dadurch zurückgescheucht, obwohl sie jetzt
die Frau eines Andern war. Warum denn hatte er
damals sich so jäh von ihr gewandt, als sie frei ge=
wesen, so endlose Zeit lang ·jede Annäherung und
Wiederanknüpfung der Jugendfreundschaft abwehrend?

Das Räthsel hüllte sich in ein neues, doch unerhell=
bares Dunkel, aber Gertrud suchte nicht nach der
Lösung. Sie war beglückt von der Gegenwart, der
zweifellosen Wandlung, daß er ein Anderer geworden.
Die Natur gab jedem Weibe mit, ohne einen äußeren
Anhalt zu empfinden, was einen Mann zu solcher
täglichen Wiederkehr bewog; eine Mitgift ihres Ge=
schlechts war es, unabhängig von Stand, Bildung und
Lebensalter, jede Geringste besaß sie, wie die Vor=
nehmste. Und sie ließ Gertrud nicht Zweifel, daß es
Dietrich Alßleben innerlich treibe, danach verlange,
mit ihr zusammen zu sein, nicht nur wegen des ge=
meinsamen Planes bezüglich der Kinder, sondern mehr
noch um seiner selbst willen. Kaum halb verschleiert
sprach er es einmal auf stillem Waldweg: „Ja, ein
schöner Gedanke ist's, Gertrud, dahin zu trachten, daß
die Kinder ihr Leben in Liebe vereinigen. Wir hatten
Niemand, der uns geleitet hätte, das Glück zu finden.
Auch wir hätten's wohl gekonnt, auch ich; es stand
am Wege und wartete auf mich. Aber meine Augen
waren geblendet, daß sie es nicht sahen. Zu spät erst,
als ich achtlos an ihm vorübergegangen, da lag es
fern hinter mir und nicht mehr erreichbar, kein Weg
führte zu ihm zurück."

Schweigend, klopfenden Herzens hörte Gertrud
Brookwald das sich kaum verhüllende Geheimniß;

Reue und tiefe Wehmut zitterte aus den Worten. Zu spät war's, und Unabänderliches stand zwischen ihnen, an dem sich nicht rütteln ließ; auch der Gedanke that's nicht, weder hier noch dort. Doch beglückend war das, was noch sein konnte, so zusammen zu gehen, unter dem Austausch der Lippen über die Zukunft der Kinder, die stumm hin und wieder bebenden Schwingungen zu fühlen, die nicht dem wachen Leben angehören. Von Gebilden und Wünschen nur einer Traumwelt geregt, glichen sie dem Wellenspiel der Sonnenluft über den aufblühenden Wiesen.

Fritz Brookwald's unvermerkt beobachtenden Augen entging die wachsende neue Vertraulichkeit zwischen seiner Frau und Alsleben nicht; aber er bekümmerte sich nicht darum, er war nicht eifersüchtig, drängte sich ihnen nie als Begleiter auf. Der Heirathsplan hatte seine volle Zustimmung gefunden, und um den handelte es sich jedenfalls hauptsächlich; was sie sonst auf ihren einsamen Gängen reden mochten, galt ihm durchaus gleich. Vermuthlich ging es nicht über sentimentale Worte hinaus, doch wenn auch, er war kein empfind= samer, sondern ein praktischer Mann, der nicht mit Dingen von inhaltslosem Werth rechnete. Da= gegen hatte er sich mit dem neuen Förster von Eken= wart auf einen guten, beinah freundschaftlichen Fuß gestellt, suchte ihn fast täglich auf, wenn Dietrich

Alfsleben sich mit Gertrud zusammen befand. Dirk Westerholz war ihm schon beim ersten Sehen als ein Mann erschienen, von dem er Nutzen ziehen könne; das sprach er auch in seiner offenen Art unverhohlen aus: „Ich möchte Mancherlei von Ihnen profitiren, ein Rathgeber wie Sie hat mir immer auf Helgers= lund gefehlt." So zog er nach vielen Richtungen die Meinung des wirthschaftlich erfahrenen Försters ein, begleitete ihn hierhin und dorthin, unterhielt sich merk= bar außerordentlich gern mit ihm. Dabei trug sein Benehmen keinen Zug von Herablassung an sich, einem tüchtigen Mann schien er sich gleichzustellen. Es konnte vielleicht ein wenig den Eindruck erregen, als wünsche er ihn seiner Stellung auf Elenwart abwendig zu machen, um selbst ihn für sich zu gewinnen, doch aus= gesprochen war nie davon die Rede. Ebenso zeigte er sein Taktgefühl, ihm von Westerholz zu Theil gewordene gute Rathschläge und kleine Dienstleistungen nicht mit Geld zu belohnen, sondern in aufmerksamer Weise entschädigte er ihn einmal für seine Bemühungen durch das Geschenk einer hübsch gearbeiteten Doppelflinte aus der Helgerslunder Jagdgeräthsammlung. Bei der Ueberreichung sagte er: „Wenn Sie einmal Zeit haben, lieber Freund, thäten Sie mir einen Gefallen, den Zwilling am Strande zu probiren und mir einen Blaumantel damit aus der Luft herunterzupassen. Für

meine Treffkünste ist das Geschäft zu schwierig. Sie
verstehen sich jedenfalls viel besser drauf; ich möchte
mir schon lange gern eine Silbermöwe ausstopfen lassen,
um sie über meinem Schreibtisch aufzuhängen. Paßt's
Ihnen vielleicht morgen früh, so hole ich Sie mit
meinem Wagen ab."

Dieser Wunsch Brookwald's, dem zu willfahren
der Förster natürlich nicht umhin konnte, brachte mit
sich, daß der Kirchenpatronatsherr von Loagger einmal
an einem Nicht=Sonntag im Pfarrhause vorsprach. Er
äußerte auf dem Rückweg zu seinem Begleiter, daß er
nicht gut vorüberfahren könne, ohne wenigstens einen
kurzen Besuch bei dem Pastor abzuhalten, so stiegen
Beide vor der Thür Hollesen's ab. Dieser empfing
den Gutsherrn in der stets gleichmäßig von ihm be=
obachteten, förmlich gemessenen Weise; der ihm un=
bekannte Förster, der noch nie bis in's Dorf herüber=
gekommen, ward ihm vorgestellt. „Nur zu einer
Stippvisite, lieber Pastor," hatte Fritz Brookwald beim
Eintreten gesagt, doch er ließ sich nieder, erzählte vom
Zweck und gewünschten Erfolg der Ausfahrt, erkundigte
sich nach allerhand auf die Kirchenverwaltung bezüg=
lichen Dingen und vergaß darüber augenscheinlich seine
Absicht nur flüchtigen Vorkehrens. Westerholz lag noch
eine vormittägige Besichtigung ob, so daß er sich er=
laubte, einmal durch eine Bemerkung an das Vorrücken

der Zeit zu erinnern. Dazu nickte Brookwald: „Ja, wie ein Windhund rennt sie, wir wollen gleich fahren, lieber Freund, so bald als möglich," und lachend fügte er nach: „Sie scheinen auf Kohlen zu sitzen, das ist ja gerade kein übermäßig angenehmes Polster, aber es giebt auch noch schlimmere Nothlagen auf der Welt, von denen Sie in Ihrem ganzen Leben nichts kennen gelernt haben. Das ist, wenn man als Familienvater von Frau und Tochter commandirt wird und sich zu Haus nicht wieder sehen lassen darf, ohne daß man die Aufträge, die einem eingenotet worden sind, ausgerichtet hat. Da sitzt" — der Sprecher zog sein Taschentuch heraus — „ein Knoten mit einem eigenmündig zu bestellenden Gruß von meiner Frau an die Ihrige, lieber Pastor, und da einer ebenso von Anna an Ihre Bea. Ist keine von ihnen zu Haus? Wenn Sie mich heute noch wieder los werden wollen, müssen Sie mir beihelfen, daß ich mich ohne Angst vor einer gehörigen Prügelsuppe am Mittag zu Tisch setzen kann."

Christian Hollesen's Miene drückte aus, daß er kein Verständniß mit der Gewissenhaftigkeit des Gutsherrn, die ihm aufgetragenen Grüße selbst zu bestellen, verbinde, doch er schickte die Magd, nachzusehen, ob die beiden Frauen im Hause seien. Das war der Fall, und sie kamen, Mathilde Hollesen zuerst und

Zea gleich danach. Das Hereintreten der Letzteren
mußte den Förster jäh überraschen und aus abwesenden
Gedanken auffahren lassen, denn ihm ging plötzlich ein
Ruck durch den ganzen Körper und er blickte das
Mädchen mit starr aufgeweiteten Augen an. Doch
achtete Niemand im Zimmer darauf außer Fritz Brookwald, der das Gesicht nach ihm hingewandt gehalten,
sich jetzt schnell seiner Aufträge entledigte und danach
lachte: „So, lieber Westerholz, nun sollen Sie von
Ihren Kohlen loskommen, und ich will den Gäulen
ein bischen Frühstück mit der Peitschenschnur auftischen,
damit Sie Ihre verlorene Zeit wieder einbringen.
Mir wird's jetzt gottlob zu Haus auch schmecken, ein
gutes Gewissen ist der beste Koch." Er nahm Abschied,
schwang sich auf den Jagdwagen und der Förster folgte
ihm. Der Pastor sah verwundert und unwillkürlich leicht
mit dem Kopf schüttelnd dem eilig fortrollenden Gefährt
nach. Er wußte sich keinen Reim darauf zu machen,
daß der Helgerslunder Schloßherr in der That nichts
Anderes beabsichtigt habe, als die Grüße seiner Frau
und Tochter mit eigenem Munde auszurichten.

Der Wagen gerieth auf den sandigen Boden der
Haide, Dirk Westerholz saß wortlos, vor sich in die
Weite hinausblickend, so daß Brookwald, die Pferde zu
langsamerem Schritt zügelnd, fragte: „Ist Ihnen etwas
über die Leber gelaufen?"

Der Förster fuhr zusammen. „Mir? Was sollte — nichts."

„Ich glaube, Sie sind ein in Wolle gefärbter Weiberfeind, Westerholz, und maulen mit mir, daß ich Sie genöthigt habe, ein Compliment vor der Pastorin und ihrer Tochter zu machen. Freilich, krumm haben Sie den Rücken just nicht gebogen. Mir kam's vor, besonders vor der Jungen mißfiel's Ihnen gründlich, Sie machten ihr Augen, als möchten Sie sie am liebsten auffressen. Na, mich geht's nichts an, denn wie eine Vogelscheuche sieht sie doch nicht aus."

Dirk Westerholz sprach vor sich hin: „Eine unglaubliche Aehnlichkeit —"

Da er nicht fortfuhr, wiederholte der neben ihm Sitzende: „Aehnlichkeit? Mit wem?"

Nun rüttelte der Förster etwas wie einen halb abwesenden Geisteszustand von sich und entgegnete schnell:

„Mit einer Andern, die ich einmal gesehen. Der Zufall überraschte mich, wie sie plötzlich dastand. Ist das Mädchen die Tochter des Pastors?"

„Eine angenommene, oder richtiger angeschwommene." Fritz Brookwald holte hoch mit der Peitsche aus und ließ sie pfeifend auf die Pferde niederklatschen.

„Wollt ihr Satansgezücht uns hier im Sand stecken lassen? Ich hab' euch guten Hafer versprochen!"

Und er hieb wieder auf sie ein, die er eben vorher
selbst zu verlangsamtem Gang angehalten, daß sie
vorsprangen und troß dem mahlenden Sandweg hurtig
den Wagen fortrissen.

Der bewegte sich nordwärts von Loagger über
die Haide, und südlich vom Dorf ging Zea Hollesen
auf ihrem täglichen Weg. Sie hatte dies vorgehabt,
als sie zu den Gästen in die Stube ihres Vaters ge=
rufen worden, und die Zeit reichte noch hin, daß sie
zum Mittag zurückkommen konnte. Ein besonderes
Verlangen zog sie heut' nach ihrem Siß, allerdings
ohne sich mehr mit der Hoffnung zu verbinden, daß
sie dort allein sein werde. Diese wochenlang ihr von
jedem Tag erneuerte Zuversicht hatte sie allgemach
und eigentlich vollständig verloren; es lag nicht in
ihrer Kraft, Meinolf Alsleben von dem Plaß zu ver=
drängen, und ebenso wenig, ihren Gang dorthin zu
anderer Tageszeit als er anzutreten. Er mußte von
irgend einer geheimnißvollen Macht unterrichtet werden,
mit einem Kobold im Bunde stehn, der ihn immer sich
zur nämlichen Stunde mit ihr auf den Weg machen
ließ. Das war freilich eine Vorstellung, über die
verständige Leute mit Recht gelacht hätten, denn es
gab keine Kobolde, und Zea's eigene Lippen zeigten
sich auch verständig, begleiteten diese Schöpfung der
Phantasie mit einem leicht um den Mund spielenden

Lächeln. Aber ohne einen Grund konnte das Un= erklärbare sich doch nicht täglich so wiederholen, und wenn er von dem vernunftmäßigen Denken sich nicht ausfindig machen ließ, verfiel zuletzt die Einbildung auf allerhand märchenhaftes Gaukelspiel. Auch die der Dichter that's, der Elfenkönig Oberon war ja gleichfalls nichts Anderes.

Zumal jedoch heut' geschah es leicht, die Luft selbst übte eine einbildnerische Wirkung. Mit tausend kleinen zitternden Wellen flimmerte sie über der Haide hin und her, lautlos still und doch auch, wie wenn lauter goldene Fäden leis' tönend an einander schwängen. Zum ersten Mal war es heiß, nicht Frühling mehr, sondern junihaft. Aber darin lag nicht das Besondere, so ward's gegen Ende des Mai in jedem Jahr. Nur konnte das Mädchen sich nicht erinnern, daß Alles hier um sie her ihr je so märchenhaft, wie verzaubert, vor= gekommen, als sei die Haide eine große lebendige Brust der Erde, die den Athem anhaltend, auf ein mittägiges Elfenwunder warte.

Natürlich befand sich, wie stets, bei der Ankunft Zea's Niemand auf dem Platz, sie hätte auch wie immer wieder glauben können, diesen heut' allein zu behalten. Doch sie wußte, unfehlbar werde ungefähr nach einer halben Stunde plötzlich die Stimme hinter ihr aufklingen, so daß sie sich länger ihrer Einsamkeit

und Herrschaft nicht erfreuen konnte. Nur mußte sie
darauf bedacht sein, ihre gewohnte Haltung schon
daraufhin einzunehmen und zu bewahren. Die Luft
hatte heut' so sonderbar schmeichelnd Umstrickendes, als
lege sie's darauf an, die Sinne und Seele in einen
traumartigen Zustand einzuwiegen. Das durfte ihr
nicht gelingen, denn dann ward ein sichtbares Zu-
sammenfahren bei dem aufschreckenden Ton der Stimme
fast unvermeidlich, und noch nie war Zea so unverbrüch-
lich entschlossen gewesen, durch keine Regung kund zu
geben, daß etwas für ihr Gehör vorhanden sei. Grad'
heute um keinen Preis; sie wehrte Alles, was von
außen und aus ihr selbst gaukelnd an sie heran zu
kommen suchte, gewaltsam von sich ab, fast wartend,
wie die athemlose Haide. Nur nicht auf ein Elfenwunder, sondern auf den schweigsamen Wettkampf mit
ihrem Widersacher.

Und da kam's und klang's hinter ihr, so bekannt,
als ob sie's schon seit Kindertagen täglich gehört hätte:

„Wenn Du's anhören willst, setz' Dich dorthin
zu mir!"

Das war nicht aus dem „Oberon", sondern eine
Anrede, unverständlich, oder vielmehr doch nur eine
einzige Auslegung zulassend. Zea mußte einen unwillkürlichen Lachreiz bekämpfen, daß er denke, sie
auf so lächerlich einfache Weise zu einem Abweichen

von ihrer unerschütterlichen Haltung zu bringen. Er war eigentlich ein eigensinnig-ungebärdiger, drolliger großer Junge.

Doch während sie dies dachte, ereignete sich noch etwas Anderes, Unerwartetes und völlig Neues. Zum ersten Mal spielte das sich täglich Wiederholende nicht allein hinter ihrem Rücken, so daß nicht nur ihr Ohr zum Anhören genöthigt ward, sondern auch ihre Augen mußten mit daran theilnehmen. Sie hätte diese allerdings zumachen können, als ob sie schon mit ge= schlossenen Lidern gesessen habe, aber sie vergaß die Möglichkeit ganz. Denn was ihr vor den Blick gerieth, war so räthselhaft, unerwartet und unbegreiflich, daß sie nur starr darauf hinsah. Im ersten Augenblick unterschied sie seitwärtsher kaum mehr, als ein buntes Farbengemenge, wie von einer aus dem Haideboden aufwachsenden großen, fremden Blume.

Doch dann bewegte diese sich auf Füßen weiter vorwärts, jetzt an das Schillern einer grünen Eidechse erinnernd, indeß einer etwa fünf Fuß hohen, aufrecht= gehenden, die blitzende Sonnenstrahlen um sich geringelt zu haben schien. Und nun ward's deutlich zu einem weiblichen Kleid mit einem goldig flimmernden Gürtel um die Mitte, und drüber war schwarzblaues Haar, ein funkelndes Augenpaar und ein weißer Zahnglanz zwischen halblachenden Lippen. Neben dieser, wie von

einem tollen Traum herauf geborenen Erscheinung aber
ging Meinolf Alfsleben, die bisherigen Rollen des
täglichen Auftritts auf der kleinen Haideschaubühne
vertauschend, denn er benahm sich, als ob seine Augen
über den alten Stein durch leere Luft wegsähen und
er von dem Vorhandensein einer Zuschauerin gar keine
Ahnung habe. Mit der Hand deutend, sagte er:

„So setz' Dich da neben den Haidekrautbusch,"
und ließ sich, als die Angesprochene dem Geheiß nach=
kam, an ihrer Seite nieder. Dazu schlug er den „Oberon"
auf: „Gieb also gut Acht, es liest sich sehr hübsch hier"
und zugleich legte er den einen Arm um den Nacken
und die Schulter der neben ihm Sitzenden.

Das Alles war zweifellos in Wirklichkeit so ge=
schehen, nur wußte Zea Hollesen nicht, ob eine halbe
Minute oder eine Stunde darüber vergangen. Auch
was das Bild da vor ihren Augen bedeute, wußte sie
nicht, hatte überhaupt keinen Gedanken, als nur, daß
sie hier einmal gesessen und den unerschütterlichen
Vorsatz gefaßt habe, ihren Lieblingssitz zu behaupten.
Nichts auf der Erde, und wenn die Sonne herunter=
fiele, könne sie dazu bringen, durch eine Bewegung,
einen Laut kundzugeben, daß sie etwas höre oder sehe.

Plötzlich, ohne ihr Wissen, fuhr der Kopf Zea's
in die Höhe. Ihr war's, als müsse die Sonne eben
im Begriff stehen vom Himmel herunterzufallen. Das

4*

geschah auch, sie fühlte es mehr, als sie's sah, und mit einem jähen Ruck schnellte sie sich auf. So stand sie einen Augenblick, wie betäubt auf den Niedersturz wartend, dann verließ sie, langsam fortgehend, den Platz. Aber nach wenigen Schritten beschleunigte sich ihr Gang. immer rascher, zu athemlosem Laufen, als ob ein mittägiges Haidegespenst hinter ihr dreinjage.

Meinolf Alsleben sah ihr nach, bis sie von Buschwerk verdeckt ward; er hatte den Arm von der Schulter seiner Platztheilhaberin abgleiten lassen und sagte fröhlich lachenden Tons:

„Es ist heut' doch nichts mit dem Lesen, die Sonne sticht zu heiß hier. Hab' Dank für Deine gute Gesellschaft, Miriam; wenn Du öfter auf der Haide spazieren gehst, begegnen wir uns wohl einmal wieder. Sonst komme ich gelegentlich in Euren Laden, nachzusehen, ob Dein Vater den Karfunkelstein gefunden hat, von dem ich früher glaubte, er müsse ihn im Sack tragen. Es soll kein Schaden für Euch sein, daß Du mich bis hierher begleitet und die Zeit im Geschäft verloren hast. Den Weg nach Haus findest Du wohl selbst, komm' gut hin.“

Er stand auf und verschwand. Der junge adlige Herr war's, dem es Spaß gemacht, das von ihm auf der Haide angetroffene Judenmädchen bis an den Platz hier mitzunehmen, und der sich jetzt nicht mehr zu weiterer Unterhaltung mit ihr in der Laune befand. Nathan Aronsohn hatte geglaubt, es sei vielleicht der Karfunkelstein, nach dem der Junker zugreifen werde; doch schien's, Meinolf Alfsleben mache sich von jenem eine andere Vorstellung und habe die ihm passend in den Weg Gekommene nur als ein Stück buntes Glas betrachtet, sich die Dinge dadurch einmal in eine außergewöhnliche Lichtwirkung zu versetzen und es danach Nathan wieder in seinen Sack zurückzuthun. Verdutzt glimmerte Miriam ihm mit den dunklen Augensternen nach. Zwischen ihrer Hierherkunft mit ihm und seinem Weggange hatte so kurze Zeit gelegen, daß ihr nicht klar geworden, was eigentlich vorgegangen sei. Von weitem gesehen, konnte ihr blauschwarz aus dem Haidekraut abstechendes Haar den Blick täuschen, denn es glich in der Farbe genau der vom Volk „Höllennatter" genannten schwarzen Spielart der Kreuzotter. Und auch für das Ohr bot sie in der Nähe eine Aehnlichkeit, da zwischen ihren weißen Zähnen ein leis' zischender Ton hervorkam.

IX.

Zea Hollesen hatte ihr altangestammtes Recht an
den Sitz auf dem Findlingstein nicht behauptet,
sondern ihrem Widersacher den Platz überlassen.
Warum, wußte sie nicht weiter, als daß ihr's plötzlich
so gekommen sei. Oder wenigstens im Verlauf des
Tages verdeutlichte sich ihr kein Grund für dies Thun,
sie wollte auch gar nicht darüber nachdenken. Erst über
Nacht, wie's ja manchmal so geschah, bildete sich in ihr
eine Erkenntniß aus, die sie beim Aufwachen vorfand.
Es war ein eigentlich unglaublich kindisches Betreiben
gewesen, daß sie Tag für Tag auf die Haide hinaus=
gegangen, um dort unbeweglich zu sitzen und dadurch
zu beweisen, sie lasse sich nicht von junkerhafter An=
maßung verdrängen. Meinolf Alfsleben mußte täglich
innerlich über sie gelacht haben, und sogar mit vollem
Recht; ihr kam es bei der Vorstellung roth und heiß
in die Schläfen. Aber wie ein eigensinniges Kind

hatte sie sich betragen, obendrein ohne allen Zweck, denn ihr lag gar nichts an dem Platz, viele andere auf der Haide waren hübscher. Außerdem hatte die Nöthigung, das laute Lesen des „Oberon" anhören zu müssen, sie immer mehr verdrossen, es war im Grunde ein äußerst langweiliges Buch. Und dem entstammte offenbar, daß sie es plötzlich einmal nicht länger aus= gehalten, sondern davongelaufen war. So konnte sie doch dem „Oberon" in gewisser Weise dankbar sein, daß er ihr zur Vernunft zurückverholfen und sie sich außer= ordentlich befreit fühlte, sich nicht mehr auf dem täg= lichen unsinnigen Zwanggang dem Spott preisgeben zu müssen. Wie in wirklichem Sinn jetzt eben, war sie auch in übertragenem aufgewacht, aus einem wochen= langen Traumzustand, in dem sie sich so närrisch, possenhaft und unklug benommen, als ob es in ihrem Kopf nicht richtig zugegangen sei. Nun aber befand sich Alles drin wieder in verständiger Ordnung, und zum Glück hatte Niemand etwas von ihrem ab= geschmackten Trachten und Treiben bemerkt, außer Meinolf Alfsleben, aber das kam, mit der wieder= gewonnenen Vernünftigkeit angesehen, nicht in Betracht, da es keinen Menschen auf der Welt geben konnte, der ihr gleichgiltiger gewesen wäre. Und zudem war sie zum letzten Mal im Leben mit ihm zusammen= getroffen, denn wenn sie hundert Jahre alt werden

sollte, würde sie den ihr verleideten Platz nicht mehr
aufsuchen.

Dagegen kam er wohl heut' und morgen und an
jedem Tag wieder dorthin, weil der Platz ihm ja, wie
er gesagt, so besonders gefiel, und wahrscheinlich brachte
er jetzt immer seine gestrige Begleiterin mit, um ihr
aus dem „Oberon" vorzulesen. Wer das eigentlich gewesen, ging Zea gleichfalls erst nachträglich auf; es
mußte die Tochter Nathan Aronsohn's sein, die sie ab
und zu einmal, doch in den letzten Jahren wohl kaum
mehr gesehen. So groß wenigstens stand jene ihr nicht
in der Erinnerung, auch nicht so hübsch; es ließ sich
nicht leugnen, in ihrer Art sei sie es. Freilich blieb's
doch ein sonderbarer Umgang für Jemand, wie Meinolf
Alsleben, denn von dem Wieland'schen Gedicht verstand sie schwerlich etwas, und muthmaßlich machte
ihr's gar keinen Unterschied, wie es vorgelesen würde,
so, oder in anderer Weise, etwa der von Tilmar Hellbeck. Das geschah dem Lesenden dann recht; es war
Alles Einfall und Laune, gewissermaßen auch ein
kindisches Treiben bei ihm. Zea mußte einmal halb
auflachen, denn ihr kam die Vorstellung, daß er plötzlich entdeckte, Miriam habe gar nichts von Dem begriffen, was er gelesen. Das hätte er allerdings vorher
wissen können und hatte es auch gewußt, darüber konnte
kaum ein Zweifel bestehen. Es war eben nur ein

Einfall von ihm gewesen, sie mitzubringen, wie er
vorher den anderen gehabt, allein Tag um Tag nach
dem großen Stein auf der Haide herauszukommen.

Der Platz war also nicht mehr für sie vorhanden,
gleichsam von der Erde verschwunden, aber so viel
andere gab's, und nach diesen umherzusuchen, trieb es
sie heut', zugleich mit dem Verlangen, einen recht
weiten Gang zu machen. Doch nicht allein, aus zwei-
fachem Grund; sie trug zum ersten Mal eine Scheu
davor, ohne Begleitung möglicher Weise irgend Jemand
auf der Haide zu begegnen, und dann wollte sie verhüten, daß ihre Eltern sich über ihr längeres Ausbleiben beunruhigen könnten. So sprach sie am
Mittagstisch von ihrer Absicht, mit Tilmar nach einem
entfernten Ziel zum Pflanzensuchen zu gehen, und
begab sich von der Mahlzeit sofort zum Schulhause
hinüber. Das Natürlichste war's, daß er seine künftige
Frau begleitete, der Grund, weßhalb er sich dessen in
letzter Zeit enthielt, erschien ihr allzu furchtsam aus-
geklügelt und eigentlich ganz nichtig, denn zu Hause
muthmaßte offenbar Niemand das Geringste, und sie
war so gewöhnt, durch nichts eine Ahnung aufkommen
zu lassen, daß sie gar nicht daran zu denken brauchte,
sich in Acht zu nehmen. Das hielt sie auch jetzt der
Zaghaftigkeit des jungen Lehrers entgegen, beredete
den im Innersten Frohlockenden und Beglückten leicht,

nach alter Weise ihr Weggefährte zu sein. Selbstverständlich wählte sie die Richtung nördlich vom
Dorf, bog so in die Haide ein, allerdings damit in
die Gegend, vor der ihr Vater die meiste Schlangen-
besorgniß hegte. Aber Tilmar befand sich ja mit
seinem Handstock bei ihr, und außerdem ging sie nicht
barfuß, sondern in sicher schützenden Schuhen. Das
war doch ein Vortheil, der ihr aus dem Zusammentreffen mit Meinolf Alfsleben erwachsen; sie begriff
eigentlich ihre frühere Neigung und Gewöhnung, mit
bloßen Füßen zu gehen, nicht mehr. Oder wenn es
auch bequem war, mußte sie doch ihrer Mutter bei-
pflichten, daß es für eine Pastorentochter nicht recht
schicklich sei. Selbst Miriam that es nicht, hätte es
sicher nicht gethan, obwohl sich sonst keine Bildung
und kein Verständniß bei ihr erwarten ließ. Das
hatte im Grunde seine junkerhafte Geringschätzung ihr
gegenüber am deutlichsten zum Ausdruck gebracht, als
er einmal gefragt: „Warum gehst Du nicht mehr
barfuß, wie damals, als ich Dich zuerst hier traf?"
Wort für Wort lag's ihr noch im Ohr; sie war für
ihn ein Mädchen, bei dem er etwas so Unschickliches
als selbstverständlich ansah. Wahrscheinlich unterhielt
er sich deshalb lieber mit der Tochter Nathan's, weil
sie ihm nach dieser Richtung einen gebildeten Eindruck
machte. Uebrigens auch wohl, weil sie ihm jedenfalls

Antwort gab, wenn er zu ihr sprach. Dagegen war es von ihr höchst unschicklich gewesen, daß sie es ruhig zugelassen, sich nicht dagegen gewehrt hatte, wie er den Arm um ihre Schulter gelegt. Ihm konnte man's nicht so sehr verargen, da er's ja, wie Alles, nur aus Einfall und Laune, einer kindischen Narrheit gethan. Bea war beinah' überzeugt davon, er habe, gleich nach= dem sie fortgegangen, den Arm wieder von der Schulter Miriam's weggenommen.

Sie ging sehr rasch, grabaus in östlicher Richtung, so daß eine Gesprächsführung nicht möglich ward; nur wenn sie einmal anhielt, etwas vom Boden zu pflücken, konnte Tilmar kurz einige Worte mit ihr tauschen. Oder eigentlich redete er allein, von seiner Freude, wieder einmal mit ihr zu gehen, von dem Glück der Zukunft, wenn sie immer bei ihm sein werde, und sie versetzte nur ab und zu: „Ja," und schritt eilig wieder weiter. So hurtig einmal, daß er, um sie neben sich zurückzuhalten, mit dem Arm ihr leicht um die Schulter faßte, doch sie bog sich mit einem hastigen Ruck unter seiner Hand weg und sagte danach erklärend: „Es ist so heiß heute, nur das Kleid schon drückt fast zu schwer." Heiße Sonnenluft lag freilich über der Haide, doch zugleich auch eine trotz offenen Augen die Sinne halbverworren und traumhaft umgaukelnde, und Bea war's schreckhaft gewesen, nicht Tilmar, sondern Meinolf Alfsleben gehe neben ihr und lege den Arm um sie.

Und noch einmal kam's ihr so, denn sie geriethen an eine sumpfige Stelle, vor der ihr Begleiter sich bückte und sagte: „Du kannst hier nicht durchkommen, ich will Dich hinüber tragen." Aber eh' er sie auf= zuheben vermochte, stieß sie aus: „Nein, ich gehe herum!" und sie lief rasch am Rand des Bruchs ent= lang. Dann besann sie sich zwar, daß es Tilmar ge= wesen sei, der sie schon manchmal aus dem Boot über das seichte Wasser an's Land getragen, aber das schien ihr unendlich weit hinter ihr zu liegen, und ihr war's als gehöre das eigentlich ebenfalls zu den Dingen, von denen sie früher nicht gewußt, daß sie nicht schicklich seien. Wenigstens wäre es ihr unerhört vorgekommen, wenn Meinolf Alfsleben Miriam so hätte auf die Arme heben und tragen wollen. Doch das hätte er auch nicht gethan, so weit gingen seine Einfälle und Launen nicht, wenn sie sich vielleicht auch nicht dagegen gewehrt haben würde. Aber darin war Zea ihr wieder an Schicklichkeitsgefühl voraus, um keinen Preis ließe sie sich von ihm tragen, und es war auch undenkbar, daß er es thun solle, so sehr mißachtete er sie doch nicht. Denn bei all' seinem anmaßenden und herrischen Benehmen war auch etwas Zaghaftes in ihm, das sich zwar nicht hören und sehen, nur empfinden ließ, und nur von ganz anderer Art, als bei Tilmar; für den Unterschied gab's in der Sprache, selbst im Denken keine Worte. Und das wußte sie auch von ihm, er würde sie noch viel geringer schätzen, falls er erführe, sie lasse sich von Jemanden auf die Arme nehmen und tragen, selbst wenn er wüßte, daß der es thue, dessen Frau sie künftig werde.

Gedanken und Vorstellungen waren's, die sich ihr beim Umgehen der feuchtbrüchigen Stelle, unwillkürlich Eins aus dem Andern entspringend, durch den Kopf drängten; dann traf sie mit dem jungen Lehrer, der grabaus fortgeschritten, wieder zusammen und sagte: „Es war zu weit, ich wäre Dir zu schwer geworden." Er erwiderte: „Nein, gewiß nicht — eher zu kurz —" doch abbrechend fügte er schnell hinterdrein: „Wohin willst Du eigentlich, Zea?"

Sie hob den Kopf und blickte vor sich auf. „Weiter!" und sie ging schon wieder grabaus vor= wärts; wohin sie wollte, kam ihr selbst nicht zu deut= lichem Bewußtwerden. Doch dämmerte es ihr allmählich mehr und mehr auf, wie sie sich nun dem im Osten die Haide begrenzenden Waldrand so stark näherten, daß seine einzelnen Bäume nach ihren Blättern unter= scheidbar wurden, und dann standen sie unter dem überhängenden Gezweig. Tilmar Hellbeck sagte mit etwas angestrengt Athem schöpfender Brust: „Ich

glaube, schneller als wir kommt am Sonntag der
Wagen auch nicht nach Helgerslund."

Zea wiederholte: „Nach Helgerslund?" und sie
sah um sich. Dann setzte sie hinzu: „Ja, wir müssen
nicht weit mehr davon sein. Und während sie's sprach,
stand's auf einmal klar vor ihr, wohin es sie heut'
gezogen und weshalb sie so rasch gegangen. Wie schon
früher, mußte ihr die letzte Nacht im Schlaf das Verlangen wieder erneuert haben, die Nachtigall im Helgerslunder Park schlagen zu hören; das war's, hatte sie die
Richtung hierher wählen und so hurtig eilen lassen.
Träume, von denen man selbst nicht wußte, konnten
ja eine wunderliche Macht ausüben, doch ließ sich's
nicht erklären, Tilmar hätte es sicherlich nicht verstanden und wohl darüber gelacht, sie sah einen Augenblick ungewiß an ihm vorbei, dann sprach sie rasch:
„Da ich einmal hier bin, wär's unfreundlich, wenn
ich umkehrte, ohne Unna die Hand zu geben. Sie
bittet mich so oft, zu ihr zu kommen — wir sind so
schnell gegangen, ich mag's Dir nicht zumuthen, noch
weiter — Du wirst Dich lieber etwas ausruhen wollen,
es ist hier ja auch schön dazu. Ich gehe nur, ihr guten
Tag zu sagen, und komme gleich zurück und treffe Dich
wieder hier."

Ein bißchen stockend hatte sie's gesprochen; es
war besser, daß er sie nicht bis zum Schloß begleitete,

ihr fiel ein, Unna fand so leicht etwas komisch und
lächerlich an ihm. Das mochte er selbst auch schon
empfunden haben, denn er versetzte, ob auch hörbar
selbst für die kurze Zeit sich sehr wider seinen Wunsch
von ihr trennend: „Nein — wenn Du meinst, daß
Du's so mußt — ich kenne die Herrschaften ja nicht
und bleibe lieber hier. Aber komm' recht bald wieder
und denke an mich, daß ich auf Dich warte und immer
glaube, ich höre Deinen Schritt."

„Gewiß — längstens in einer halben Stunde,
mehr als zehn Minuten noch kann's bis zum Hause
nicht sein."

Zea trat schnell weglos zwischen den Stämmen
durch in den Waldgürtel hinein. Die große Koppel
mit der Viehherde und dem Stier, vor dem ihr Vater
Besorgniß hegte, mußte weiter nach rechts liegen, so
daß sie nicht darüber fortzugehen brauchte. Jedenfalls
konnte sie sich rechtzeitig hüten und war selbst ohne
welche Furcht; wahrscheinlich verhielt es sich mit dem
bösen Stier nicht schlimmer, als mit den Ottern. Der
Gedanke rührte sie auch nur flüchtig an, ein anderer
verdrängte ihn gleich oder eigentlich ein ihr im Ohr
nachhallender Klang, der Ton, mit dem Tilmar das
Wort „die Herrschaften" gesprochen. Darin lag etwas
von Dem, was Unna zum Lachen über ihn reizte, Zea
selbst fühlte eine Anwandlung dazu. So, sich tief

unterordnend und demüthig hatte es geklungen; im Grunde war's nicht zum Lachen, sondern traurig, wenn ein Mensch sich als etwas derartig niedrig unter anderen Stehendes empfand. Aber freilich sprach eine gewisse richtige Selbsterkenntniß und Schätzung heraus — nicht weil er ein armer Dorfschullehrer war — doch weil er in seinen Kenntnissen, seiner Bildung und auch in seiner äußerlichen unsicheren Art, sich zu be= nehmen, Anderen so nachstand. Ueber Meinolf Als= leben lachte Unna Brookwald wahrscheinlich nie oder wenigstens nicht aus solchen Gründen. Aendern ließ sich jedoch nichts mehr daran; wie ein Mensch in der Kindheit einmal geworden, so war er und blieb er natürlich auch sein Leben lang.

Kurz hielt Zea dann und wann den Fuß an und horchte. Doch umsonst, nur verschiedene andere Vogel= stimmen klangen über ihr aus dem Buchenlaub, kein Nachtigallgesang, den zu hören sie hier ging; bis zum Schloß wollte sie gar nicht. Sie hatte es nur bei Tilmar vorgeschützt, allerdings nicht ganz der Wahrheit gemäß, oder richtiger ihm ihren wirklichen Wunsch ver= schwiegen. Aber das ließ sich nicht anders machen, wenn Jemand das Verständniß für etwas abging, und Schweigen war nicht Lügen. Auch von ihrem täglichen Gang nach dem Findlingstein hatte sie ihm und ebenso zu Hause nicht gesprochen, denn was sie dazu veranlaßt, hätte Niemand begreifen können, als sie; es gab eben Dinge, die man für sich allein behalten mußte, wenigstens so lange man nicht deshalb befragt wurde. Und wie gut, daß sie's gethan, denn wie würden sonst Alle sie wegen ihres kindischen Betragens ausgelacht haben, so wie Unna über Tilmar lachte.

Zea war auf einen Waldpfad gekommen, dem sie nachfolgte, der nun in einen breiteren Weg mündete. Beim Hinaustreten auf diesen fuhr sie indeß ein wenig zusammen; seitwärts her tönte ein schon naher Fußtritt, und unerwartet stand sie gleich darauf Herrn von Brookwald gegenüber. Durch seine Augen ging ein Stutzen, als ob er sie nicht sofort erkenne, doch dann lachte er:

„Du bist's — wahrhaftig und leibhaftig — fliegen die Möwen 'mal landein? Darauf ließ sich kaum hoffen, die gebratenen Tauben sind rar in der Luft. Na, das ist ja nett von Dir und wird Unna freuen. Hoffentlich hast Du Dich für länger eingerichtet, bei uns zu bleiben, jedenfalls über Nacht. Kriegst Du Heimwehgrimmen, kannst Du aus Deiner Stube den Thurm von Loagger und dahinter die See angucken, höher oben ist die Aussicht natürlich noch schöner. So lustige, junge Gesellschaft hab' ich gern hier, jachtert und krächt nur wie die Puten mit einander herum, mir wird's nicht zu viel."

Da konnte Zea also nicht zurück, sondern mußte in der That mit zum Schloß, das auch schon an der nächsten Wegecke nah' zum Vorschein gerieth. Fritz Brookwald rief nach seiner Tochter; sie kam und warf fröhlich überrascht der unverhofften Besucherin die Arme um den Hals. Ihr Vater sagte, davongehend: „Nun hast Du sie, halt' sie und laß sie nicht los! Matronen seid Ihr alle Beide just noch nicht, aber so jung kommt Ihr doch nicht wieder zusammen. Das war ein guter Einfall von Dir, Zea — werd' mir die Ehre geben, mein Fräulein, Sie heut' Abend feierlich zu Tisch zu führen — Thun Euer Gnaden ganz, als ob Helgerslund Ihnen gehörte! Ich bin jetzt wohl überflüssig im Taubenschlag; so zwei Gelbschnäbel gurren lieber mit einander allein."

Das war Herrn von Brookwald's spaßige Art, Zea nicht grade angenehm, doch von Kindheit auf bekannt. Die Mädchen blieben selbander zurück und setzten sich auf eine Schattenbank; Unna ließ den Arm nicht vom Nacken der Freundin, zeigte sich überaus glücklich und zärtlich. Sie war ein großes Kind mit plappernder Zunge und Augen, in denen man bis auf den Grund hinuntersah, wie bei einem klaren Quellwasser. Die Nöthigung, wirklich den Besuch hier zu machen, hatte im Anfang Zea nicht angenehm überrascht, doch sie fand sich jetzt darin, ja freute sich fast, daß es so geschehen sei. Tilmar wartete ja auch gern ein paar Minuten länger am Waldrand, von dem der Blick so schön über die Haide ging; ihr kam der Gedanke, ob man von dort aus die Birken über ihrem früheren Lieblingsplatz sehen könne. Nein, das war wohl zu weit, und menschliche Gestalten jedenfalls auch nicht. Ob Meinolf Alfsleben eigentlich erwartet hatte, sie werde heut', wie bisher an jedem Tag, wieder dorthin gehen? Nein, das hatte er wohl nicht und vermuthlich kam er zum ersten Mal ebenfalls nicht, denn sein Aufenthalt drüben hätte ja den Zweck verfehlt. So begab er sich wahrscheinlich heute anders wohin, um seine müßige Zeit los zu werden.

Neben ihr plauderte, auch einem plätschernden Quell ähnlich, Unna ohne Unterlaß; Zea richtete plötzlich einmal den Kopf auf und fragte: „Ist's Dir so lieb, daß ich hier bin?"

„Das weißt Du doch."

„Ja, weil Du immer so allein bist. Hast Du denn nie andern Besuch?"

„Nein, wenigstens keinen, der mir wirklich Freude macht. Nur Meinolf kommt in den letzten Wochen zuweilen — Meinolf Alfsleben von Ekenwart — weil sein Vater sich wieder mit meiner Mama befreundet hat. Du, der ist gar nicht so schlimm mehr, wie früher — im Gegentheil, ich wollte eher, er wär'

ein bißchen wilder und ausgelassener, daß man einmal
mit ihm herumjagen und etwas Vergnügtes mit ihm
treiben könnte, Fangen oder Verstecken oder sonst was.
Aber er sitzt bloß immer langweilig da, man kann sich
nicht vorstellen, daß man Angst vor ihm gehabt, er
könne einen wieder in den Teich stoßen. Ich kriege
jedesmal förmlich beinahe einen Schreck, wenn ich ihn
ankommen sehe — da kommt er ja!"

Unna flog jählings vom Sitz auf, einem lupus
ex fabula gleich trat der Beredete in nicht weiter
Entfernung um eine Gebüschwand hervor. Das war
ein merkwürdiger Zufall, aber es gab doch noch Merk-
würdigeres. Denn in diesem Augenblick entsann Zea
sich plötzlich, daß sie in der letzten Nacht auch geträumt
habe, Meinolf Alßleben komme heute nach Helgersslund,
um Unna zu besuchen. Nur war ihr die Erinnerung
daran überdämmert gewesen, kam ihr aber jetzt auf's
Deutlichste zurück, weil sie ihn genau so über den
sonnigen Platz vor'm Schloß herankommen gesehen hatte.

Unna lief ihm entgegen und rief: „Das ist hübsch,
daß Du kommst, Meinolf, und trifft sich so gut. Zea
ist auch hier — Du kennst doch Zea Hollesen noch? —
Da sind wir einmal zu Dritt und können mit einander
Spiel und Spaß treiben."

Nein, er kannte Zea Hollesen offenbar nicht mehr.
Mit dem Munde verneinte er's zwar nicht, doch er

verbeugte sich leicht, hübsch und höflich vor ihr, als
vor einer Fremden und stellte ihr anheim, sich zu
benehmen, wie sie wolle. Das war zugleich heraus=
fordernd und hinterhältisch berechnend von ihm, das
Abscheulichste, was er überhaupt thun konnte. Die
erste Regung trieb sie, nicht auf seine Begrüßung zu
erwidern, sondern sich wie gestern umzudrehen und
fortzugehn. Doch stand er augenblicklich ja nicht mit
Miriam vor ihr, sondern mit Unna, und um dieser
willen durfte sie sich wohl nicht so unhöflich betragen;
außerdem kam er hierher nicht, um sie in ihrem Recht
zu kränken, kein Einfall, der Zufall brachte ihn, und
obendrein hätte sie ja wissen oder wenigstens vermuthen
können, daß sie hier mit ihm zusammentreffen werde.
Es war ihr auch lieber, daß er that, als ob sie ihm
wildfremd wäre und also mit Unna nicht von seinem
täglichen kindischen Treiben auf der Haide gesprochen
hatte; das Boshafte lag hauptsächlich in seiner harm=
losen, leichtgewandten Verbeugung. Denn er wußte
oder dachte jedenfalls, sie werde sich nicht darauf ver=
stehen, ihm ebenso zu entgegnen, vielmehr sich linkisch=
unbeholfen wie ein Bauernmädchen benehmen und
lächerlich machen. Und das setzte er allerdings ja
auch ganz mit Recht voraus, sie hatte es nicht gelernt
und sich in ihrem Leben noch nicht wie eine Dame
verneigt. Aber sie fühlte, grade seine Heimtücke lehrte

sich gegen ihn und leistete ihr Beistand, denn zugleich
kam ihr die Ueberzeugung, er sei doch nicht durch
einen Zufall grad' um diese Stunde hergeführt, sondern
habe sich wieder von irgend einem Kobold unterrichten
lassen, daß sie hierher gegangen sei. Und da war's
begreiflich, daß er sich ebenfalls einstellte, sich an dem
gestern über sie errungenen Sieg zu weiden. In seinen
Augen drückte sich dieser Triumph natürlich nicht aus,
die sahen ganz gleichgiltig drein, doch innerlich war er
voll von frohlockendem Uebermuth, daß sie so einfältig
gewesen und er gestern seinen Zweck so erreicht habe.
Das Alles drängte sich Zea in einem Augenblick zusammen, kam ihr zu Hilfe — zum Glück war sie ja
auch ein wenig darauf vorbereitet — und ohne unbeholfen zu zaubern, erwiderte sie auf seinen stummen
Gruß ebenso höflich mit einer stummen leichten Ver-
neigung. Gar nicht wie eine Dame, aber so voll-
kommen mit natürlicher Mädchenanmuth, wie sie nicht
erlernt werden, sondern nur angeboren vorhanden sein
konnte. Und selbstverständlich ebenfalls wie einem
Fremden gegenüber, den sie zum ersten Mal sehe, oder
an den sie sich höchstens bei der Nennung seines
Namens dunkel aus längst vergangener Zeit erinnere.

Nicht zu erwarten war's, daß er sie anreden, sich
überhaupt weiter um sie bekümmern werde; sie fühlte
sich darin ganz sicher, und ihre Zuversicht bewährte

sich auch durchaus. Er that, als ob sie gar nicht
vorhanden sei, sprach nur mit Unna, doch mit dieser
so spaßlustig und übermüthig, daß ihre Beschwerde
über ihn, er sei ihr zu langweilig und nicht mehr aus-
gelassen genug, sich nicht recht begreifen ließ. Allerdings erweckte er nicht mehr den Verdacht, er könne
sie in ungebärdiger Wildheit blindlings in's Wasser
stoßen, aber er scheute sich keineswegs, ab und zu
handgreiflich an ihr zu werden, sie ein Stück am Arm
mitzuziehen, ihr etwas abzuringen, wonach sie mit der
Hand faßte. Das belustigte sie, und sie war augenscheinlich heut' ganz mit ihm zufrieden; er benahm sich
gegen sie wie ein großer Bruder, neckend und dann
und wann gewaltthätig, aber doch immer Rücksicht
darauf nehmend, daß sie ein Mädchen sei. Sie kannten
sich ja auch von kleinauf und Unna war gleichen
Standes mit ihm, das ließ ihn seinem Wesen freien
Lauf lassen. Dazwischen erzählte er ihr außerordentlich lebendig allerhand Geschichten aus seiner Schul-
und Universitätszeit, die sie offenbar zum ersten Mal
hörte, denn sie fragte bald dies, bald das; er mußte
heut' besonders aufgeräumt und mittheilungslustig sein.
„Und willst Du denn nun immer hier bleiben?“ fragte
sie einmal. Er antwortete lachend: „Meinst Du hier
auf Helgerslund?“ — „Du verdrehst Einem immer die
Worte im Mund; auf Ekenwart meine ich natürlich.“ —

„Wenn Du machen kannst, daß es immer Sommer bleibt, dann geht sich's nämlich hier viel angenehmer in Wald und Feld herum, als zwischen den Stadt=häusern in's Colleg hinein. Von der Rechthaberei habe ich auch vorderhand genug." — Unna fiel ein: „Du? Das sieht Dir gleich, es giebt ja gar keinen Zweiten, der so dazu geboren ist. Oder meinst Du vielleicht Rechtswissenschaft?" — „Ich meine Dir gegenüber gar nichts, aber mein Vater, glaube ich, meint, es wäre künftig ganz nützlich für mich, wenn ich Weizen von Roggen unterscheiden könnte, überhaupt nützliches Kraut von Unkraut. Kannst Du's viel=leicht?" — „Ja, Unkraut will ich Dir schon zeigen; Ihr habt doch wohl einen Spiegel auf Elenwart? Da komm' ich nächstens einmal und gebe Dir eine Lehr=stunde. Uebrigens kann Zea uns am besten dabei helfen, die versteht sich viel mehr, als ich, auf Pflanzen. — Du, ich glaube, meinen Namen vergißt Du näch=stens auch. Bewahr' einen Gott vor solchem Heu=hüpfer im Kopf!"

Zea mußte den Kopf seitwärts drehen, sich die Zähne auf die Lippen pressen. Ein Heuhüpfer im Kopf' — das hatte Unna vorzüglich ausgedrückt, besser konnte man's nicht sagen. Ein so närrisches Insect war's; nun schnellte es sich auf und verschwand, aber da kam's schon wieder, um auf's Neue ebenso wegzu=

huſchen, immer fort und immer doch wieder mit einem
plötzlichen Sprung auftauchend und zeigend, daß es da
ſei. Oder noch richtiger traf's zu, als ſei der Mund
Meinolf Alfsleben's ein Stückchen Bodengrund, auf
dem unſichtbar ein ganzer Schwarm von Heuhüpfern
hocke und auf etwas in ſeine Nähe Gerathendes lauere,
um auf einmal in die Höh' zu ſchwirren, daß es förm=
lich wirbelig machte, all' das hurtige unkluge Gehüpf
aufzufaſſen, und daß es wirklich ſchwer fiel, ein Lachen
dabei zu verbeißen. Zea kannte derartige Stellen auf
der Haide, die Sonne lag immer ſo recht voll und
warm über ihnen, und ihr war's vor den Augen, als
ſehe ſie auf einen ſolchen hin. Das war allerdings
nur eine Einbildungstäuſchung, die auch raſch verging
und ſie in der beſonnten Fläche vor ihr wieder einen
Parkplatz von Helgerslund erkennen ließ. Und halb
kam ihr dabei auch, an ihm ſei etwas anders, als
vorher, wie ſie mit Unna hierher gegangen. Die Baum=
ſchatten machten's, hatten ſich verändert, fielen länger
herüber: ſie mußte wohl ſchon ziemlich lange auf der
Bank geſeſſen haben. Auch hörte ſie Unna jetzt einmal
rufen:

„Wollen wir denn immerzu ſtillſitzen? Wir ſollten
doch etwas ſpielen, wobei man laufen kann, Kriegen
oder Verſteck." Und danach hörte Zea eine andere
Stimme ſprechen:

„Sind Sie's, lieber Meinolf? Das ist ja hübsch,
daß Sie den jungen Mädchen Gesellschaft leisten, Ihr
Vater, glaube ich, macht einen Spaziergang mit meiner
Frau. Ja, Versteckspielen, wer das noch auf so flinken
Beinen mitmachen könnte, aber wenn die Gäule zu
Jahren kommen, kriegen sie den Spat und werden
kreuzlahm. Das ist auch ein Kreuz, aber ein Schock-
schwerenoth hängt dran."

Der Sprecher mußte Herr von Brookwald sein,
der wohl grab' vorbeigekommen und den Ausruf seiner
Tochter gehört hatte. Doch für gewiß hätte Zea es
nicht sagen können; sie verstand zwar die Worte, aber
als wären sie nicht in der Nähe gesprochen, sondern
klängen von irgendwo aus der Ferne her. Ihr war's
als trüge sie ein schalldämpfendes Tuch über die Ohren
geknöpft, überhaupt, wie wenn ihr ganzer Kopf mit
einem schleierartigen Stoff umwickelt sei und auch die
Gedanken darin mit. Von dem schnellen Gehn und
der heißen Sonne auf der Haide rührte es wohl her,
das machte sich nachträglich geltend. Sie hörte Unna
wieder rufen: „Ich will zuerst suchen! Da, an der
Linde ist . das Mal, versteckt Euch!" und sie begriff
Alles, auch daß sie natürlich mitspielen mußte, und
handelte danach, aber sie hatte kein rechtes Bewußtsein
von dem, was sie that. Für Augenblicke, wenn sie
wollte, sah sie ganz scharf, jetzt, nach welcher Richtung

Meinolf Alfsleben sich fortbegab, und sie ging schnell
in die entgegengesetzte. Doch dann lag der Schleier
ihr wieder um die Sinne; in ihrem Buschversteck hörte
sie das Zählen Unna's bis hundert, danach ward's
still, so lautlos, daß sie das Klopfen ihres Herzschlags
vernahm. Das sich Verborgenhalten, die Erwartung,
ein leises Blätterrascheln hatten etwas Aufregendes, sie
war nicht an solches Spielbetreiben gewöhnt. Und
dann auf einmal Geschrei und Gelächter; Unna hatte
sie doch an ihrem Kleid entdeckt, flog zum Baumstamm
zurück und meldete ihren Namen dran ab. Nun mußte
Zea sich die Augen zuhalten, zählen und suchen, natür=
lich nur nach Unna, denn Meinolf Alfsleben spielte
für sie gar nicht mit, war ihr hier ebenso wenig vor=
handen, wie am Findlingstein auf der Haide; auch
wenn sie ihn gefunden, hätte sie selbstverständlich nichts
von ihm gesehn, seinen Namen nicht abgemeldet. Aber
mit Unna so zu spielen und um die Wette zu laufen,
war hübsch, brachte in Eifer, sie flog wie ein Vogel
zur Linde, einem großen Goldpirol ähnlich, denn das
Haar ging ihr auf, ohne daß sie's merkte. Meinolf
hielt sich so gut versteckt oder lief so schnell, daß Unna
ihn nie branbrachte; die beiden Mädchen mußten immer
mit Suchen abwechseln. Einmal kam Zea, wohl wieder
von einem verlängerten Baumschatten her, plötzlich in
Erinnerung, daß Tilmar drüben am Waldrand auf sie

warte. Aber das that er wohl nicht, er hatte gewiß
bemerkt, daß sie genöthigt worden sei, länger zu bleiben,
und war vorauf nach Loagger zurückgegangen. Sie
hatte doch Unna nicht die seltene Freude verderben und
um seinetwillen gleich wieder fortgehen können; das
wäre unfreundlich und rücksichtslos gewesen. Und
Tilmar war ja so geduldig-sanftmüthig, ward durch
nichts aufgebracht, sondern sah immer das Richtige ein,
so daß man bei ihm nicht daran zu denken und sich
zu fürchten brauchte, er könne deswegen erzürnt werden
oder gar, wie vielleicht ein andrer, weniger Vernünftiger,
außer sich gerathen und Gott möge wissen, was für
kindisch unkluge Dinge anstellen.

Darüber weiter zu denken, war ihr nicht möglich,
denn Unna hatte jetzt doch einmal Meinolf Alfsleben
angeschlagen! Zum ersten Mal trat er an die Linde,
um zu zählen, und Zea mußte nach einem Versteckplatz
suchen. Sie lief hastig davon; warum, wußte sie nicht
zu sagen, aber in ihr war plötzlich die Ueberzeugung,
er werde es darauf anlegen, sie zu finden. Nicht um
sie dann abzumelden — das war nicht seine Absicht —
sondern nur, ihr zu zeigen, daß er sie sehe, und danach
gleichgültig weiter zu gehen und Unna zu suchen. Den
neuen Triumph aber sollte er nicht haben, um keinen
Preis wollte sie sich finden lassen, mußte sich anderswo
als bisher, besser, ganz sicher verstecken. Mit dem

Trieb nahm sie nicht die Richtung in den Park hinein, lief dem Schloß zu und um dies herum. Ein bedacht= loses Thun indeß war's, denn der Schatten der Haus= wand konnte ihr nicht nützen, und sonst gab's hier keinen Unterschlupf. Außerdem sah sie auch grad' jetzt Alles nur so undeutlich; sie kam an irgend Jemand vorbei, doch ohne zu erkennen, wer es sei. Nur hörte sie, daß er etwas sagte, sie wisse wohl nicht, wo sie sich verstecken solle, und halb athemlos antwortete sie: „Nein — wohin kann ich denn?"

„Ja, hier ist nichts als die Thür," hieß es. Damit war der Sprecher wohl fortgegangen, denn die Stimme klang nicht mehr weiter. Sollte sie dem Rath folgen, durch die Thür in's Schloß hinein? Drinnen war ihr Alles fremd — sie konnte auch doch nicht in ein Zimmer stürzen — und auf dem Flur wurde sie jeden= falls gefunden. Aus der Ferne vernahm sie Meinolf Alßleben's Hundert=Rufen, er hatte offenbar absichtlich blitzschnell gezählt, wahrscheinlich dazu noch durch Aus= lassung gemogelt, das sah seiner Heimtücke ähnlich. Ihr stieg eine Angst zu Kopf, als ob es sich um Leben oder Tod handle; das riß ihr wohl den Schleier von den Augen, sie sah und unterschied plötzlich dicht vor sich unter altem Epheugerank eine andere kleine Thür, flog darauf zu. Kein Drücker befand sich daran, sie schien verschlossen, und dann war die Hülfesuchende rettungslos verloren; sie glaubte, schon einen raschen Fußtritt von der Rückseite des Hauses herankommen zu hören. Doch nein — welches Glück vom Himmel! — die Thür gab auf Druck heiserknarrend nach), und Zea schoß in das aufgefundene Versteck.

Eigentlich unnöthig schien sie sich so geängstigt zu haben, denn aus einem mattgrünen Dämmerlicht ihres Schlupfwinkels vernahm sie bald von drübenher ein lachendes Gelärm, daß Unna entdeckt und angeschlagen worden sei. Dann ward's wieder still, als ob Meinolf Alfsleben weiter suche. Doch danach klang ein Ruf: „Zea! Komm nur! Ich bin's, wir fangen nun an!"

Zweifellos bekümmerte er sich gar nicht um sie, suchte nicht mehr, sie war ja auch nicht für ihn vorhanden. Vor dem Spielanfang hatte er sich ja nicht einmal recht an ihren Namen erinnert.

„Zea! Zea!"

Näher kam's, nun um's Haus her. Zwei Stimmen tönten durcheinander. Die Unna's sagte: „Wo kann sie nur stecken?" und lachend antwortete die andere: „Das mag der blaue Himmel wissen! Vielleicht ist sie bis auf die Haide hinaus."

„Zea! halt' doch das Spiel nicht auf!"

Das klang ganz nahe, doch plötzlich hinterbrein:

„Die Thurmthür klafft ja und ist offen. Was ist das? Um Gotteswillen, sie wird doch nicht —"

Erschrocken fuhr's heraus; Meinolf Alsleben fragte: „Was hast Du denn?"

„Ach, die alte Treppe in dem Thurm ist lebens= gefährlich und kann zusammenbrechen; die Thür ist darum schon so lang' ich denken kann, zugeschlossen. Ich begreife nicht, wie sie — aber Zea wird ja auch nicht —"

Unna lief trotzdem auf den Thurm zu, stieß die angelehnte Thür auf und rief: „Zea!" Unbemerkt tauchte hinter dem Rücken der Beiden noch Jemand auf; Tilmar Hellbeck war nicht, des Wartens über= drüssig, nach Loagger zurück=, sondern von Unruhe getrieben, Zea nachgegangen. Doch vor dem Schloß hatte er sich bescheiden in einem Gebüsch verborgen gehalten, er gehörte nicht hierher, in die vornehme Gesellschaft, harrte geduldig auf die Beendigung des Spiels, dann unbemerkt wieder fortzugehen, und am Waldrand mit Zea zusammenzutreffen. Aber er ver= stand, was Unna erschreckt sprach, das ließ ihn seine Vorsicht und Absicht vergessen, blaßgewordenen Ge= sichts, fast ohne Wissen eilte er aus dem Buschwerk hervor.

Aus dem Innern des Thurmes kam keine Ant= wort, doch trotzdem zeigte das sich umwendende Gesicht Unna's noch größere Bestürzung. Ein leises Geräusch, wie von einem drinnen im Dämmerdunkel aufwärts

huschenden Fuß war ihr an's Ohr gekommen. Meinolf
sprang auf sie zu und griff nach ihrem Arm: „Was —
was? — Sie ist doch drin — will sich nicht finden
lassen —"

Unna stieß voll Angst hinterdrein: „Zea! Zea!
Komm' herunter! Die Treppe bricht mit Dir!"

Tilmar Hellbeck lief jetzt heran, doch vor ihm warf
Meinolf Alßleben Unna bei Seite und schoß an ihr
vorbei in den Thurm. Er sah nichts, hörte nur ein
Knarren und Knacken über sich vom Gebälk einer mit
den letzten Stufen matt erkennbar vor ihm ansteigen=
den Wendeltreppe. Gegen ihre Mitte zu ungefähr lief
Zea aufwärts. Was sie wollte, wußte sie nicht — nur
sich nicht finden lassen — droben sei eine so schöne
Aussicht, bis auf die See, hatte Jemand gesagt. Sie
stieg mit geschlossenen Augen, vor denen ihr lauter
buntfarbige Lichterscheinungen durcheinander gingen,
und ebenso kreiste ihr's im Kopf. Doch hörte und be=
griff sie den Schreckensruf Unna's, die Treppe breche
mit ihr. Das that ja auch nichts, dann war's freilich
mit dem Spiel vorbei — aber besser, als daß sie ge=
funden werde —

Meinolf Alßleben schnellte sich in der That über
die Stufen auf wie ein riesiger Heuhüpfer, doch er
betrug sich wie ein Bär, und rücksichtslose Bärenstärke
anwendend, griffen seine Hände zu. Unna brach ein

Schrei vom Mund: „Der ganze Thurm stürzt ein!"
Ein Krachen, Poltern, Prasseln schien's zu bestätigen.
Aber nur die Treppe war's und durch das Getöse des
Niederbruch's von Balken und Steinen sprang mit
einem Satz wohl über das letzte halbe Dutzend ihrer
Stufen etwas Großes, Doppeltes zur Thüröffnung
herunter, in's Freie heraus. Wie ein gewichtloses Kind
hielt Meinolf Alfsleben Zea Hollesen auf den Armen,
mit ihnen umschnürt und umklammert, ähnlich als
halte er ein unvernünftiges Lamm, das er aus einem
brennenden Stall geholt und von dessen Unverstand zu
befürchten sei, es könne sich losreißen und wieder in's
Feuer hineinlaufen. So trug er sie noch eine Strecke
weit fort, ehe er sie in Freiheit und auf die Füße
niederließ; der erste Anblick beruhigte drüber, daß sie
schwere Verletzung erlitten haben könne. Ein halbes
Wunder freilich schien's, wie Beide so davon gekommen,
nur die Haare und Kleider des Mädchens waren, wie
seine gleicherweise, grau und dick mit heruntergeregnetem
Mörtelstaub überdeckt. Der dröhnende Lärm und
Unna's Schreien hatte Gutsknechte und Mägde herbei=
laufen lassen, auch Fritz Brookwald kam aus der Schloß=
thür gestürzt und rief, Meinolf, der das Mädchen noch
nicht zu Boden gesetzt, mit dem Blick überfliegend:
„Was giebt's denn? Herr Gott — was ist — ist sie —
ist sie todt?"

„Nein — Unkraut vergeht nicht — mich mein'
ich natürlich" — Meinolf Alsleben lachte hell hinter=
drein — „nur gepuderte Frisur hat's gegeben, wie
zum Comödiespielen. Der Friseur drinnen war etwas
zu freigebig damit, die Augen haben auch noch mit
abbekommen."

Er rieb sich aus den Liedern den Staub und
schüttelte ihn vom Haar; mechanisch that Zea das
Gleiche, während Unna eilfertig ihrem Vater Aufschluß
gab, was vorgefallen nnd wie es geschehen sei. Noch
schreckzitternd schloß sie den kurzen Bericht: „Ich be=
greife nicht, daß die Thurmthür offen gewesen."

„Was?" Fritz Brookwald fuhr wild auf — „Die
Thür offen? Welcher Hundsfott" — er drehte sich zorn=
weißen Blicks gegen die Knechte um — „hat drin etwas
zu suchen gehabt? Natürlich wieder irgend eine
Lumperei, und Keiner ist's gewesen! Aber das werd'
ich schon herausbringen, nachher, und der soll mir —
armes Kind, Du bist gottlob gut mit einem blauen
Auge davongekommen."

Er trat zu Zea hin, die wortlos vor sich hinaus=
blickend dastand, als ob sie aus einer über sie ge=
rathenen Sinnbetäubung erst allmählich zu sich komme.
Sie sah Meinolf Alsleben jetzt neben Unna stehn und
hörte ihn sagen: „Hast Du Angst gehabt? Wer er=

schrickt denn wegen solcher Kleinigkeit? Das war bloß ein Spaß!" Unna griff mit der Hand nach seinem Arm: „Die Steine hätten Dich todtschlagen können!"

„Meinst Du? Das kann immer passiren, Einem ein Stein vom Himmel auf den Kopf fallen."

Nun kamen die Augen Zea's dahin, etwas von ihnen entfernt ein anderes Gesicht aufzufassen, doch erkannte sie es noch nicht gleich auf den ersten Blick. Dann aber sagte sie: „Du bist es, Tilmar? Du willst mich — ja, es ist wohl Zeit, daß wir nach Hause gehen —"

Unna klopfte Meinolf den Kalkstaub vom Aermel ab und entdeckte etwas an seiner Stirn. „Da hat Dich doch ein Stück getroffen, Du hast eine rothe Schramme — ich glaube von einem Holzsplitter und er steckt noch darin. Ich will kaltes Wasser holen — nein, komm mit in's Haus, das geht schneller, da zieh' ich ihn Dir heraus."

Ihrer Freundin war ja nichts Uebles zugestoßen, so daß Unna augenblicklich nicht an Zea dachte und ebenso wenig that's Meinolf Alfsleben. Natürlich nicht, er hatte sich den ganzen Nachmittag nicht um sie bekümmert, sie war nicht vorhanden gewesen. Nur sie mit Gewalt von der Thurmtreppe herunter zu holen, hatte ihm Spaß gemacht, weil er gemerkt, daß sie sich

nicht finden lassen, nicht von selbst kommen wollte,
das Spiel aufhielt. Daß wirklich eine Gefahr sei,
war ihm vermuthlich gar nicht in den Sinn ge=
kommen.

Die gescholtenen Knechte entfernten sich, auch Herr
von Brookwald befand sich nicht mehr auf dem Platz,
allein Tilmar stand neben ihr. Oder vielmehr, er
folgte ihr nach, denn ohne rechtes Bewußtsein von
ihrem Thun zu haben, setzte sie die Füße vor und
ging. Sie durfte sich nicht länger aufhalten, der
Rückweg zum Dorf war weit, und sie fühlte, es müsse
hohe Zeit sein, zu gehen; doch hatte sie kein Zeitmaß
dafür, wie lange sie eigentlich hier gewesen sei. Beim
Heraustreten aus dem verschattenden Wald kam's ihr
fast befremdend, daß die Sonne noch ziemlich hoch über
der Haide stand. Jedoch in der Geschichte, die sie ein=
mal gelesen, wie Jemand um Mittag in den Wald
gegangen, hatte die Sonne auch noch geschienen, als er
sich wieder auf dem Rückweg befunden. Trotzdem aber
hatte er ein Jahrhundert auf der Waldlichtung zu=
gebracht.

Sie hörte neben sich ihren Begleiter sprechen,
natürlich ohne einen Laut des Vorwurfs darüber, daß
sie nicht Wort gehalten, ihn so lange habe warten
lassen. Er begriff nicht, daß Herr von Brookwald
nichts zur Ausbesserung der baufälligen Thurmtreppe

gethan, deren gefährlichen Zustand er doch schon seit
Jahren gekannt haben müsse. Zea nickte dazu und sagte:
„Ja, seit einem Jahrhundert."

Die unverständliche Erwiderung ließ den jungen
Lehrer verwundert zu ihr aufblicken, doch drängte sich
ihm etwas Anderes im Kopf nach, eine Erinnerung,
von der er weiter redete. Der Traum war's, in dem
sich vor ihm eine schwarze Otter gegen Zea aufgerichtet,
er ihr zur Hülfe laufen gewollt, aber zu weit entfernt
gewesen und es nicht mehr gekonnt. Doch grad' recht=
zeitig noch hatte statt seiner ein Anderer, von dem er
nicht erfahren, wer, sie gerettet — und genau so war
es heut', wenn die Gefahr auch anderer Art gewesen,
in Wirklichkeit geschehen. Nur mußte Tilmar jetzt, durch
wen, konnte dem Lebensretter seiner künftigen Frau
dankbar sein, wie keinem Zweiten auf der Erde. Er
hatte auch den heftigen Drang gehabt, diesen Dank
auszudrücken, die Hand Meinolf Alsleben's zu er=
greifen, ihm um den Hals zu fallen. Aber das stand
ihm bei dem vornehmen adeligen Herrn nicht zu, und
so mußte er sich schweigend zurückhalten. Schon mehr
als dreist hatte er gehandelt, daß er sich bis an's
Schloß hinan begeben.

Zea hörte seine Stimme und verstand seine Worte
auch. Aber er konnte es doch eigentlich nicht mehr
sein, der neben ihr herging, denn das, wovon er

erzählte und sprach, war ja vor einem Jahrhundert
gewesen.

∗   ∗
∗

Mit dem Tage aber hatte die lange heitre Laune
des Himmels ein Ende genommen; als Zea am nächsten
Morgen erwachte, fiel kein Sonnenschein in ihr Fenster,
die Luft war grau, der Wind kam von Südwest her
und spielte leis' mit dem vollen Laubschmuck der Gesträuche im Pfarrhausgärtchen. Sie blieb, nachdem sie
sich fertig angekleidet, noch eine Zeit lang stehen und
blickte darauf hin; in ihren unbeweglich weit offenen
Augen lag ein großer staunender Ausdruck, als ob sie
ein solches Hin= und Herspielen der Blätter noch nie
gesehn habe. Ihr verwob sich damit das Gedächtniß
dran, wie sie gestern Abend nach Hause gekommen und
nichts verändert gefunden; es war ja auch vollständig
sinnlos gewesen, daß sie ein Jahrhundert im Helgers=
lunder Park zugebracht haben sollte. Sie trug das
Kleid an sich, das sie gestern Morgen ebenso von dem=
selben Haken im Wandschrank heruntergenommen,
jedes Stück in ihrem Zimmer stand und lag wie
immer — Alles rein und blank, und es hätte dichter
Staub drauf sein müssen, wenn — aber den hatte sie
grad' gestern überall abgewischt, und natürlich war ja
auch die ganze Einbildung gradezu närrisch. Doch ließ

sich begreifen, woher diese sie überkommen; von einer
Erschütterung im Kopf durch den Zusammenbruch der
Treppe. Ein kaltes Schauergefühl lief ihr über den
Körper; ohne die eigenwillige Gewaltsamkeit von Meinolf
Alfsleben läge sie wohl von den Steinen und Balken
erschlagen; der Ausruf Herrn von Brookwald's hatte
gezeigt, daß er dies auch vermuthet habe. Wenn
Jemand so durch einen glücklichen Zufall vor plötzlichem
Tode bewahrt blieb, verlor er wohl leicht etwas seine
gesunden Sinne und konnte zu derartigen Vorstellungen
kommen, als ob eine Minute ein Jahrhundert gewesen
sei. Freilich erinnerte sie sich, daß vorher der Warnungs=
ruf Unna's sie ganz gleichgültig gelassen, ob die Treppe
unter ihr niederstürze. Aber zu solchem thörichten
Denken oder gedankenlosen Thun hatte nur die Auf=
regung des Versteckspielens gebracht, jetzt fühlte sie durch
und durch, daß sie nicht sterben gewollt, unendlich
dankbar dafür war, noch am Leben zu sein. Tilmar
hatte ja auch ebensolches Dankgefühl in sich gehabt.

So war Alles um sie her wie gestern, wie immer,
und doch kam es ihr, wohin sie sah, neu, wie etwas
Unbekanntes, noch nie so Dagewesenes vor. Oder
richtiger, Alles hatte einen besonderen Ausdruck und
sah sie damit an, als ob es etwas von ihr erwarte.
Was, sagte nichts, und sie dachte vergeblich darüber
nach. Aber wo sie in der nächsten Stunde ging und

stand, bei Allem, was sie betrieb, blieb's dasselbe.
Jeder Gegenstand, mit dem sie sich beschäftigte, sah sie
darauf hin an, sie müsse etwas thun. Wie sie einmal
in den Garten hinaustrat, da rief's auch eine vom
Strand herüberjagende Möwe, sogar zweimal rasch
hintereinander. Sie sagte ebenfalls nicht was, aber
ihre Mahnung war nicht mißzudeuten. Das einzige,
Zea zu einem Empfindungsverständniß Kommende war,
Alles muthe ihr etwas Schweres zu, eine Selbstüber-
windung, gegen die sich ihr Innerstes sträube. Doch
trotzdem werde sie dazu genöthigt sein, denn es müsse
geschehen.

Sie hatte den Garten verlassen, schritt gewohnheitsmäßig in südlicher Richtung am Strand fort; ihr zur
Rechten rollten die Wellen auf den Sand, und auch
jede von ihnen wiederholte gleichmäßigen Ton's: „Es
muß sein." Doch ebenso wie alles Andere überließen
sie ihr, zu verstehen und erkennen, was.

Da bog der Pfad in die Haide hinein, Zea hielt
an und sah ihm entlang. Aus dem fruchtlosen Umher-
suchen ihres Kopfes ließ der Anblick des Weges ihr
einen Gedanken auftauchen: Wenn sie sich auf den
großen Stein setze, so helfe der ihr vielleicht, wie ein
alter Freund, zu begreifen, was sie denn eigentlich
thun müsse. Zwar hatte sie sich einmal gesagt, sie
werde ihn nie wieder aufsuchen, selbst wenn sie hundert

Jahre alt würde, aber seltsamer Weise war seitdem ja
auch ein Jahrhundert vergangen. Nicht wirklich, doch
in dem Gefühl, das sie gestern gehabt, und darauf kam
es an, nicht ob es thatsächlich geschehn; in einem ein=
zigen Augenblick sogar konnte eine unmeßbare Zeit, wie
ein ganzes Leben enthalten sein. Wer das nicht er=
fahren, begriff es wohl nicht und lachte vielleicht zu
solcher Vorstellung. Aber sie sah sehr ernsten Gesichts
drein, ihr stand zu Schweres bevor, Alles rings um sie
wußte davon und bemitleidete sie wohl im Stillen
auch. Denn nichts bot wie sonst ein heiteres, freu=
biges Aussehen, die Sonne und das Himmelsblau waren
verborgen, eine graue Bleidecke verdichtete sich über der
Erde. Die Natur hatte gestern zum letzten Mal fröhlich
gelacht, und Zea empfand, auch ihr könne nie mehr
eine Anwandlung zum Lachen kommen.

Nun saß sie auf dem Findlingstein, das Gesicht
nach Osten gekehrt haltend. Vor ihren Augen lag
nichts von der gestrigen Verschleierung, auf's Deut=
lichste gewahrte sie jeden Gegenstand in der Nähe, sah
so scharf wie je in die Weite. Eher noch schärfer,
denn sie unterschied einen winzigen Punkt, der sich
von dem fernen Waldrand ablöste und über die Haide
heranbewegte. Manchmal verschwand er hinter Busch=
werk, doch sie wußte, er tauche wieder auf und komme
auf sie zu und bringe das Schwere, über das sie noch

immer umsonst nachsann. Athembenehmendes kam
daraus, wenn es so geschah, der verschwundene Punkt,
größer, zu einer Linie geworden, auf's Neue sichtbar
ward, die grade Richtung gegen den Stein innehaltend.
Und sie wußte ebenso, er werde nicht aus jener ab=
biegen, um etwa unbemerkt von rückwärts her zu kommen,
sondern mehr und mehr anwachsen, bis er unmittelbar
auf ein paar Schritte weit in voller Größe dastehe.
Nur das allein wußte sie immer noch nicht, was sie
dann thun müsse.

Und jetzt rückte der unabwendbare Augenblick dicht
heran, war da. Der Herzschlag setzte ihr aus, wenig=
stens in der Brust stand er still, überall. Nur nach
einer einzigen Richtung hin stieg er aufwärts wie eine
Welle, die, aus der Tiefe emporschwellend, gleichsam
alle Kraft der ganzen See vereinigte und sie gegen ein
Ziel, ein Bollwerk richtete, um dies zu durchbrechen.
So kam's und schwoll's und drängte unwiderstehlich
die zusammengeschlossenen Lippen auseinander. Sie
mußten sich öffnen, den übermächtigen Herzschlag hin=
durchlassen, der sich vor ihnen in Stimmenklang, in
die Worte verwandelte:

„Ich bin hergekommen, weil ich gestern versäumt
habe, Dir dafür zu danken, daß Du mir das Leben
gerettet hast.“

Das war's gewesen, was Alles von ihr ge=

fordert gehabt. Ihr Kopf hatte es bis zuletzt nicht
finden können, aber nun, da sie es ohne sein Beihelfen
gesprochen, wußte sie's. Tief athmete sie danach auf,
das Schwere, Ungeheure war vollbracht. Ihr war's,
als ob der große Stein ihr auf der Brust gelegen
habe und abgewälzt heruntergefallen sei.

Flüchtig blieb's still, daß Zea hörte, wie der Wind
surrend durch das Haidekraut lief. Dann klang fröhlich
die Stimme Meinolf Alfsleben's:

„Hab' ich Dir das Leben gerettet? Ich glaubte,
ich thät's für mich —"

Einen Augenblick hielt er an, ehe er hinzufügte:
„denn Unna Brookwald sagte, Du verständest Dich gut
auf Pflanzen, und mein Vater wünscht's von mir ja
auch). Das fiel mir ein und ich sprang die Treppe
hinauf, weil Du mir nicht dazu behülflich sein konntest,
wenn Du nicht mehr lebendig warst."

Wieder raschelte der Wind in den vorjährigen
dürren Haideglöckchen.

„Aber verlangen kann ich's natürlich nicht von
Dir, nur fragen, ob Dir's zuwider ist, meine Lehrerin
zu sein."

Mit dem Dank, den sie ihm auszusprechen gewußt,
war's ihr plötzlich zur Erkenntniß gekommen, ihr Leben
gehöre gar nicht mehr ihr selbst an, sie habe es ver-

loren und er es am Weg aufgenommen und halte es
wie sein Eigenthum in der Hand. Das hatte gestern
auf dem Rückweg das sonderbar verworrene Gefühl
über sie gebracht; nicht ein Jahrhundert war seit dem
Augenblick, in dem er sie gefaßt und aus dem Thurm
heruntergetragen, vergangen, sondern überhaupt alle
Zeit. Denn sie war todt gewesen, durch ihn wieder
neu belebt, in einer vollständig andern, neuen Zeit.
Darum sah heut' Alles sie so anders an, sie gehörte
ihm, er hatte das Recht, von ihr zu fordern, was er
wollte. Sie besaß keinen eigenen Willen, und er war
großmüthig, verlangte nichts, als daß sie ihm behülflich
sein solle, Pflanzen kennen zu lernen.

So stand sie vom Sitz auf und antwortete: „Wenn
Du es willst" — doch der Klang des letzten Wortes
gab ihm die Bedeutung: Wenn Du es befiehlst. Ihr
Fuß setzte sich vor und sie ging, aber die Fortbewegung
verursachte ihr kein Gefühl; sie hatte keine Empfindung,
einen Körper zu haben, sondern werde von etwas außer
ihr über den Boden hingeführt. Das konnte auch nicht
anders sein, denn sie war ja nicht mehr ihr Eigenthum; neben ihr ging Meinolf Alßleben, bückte sich ab
und zu, hielt ihr eine gepflückte Blume vor die Augen
und fragte lerneifrig nach dem Namen. Ihr kam
manchmal eine Angst, sie könne nicht darauf zu antworten wissen, denn dann hätte er das Recht gehabt,

zornig zu werden und ihr Leben, das er in seiner Hand trug, als etwas Unnützes wieder wegzuwerfen. Doch sie wußte es immer, zum Glück hatte sie in ihrem Vorleben bei dem Lehrer in Loagger guten Unterricht gehabt. Lange mußte sie schon so gehen oder willenlos bewegt werden und oft bereits erwidert haben; in der anderen, neuen Zeit gab es kein Maß für ihr Vergehen, sie blieb immer nur Gegenwart. Aber jetzt einmal mußte Zea sich bei einer ihr vorgehaltenen Blume erst besinnen, bis ihr gottlob der Name doch noch kam: „Glockenhaide" — auch der lateinische aus dem Munde Tilmar Hellbeck's: „Erica tetralix". Das letzte verbesserte merkwürdiger Weise trotz seiner botanischen Unkenntniß ihr Schüler: „So? Tetrálix, das Vierfältige". Sie vermochte sich nicht anzugeben, warum diese Richtigstellung ihrer falschen Betonung ihr das Blut etwas in die Schläfen trieb, aber, rasch darüber weggehend, erwiderte sie schnell: „Die kann eigentlich noch nicht blühen, ihre Zeit ist erst im Juli, es ist noch zu früh." Das ließ Meinolf Aljsleben mit einem leichten Lachen die Antwort begleiten: „Du bist freilich meine Lehrerin, aber hierbei glaube ich doch meinen Augen mehr, denn ich sehe, daß sie blüht. Und mich däucht, sie brauchte auch nicht länger zu warten, es hat lang genug gedauert, bis sie dazu gekommen ist."

Beim Letzten brach er ab. „Das, scheint mir

war ein Tropfen auf meiner Hand. Es fängt an zu regnen, merkst Du's nicht auch?"

Sie schüttelte verneinend den Kopf, doch zweifel= los hatte er sich nicht getäuscht, denn im Nu schlugen sichtbar rundum große Tropfen herunter und wohl ein halbes Dutzend auch auf ihr Gesicht, so daß Meinolf nachrief: „Jetzt wirst Du's fühlen!" Doch verneinte sie wieder ebenso, sie fühlte nichts, hätte es ja auch nicht gekonnt, da sie keinen Körper besaß. Nur eins gelangte ihr zur Empfindung — sein Blick war rasch umhergegangen und darnach hatte er sich hurtig niedergebückt — und nun ließ die Erinnerung ein halbes Bewußtwerden in ihr dämmern, daß sie nicht mehr aufrecht, sondern wie gestern einmal, wag= recht durch die Luft fortschwebe. Das geschah wohl, weil Meinolf Alfsleben sie mit seinen Armen auf= gehoben habe und vom Tode in ein anderes Leben hinübertrage —

Er trug sie auch wirklich. Der Regen stürzte jetzt nieder, und sein Umblick hatte in kurzer Ent= fernung einen der alten Wetterschuppen auf der Haide wahrgenommen. Dorthin lief er mit ihr, sie unter das Dach zu bringen, ließ sie auf die Bank nieder. Doch blieben seine Arme noch einen Augenblick lang um sie geschlungen, und in diesem Augenblick bog er sich vor und küßte ihre Lippen. Dann sagte er: „Das

hatte ich gestern versäumt, deshalb kam ich heute
wieder," und dazu setzte er sich neben sie auf die Bank.
Sie saß, aufgehobenen Kopfes mit groß offenen
Augen geradaus in die seinigen blickend. Ohne Athemzug, staunend, verdutzt, einem gefangen gewesenen
Vogel gleich, der von der Hand, die ihn umfaßt
gehalten, freigelassen worden, doch noch nicht daran
glaubt, sich nicht zu rühren wagt. Dann aber schlug
sie ein paar Mal mit den Wimpern, man sah, das
Bewußtsein ihrer Freiheit kam ihr, sie hob die Arme
auf, wie zwei Flügel, sich mit ihnen aus der nach
vorn offenen Hütte davon zu schwingen. Doch plötzlich
warf sie die beiden Arme Meinolf Alsleben um den
Nacken und küßte ihn wieder auf die Lippen. Dann
auf einmal hatte es sie einem Blitzschlag ähnlich durchfahren: das war die Sprache, in der sie ihm für die
Erhaltung ihres Lebens danken gemußt, und so habe
Alles den Dank von ihr erwartet.
Nun war's geschehen, und wie es ein willenloses
Thun gewesen, so redeten auch Beide nicht weiter
davon. Nur hielt Meinolf wieder den Arm um ihren
Hals gelegt, ihren Kopf dadurch an seine Schulter
gezogen, als ob er sie sicher am Davonfliegen verhindern
wolle. Darüber mußte sie heimlich lachen, denn dazu
war ihr die Fähigkeit doch noch wieder gekommen;
sie fühlte, so hell auflachen hätte sie können, daß die

Sonne und der blaue Himmel durch die graue Wolken=
decke brechen müßten. Der Herzschlag wieder war's,
der ihr die Lippen dazu auseinander zu drängen
suchte, aber sie leistete Widerstand und hörte lautlos
an, was Meinolf Alsleben dicht neben ihrem Ohr
vom Munde kam. So närrisch klang's, denn er sprach
von der Haide, meinte, der Regen sei ihr viel förder=
licher, als die Sonne, darnach werde sie jetzt rasch
immer mehr und mehr aufblühen. Darauf habe er
gewartet und sei deshalb täglich herausgekommen, um
zu sehen, ob die Knospen sich weiter entwickelten; denn
er liebe die Haideblüthe so sehr, gar nichts auf der
Welt so wie sie. Doch er habe lange umsonst warten
müssen, da sie zu den Pflanzen gehöre, die nur ganz,
ganz langsam und kaum merklich ihren winterlichen
Trotz ablegten und sich sommerlich verwandelten.
Und wenn nicht ein guter Kalkregen vom Himmel
gefallen wäre, würde er auch heute wohl noch kaum
das aufgeblühte Zweiglein der Erica tetralix gefunden
haben.

Das war unglaublich närrisch, ein Kalkregen, der
vom Himmel gefallen und etwas zum Aufblühen ge=
bracht, so närrisch, wie es nur in Träumen vorkam,
und die Zuhörerin drückte ihre Schläfe noch ein wenig
fester an die Schulter, oder war's an die Brust
Meinolf Alslebens, aber sonst regte sie sich nicht,

um nicht aus dem Traum aufzuwachen. So klang seine Stimme ihr weiter, immer noch von der Haide sprechend; er war gar nicht so botanisch kenntnißlos, wie er sich bescheiden hingestellt hatte, wußte sogar Manches, wovon Zea nie gehört hatte. Auch von dem großen Findlingstein — freilich redete er von dem nicht wissenschaftlich, sondern erzählte ein Märchen, aber Märchen und Traum gehörten ja wie ein Paar Geschwister zu einander. Der Stein nämlich hatte in früheren Tagen aufrecht gestanden, und ein Mädchen kam bei ihm täglich mit ihrem Liebsten zusammen. Dann jedoch mußte der sich für einige Zeit von ihr trennen, und sie gelobte ihm, während dessen und immer ihm treu zu bleiben. Aber sie hielt ihr Versprechen nicht, sondern küßte an derselben Stelle einen Anderen, der ihr besser gefiel; da schlug der gewaltige Stein zornig um, tödtete sie und färbte die Pflanzen umher mit ihrem Blut. Seitdem trug das Haidekraut rothe Blüthe und im Volksmund den Namen „Brauttreue", eigentlich unrichtig, da es im Gegentheil „Brautuntreue" heißen sollte. Der Treulosen aber war es nach vollem Recht so ge= schehen, denn wenn ein Mädchen Jemanden, der sie liebte, geküßt hatte, dann gehörte sie unabänderlich ihm für's ganze Leben bis zum Tod.

Plötzlich flog der Kopf Zea's von der Brust,

an der er gelegen, in die Höh', und wie Einer, der im Schlaf fällt, fuhr sie aus ihrem traumhaften Zu= stand auf. Verstört sahen ihre Augen Meinolf Alsleben an, der halb erschreckt fragte: „Was hast Du — ist Dir etwas?“ Doch nun stieß sie aus stürmisch aufwogender Brust: „Ich habe noch Niemand in meinem Leben geküßt, als Dich, und werde und kann und will's niemals!“ Und mit einer Heftigkeit, die ihr Leben ebenfalls noch nie gekannt, warf sie die Arme wieder um ihn, klammerte sich an ihm fest, drückte ihre Lippen auf seine. Als sein Eigenthum gehörte sie ihm, und so hielt er auch sie umfaßt, aber zugleich doch mit einer zag= haften Behutsamkeit, wie man eine zarte Blume hält, ihren wundervollen Farbenschmelz nicht zu ver= letzen. Die Hände Meinolf Alsleben's mochten zu= weilen wild=ungebärdig und ohne Rücksicht mit Mädchen wie mit Knaben umgesprungen sein, doch unverkennbar hielten sie sich zum ersten Mal so um den Nacken und Leib eines Mädchens geschlungen, und beinah einem Umtausch ähnlich erschien's. Wie mit achtlosem Ungestüm eines Knaben und fest um= schlossen ihn Zea Hollesen's Arme, und ob die seinigen Gleiches thaten, lag's in ihnen fast wie eine mädchenhafte Scheu. Prasselnd schlug schwerer Regensturz auf den alten Wetterschuppen herunter,

— 99 —

dessen eine Seite wandlos offen stand. Doch vor dieser breiteten in unablässigem ebenmäßigem Fall die großen Glanztropfen einen dichten Vorhang nieder, als seien sie von einer Fee beauftragt, ein wunder= holdes Haidemärchen jedem entweihenden Blick zu verbergen.

X.

Nun ging der Sommer über die Haide und sie blühte auf. Ein rosenrother Schimmer that es kund, doch eilig, Tag um Tag, vertiefte er seine Farbe. Lange hatte sie scheinbar reglos in winterlichem Zustand verharrt, durch kein äußeres Anzeichen offenbart, daß auch in ihr die Alles sonst beherrschende Kraft des Frühlings gebiete und wirke. Aber in der Stille war es dennoch geschehen, unvermerkt hatte die Knospe sich angesetzt, immer noch trotzig, als stehe es bei ihr, sich nicht zur Blüthe zu entwickeln. Vergeblich, denn die Natur befahl mit stärkerer Macht, als ihr Widerstand, zersprengte die verschlossene Hülle, drängte den heimlich bereiteten Inhalt an's Licht. Und jetzt blieb kein Stillstand mehr möglich, er wandelte sich in treibende Hast um, mit allen aufströmenden Kräften das Versäumte einzuholen. Einer unfaßbaren Thorheit gleich lag das hartnäckige Trachten, sich zu weigern,

hinter ihr; die Sehnsucht, der Zweck alles Lebens war,
zu blühen, und die Haide ward zu einem purpurnen
Meer. Leisen, süßen Duft athmete sie aus, auch die
Sommerluft über ihr wiegte sich in weichen, schwingen=
den Wellen. Nicht immer zwar lachte und leuchtete
der blaue Himmel herab, manchmal schütteten Wolken
ihre Wasserstürze nieder. Doch der blühenden Haide
galt es gleich, sie bedurfte keiner Beihülfe mehr, ent=
faltete ihren Sommerglanz täglich zauberischer aus sich
selbst, und der Wechsel von Sonne und Regen erhöhte
nur ihre Schönheit.

An jedem Tag und bei jedem Wetter machte Zea
Hollesen sich zur gleichen Morgenstunde auf den Weg
nach ihrem alten Lieblingsplatz, um die Mittagsstunde
erst kehrte sie zurück, zuweilen im letzten Augenblick
und völlig durchnäßt, so daß sie, obwohl die Mahlzeit
schon wartete, noch in ihre Stube gehen und sich eil=
fertig umkleiden mußte. So war's auch früher wohl
geschehn, ihr Thun und Treiben seit Jahren gewesen,
für das der Pastor ihr immer unbeschränkte Willens=
freiheit gelassen. Doch in der letzten Zeit hatte sich
etwas in ihrem Wesen verändert, anfänglich berührte
ihm's nur die Empfindung, dann sah und erkannte er's
auch. Naturgemäßes eigentlich war's, kein hochge=
wachsenes Kind mehr saß am Tisch da, sondern ein
holdseliges, jungfräuliches Mädchen. Diese Wandlung

entſprach ihrem Alter, nur das beinah Unvermittelte
daran ſetzte in Verwunderung. Nach dem Sprichwort
wie über Nacht gekommen erſchien's, wie einmal plötz=
lich, ohne Ankündigung der Frühling einbrach und da
war. Und eine Verkörperung des ganzen Frühlings
in all' ſeiner wunderſamen Köſtlichkeit ſtellte Bea dar,
Chriſtian Holleſen's Blick hing an ihr, von lieblichſtem
Reiz eines Menſchengeſchöpfes entzückt. So glich Alles
an ihr in erſtem Zauber übermächtig aufgehender
Lenzeſchönheit, ſo blühten ihre Wangen und Lippen,
hob ſich unter der Gewandung in ſichtbarlich wonne=
vollem Lebensgefühl die junge Bruſt, ſo ſtrahlte aus
ihren Augen ein blaues Edelſteinlicht.

Doch die Augen waren es, in denen die Ver=
änderung gegen früher lag, oder vielmehr, ſie benahmen
ſich ſonderbar verſchiedenartig. Dem Paſtor konnte
nicht entgehen, es ſei kein Zufall, daß ſie den ſeinigen
nur ſelten mehr begegneten, wenn es geſchah, ihnen
raſch vorübergingen. Sie ſuchten es zu vermeiden;
das veranlaßte ihn ein paarmal, ſie zu nöthigen, ihn
bei'm Geſpräch gradaus anzuſehen. Aber dann hielten
ſie ſeinem Blick wie von Kindheit auf Stand, ohne
irgend eine Unruhe oder Scheu, klar bis zum Grund
hinab, wie ein kryſtallhelles Waſſer, in dem ſich der
blaue Himmel ſpiegelt und mit ihm die Sonne, die
ein Goldgeringel hineinſpielen läßt. Ruhig, wenn ſie

nicht ausweichen konnten, schauten die Augen Zea's ihrem Vater entgegen, nur um die Lippen drunter zitterte und zuckte es kaum merklich, als müßten sie gewaltsam einen Ausbruch schwellenden Jugendüber= muthes beherrschen.

Dies Verhalten der Augen des Mädchens wechselte in einem unverständlichen Gegensatz, über den der Pastor nachdachte. Umsonst, denn nirgendwo fand er einen Anhalt, doch er hatte still zu beobachten an= gefangen und verwandte eine ihm bisher nie in den Sinn gekommene Aufmerksamkeit auf das tägliche Thun Zea's. Ihr stetiger Ausgang an jedem Morgen und ihr stundenlanges Fortbleiben entsprach dem, was sie immer gethan, konnte ihn nicht befremden; nur fiel ihm auf, daß sie stets genau um die nämliche Zeit das Haus verließ und sie einigemal eben zuvor auf die Standuhr in der Wohnstube blicken gewahrte. Und hinzu kam, daß sie bei drohendem Wetter nicht auf eine Besserung wartete, sondern sich gegen ihre frühere Neigung mit einem Schirm in's Freie hinausbegab.

Einen Gedanken, der sich Hollesen zunächst auf= drängte, ließ er rasch wieder fallen. Während der Stunden ihrer regelmäßigen, vormittägigen Abwesenheit hatte Tilmar Hellbeck seinen Schülern Unterricht zu geben, war außer Stande, die Schulstube zu verlassen. Doch hielt der Pastor zweimal von der Kirche aus

die Fortgehende im Auge. Sie nahm ihre Richtung
nach Süden, schritt in einiger Entfernung am Schul=
hause vorüber, ohne einen Blick dorthin zu wenden; es
regte sogar fast den Eindruck, als halte sie den Kopf
absichtlich nach der anderen Seite gekehrt, bis das Haus
ihr im Rücken liege. Hollesen hatte den ihm ge=
kommenen Gedanken nicht ernsthaft aufgefaßt; er schätzte
den jungen Lehrer als solchen und als Menschen, kannte
ihn genau in seinem Trachten, nicht nur seines Geistes,
auch seines Herzens. Aber es war unmöglich, daß
Tilmar Hellbeck der Urheber des leuchtenden Glanzes
und goldenen Sonnengeringels in den Augen Zea's sei.
Von der Höhe des Kirchhofs ging der Blick weithin,
und der ihr Nachschauende gewahrte sie als winzige
Gestalt vom Strande zur Linken in's Haideland ab=
biegen. Um sich vollste Gewißheit zu schaffen, stattete
er dennoch einmal einen Besuch im Schulhause ab.
Der junge Lehrer stand, seinen Pflichten nachkommend,
auf dem Pult, von dem sein Denken manchmal heim=
lich abschweifen mochte, doch unzweifelhaft setzte er den
Fuß nicht vor dem Mittagsschlag der Thurmuhr hinaus.
Es war ja auch nicht möglich, nur aufgetaucht, weil
es nichts Anderes gab, was sich zu einer Vorstellung
und Erklärung gestalten ließ.

Ein Sonntag fiel jetzt in das ergebnißlose Nach=
sinnen hinein, und ausnahmsweise brachte der Wagen

von Helgerslund nur Gertrud Brookwald mit ihrer Tochter zur Kirche; ihr Mann fühlte sich nicht recht wohlauf und war deßhalb zu Hause geblieben. Schon bei der letzten Zusammenkunft hatte Gertrud der Pastorin ein Gefühl erweckt, als sei eine Veränderung in ihr vorgegangen, der schwermüthige Blick ihrer Augen trat weniger deutlich hervor und aus der Stimme klang etwas Lebensfreudigeres; Beides brachte dieser Sonntag noch mehr zum Ausdruck. Unna plauderte und plätscherte wie immer Alles heraus, was sie in sich trug, beschwerte sich über Meinolf Alsleben, der doppelt unausstehlich sei, weil er einmal gut aufgelegt und unterhaltend sein könne, bei'm nächsten Kommen aber wieder langweilig wie ein Stück Leber dasitze; übrigens lasse er sich glücklicher Weise kaum mehr sehen. Erst nachträglich fiel's Unna ein, zu fragen, ob Zea sich von dem Schreck erholt habe, und dadurch erfuhr der anwesende Pastor zuerst von dem Besuch der Letzteren auf Helgerslund und der Lebensgefahr, in die sie dort gerathen. Er erschrak heftig, verbarg es jedoch möglichst, ließ durch nichts muthmaßen, daß er bisher keine Kenntniß davon besessen, sondern nutzte nur eine unauffällig von ihm herbeigeführte Gelegenheit, ein paar Minuten mit Unna allein zu sein und sich genau über die Einzelumstände des Treppeneinsturzes und der glücklichen Rettung Zea's

zu unterrichten. Für diese hatte er im Laufe des
Tages kein Wort des Vorwurfs, daß sie gegen sein
Verbot nach Helgerslund gegangen sei, noch daß sie
davon und von dem, was sich dort mit ihr zugetragen,
geschwiegen habe. Er schien ihr dies Verhalten der
Mittheilung nicht als Unwahrheit anzurechnen; die
Grundsätze seiner Lebensanschauung, nach denen er sie
geleitet hatte, ohne ihr ein Gefühl des Zwanges zum
Bewußtwerden kommen zu lassen, waren von jeher
eigenartiger Natur gewesen, in Manchem von den für
heranwachsende Mädchen üblichen Erziehungsvorschriften
abweichend. Doch am nächsten Morgen verließ er
frühzeitig das Haus; es trieb ihn, auch einmal einen
Gang in die blühende Haide hinaus zu machen, einen
Rundweg, denn er schlug die Richtung nach Süden
ein und kam von Norden her zum Dorfe zurück, un=
gefähr eine Stunde bevor Zea nach gewohnter Weise zu
Mittag heimkehrte. Bald nach diesem aber empfand der
Pastor bei dem schönen Sommerwetter nochmals einen
Antrieb, sich in's Freie zu begeben, sogar noch weiter, als
am Vormittag, denn er gelangte schließlich bis nach
Elenwart, dort einmal dem anderen Kirchenpatronats=
herrn von Loagger in seiner weltflüchtigen Abgeschlossen=
heit einen Besuch abzustatten. Der Freiherr war
indeß, wie seit Wochen allnachmittäglich, nach Helgers=
lund hinübergegangen, dagegen fand Hollesen Meinolf

Alfsleben vor, der bei'm Anblick des unerwarteten
Besuchers ein wenig stutzte und ungewiß stand. Doch
der Pastor sprach sich erfreut aus, den ihm fremd-
gewordenen Knaben zum Manne erwachsen wieder-
zusehen, wollte die Rückkunft des Vaters, mit dem er
in einer Kirchenangelegenheit zu reden beabsichtigt, erwarten und bat Meinolf, ihm so lange Gesellschaft zu
leisten. Seit halb unausdenkbarer Zeit war er nicht
mehr nach Ekenwart gekommen, interessirte sich für die
Veränderungen auf dem Gut, und ging, mit seinem
jungen Begleiter bald über Dies, bald über Jenes
sprechend, wohl eine Stunde lang umher. Dann aber
ward es ihm doch zu spät, in's Unsichere hinein bis
zur Heimkunft des Freiherrn zu bleiben, er nahm,
Meinolf freundlich die Hand reichend, Abschied, sich
auf den Rückweg zu begeben. Wie er aus dem Wald
in den spätnachmittägigen Sonnenglanz der Haide
hinaustrat, sprach aus seinen Zügen volle Befriedigung.
Sein Gang am Morgen hatte ihm das bisher umsonst
gesuchte Verständniß eingebracht und der jetzige ihm
jede Unruhe beschwichtigt. Seine stillen Augen lasen
gut in einem Menschengemüth; nicht Alles lag noch
aufgehellt vor ihnen, doch das Eine in unzweifelhafter
Klarheit, von Meinolf Alfsleben drohe keine Gefahr,
die Vorbeugungsmaßregeln erfordere. Und Christian
Hollesen's Lebensanschauung war eigenartig, er stand,

vor sich hinausblickend, und nickte. Freudigste Sommerzeit war's, die Haide vor ihm blühte, und sie wollte
es in ihrer Weise. In einsamer Stille, verborgen,
nur dem Himmelsblau und der Sonne offen, vor
deren Niederblick sie sich nicht scheute. Wer eine solche
Blüthe aus ihrem heimlichen Erdwinkel ausgrub, sie
regelrecht vor gaffende Blicke auf ein Gartenbeet zu
verpflanzen, nahm ihr das Schönste, den wundersamen
Zauberschmelz ihres Frühlings. Der Pastor nickte im
Vorübergehen den Birkenwipfeln zu, die rechtshin in
der Ferne die Stelle des alten Findlingsteins deuteten,
und schritt gegen die in's Meer niedertauchende rothe
Sonnenkugel weiter zum Dorf zurück. Doch, nach
Haus gekehrt, sprach er auch der treuen Genossin seines
Lebens nicht davon, daß er in Elenwart gewesen.

So besaßen Bea und Meinolf, ohne es zu ahnen,
einen Mitwisser ihrer täglichen Zusammenkunft; sie
hatten nichts von dem Späher, der behutsam zu Werk
gegangen, bemerkt. Doch er hätte wohl weniger Vorsicht aufzuwenden gebraucht, denn sie sahen und hörten
nichts als sich gegenseitig. Nach der Himmelslaune
saßen sie zusammen in einer Wetterhütte oder auf dem
großen Steinblock, nur nicht, wie früher durch Wochen
hindurch, von einander abgekehrt, sondern meistens sich
dicht und fest umschlungen haltend. Ueber diese Verwandlung oder eigentlich über jene vormalige Rücken-

drehung mußten sie täglich wieder sprechen. So un=
glaublich närrisch, ein so kinderhaftes Versteckspielen
und so über alle Maßen schön war es gewesen, und
sie lachten und sahen sich mit glanzgefüllten Augen an.
Dann zogen diese ihnen wie an Goldfäden die Lippen
aneinander, von benen nie das Wort „Liebe" kam;
fremd schien's ihnen ober bedeutungslos, nicht für ihr
Beisammensein von der Sprache geschaffen. Und
ebenso wenig redeten sie vom Künftigen, sie fühlten und
lebten nur die selige Gegenwart. Doch gestattete diese
zeitweilig ein Zurückschweifen zum Vergangenen, und
Meinolf sprach einmal von dem Tag seiner Ankunft
auf Ekenwart, an dem er ein Vorempfinden in sich
gehabt, als erwarte ihn hier ein sonnenhaftes Glück,
eine volle Darbietung alles dessen, was er von Kind=
heit auf im Leben entbehrt. Das glaubte er damals
am selben Abend auch noch durch die Offenbarung des
Gefühls, das sein Vater für ihn im Herzen verborgen
gehalten, errungen zu haben, und daß deßhalb in der
verzauberten Mondennacht die Nachtigall ihm so jubelnd
bis in den Schlaf hinein geschlagen. Aber sie hatte
Anderes gewußt und voraus verkündigt — — ja, die
Nachtigall, die wußte Alles vorher, davon konnte auch
Zea sagen. Denn zu ihr war sie in der gleichen Nacht
im Traum gekommen, ihr das Verlangen nach dem
Gesang der Nachtigall im Helgerslunder Park zu wecken.

Eigentlich nicht dort, sondern im Elenwarter Park —
„denn Du hattest gesagt, Meinolf, in der Nacht werde sie
wieder schlagen, und dabei lese sich's gut in „Hermann
und Dorothea'!"

Ein Liebespaar war's; den Namen hätten sie
nicht verstanden, aber sie hatten sich lieb, am liebsten
von allen Menschen auf der Welt, und mehr an Glück
konnte nicht auf der Erde sein, als wenn sie beisammen
saßen. Als höchstes Besitzthum erneuerte es ihnen
jeder Tag, und doch setzte er sie immer noch neu
darüber in Staunen, daß eine solche Herrlichkeit kein
Traum, sondern Wirklichkeit sei. Womit sie die ge=
meinsamen Stunden verbracht, hätten sie bei der
Trennung nicht zu sagen gewußt, nur daß jeder Blick
und jedes Wort, jeder Athemzug und jeder Herzschlag
ein Wunder gewesen. Sie kamen, flogen sich in die
Arme, zwei große Kinder, denen ein süßer Rausch um
die Stirn lag; in dem sprachen und hörten sie, schlangen
spielend ihr Finger durcheinander, küßten sich plötzlich,
weil das sagte, was keine Worte ausdrücken konnten.
Die Zeit um sie stand still, und doch auch war sie
vorüber, wenn sie kaum erst begonnen zu haben schien.
Ein Haidemärchen war's, von Elfenhänden und Sonnen=
strahlen, Duft und Blüthen gewoben, und daß es ein
solches sei, hatte Christian Hollesen voll beruhigt
und beglückt in den Augen Meinolf Alfsleben's gelesen.

Einmal fragte Zea Meinolf: „Warum brachteſt Du eigentlich damals Nathan's Tochter mit hierher?" Er antwortete: „Sie ſtand an einer Stelle, wo ich vorüberkam; da dachte ich, es mache Dir vielleicht Spaß, auch ihr ſchönes buntes Kleid zu bewundern, und hieß ſie mit mir gehen."

„Und deshalb fühlteſt Du mit der Hand auf ihre Schulter, aus was für einem Stoff das Kleid ſei."

„Ja, mir war er unbekannt, und man muß immer eine gute Gelegenheit benutzen, um zu lernen."

Ernſthaften Mundes, wie zwei Wichtiges redende Kinder, hatten Beide geſprochen, ohne ſich anzuſehen. Nun hob das Mädchen den Kopf auf und fragte weiter: „Das iſt hübſch von Dir, daß Du ſo lernbegierig biſt; haſt Du, als ich fortgegangen war, Dich auch drüber unterrichtet, aus welchem Stoff die Lippen Miriam's beſtänden?"

„Warum gingſt Du eigentlich fort? Wenn Du geblieben wäreſt, könnteſt Du Dir ſelbſt Antwort darauf geben."

Auch Meinolf hatte ihr das Geſicht zugewandt, ſo daß ſie ſich jetzt in die Augen ſahen. Beide noch mit der ernſthaften Miene und die Lippen zuſammen= gedrückt haltend. Aber plötzlich brachen ſie gleichzeitig in ein unhemmbares Lachen aus, und Zea vermochte kaum hervorzubringen: „Wie muß der Stein hier über uns Beide gelacht haben! Und meinst Du, ich hätt's nicht gemerkt, daß Du noch Niemand im Leben geküßt hattest? So ungeschickt that'st Du's in der Hütte, ich mußte Dich's erst lehren."

„Du? Du wär'st ohne mich ja nie darauf ge= kommen!"

„Soll ich Dir beweisen, wer es besser versteht?"

„Mich däucht, Du vergißt jeden Tag wieder das Bischen, was Du gelernt hast, und ich muß mich plagen, immer neu von vorn mit dem Unterricht an= zufangen."

„O Du Armer, nein, warte, plage Dich noch nicht — ich will Dir vorher noch Etwas sagen, was Du nicht weißt und mir grad' einfällt. Während Deines Lesens hab' ich hier einmal gedacht, Du solltest doch Unna Brookwald heirathen. Das wäre eine Frau für Dich, auch von so adeliger Abkunft, wie Du, und Ihr paßtet so gut zu einander. Willst Du nicht?"

„Wenn ich Dir einen Gefallen damit thun kann. Ich glaube, ihre Eltern und mein Vater hätten's nicht ungern, und vielleicht, wenn ich mir bei ihr besser Mühe gebe — Du sagst ja, daß ich etwas von meiner Un= geschicklichkeit bei Dir verlernt habe."

Da ging's wieder nicht mehr, zugleich konnten sie abermals keinen Widerstand länger leisten, das köstliche Lachen schlug ihnen von den Lippen. Nichts Drolligeres

ließ sich erdenken, als daß er Unna heirathen solle
und bereit dazu sei, um sich Bea gefällig zu erweisen.
Sie redeten nicht weiter darüber, worin das Komische
dieser Vorstellung eigentlich liege, konnten es auch
nicht, denn sie hatten lang' durch das ernste Gespräch
Versäumtes nachzuholen. Ein unglaublich närrisch=
seliges Treiben war's, immer nur Gegenwart, die von
ihrem unermeßlichen Reichthum zehrte, mit keinem
Gedanken über ihr Glück hinausging. Schöner konnte
nichts sein und werden, und das Morgen hatte nur
Bedeutung, weil es das Heute, das vergehen mußte,
wiederbrachte.

Doch täuschten die Beiden sich darin, daß Niemand
von ihrem täglichen Beisammensein wisse, oder richtiger,
sie dachten gar nicht daran, daß Jemand sie sehen und
hören könne, weil sie selbst nichts als sich hörten und
sahen. Christian Hollesen war indeß nicht der Einzige,
der sich darüber vergewissert hatte; die kleinen Hügel=
rücken und Einsenkungen der Haide um den Findling=
stein ermöglichten im Verein mit dem Busch= und
Strauchwerk ein Herankommen in ziemliche Nähe, ohne
von Blicken, die nur sich gegenseitig suchten, von Ohren,
die nur der Stimme des Anderen lauschten, bemerkt
zu werden. So ringelte sich ein paar Mal schlangenartig,
behutsam zu Boden gedrückt, etwas durch das purpurne
Blüthenmeer, hielt an und kroch geräuschlos weiter,

bis sich langsam ein Kopf zum Rand einer Sand=
wölbung aufrecktе und durch eine Strauchlücke zwei
dunkle Augensterne gleich schwarzglimmernden Pfeil=
spitzen hindurchschoß. Reglos hafteten sie dann ge=
raume Zeit auf den beiden in Hörweite drüben sitzen=
den Gestalten, wie die einer lauernden Katze, die ein
Nest mit zwei zwitschernden Vögeln ausfindig gemacht.
Eine Hand zog sich zusammen, als ob sie tastend nach
scharfen Krallen an den Fingern suche, oder schnellte
sich einmal gegen ein granatrothes Lippenpaar auf, um
es zu verschließen, dem Herausfahren eines zischenden
Tones zuvor zu kommen. So lugten die Augen über
den alten Dünenkamm der Haide, bis sie sich zurück=
duckten und zurück auch wieder das lautlos sich am
Boden fortwindende Geringel glitt. Dann ging Miriam
in der Ferne als etwas Kleines, nicht mehr Unter=
scheidbares der Stadt zu. Ihr Vater hatte gedacht,
sie möchte vielleicht einem heutigen Salomo als ein
Karfunkelstein bedünken, für den er einen hohen Preis
zu zahlen bereit sein werde. Doch es war kein Ge=
schäft zu Stande gekommen, so daß Nathan Aronsohn
philosophisch die Achsel gezuckt, die richtige Weisheit
müsse sich bei einem nicht eingeschlagenen Handel
damit zufrieden geben, wenn er keine Unkosten ge=
macht. Alles indeß nahmen die scharfblickenden Augen
Nathan's doch nicht gewahr, oder vielmehr gab's etwas,

das er nicht sehen konnte, weil er von dessen Vorhandensein in der Welt nichts wußte. Denn Miriam
hatte in der That von ihrem ersten Gang auf die
Haide und der Begegnung mit Meinolf Alfsleben Unkosten gehabt. Ihr war klar geworden, wozu er sie
mit sich genommen und benutzt habe, und zum ersten
Mal hatte sich ihr dabei herausgestellt, daß sie doch
auch noch etwas Anderes in sich trage, als ihres
Vaters gleichmüthig rechnenden Geschäftssinn. Für sie
war's nicht das vergebliche Angebot einer guten Waare
gewesen, sondern sich selbst fühlte sie in jener ver-
schmäht, mißächtlich bei Seite geworfen und offenbar
um einer Anderen willen. Dazu aber kam, daß sie
in dem Augenblick, als dieser junge König Salomo
ihr den Arm um die Schulter gelegt, gar nicht mehr
an einen einträglichen Handel gedacht, nur ein ihr bis
dahin unbekannt gewesenes Verlangen in sich empfunden
hatte, ganz von den Armen in Besitz genommen zu
werden. Als ein Flackern in ihrem Blut war's gekommen, zu einem Auflodern und Brennen geworden.
Sie besah sich in ihrem Spiegel; war sie mit den
schwarzen Haaren und schwarzen Sternen im Gesicht
nicht schöner, als die blonde Christentochter mit den
wasserblauen Augen? Hatte die etwas Anderes, Kost-
bareres von der Natur im Besitz, als sie? Kam sie
nicht auch, um einen guten Handel mit dem vornehmen

8*

Junker zu machen, während Miriam an keinen Ge=
schäftsvortheil mehr dachte, nichts wollte, als den Arm
wieder um sich haben. Hastig wuchs es in ihr groß,
zu heißer Leidenschaft, ließ sie mit Verachtung auf die
niedrige Gewinnsucht der Anderen sehn. Und so trieb's
sie zweimal auf die Haide hinaus, sich hinanzuschleichen
und zu winden, um zu spähen, ob er wieder mit der
blonden Christentochter zusammen sei und was er mit
ihr beginne. Das Blut gährte ihr bei dem, was sie
verstohlen sah und hörte; doch wilder noch bei'm Er=
kennen, wie schlangenlistig die harmlos gleich einer
Taube Erscheinende zu Werke gehe, nichts an dem
Werth ihrer Waare zu verringern, eh' sie sich den
Preis dafür völlig gesichert habe. Die Lauscherin
drückte ihre Finger in die Handfläche, aber sie trug
keine Krallen daran und keinen Otterzahn im Mund.
Und ohnmächtig mußte sie zur Stadt zurückgehen, wo
sie, die Abwesenheit ihres Vaters benutzend, den Laden
geschlossen hatte, so daß vermuthlich mancher Käufer
kopfschüttelnd vor der Thür umgekehrt war. Aber
selbstverständlich schwieg sie bei der Heimkunft Nathan
Aronsohn's von ihrem Fortgang, denn er hätte sie für
unrichtig im Kopf angesehen, daß sie gute Zeit und
Kunden versäumt habe wegen einer Waare, von der sie
erfahren, daß ihre Auslage nicht zum Einschlagen eines
Handels geführt.

Und noch einen dritten Mitwisser besaß neuer=
dings die tägliche Zusammenkunft Meinolf's und Zea's.
Seit dem Tage, an dem der Förster Dirk Westerholz
durch Herrn von Brookwald zu einer Einkehr im
Pfarrhause von Loagger veranlaßt worden war, hatte
der erstere mehrmals wieder seinen Fuß auf die Haide,
dem Dorf zu, hinausgesetzt. Bis zu diesem selbst ging
er nicht vor, doch begegnete er Zea Hollesen einmal
auf dem Weg, und aus dem Blick, mit dem er ihr
Gesicht gleichsam umfaßte, ließ sich lesen, daß der
Grund, der ihn hergeführt, dem Wunsch entsprungen
sei, die Tochter des Pastors nochmals zu sehen. Sie
begab sich an ihm vorüber, ohne sein auf sie verwandtes
scharfes Augenmerk wahrzunehmen, schaute überhaupt
kaum auf und erkannte, zu sehr mit ihren Gedanken
an ihr Ziel vorauseilend, den nur flüchtig einmal Ge=
sehenen nicht wieder. Doch er folgte ihr mit den
Blicken nach, wie sie weglos in die Haide hineinbog,
und einige Mal schon war ihm aufgefallen, daß der
junge Herr von Alsleben gleichfalls um die nämliche
Vormittagsstunde durch den Wald eine Richtung nach
der Haide einschlug. Westerholz bekümmerte sich sonst
nicht um das Thun und Treiben Anderer, und am
wenigsten lag's in seiner Natur, etwaigen heimlichen Zu=
sammenkünften eines Mädchens mit einem jungen Manne
nachzuspüren. Aber an Zea Hollesen nahm er ein

merkwürdiges und außergewöhnliches Interesse, das ihn
veranlaßte, sich doch einmal, als er Meinolf auf dem
gleichen Weg gewahrte, über die ihm aufgetauchte Wahr=
nehmung Gewißheit zu verschaffen. Sein Leben lang
hatte er die Kunst geübt, unbemerkt auch ein scheues
Wild zu beschleichen, so gelang es ihm unschwer bei
dem völlig achtlosen Paar, und durch grauen Regen=
fall sah er in einem Bretterschuppen die Bestätigung
vor sich. Mit anderem Augenausdruck, als die Tochter
Nathan's, blickte er drauf hin, doch auch mit einem,
der nicht leere Gleichgültigkeit oder nur Befriedigung
von Neugier in sich trug. Ihn ging nicht an, was
in der Wetterhütte geschah, und er fühlte sich keine
Pflicht obliegen, einem Zweiten etwas von seiner Ent=
deckung mitzutheilen. Aber wie er gegen den Wald
zurückschritt, sprang zwischen seinen weißlich über=
buschten Lidern ein eigenthümliches Lichtspiel hin und
her. Er hielt sie groß aufgeweitet, als sehe er in eine
endlose Ferne hinaus; schnelleres Athemholen seiner
Brust sprach von einer innerlichen Erregung. Doch
seine gewohnte Wortkargheit, von der er nur einmal in
der Gewitternacht beim Anblick des brennenden Baumes
Dietrich Alsleben gegenüber abgewichen, ließ auch in der
Haideeinsamkeit von dem, was in ihm vorgehen und reden
mochte, keinen Laut über die Lippen kommen, und er
begab sich nach Ekenwart an seine Tagesaufgabe zurück.

So fiel, troß ben mannigfachen Auskunbern unb
Mitwiffern, von außen nichts in bas fonnige, blühenbe
Haibemärchen hinein, feine beiben Schöpfer ober Ge=
fchöpfe wie ein jählings von kaltem Schatten über=
fchauertes Falterpärchen erfchreckt auffahren zu laffen
Nach Haus gekehrt aber warb Zea ebenfalls von keiner=
lei beunruhigenber Empfinbung angerührt, aus ihres
Vaters Zügen fprach nur innere Beglückung über ben
Frühlingsglanz ihres Gefichtes. Sie fuchte nicht mehr
beinen Blick zu vermeiben, begriff nicht, weshalb fie
fies eine Zeit lang gethan; bei jebem Anlaß fchlug fie
die ftrahlenben Augen voll gegen bie feinigen auf, unb
ein Einverftänbniß fchien zwifchen ihnen hin unb her
zu grüßen. Doch fchweigenb, wie in einem Traum
beffen Zauberwelt ihr Wunberbarftes verliere, wenn,
fie burch ein aufweckenbes lautes Wort felbft zur
fchönften Tageswirklichkeit verwanbelt werbe. Unb
Chriftian Hollefen hütete forglich feine Zunge, ben
öftlichen Duftfchleier, mit bem ber felige Herzfchlag
ein Kinb umwoben hielt, burch kein Anrühren bes
zarten Gewebes zu zerftören.

Nur vor Einem trug Zea eine Scheu in fich, vor
bem Anblick bes Schulhaufes. Sie machte es wie ein
Kinb, bas bie Augen von einem Unruhe einflößenben
Gegenftanb abgekehrt hält unb fich einrebet, baburch
werbe er verfchwinben, beim Umwenben bes Gefichte

nicht mehr vorhanden fein; fo faß fie mehrere Tage
lang nicht in jene Richtung hinüber. Aber fie konnte
nicht hindern, daß ihre Gedanken täglich den Weg zum
Schulhaus nahmen, doch nicht um bis zu ihm hinzu-
kommen, fondern in einiger Entfernung davor hielten
fie ungewiß an.

Diefe Gedanken trugen Nebelfchleier um fich, aus
denen nichts deutlich Erkennbares hervorkam. Nur
das ftand zweifellos da: Sie hatte auf Herbfand
Tilmar Hellbeck verfprochen, feine Frau zu werden,
aber fie konnte nicht zu einer Klarheit darüber kommen,
wie es damit fei. Freilich hatte fie ja auch gedacht
und es Meinolf felbft angerathen, er folle Unna
Brookwald heirathen — nur durfte er fie natürlich
nicht küffen, was ihm indeß ohne Zweifel auch nicht
in den Sinn kam — doch fie waren bei der Vorftellung Beide in ein folches Lachen gerathen, als ob
fich nichts Komifcheres erdenken laffe. Und wahrfcheinlich würde deshalb Meinolf ebenfo lachen, wenn fie
ihm mittheilte, daß fie Tilmar's Frau werde, felbft-
verftändlich auch ohne ihn zu küffen. Sie rechnete
öfter genau aus, was Alles fie in feiner Hauswirth-
fchaft zu beforgen habe und ob ihr Zeit genug bleibe,
am Vormittag auf die Haide zu gehn, um dort mit
Meinolf zufammen zu treffen. Diefe Stunden mußte
und konnte fie auch wohl erübrigen, doch darüber ver-

mochte sie nicht in's Reine zu gelangen, ob Tilmar es
zulassen, sie nicht daran behindern werde. Natürlich
nicht sie wirklich festhalten, dazu war er viel zu
schüchtern und zu unterwürfig. Aber sie hatte ein Ge=
fühl, ihm würde es vielleicht nicht lieb sein, daß seine
Frau jeden Morgen nach dem Findlingstein hinaus=
gehe, und sie sah ihn mit den traurigen, hülflosen
Augen, die er zuweilen haben konnte, stehn und ihr
nachblicken. Das jedoch ließ sich ja nicht ändern, denn
Meinolf erwartete sie, und sie durfte und konnte um
nichts in der Welt ausbleiben. Es wäre wohl besser,
auch für Tilmar, gewesen, wenn sie ihm das Ver=
sprechen nicht gegeben, denn eine andre Frau brauchte
ihn nicht täglich mehrere Stunden lang zu verlassen.
Aber das hatte sie damals ja nicht wissen können, war
überhaupt noch ein recht einfältiges Ding gewesen, so
wie Unna noch heut'. Nun freilich hatte sie die Kinder=
schuhe ausgezogen, trotzdem aber blieb doch immer noch
einiges Ungewisse, das sich durch Nachdenken nicht
herausbringen, nur als vorhanden seiend fühlen ließ.
Und dies Gefühl brachte Zea ein paarmal plötzlich
dazu, sich am späten Nachmittag aufzumachen, um
nach dem Schulhaus hinüberzugeh'n. Sie war indeß
gleich ihren Gedanken nicht bis dorthin gekommen,
sondern beidemal auf halbem Weg wieder umgekehrt.
Zu schwierig fiel's, so aus sich allein heraus, gleichsam

im Dunkel umhertastend, das Richtige zu finden, und
sie hatte den Weitergang wieder auf den nächsten Tag
verschoben.

Doch nun war's einmal gegen Abend, daß sie den=
noch dazu kam, ihn auszuführen. In der Ferne sah
sie Tilmar, ihr den Rücken wendend, am Strand ent=
lang davongehn, und auf der Thürbank vor dem Schul=
hause gewahrte sie allein die alte Margret Hellbeck
mit ihrem Spinnrocken sitzen. Da setzte das Mädchen
rasch entschlossen den Fuß weiter vor und trat grüßend
zu ihr hin: „Guten Abend, Mutter Margret, ich hab'
Sie länger nicht gesehn, geht's Ihnen gut?" Und die
Angesprochene erwiderte, mit dem Kopf die hellen
klugen Augen des alten Gesichts aufhebend: „Ja, Du
kamst früher öfter herüber, liebes Kind — aber mich
dünkt, Du bist in letzter Zeit so groß geworden und
anders, ich muß Dich wohl auch anders anreden."

„Nein, Mutter Margret, das wär' mir leid." Jea
setzte sich mit auf die Bank und fragte: „Geht's auch
Tilmar gut? Ich habe ihn ebenfalls länger nicht
gesehn."

„Er ist grad' fortgegangen, willst Du ihn gern
sehen, glaub' ich, kann ich ihn noch zurückrufen."

„Nein, Mutter Margret — er wird's nicht mehr
hören, er ist schon zu weit."

„So, — wenn Du ihn gesehn hast, man täuscht

sich beim Spinnen leicht in der Zeit. Es thut ihm
auch gut, recht weit zu gehn und lang draußen zu
sein. Als der Frühling anfing, hatte ich rechte Freude
an seinem Anblick, so kräftig und frisch und froh sah
er aus. Aber in den letzten Wochen ist er wieder
magerer und blasser und gefällt mir nicht."

Bea fiel ein: „Er muß sich zu stark anstrengen —
mein Vater meint, die Schulstelle hier ist seiner nicht
würdig, kann ihm keine Lebensfreude machen, und er
müßte durchaus eine besser für ihn passende zu be=
kommen suchen."

Die Alte nickte zustimmend. „Und Du meinst das
auch, Kind?"

„Und dann — wenn er eine bessere Stelle be=
kommt — sollte er sich doch verheirathen, Mutter
Margret — natürlich nicht die erste Beste zur Frau
nehmen, sondern gut vorher überlegen, ob eine recht
zu ihm paßt und nicht vielleicht noch ein einfältiges
Ding ist, das von gar nichts in der Welt noch etwas
weiß und versteht. Denn damit wäre ihm schlecht ge=
taugt, und auch Sie, Mutter Margret, hätten an solchem
vorschnell mit dem Mund redenden Geschöpf nicht die
wirkliche Hülfe, die Sie brauchen, sondern würden sie
wahrscheinlich so schnell als möglich aus dem Hause
wieder los sein wollen. Denn ein Mann, und ganz
besonders Tilmar, versteht sich so wenig drauf, ob auf

Eine, die er zur Frau nehmen will, wirklich Verlaß
ist, und er könnte sich das allergrößte Unglück anthun,
wenn er nicht rechtzeitig von solcher, die nicht die
richtige Frau für ihn wäre, noch wieder abließe."

Leise ließ die Alte ihr Rad summen und nickte
weiter zustimmend. „Gewiß, Kind, das sagst Du Alles
ganz richtig. Du hast's wohl von Deiner Mutter ge=
hört, denn aus eigner Erfahrung kannst Du's doch
nicht wissen. Aber das ist auch richtig, ich glaube,
mein armer Junge hat guten Rath nöthig, damit er
seine Vernunft zusammenhält und sich nicht selbst, wie
Du sagst, ein Unglück anthut. Ich will's ihm aus=
richten, wenn er heimkommt, Du wärst hier gewesen,
und welcherlei Wünsche und Besorgniß Du für ihn
gehabt. Oder wartest Du auf ihn, ich denke, er bleibt
nicht lang' mehr fort."

Zea stand auf. „Nein, ich kann's heut' nicht, muß
nach Haus, wollte Sie nur schnell einmal begrüßen,
Mutter Margret. Nein, sagen Sie's Tilmar nicht von
mir — mir würde er's nicht so glauben und zu wenig
Erfahrung zutrauen — ja, ich hätt's von meiner
Mutter gehört und von meinem Vater, und er möcht's
recht bedenken mit einer besseren Lehrerstelle und mit
— mit allem Andern. Und auch recht freundlichen
Gruß für ihn, ich käm' in der letzten Zeit am Nach=
mittag schwer vom Hause fort, und am Vormittag

müßt' er ja in der Schulstube sein. Aber auf ihn
warten hätt' ich nicht können. — Gut' Nacht, Mutter
Margret, es ist hohe Zeit für mich, immer später schon
als man meint, die Tage sind so lange hell."

Der Alten die Hand gebend, ging Bea jetzt hurtig
davon. Margret Hellbeck sah ihr nach, und ein Weil=
chen blieb das Rad stillstehn, denn ihr Fuß vergaß es
zu drehn. Dann sprach sie halblaut vor sich hin: „Ja,
der Herr Pastor und die Frau Pastorin lassen's wohl
sagen, und ich muß Dir's ausrichten, Til, denn Du
hast guten Rath nöthig. Aber lieber wär's Dir wohl,
sie hätten's Dir selbst gesagt und nicht durch das Kind
bestellen lassen. — ich seh's Dir lang an, mein armer
Junge, das wär' Dir lieber gewesen." Und mechanisch
trat der Fuß der Alten das Spinnrad langsam wieder
in Gang.

XI.

Nach ältestem Erdenbrauch ging's zu, daß die nämliche Zeit keineswegs überall das Nämliche mit sich brachte. Flora und Pandora erschienen in ihr vereinigt, die Gaben beider streute sie durcheinander gemischt aus. Der Behälter, drin sie jene bei sich trug, ließ sich in etwas mit dem Sack Nathan Aronsohn's vergleichen, so vielfach verschiedenartig war sein Inhalt; die Wirkungen dagegen, die sie damit erregte, beschränkten sich eigentlich nur auf zwei, eine, die Freude, und eine andere, die Betrübniß verursachte. So theilte sie beglückenden Herzschlag und heimliches Leid zu, schuf frohe Erwartung und wandelte Hoffnung in Enttäuschung. Margret Hellbeck erfüllte sie mit Bekümmerniß, Nathan Aronsohn selbst dagegen um die gleiche Abendstunde mit Befriedigung. Und zwar mit einer großen und doppelten, sowohl über ein unerwartetes vortreffliches Geschäft, das er bei seiner Heim-

kunft abgeschlossen fand, als über seine Tochter, die es
klug bewerkstelligt hatte. So zufrieden war er, daß
er sich an einem Kistchen mit altem Portwein ver=
griff, den er vor Jahren von einem unvermögenden
Schuldner billigst als Zahlung angenommen, um ihn
nach seinem Werth zum fünffachen Preis wieder an=
zubringen. Davon holte er eine Flasche auf den
Abendtisch, machte sie vorsichtig auf, schenkte sich selbst
und seiner Ladenverwalterin ein halbes Gläschen daraus
ein und sagte: „Bist eine Perle, Miriam, in meinem
Hause, wärest gewesen auch eine Perle unter den
Töchtern von Jerusalem. Hast verdient Dir den kost=
baren Trunk, der, wenn Du ihn legst auf die Waage,
hat ein Gewicht wie gutes Silber, und hast verdient
Dir noch mehr. Du kannst aufthun den weißen Zahn=
verschluß hinter Deinen Lippen und sagen nach Deinem
Verlangen, was Du möchtest noch mehr."

Miriam's weiße Zähne blinkten zwischen den
carminrothen Lippen, und sie antwortete: „Wenn Du
mich heißt eine Perle, möcht' ich auch haben eine Perle."

„Willst Du sein eine Fürstin? Wenn es noch
gäb' einen König Salomo, würd'st Du sie können
haben um ein Billiges. Aber von woher sollt' ich
nehmen eine Perle, von welcher würde sagen der Ju=
welier, sie wäre nicht gewachsen in der Muschel, daß
er könnte aufwägen sie mit Gold?"

„Ich weiß, Du haft gut aufbewahrt liegen in der Schublade eine, die Du haft angekauft im Winter um hochbilligen Preis."

Nathan drückte ein Augenlid zu. „Haft Du Augen zu sehen durch's Holz. Was Du heißt hoch= billig! Ich würd' heißen nur hochbillig, was Du Dir Gutes könntest einkaufen, ohne zu haben davon Un= koften. Wolltest Du Dir lassen einfassen die Perle, daß sie sollte sein wie vor einer Gartenthür ein Zier= rath, den der Gärtner bringt an für Augen, ihnen zu zeigen von weitem, wo sind zu finden preiswürdige Blumen?"

Doch Miriam versetzte nur kurz: „Ich möcht' sie zerftoßen zu einem weißen Pulver und es thun in den Wein."

Das ließ Nathan das zugedrückte Lid weit ver= wundert wieder aufreißen. „Wär's ein koftspieliger Trunk, welcher, wenn Du ihn wollt'ft legen auf die Waage, hätt' ein Gewicht nicht wie Silber, sondern wie feinstes Gold. Haft Du aufgefunden vielleicht ein altes Buch und gelesen darin von dem Glauben, den haben gehabt immer die reichen Töchter von großmäch= tigen Leuten, daß sie sich könnten schaffen mit einem solchen koftbaren Trunk besondere Schönheit von einer weißen Hautfarbe, zu bekommen im Gesicht das Aus= sehen von einer Perle? Haft Du doch nicht nöthig,

Dir herzurichten an Deinem etwas auf andere Art,
denn es ist wohlgerathen als eine Rarität von der
Natur, daß sicherlich noch wird kommen zu Dir ein
hochfürstliches Angebot, ohne daß Du brauchst Dir zu
machen darum so große Unkosten."

Vortrefflich gelaunt sprach er's, doch Miriam zeigte
sich nicht empfänglich für das ihr in Aussicht gestellte
gute Angebot, sondern gab zurück: „Du hast's richtig
gesagt, es soll nützen mir für die weiße Hautfarbe der
Trunk. Aber es ist nicht nöthig dazu eine heile und
kostspielige Perle, es kann sein eine, die schon ist zer=
stoßen zu weißem Pulverstaub und ist um ein Billiges
zu bekommen."

Die Sprecherin stand auf, trat in ihre Kammer
und kam mit einem alten Holzkasten zurück. Ihr Vater
hatte ihr verständnißlos nachgesehen, empfing sie bei
der Wiederkunft: „Weiß ich nicht, daß ich jemals hab'
gehört, man könnt' irgendwo kaufen Perlen, die sind
kleingestoßen zu weißem Pulverstaub. Was hast Du
eingeschlossen in dem Kasten, Miriam? Ist etwas drin
zu besehen, weil Du ihn holst herüber aus Deiner
Stube?"

Sie zog einen Schlüssel aus ihrer Tasche, mit
dem sie die wurmstichige kleine Lade aufmachte. Dazu
sagte sie: „Es ist drin, was Du mir hast gegeben als
Geschenk, wie viel Jahre es mögen her sein, wenn Du

warst zufrieden mit mir. Ich will machen mit Dir ein Geschäft und unbesehen Dir liefern Alles zurück, was ist gekommen in den Kasten, wenn Du verschafft mir dafür von dem weißen Pulverstaub, der verhilft zu der weißen Hautfarbe."

Die Augensterne Miriam's glichen geschliffenem schwarzen Kohlengestein, doch während sie das letzte sprach, sah's aus, als wurde drauf geblasen und ein rothglimmernder Schein komme unter dem dunklen Gefunkel herauf. Nathan Aronsohn's Schulter machte unwillkürlich einen Ruck, wie wenn sie den aufgeladenen Sack ins Gleichgewicht schiebe, dabei sah er groß seiner Tochter in's Gesicht und sagte: „Hat Dich der kostspielige Wein gemacht unrichtig im Kopf, daß Du kommst auf den Einfall, anzustreichen ein gute Waare mit einer schlechten Farbe, so daß sie behielte keinen Werth mehr? Ist mir doch nicht vorgekommen in meinem Leben auf die gesunde Menschenvernunft eine solche Einwirkung, die könnte bringen einen Menschen, ich weiß nicht wozu und wohin und um was; mir läuft's über den Rücken, Miriam, was für ein schlechtes Geschäft könnte machen ein Hals mit solch' einer Perle im Trunk. Du wirst Dich legen ins Bett und gut ausschlafen heut Nacht Deine Verkehrtheit, daß Du kannst aufwachen morgen früh mit richtiger Gesundheit im Kopf."

Damit hatte Nathan eine unverhohlene und nach=
drückliche Mißbilligung des räthselhaften Perlenpulver=
Gelüſts seiner Tochter kundgegeben, aber hinterdrein
ging ihm ein Schmunzeln um die Mundwinkel, denn
er war zu gut aufgelegt heut' Abend, um sich durch
ihren verkehrten Einfall die Laune verderben zu lassen,
und er fuhr fort: „Will ich ansehen, was Du haſt als
wie ein Hamſter getragen in's Neſt seit den Jahren,
ob kann kommen in Rede dafür die ächte Perle, von
der Du weißt, daß sie liegt in der Schublade. Hätt'
ich wollen kaufen die Katz' im Sack, wär' nicht ge=
kommen aus meinem Sack das eigne Dach über unſern
Kopf und was drunter iſt zu haben für baares Geld
oder gute Handſchrift."

Wortlos und gleichgiltig ſtand Miriam am Tiſch,
ihrem Vater zuſehend, der die Gegenstände aus der
Lade hervornahm und betrachtete. Zumeiſt werthloſer
alter Plunder war's, allerhand kleines Geräth und
Schmucksachen aus Messing oder Zinn ſtatt Gold und
Silber, da und dort mit bunten Glasſtücken wie mit
Edelsteinen beſetzt, nur für begehrliche Kinderaugen
verlockend, demgemäß indeß von der Beſitzerin ehemals
wie große Schätze sorgfältig in Papier eingewickelt. Es
war begreiflich, daß Nathan sich leicht davon getrennt
hatte, um eine gute Leiſtung seiner Tochter anspornend
zu belohnen, doch trotzdem verurſachte ihm's augen=
9*

scheinlich einen Genuß, jedes Stück herauszuwickeln und
durch die Finger gehen zu lassen. Es verseßte ihn in
Zeiten zurück, wie er kleiner vor sich selbst gewesen,
ab und zu kam ihm vom Mund: „Es ist mir ge=
blieben sißen in der Erinnerung, wo ich's hab' auf=
gefunden; war's eine Zeit, wär's ein schlechtes Geschäft,
müßt' ich heut' wieder tauschen damit." So häufte
auf dem Tisch sich der unechte Tröbel, für den Miriam
sichtlich längst die richtige Schäßung gewonnen und
das Besißinteresse verloren, und der Kasten warb leer.
Nur ganz zu unterst lag noch etwas Größeres, be=
sonders achtsam mehrfach in einen Bogen Schreibpapier
eingeschlagen; als Inhalt kam eine breite, schwarzan=
gelaufene Schnallenspange zum Vorschein, über die der
Beschauer mit dem Finger streichelte und sagte: „Sie
ist gut, wenn Du nicht wirst scheuen die Arbeit, sie
abzupußen ein paar Stunden lang mit Kreide, wirst
Du sehen, es kommt heraus altes richtiges Silber. Es
ist mir in der Erinnerung, daß ich sie Dir habe ge=
geben als Kind für ein besonderes Verdienst, aber ich
weiß nicht mehr zu sagen, was es ist gewesen."

Doch während Nathan dies sprach, gingen seine
Augen weiter auf; sie sahen nicht mehr auf die Silber=
schnalle, sondern waren auf das zerknitterte, beschriebene
große Quartblatt gefallen, aus dem er sie heraus=
gewickelt, und sich mit den Fingern über der Augen=

braue kratzend, brachte er halb murmelnd durch die Lippen: „Ist mir doch, als ob ich sollte kennen die Sorte Papier und auch die —"

Er sah auf, in das Gesicht seiner Tochter. Wie bist Du gekommen zum dem Stück Papier, darin zu wickeln die silberne Schnalle?"

Sie erwiderte, nachlässig die Achsel zuckend: „Davon weiß ich nichts mehr."

„Wirst Du doch suchen, Dich zu besinnen darauf. Es könnte sein, daß es wäre Dein Vortheil, noch zu wissen, von woher es ist gekommen in Deine Hand, daß Du könntest machen mit mir den Handel um die Perle in meiner Schublade."

„Ich kann nur sagen, daß ich kein Gedächtniß mehr besitze davon. Es hat vielleicht zehn Jahre lang unten gelegen im Kasten, ohne daß ich es mehr angefaßt mit der Hand und aufgemacht."

Nathan dachte sichtlich angestrengt nach. „Es muß sein die Sorte Papier — willst Du nicht versuchen Dich zu besinnen zu Deinem eigenen Besten, ob Du einmal vielleicht fast noch als ein unvernünftiges Kind getrieben ein Spiel im Laden mit einem großen Buch, das war eingebunden in Schweinsleder — kannst Du Dich nicht erinnern? Ich habe nicht gekonnt immer bei Dir stehen aufzupassen, ob Du auch machtest einen Unfug, wenn Du in einer Ecke Dich hattest versteckt

im Laden. Haſt Du nicht vielleicht geſucht nach Bildern
in dem großen Buch?"

Miriam wiederholte: „Bilder? Die Rebekka, wie
ſie ſteht am Brunnen —"

„Gott, die Rebekka, wie ſie ſteht am Brunnen —
fällt ſie Dir ein? So wird ſie haben geſtanden in
dem dicken Band mit der Schweinshaut, und Du wirſt
haben gefunden drin dies loſe Blatt Papier und es
genommen mit Deiner kindiſchen Unvernunft zu wickeln
drin die ſilberne Schnalle, die ich Dir muß haben gegeben
um die Zeit. Gott, haſt Du damit angerichtet einen
Schaden — will ich nicht reden von dem Schaden an
meinem Bein, bloß von den Koſten allein auf der
grauſam theuren Rechnung des Doctors. Aber ein
Wunder der Welt iſt's; wie es ſonſt kommt Alles wieder
aus dem Sand, iſt es heut' wieder gekommen aus
Deinem Kaſten. Iſt Dir auch wieder gekommen die
Beſinnung, daß Du haſt mit der einfältigen Hand gegriffen dies Papier aus dem Buch mit der Rebekka
am Brunnen?"

Nathan faltete und glättete ſorgfältig mit der
Hand das zerknitterte Blatt, von dem Miriam nichts
weiter begriff, als daß er es auf einen guten Handels-
werth einſchätzte. Darüber jedoch konnte ſie nicht in
Zweifel bleiben, verſetzte raſch, ob der Wahrheit gemäß
oder nicht: „Ja, es iſt mir ſo aufgewacht in der Er-

innerung," und als Tochter ihres Vaters hurtig die
günstige Geschäftslage ausnutzend, fügte sie, ihre Hand
nach dem Blatt streckend, hinterdrein: „Ich will's Dir
geben dafür, wenn Du mir verschaffst das weiße Pulver
von der zerstoßenen Perle."

Doch Nathan Aronsohn kam ihrer Bewegung zuvor, steckte schnell das Blatt in seine Brusttasche und
entgegnete: „Rede nicht als Eine, welcher wächst ein
gefährliches Unkraut im Kopf, das sich kann ausbreiten
über den Hals und ihn verschnüren, nicht mehr lassen
die Luft einzugehn in ihn. Du sollst bekommen die
heile Perle aus der Schublade morgen früh, wenn Du
Dich jetzt wirst gelegt haben in Dein Bett und wirst
sein wachgeworden bei gesunder Vernunft. Ich will
nicht hören mehr, Miriam, von dem weißen Pulverstaub, der macht die weiße Hautfarbe, ob Du hättest
ein Begehren nach ihr für Dich selber oder für Jemand
sonst, denn es ist ein schlechtes Geschäft auf alle Fälle,
und Du wirst machen noch ein gutes mit Geduld, wie
ich habe gehabt Geduld, um zu bringen über mich
dies gute Dach aus meinem schlechten Sack."

*   *
*

Auf Helgerslund waren Maurer und Zimmerleute
beschäftigt, die eingestürzte Thurmtreppe wieder her-
zustellen, und ab und zu besichtigte der Gutsherr kurz

den Fortschritt der Arbeit. Sein Aussehen ließ nichts
von dem Unwohlbefinden wahrnehmen, wegen dessen
er am Sonntag den Kirchenbesuch in Loagger versäumt
hatte, doch aus seinem Gesicht und Behaben sprach statt
der sonstigen jobialen Laune etwas andauernd Ver-
drossenes, das er an allen in seine Nähe Gerathenden
ausließ. Mit den Handwerkern schalt er, als ob sie
an dem baufälligen Zustand der Treppe Schuld getragen, und fuhr eines Nachmittags seine vorüber-
kommende Frau vor den Arbeitern mit dem nämlichen
Vorwurf an. Er habe seit Jahren auf die Ausbesserung
gedrungen, sei indeß immer von Gertrud aus nichtigen
Gründen, hauptsächlich übel angebrachter Sparsamkeit,
davon abgehalten worden, bis schließlich ein Unglück
geschehen oder es doch auf ein Haar dahin gekommen,
daß sie ein Menschenleben auf dem Gewissen gehabt.
Er könne sich nicht in Stücke theilen, überall zu sein
und aufzupassen, ein mögliches Unheil zu verhüten;
sie hätte gewußt, wie er damals den ganzen Nachmittag um einer nothwendigen Arbeit willen seine
Stube nicht verlassen gekonnt, und es wäre ihre Pflicht
gewesen, zu Hause zu bleiben und das Treiben der
jungen, unvorsichtigen Leute zu überwachen. Aber sie
habe keinen vernünftigen Gedanken im Kopf gehabt,
sondern sei vermuthlich stundenlang mit Herrn von
Alsleben spazieren gegangen, und nur wie durch ein

Wunder sei sie für ihre Nachlässigkeit nicht in der schwersten Weise bestraft worden. Das hielt Fritz Brookwald mit scharf=unwilligem Ton seiner Frau in Gegenwart der Arbeiter vor, und wenn er es auch nicht aussprach, klang doch ziemlich verständlich daraus, durch die von ihm angestellte Untersuchung müsse herausgekommen sein, daß sie die Thurmthür geöffnet und in unverzeihlicher Achtlosigkeit nicht wieder ver= schlossen habe. Und ohne daß er in seinem Mißmuth bei den heftig tadelnden Worten die Gescholtene an= geblickt, ging er in's Schloß zurück.

Eine derartige Behandlung vor einem Dutzend zuhörender Ohren war Gertrud von Seiten ihres Mannes noch nicht widerfahren, und sie stand einige Augenblicke von der unbemäntelten Brutalität derselben wie halbbetäubt da. Die ihr vorgehaltene Beschuldigung, daß sie beinah den Tod Zea Hollesen's auf dem Ge= wissen getragen hätte, hatte sie kaum mit rechtem Be= wußtwerden aufgefaßt; dieser Vorwurf war so voll= ständig ohne irgend eine Begründung und so unbegreiflich gewesen, daß er fast Zweifel an der richtigen Verstandes= beschaffenheit des Sprechers erwecken mußte. Doch etwas Anderes hatte kein Mißverstehen zugelassen und Gertrud eine Röthe in die Schläfen heraufgedrängt, die Aeußerung über ihren Spaziergang im Wald zu der Zeit mit Herrn von Alfsleben. In unglaublicher

Rohheit schlug er ihr damit vor den Zuhörern wie mit der Faust in's Gesicht, eigentlich auch nicht erklärlich, denn sie wußte, daß ihre neue Wiederbefreundung mit Dietrich Alßleben ihn völlig gleichgiltig belasse. Aber seit einer Woche steckte ein Grimm in ihm, der ihn sein Inneres nicht unter lachender Miene verbergen, sondern mit nackten Worten bloßlegen ließ. Woher jener über ihn gerathen, konnte sie sich nicht deuten, doch sie empfand, ein Ausbruch dieses Grimm's hatte ihm mit hämischer Absicht die Worte auf die Zunge gelegt, damit die Handwerker das Gehörte weitertragen, erzählen sollten, Herr von Brookwald wisse, daß und weshalb seine Frau sich mit Herrn von Alßleben allein im Wald aufhalte. Und im Innersten erschreckt, wie betäubt stand sie; sie hatte ihren Mann doch noch nicht gekannt, wohl ein zusammenhangloses, freudeleeres, trostloses Leben neben ihm hingeführt, aber zum ersten Male lag in diesem Augenblick seine Seele in ihrer ganzen rohen und tückischen Nacktheit vor ihr da. Wie zwei gegen einander treffende Strömungen durchlief sie ein kalter Schauder, während zugleich der Herzschlag ihr warme Blutwellen in die Schläfen hinauftrieb. So blieb sie, ihre Besinnung sammelnd, kurz noch auf dem Fleck stehen, dann athmete sie einmal tief auf und setzte den Fuß vor, auf dem Weg weiter zu schreiten, den einzuschlagen sie das Haus verlassen.

Langsam begab sie sich in südlicher Richtung durch
den Park, bis dieser in den Wald überging, an dessen
Rand sie noch einmal anhielt und den Blick zurück=
drehte. Aber danach wendete sie sich und trat, ver=
schmälertem Pfad folgend, unter das dichte Schattendach
der alten Buchen. Fast lautlose Stille lag umher,
im Weitergehen fühlte sie nicht nur, sondern hörte auch
das Klopfen in ihrer Brust. Sie wußte, auf dem
einsamen Weg werde ihr früher oder später etwas ent=
gegenkommen, sich wahrscheinlich um eine Krümmung
her voraus durch ein Geräusch, den Aufklang eines
Fußtrittes, das Rascheln eines Gezweigs ankündigen.
Dies, als von einer noch unsichtbaren Ursache, schon
aus der Entfernung zu vernehmen, trug sie eine Scheu
in sich, und ihre eigene Hand streifte an den Weg=
randbüschen, durch das Blätterrauschen ihrem Ohr jenen
sicher zu erwartenden Ton zu überläuben. Das Thun
Gertrud Brookwald's hatte etwas von der Zaghaftigkeit
eines jungen Mädchens, doch gepaart mit einem ent=
schlossenen Muth, der sie gleichmäßig den Schritt weiter=
setzen ließ.

Und dann kam der erwartete Augenblick, Dietrich
Alsleben tauchte aus dem grünen Blätterrahmen dicht
vor ihr auf. Die Stunde war's, in der er täglich
zum gemeinsamen Spaziergang auf Helgerslund ein=
traf; rasch zu Gertrud hinantretend, reichte er ihr die

Hand, und es war wie seit mancher Woche an jedem
Tag. Nur hatte sie bisher stets seine Ankunft im
Park erharrt, zum ersten Mal sich bis in den Wald
hinein ihm entgegen begeben, und er begrüßte sie:
„Das ist eine freudige Ueberraschung, Dich hier schon
zu finden."

Sie antwortete: „Ich wollte nicht, daß Du mehr
zu uns bis in den Park kämest." Darauf schwieg sie
kurz, eh' sie weiter sprach: „Aber ich wollte mit Dir
zusammentreffen, um Dir zu sagen, daß ich den Entschluß gefaßt habe, mich von meinem Manne zu
trennen. Nichts wird mich daran beirren, meine
Scheidung von ihm zu bewirken, wenn es nöthig ist,
zu erzwingen."

Dietrich Alsleben flog's über die Lippen: „Du
willst?" und aus weitoffenen Augen hielt sein Blick
ihr Antlitz umfaßt. Sie dämpfte ihre Stimme zu
ruhigem Klang, äußerte so, daß niemals Liebe zwischen
ihr und ihrem Manne bestanden, den sie nach dem
Willen ihres Vaters als ein halbes Kind geheirathet
habe. Frostig und leer, unter einem aufgenöthigten
Joch sei ihr Leben bei ihm vergangen, bis sie heute
erkannt, es nicht länger fort tragen zu können und zu
wollen. Mit wenigen Worten that sie der Beschimpfung
Erwähnung, die er ihr soeben vor den Umstehenden
zugefügt, doch von dem schweigend, womit er ihr den

brutalſten und boshafteſten Streich verſetzt hatte. Und
ſie ſchloß: „Ich weiß nicht, welche Schritte ich thun
muß. Du biſt der einzige Freund, den ich um Rath
angehen kann, darum ging ich Dir hierher entgegen."

Regungslos hatte Dietrich Alſsleben zugehört;
nun fragte er:

„Dein unverbrüchlicher Entſchluß iſt's, ihm nicht
mehr anzugehören?"

Sie nickte und ſagte dazu: „Ich habe ihm nie
angehört."

Er hatte bei der Frage unwillkürlich nach ihrer
herabhängenden Hand gefaßt und hielt ſie mit der
ſeinigen umſchloſſen. So ſtanden ſie neben einander,
Beide jetzt ohne weiter zu ſprechen, wohl faſt eine
Minute lang. Dann hob Dietrich Alſsleben plötzlich
den anderen Arm, legte ihn um die Schulter Ger=
trud's, bog ſich zu ihr und küßte ihre Lippen. Ein
Zucken durchfuhr ihre Glieder, doch ihre Lippen
weigerten ſich nicht, gaben ihm leiſe, wie in einem
Traum den Kuß zurück. Aber nur eines Herzſchlages
Dauer lang war's geweſen, dann trat er, auch ihre
Hand loslaſſend, um einen Schritt von ihr fort und
ſagte: „Mein Rath, Gertrud, iſt, daß Du jetzt und
ſogleich Deinem Mann offen Deinen Willen kundgiebſt,
oder wenn Du es anders willſt, ſchreibe ihm. Damit
haſt Du für Dich Deine Feſſel gelöſt; dann komme

zu mir nach Elenwart, dort den Beistand und das
Haus eines Freundes zu finden, der Dich unter sicherem
Schutz halten wird, bis Du von Deiner Ehe auch vor
der Welt losgesprochen bist."

Er hatte einen betonenden Nachdruck auf das Wort
Freund gelegt, und ihm wie einem solchen die Hand
reichend, antwortete sie: „Ich danke Dir und will
thun, was Du mir gerathen, sprechen oder schreiben.
Dann komme ich zu Dir in das Haus des Freundes."
Beide blickten sich noch einmal mit einer stumm redenden Sprache in die Augen, danach begaben sie sich
auseinander, hierhin und dorthin zurück. Gertrud ging
nicht mehr rothgefärbten, sondern blassen Gesichts, aber
es erschien wie vom Zauberstab einer Fee angerührt
und mit jugendlichem Anmuthreiz überhaucht. Was
sie lange ungewiß in sich getragen, war ihr heute zu
plötzlich jähem Entschluß gereift, durch die rohe Hand-
lung ihres Mannes; doch sie suchte nicht sich selbst zu
täuschen, ohne den Wiedergewinn der Jugendfreundschaft zwischen ihr und Dietrich Alsleben wäre sie
nicht zu dem Entschluß gelangt, hätte um ihrer Tochter
willen das erdrückend auf ihr lastende Joch mit möglich mehr und mehr abgestumpften Sinnen weiter-
getragen. Aber dieser Frühling hatte fast wie abge-
storben in ihr begraben Gewesenes wieder aufgeweckt,
ein Gefühl, daß sie noch lebe, noch ein eigenes Leben

habe, und einen Sehnsuchtsdrang, es noch vor dem
tödtlichen Erstarren zu bewahren. Daraus war ihr
geheim die Kraft erwachsen, die ihr heut' die Stärke
gegeben, sich aufzulehnen, zu befreien, zu wollen und
zu handeln. Sie ging rascher, ein kraftvoller Herz=
schlag ließ kein Zagen und kein Bangen in ihr auf=
kommen, sie war gerüstet, Dem, mit welchem sie nichts
verband, in ruhig furchtloser Entschlossenheit ihren
Willen auszusprechen. Im Gehen zog sie ihren Ehe=
ring vom Finger. Der Anblick ihrer Hand sollte ihm
kundthun, daß sie mit dem äußeren Zeichen der Lebens=
fessel diese selbst von sich abgelöst habe. Doch ab und
zu verlangsamte sie wieder den Schritt, denn manchmal
schloß sie unwillkürlich ein Weilchen die Augen. Dann
sprachen ihre Lippen halblaut das vor sich hin, was
über Allem, Glück und trauernde Wehmuth zusammen=
mengend, ihre Brust durchklopfte: Wäre diese Stunde
vor zwanzig Jahren gewesen — wären sie ein Traum
nur gewesen und wir hätten eben uns so im Wald
getroffen und das junge, ganze Leben läge noch vor
uns —

Wohl schlug wehmüthige Klage ihre Fäden in das
Glücksgefühl ein, doch sommerliche Schönheit ging über
die Erde und wob einen gleichen holdberückenden
Zaubertraum noch um Herz und Sinne Gertrud Brook=
wald's, wie um die Zea Hollesen's. Denn das eigne

Herz in ihnen war die Fee, die aus gleicher Sehn=
sucht ihre Traumwunder um sie schuf.

Da trat Gertrud schon wieder aus dem Wald
auf den freien Parkweg hinaus, nun eilig diesen ent=
lang schreitend. Ihr Gang beschleunigte sich fast zum
Lauf, so drängte sie's ihrem Ziele zu, dem Abschluß
ihres in Herzensarmuth verkümmerten Lebens. Dieser
einzige Gedanke erfüllte sie jetzt, ließ sie Alles nur
auf ihr nächstes Vorhaben beziehen, so daß sie über=
zeugt war, ein seitwärts her auftönender Fußtritt müsse
der ihres Mannes sein, den eine für sie vorbedachte
Fügung ihr schon hier entgegenbringe. Doch dann er=
kannte sie's als Täuschung, nicht der Erhoffte bog um
den Rand eines Gebüsches, ein Anderer, nur Nathan
Aronsohn mit seinem Sack war's, eine Gertrud halb
fremd gewordene Erscheinung, denn wohl seit zehn
Jahren hatte er's vermieden, den Helgerslunder Grund
und Boden zu betreten. Vorsichtig, zaudernd ungewiß
sein verkürztes Bein nachziehend, kam er auch gegen=
wärtig daher, ließ beim Gewahrwerden der Gutsherrin
zunächst den Fuß halten. Aber danach zog er die
Schirmmütze vom Kopf, hinkte auf sie zu und redete
sie an:

„Konnte doch nichts kommen mir besser erwünscht,
als das hohe Glück, zu begegnen der Frau Baronin,
denn es sind Eines die Gemahlin und der Gemahl,

unb kann man boch nicht wiſſen im Voraus, wenn ich
ginge hinein in's Schloß, ob ich nicht käme zu unpaß
ſtörenb in einer wichtigen Angelegenheit ben Herrn
Baron, baß er mich nicht möchte ſehen unb anhören,
ſonbern geben Auftrag an irgenb wen ober was, wie
auszurichten ſeine Antwort, ohne baß ich hätte geſprochen
zu ihm."

Ungebulbig hatte Gertrub zugehört, fiel ein: „Was
wollt Ihr, Nathan? Ich habe nicht Zeit."

„Werb' ich boch gewiß nicht gehen um leichtfertig
mit der hochkoſtbaren Zeit der Frau Baronin. Iſt es
boch bloß, baß der Herr Baron iſt ein Freunb unb
Liebhaber von altem Papier, welches ich ihm hab' ein=
mal gebracht in's Schloß, baß er hat hochgnäbig ge=
wünſcht, zu bekommen mehr noch von der gleichen
Sorte. Hab' ich mir nicht laſſen verdrießen ſeitbem
die Mühe, zu ſuchen immerfort, ob ich nicht könnte
noch auffinben von dem Gewünſchten, um mir zu ver=
bienen die hohe Zufriebenheit von dem Herrn Baron.
Hab' ich's boch nicht im Sinn, zu verbienen weiter
noch etwas bamit, wenn es iſt bas alte Papier von
der richtigen Sorte, als bas günſtige Wohlwollen bes
Herrn Baron, baß er mir vielleicht wieder wenbet zu
die Gewogenheit ſeiner Kunbſchaft für gute Sachen,
die ich ihm könnte vorlegen um billigſten Preis."

Nathan hatte ein zuſammengefaltenes, beſchriebenes

Quartblatt aus der Tasche gezogen, das er der Gutsherrin hinreichte, die mit sichtbaren Zeichen erhöhter
Ungeduld gestanden. Augenscheinlich nur um den ihr
verursachten Aufenthalt raschmöglichst zu beenden, streckte
sie die Hand nach dem Papier, doch zufällig richtete
sich ihr Blick dabei auf dieses hinunter und plötzlich
flog ihr vom Mund: „Das ist — Woher habt Ihr,
das ist ja die Handschrift meines —"

Um ein paar Schritte indeß schon entfernt, fiel
Nathan Aronsohn ein: „Ich werde gewiß nicht länger
verdrießen die Frau Baronin, zu verkürzen ihr noch
mehr von ihrer hochkostbaren Zeit, weil ich habe ausgesprochen meine Bitte, zu geben von mir dem Herrn
Baron das alte Papier, möge es sein das richtige, das
gelegen hat am Brunnen der Rebekka." Und so schleunig
sein linkes Bein es erlaubte, hinkte er, um sich nicht
in Mißgunst zu setzen, davon. Es hätte doch ein Irr-
thum unterlaufen können, daß er Bedenken auch für sein
rechtes Bein getragen, wenn er sich bei dem Schloßherrn hätte anmelden lassen, und für alle Fälle bedünkte es ihm rathsam, nach der günstigen Verrichtung
seines Zwecks gegenwärtig noch den Park von Helgerslund möglichst bald wieder im Rücken zu haben.
Gertrud jedoch gewahrte nichts von seinem Weggang,
sie sah noch wie ungläubig auf das große Quartblatt,
das er ihr hinterlassen. Aus fern versunkener Zeit,

wie aus dem Grab herauf kam's in ihre Hand, denn
zweifellos auf den ersten Blick waren es die unver=
kennbaren Schriftzüge ihres Bruders Meinolf. Nur
halb lag ihr im Ohr, was Nathan von dem Papier
gesagt, weshalb er es ihrem Manne bringen gewollt,
und sie dachte kaum darüber. Doch ein Gedächtniß=
blatt hielt ihre Hand, das sie im Augenblick vergessen
ließ, was sie zu thun beabsichtigt hatte; unwillkürlich
trat sie an eine nahstehende Parkbank hinan, setzte sich
und begann die Schrift auf dem Blatt zu lesen. Was
war's? Vermuthlich etwas an sich Gleichgültiges, ein
Auszug aus einem Buch oder dergleichen, so erschien's,
aber seine Hand hatte es geschrieben und wie ein
Gruß von ihm blickte es sie an. Offenbar ein abge=
rissenes Stück; sie wendete das Blatt um, keine der
beiden Seiten zeigte einen Anfang, die eine begann
mit der unverständlichen Vollendung eines Satzes:
„Mitgift in die Wiege zu legen". Ihre Augen gingen
einmal flüchtig über das Ganze hin, da stutzte sie
plötzlich, denn inmitten des Schriftstücks traf sie auf
ihren eigenen Namen „Gertrud". Eine Anrede an sie
war's, und im nächsten Augenblick konnte ihr nicht
Zweifel bleiben, das Blatt enthielt einen Theil eines
Briefes und zwar eines an sie selbst gerichteten Briefes,
der nie in ihre Hand gekommen. Eine sonderbare Er=
regung überkam sie, etwas Schreckhaftes, sie wußte

10*

nicht, woher und weshalb. Haftig drehte fie das Blatt
wieder um und las vom Anfang der Seite:

„Mitgift in die Wiege zu legen. So liegt fie
da, ruhig athmend, ahnungslos, daß ich noch wache und
an Dich fchreibe. Möge diefer Brief nie in Deine
Hand kommen, möge mir befchieden fein, ihn morgen
wieder zu vernichten, Dir mit dem Munde zu fagen,
daß Ebuv feit vorgeftern meine Frau ift. Freilich wenn
ich dazu im Stande fein foll, fo müßte ich ihn —
und das will, das werde ich nicht. Er ift ein Un=
glücklicher, feiner Sinne beraubt — es muß noch
ein Drittes geben, daß weder er noch ich — vielleicht
daß er im leßten Augenblick noch erkennt — ich werde
nichts unverfucht laffen, all' meine Hoffnung ruht
darauf.

„Doch Du verftehft das nicht, ich fchreibe zu haftig
und wirr durcheinander. Wie Ebuv die Arme um mich
warf, ftumm damit fprach, wen fie gewählt habe, ward
es für ein paar Augenblicke ftill um uns. Aber ich
hörte nichts, mein Herz klopfte und jubelte wohl zu
laut, ließ mich, fie auch mit meinen Augen umfchlungen
haltend, Alles vergeffen. Da fuhr ich auf — denn
der Wahnfinn brach aus D.'s Munde. Halberftickte
Worte, von irrer Wuth ausgeftoßen, fchleuderte er mir
entgegen, hieß mich einen Betrüger, einen Schurken,
einen tückifchen, ehrlofen Buben. Das Blut ftockte mir,

doch ich bezwang mich, antwortete: ‚Du bist von Be=
sinnung. Du wirst morgen nicht wissen, was Du ge=
sprochen, und ich auch nicht.‘ Doch da wandte er sich
gell auflachend gegen Eduv: ‚Behalt' die Dirne, die
Du besser bezahlt hast, als ich! Wie viel hat er Dir
gegeben, das Du ihn küßt?‘ Er streckte die Hand nach
ihr, mir schien's ihr Haar zu fassen, um ihren Kopf
von mir gegen seine Augen herumzureißen. Mich hatte
ich beschimpfen lassen, jetzt verlor ich die Herrschaft
über mich. Meine Hand fuhr auf und schlug ihm mit
solcher Gewalt in's Gesicht, daß er wie betäubt zurück=
taumelte. Eduv stieß einen Angstschrei aus, die alten
Leute vom Hause liefen herzu.

„D. und ich haben uns nicht wieder gesehen, nur
kurze Schrift gewechselt. Was die seinige enthält,
brauche ich Dir nicht zu sagen, noch daß ich darauf
erwidern mußte, wie er es forderte. Wir sind über=
eingekommen, morgen früh wie zum Wettsegeln mit
unseren Böten in die See hinauszufahren. Doch
nehmen wir Pistolen mit uns, trennen uns braußen
eine Strecke weit und kehren dann gegen einander zurück.
Der Ueberlebende wird sagen, daß der Andere verun=
glückt sei und bei unserer bis vor Kurzem unzertrenn=
baren Freundschaft wird Niemand auf den Gedanken eines
Zweikampfes zwischen uns gerathen. Nur Dir mußte ich es
schreiben, für den Fall, daß ich Dich morgen nicht sehe.

„Aber ich hoffe noch Gutes, nur das Eine nicht mehr, was ich als einen Herzenswunsch gehegt. Ich glaube sicher, er hätte sich erfüllt, wenn D. nicht von der unseligen Leidenschaft für Ebub gefaßt und besinnungslos gemacht worden. Auch Dein Herz, Gertrud, ich weiß es, trägt den Wunsch in sich.

„Komme ich morgen zurück, so offenbare ich unserm Vater, daß er seit vorgestern noch eine Tochter außer Dir besitzt. Es ist geschehen, unabänderlich, er muß und wird sich darin fügen. Ein mir befreundeter junger Geistlicher, dem ich mich anvertraut, hat in der Stille unsern Eheschluß rechtmäßig vollzogen. Nicht Alles weiß er, nicht von D., nur daß ich von einer übermächtigen Nöthigung gezwungen sei, um Lebens und Sterbens willen Beistand bei ihm zu suchen. Er weigerte sich, durch eine heimliche Trauung ohne Zeugen und ohne Erfüllung der gesetzlichen Vorschriften gegen seine Amtspflicht zu handeln, doch der Anblick der reinen Holdseligkeit Ebub's brachte ihn zum Wanken. Er ist von der Art des Pastors Hollesen in Loangger, und die Menschenpflicht in ihm ward die stärkere. So gab er mir an, es bestehe eine uralte, von der Kirche nie aufgehobene Rechtsgültigkeit eines Ehebundes, wenn ein Mann vor dem Priester in Gegenwart zweier Anwesenden die Hand seiner Braut fasse und, ehe Einwand erhoben worden, laut spreche: ‚Ich erkläre diese zu meiner Ehefrau!' Wider die weltliche Satzung sei's eine Eigenmächtigkeit, aber damit geschehen, was die Kirche als das innerlich Bindende und Weihende der Eheschließung anerkenne, die Willenserklärung der Verlobten. Sie mißbillige diese Eigenmächtigkeit als eine Verletzung des irdischen Gesetzes, doch da sie den Bund als unlöslich geschlossen betrachte, ermächtige sie ihren Diener, ihm zur Verhütung argen Uebelstandes mit dem göttlichen Segensspruch auch weltliche Geltung zu verleihen. Das habe die Kirche, als das Fundament der Ehe, nie durch eine ausdrückliche Bestimmung aufgehoben — und so geschah's vor zwei wie durch Zufall anwesenden, ahnungslosen Zeugen, uns völlig unbekannten Dorfleuten, die kaum etwas von dem Vorgang begriffen. Danach nahm der Geistliche unsere Trauung auf sein Gewissen, und als Mensch sicherte er mir mit seiner Hand Geheimhaltung zu, bis ich selbst ihm die Zunge lösen werde.

„Auch das mußtest Du noch wissen, Gertrud — wenn ich morgen nicht zu Dir kommen sollte. Dann nimm statt meiner die Schwester an's Herz, die ich Dir hinterlasse; in Deinen Schutz befehle ich sie! Sie war, sie ist mein höchstes Gut, und Du wirst erkennen, daß sie es sein mußte.

„Ein Buch liegt neben mir, damit ich dies Blatt wie das erste schnell darin verbergen kann, wenn Ebbo

aufwachte. Sie ahnt nichts von morgen und soll es
nicht, weiß nur, daß ich in der Frühe einen weiteren
Ausritt mache, von dem ich erst am Nachmittag heim=
kehren kann. Ungesehen soll die Gewitterwolke über
ihr fortziehen und zergehen; daß sie davon wüßte, wäre
unmöglich für sie und für mich. Nur zwei Worte will
ich auf ein Blättchen schreiben, falls ich gegen Abend
noch nicht wiedergekommen sei, möge sie Dir das Buch
schicken, ich hätte Dir davon gesprochen und Du war=
tetest heute darauf. Dann wüßtest Du, Gertrud, was
ich als Erstes von Dir erhoffe, und ich weiß, das Du
es thust.

„Aber es wird nicht nöthig sein, dies ganze
Schreiben wird unnöthig gewesen sein. Ich werde es
morgen bei meiner Rückkehr in dem Buch vorfin=
den und vernichten. Der Glaube daran macht mich
immer freudiger, wird zur sicheren Ueberzeugung, denn
die alte Jugendfreundschaft kann nicht solchen Aus=
gang nehmen, muß im letzten Augenblick mit zwingender
Macht — —"

Mit dem Wort brach der Brief gegen den Schluß
der zweiten Seite unbeendet ab; die letzte Zeile wies
sich halb verwischt, ließ erkennen, der Schreiber habe
das Blatt, auf dem die Tinte noch naß gewesen,
hastig in das Buch geschoben, weil seine junge Frau
aufgewacht sei. Danach war Meinolf von Rhabe nicht

mehr zu einem Abschluß gelangt und, wie es fast zweifellos ward, auch nicht zu der beabsichtigten kurzen Anweisung auf einem Blättchen. Er mochte es vergessen haben; vermuthlich hatte er es in seiner immer fester gewordenen Zuversicht am Morgen für durchaus unnöthig gehalten.

XII.

Ziemlich um die gleiche Nachmittagszeit, zu der Gertrud Brookwald auf der Bank im Helgers= lunder Park den vor achtzehn Jahren geschriebenen Brief ihres Bruders las, trat drüben in Loagger der junge Lehrer Tilmar Hellbeck aus der Thür des kleinen Schulhauses. Sein blasses Gesicht machte den Eindruck von Ueberanstrengung durch die Unterrichtsstunden, die er bis zum Mittag hin gegeben, doch er hatte schon bei ihrem Anfang farblos und überwacht ausgesehen, als ob die Nacht ihm keinen Schlaf gebracht, und fast ohne etwas von der heut' besonders sorgfältig durch seine Mutter zubereiteten Mittagskost berührt zu haben, war er vom Tisch aufgestanden. Verstohlen blickte Frau Margret ihm durch's Fenster nach, murmelte, den weißen Kopf schüttelnd, vor sich hin: „Mein armer Junge — er hätte besser mein Haar als sein's." Aber doch war's auch besser und nothwendig

gewesen, daß sie gestern, wie er von seinem Abend-
gang am Strand zurückgekommen, nicht verschwiegen,
welchen guten Rath Zea Hollesen ihm von ihrem
Vater ausgerichtet habe und was diese selbst an
Wünschen und Besorgniß für ihn in Bezug auf die
Wahl einer Frau, wunderlich aus dem Munde eines
halben Kindes, hinzugefügt. Und nickend sagte Margret
Hellbeck ebenso halblaut noch hinterdrein: „Ja, er
hatte es nöthig, ich sah's ihm schon lang' an — und
wie er's gehört, da brauchte er meinen Ohren nichts
zu sagen."

Gegen die Kirche hinangestiegen, stand Tilmar,
ungewiß, wie ziellos um sich blickend, auf dem Dünenrücken, doch kehrten seine Augen nach einem Rundgang
stets in die Richtung des Pfarrhauses zurück, um eine
Weile dorthin verwandt zu bleiben. Einigemal regte
sich sein Fuß wie zum Fortschreiten in der gleichen
Richtung, aber er gelangte nicht weiter, als zu der
kurzen Bewegung, hielt scheu wieder an. So verging
wohl eine halbe Stunde, wie mit dem Zeiger einer
Uhr wies die Sonne es durch den langsam mehr sich
ostwärts drehenden Schattenwurf des reglos Stehenden.
Dann schlug ihm einmal rasch die Wimper, drüben
tauchte die schlanke Gestalt Zea's an der Pforte des
Pfarrhausgärtchens auf und sie kam daraus hervor,
schritt gleichfalls der Anhöhe unter der Kirche zu.

Sie nahm ihn nicht gewahr, denn im Gehen hielt sie die Augen nach Osten gedreht; es schien, ein Verlangen, den Blick weit über die Haide schweifen zu lassen, führe sie herauf. Erst wie sie fast auf ein Dutzend Schritte nahgekommen, sah sie bei einer Kopfwendung plötzlich Tilmar stehn, stutzte sichtlich einen Augenblick, doch ging dann schnell auf ihn zu, ihm mit freund= lichem Grußwort die Hand zu reichen. Ihre Augen warfen leuchtende Strahlen, der ganze Sommer blühte aus ihrem Antlitz entgegen. Nur wie sie sprach: „Ich wollte Dich gestern Abend aufsuchen, aber Du warst nicht zu Hause," klang ein wenig Befangenes aus ihrer Stimme, danach indeß lachte sie, etwas wohl auch, um über einen Anflug von Verlegenheit fortzukommen, doch hörbar im Eigentlichen aus innerer Freudigkeit herauf. Er erwiderte: „Ja, meine Mutter hat es mir gesagt," und er verstummte, blieb schweigend ein paar Athem= züge lang stehen, bis er hinzufügte: „Ich — ich wollte deshalb eben zu Dir, Dich zu fragen, ob Du — der Nachmittag ist schön — ich dachte mit dem Boot nach Herdsand —"

Abgebrochen und stotternd brachte er die Worte hervor, und es war, als ob die Ungelenkigkeit seiner Zunge sich auch auf die Sprache Zea's übertragen habe. Denn sie antwortete ebenso, doch sehr rasch: „Es thut mir leid, Tilmar — ja, der Tag ist so schön — aber heut' — Du denkst nicht daran, daß Du selbst, als wir zum letzten Mal drüben waren, für besser hieltest — nein, grade heut' kann ich nicht, ist's mir nicht möglich — ich bin nur einen Augenblick hierher — meine Eltern warten schon auf mich)."

Da stand Tilmar Hellbeck und sah mit den traurigen hülflosen Augen, deren Ausdruck ihr innerlich weh that, vor sich hin. Gleich langsam fallenden Tropfen kamen ihm die Worte von den Lippen:

„Ja, wenn Du nicht kannst — vielleicht ein anderes Mal."

So weh thaten die schwermüthigen Augen ihr, sie mußte nach seiner Hand fassen. „Nur nicht jetzt, nicht gleich), in dieser Stunde —" abschlagen konnte sie's ihm nicht, nur einen Aufschub wollte sie und sie wiederholte schnell:

„Nein, heut' — heute kann ich ja nicht — aber — aber morgen."

Etwas Helleres kam zwischen seine Liber; er fiel hastig ein:

„Morgen? Fährst Du morgen mit mir? Gewiß?"

Sie nickte rasch. Seine Hand hielt sich zaghaft und doch so bittend um ihre gelegt. Etwas unbedacht hatte sie's wohl gesagt, doch konnte sie es nicht zurücknehmen, und so lang' war's ja auch noch bis dahin. Außerdem — sie fühlte es deutlich in diesem Augen-

blick — einmal mußte es doch sein, und drüben auf
der Düne von Herbsand war die beste Stelle dafür.
So entgegnete sie:

„Ja, gewiß, morgen — verlaß Dich darauf —
ich verspreche Dir's."

— Nun ging sie eilig zum Pfarrhaus zurück; flüchtig
hatten seine Augen sich ein wenig erhellt, aber wie
sie ihr nachblickten, kehrte ihnen das Traurige, Hülf-
lose und Hoffnungslose zurück. Sein Glück war zu
sonnenhaft gewesen, er wußte nicht, von woher ein
kalter, dunkelnder Schatten darauf gefallen sei, nur
daß es geschehen. Seit Wochen hatte er ihn herankommen gefühlt, näher und näher, wie mit gebundenen
Händen stehend, machtlos, ihn abzuwenden —

Unwillkürlich hob er einmal beide Hände über
sich gegen den Himmel auf. O, daß er etwas könnte,
was kein Andrer auf der Erde vermöchte — daß er
etwas vom Himmel herniederholen könnte, einen Stern,
ein Wunder, und sprechen: „Das gebe ich Dir — ich
weiß, daß ich zu wenig hatte, um es Dir zu bieten —
doch sieh, das bringe ich Dir, mein Leben hätte ich
hingegeben, es für Dich zu erringen."

Sommerschön breitete der Himmel sich über Land
und See, aber er besaß keine zaubermächtige Wunder-
gabe, sie in Tilmar Hellbeck's Hand zu legen. Be-
klommen athmend, ging der junge Lehrer zum Strand

hinunter, seine Brust rang nach einer Befreiung durch körperliche Kraftanstrengung; halb unbewußt trat er in das bereitgehaltene Boot und ruderte auf die See hinaus. Eine Weile ziellos, dann führte er aus, was er für den Nachmittag beabsichtigt hatte, hielt auf Herbsand zu. Ihm kam's, sich allein dort auf die Düne zu legen, wo er mit Zea gesessen, wo ihr der Gedanke gekommen, er solle sie zu seiner Frau nehmen. Dahin zog's ihn, mit geschlossenen Augen zu liegen, als sitze sie neben ihm, und auf ihre Stimme zu horchen.

Auch die kleine Insel hatte sich nun sommerlich angethan, ähnelte einem langgewachsenen Bettlerkinde, dem unter hellgrünem, ärmlichem, zu kurzem Kleid magere bloße Beine und Arme hervorsahen, so gliederten sich von einem bißchen niedrigen Graswuchs in der Mitte die kahlen Dünensträuche gegen die umgürtende Wasserfläche hinaus. Doch auch darüber hin ging jetzt eine Lebensbewegung, ein halbes Dutzend von kleinen Schafen rupfte an dem kargen Bodenwachsthum. Sie waren sich selbst überlassen, ringsum hütete sie die See; einige über vier eingerammten Pfählen liegende Bretter boten ihnen einen Unterschlupf für einbrechende Unwetter. An Menschennähe gewöhnt, hatten sie merklich ein Gefühl der Einsamkeit, begrüßten den An= kömmling mit leise blökenden Tönen; sie standen von

ihrem Futtersuchen ab, drängten zu ihm hin und folgten
ihm auf den Fersen nach. Tilmar Hellbeck überkreuzte
das Eiland bis zu der von ihm gesuchten Stelle; sie
war nicht zu verkennen, nach rechts fiel die Düne, zu
einem kleinen Halbkreis ausgerundet, gleichsam einen
winzigen Hafen bildend, in ziemlicher Steilheit ab.
Der Boden zeigte hier dunklere Färbung, Jahrhunderte
hatten Kiesel, Muscheln und losgerissene Tange in die
Höhlung hineingerollt, mit Sand und Schlamm zu=
gedeckt, das Spiel immer neu wiederholend. Gegen=
wärtig zwar kamen die Wellen nicht bis zum Fuß
der Düne heran, sondern hielten, leise plätschernd, schon
eine Strecke vorher inne, um schnell wieder rückwärts
zu laufen. Ebbezeit war's, erst gegen Sonnenunter=
gang kehrte heut' die Fluth wieder und ein vom Wasser
entblößter Vorstrand verbreiterte sich noch.

Nun lag Tilmar hingestreckt, über ihm das
Himmelsblau und sonnengoldene Luft, von leichtem
Wind flimmernd bewegter Strandhafer umher. Ab
und zu ein Möwenschrei; die Schafe blieben in der
Nähe, stiegen auf und ab über den Dünenwall und
schnoberten am Grund.

Der junge Lehrer hatte die Lider geschlossen und
horchte. Ja, die Stimme Bea's klang neben ihm,
doch nur ein winziges Wort sprechend: „Morgen —"

Sie hatte es ihm zugelobt, morgen war sie mit

ihm hier. Aber wenn es so ward — was sprach sie
hier morgen?

Die Wellen vor ihm rauschten leis', als raunten
sie etwas, und lauschend spannte er sein Ohr. Ja, sie
redeten, mit dem Klopfen seines Herzens sprachen sie,
doch er verstand nicht, was sie sagten.

Warum?

Er zählte die Wochen, die Tage seit jenem, an
dem sie hier neben ihm gesessen —

Warum?

Vor seinen Augen stand sie wie lebend, wie in
Wirklichkeit. So leuchtend, als sei die Sonne in ihr,
als seien ihre Augen der Himmel, und aus ihnen
fluthe der Strom von goldenen Strahlen, die sie in
sich trage.

Plötzlich einmal verwandelte sich ihm ihr Bild;
eine Erinnerung überflog es, flüchtigem Wolkenschatten
gleich. Er sah ihr Gesicht bleich entfärbt; wie leblos
hing es übergebogen zurück auf den Armen des jungen
Freiherrn, der sie mit eigener höchster Lebensgefahr aus
dem Zusammenbruch der Thurmtreppe gerettet.

Tilmar Hellbeck fuhr in die Höh', wie Einer, der
aus einem Schreckenstraum halb zur Besinnung kommt,
und sah verstört vor sich hinaus. Da war das Bild
noch vor seinen geöffneten Augen — über die See her
ging Meinolf Alsleben und trug Zea auf seinen Armen.

Nur nicht mehr blaß und todtenbleich, sondern ihr Antlitz leuchtete roth wie die blühende Haide, und lachend strahlte darüber die Sonne aus ihren Augen.

Der Aufgefahrene griff mit der Hand an seine Brust. Am Herzen fühlte er einen jähen Schmerz, als sei etwas daran zerrissen oder zersprungen, wie ein Glas, denn ein solcher Klang verband sich damit, schlug ihm deutlich in's Ohr.

Nun besann er sich; das Phantasiebild war ver= schwunden, friedlich und leer dehnte die See sich vor ihm, und im plötzlichem Uebergang von der Wirklich= keit in einen vollen Gegensatz der Empfindung ge= drängt, mußte er fast lachen. Unweit von ihm machte eines der Schafe einen komischen Rücksprung, glotzte dumm=erschreckt auf etwas vor sich hin. Es hatte in der kleinen Ausrundung der Düne zwischen dem Strandhafer am Boden geschnuppert, vermuthlich von einem hervorragenden Stückchen Seetang angeführt, mit der Schnauze ein Loch in den Sand gewühlt und fuhr entsetzt vor einem klirrenden Ton zurück, den es dabei veranlaßt. Das war der Klang wie von einem zerspringenden Glas gewesen, der Tilmar an's Ohr geschlagen.

Eine Einbildung seines Gehör's — so war's wohl auch das, womit die Augen ihn überkommen gehabt. Sein Herz klopfte beruhigter; die Erklärung, der

Gegensatz, der Anblick des verdutzten Schafes machten
ihre Wirkung geltend. Er kam nicht zu einem Lachen,
das war seinen Lippen zu fremd geworden, doch un=
willkürlich trat er hinzu, um genauer zu erkennen,
was den eigenthümlichen Ton verursacht habe. Und
klar ergab sich's, ein niedergerollter Kieselstein hatte
in der That an ein im Sand steckendes Glasstück ge=
schlagen. Von dunkelgrüner, fast schwärzlicher Farbe,
saß es fest, offenbar mit dem Unterende noch weit
in den Boden reichend, von zusammengeschwemmtem
Schlamm und Steingeröll gehalten; doch ließ das
sichtbare Stück nicht Zweifel, einer augenscheinlich schon
seit langer Zeit hier angespülten und untergegrabenen
Flasche anzugehören. Es kam natürlich dann und wann
vor, daß eine solche von einem Schiff über Bord ge=
rieth und Wind und Wellen nahmen sie mit sich, sie
allmählich bis an eine zuweilen viele Meilen weit ent=
fernte Küste zu treiben. Auch geschah's — Tilmar
erinnerte sich an zwei Fälle aus den Aufzeichnungen
Jasper Simmerlund's — daß Flaschen von Fahr=
zeugen, die mit dem Untergang bedroht waren, absicht=
lich in's Meer geworfen wurden, um auf einem ihnen
anvertrauten Blatt eine letzte schriftliche Nachricht an's
Land zu bringen. Der Gedanke wachte dem jungen
Lehrer auf, während seine Hände mechanisch die Glas=
wandungen aus dem verfilzten Grund herauslösten,

11*

doch ohne sich ihm zu einer wirklichen Muthmaßung zu gestalten. Aber dann hielt er die Flasche in der Hand, sie war unversehrt, fest verkorkt, darüber offenbar noch verpecht, und durch das dunkle, schmußüberkrustete Glas kam aus ihrem Innern ein matter hellerer Schimmer hervor. Halb ohne Wissen und Denken faßte Tilmar nach einem Stein, zerschlug die Flasche damit, und aus dem abgebrochenen Hals ragte das Endstück eines zusammengerollten Papierblattes. Es war beschrieben, vorsichtig zog er's heraus, setzte sich an den Rand der Düne und las das darauf Stehende:

„Ich muß heute schreiben, was nothwendig, — morgen — ich fühle es — morgen kann ich's nicht mehr. Er kommt näher auf mich zu — er, der Schatten — und wenn er mich berührt, dann — dann ist's vorbei. Zuerst sah ich ihn an dem Abend, als Meinolf nicht zurückkam. Da stand er auf ein= mal draußen vor'm Fenster und sagte etwas. Aber ich konnte es nicht verstehen — jetzt weiß ich's, schon damals sagte er: ‚Du wartest umsonst, er kommt nicht — nie — nie wieder.‘ In der Nacht bin ich wohl hingefallen und wußte nichts mehr, denn ich lag neben dem Bett, als Jemand davon sprach. Mit dem Andern wär' er auf die See hinaus und im Sturm sein Boot umgeschlagen. Da erkannte ich die Stimme, die's sagte — er war's, der Schatten — und ich wußte

auch, wie es geschehen, gleich, als ob's ein Blitz mir
in den Kopf hineingeschlagen. Das darf ich nicht
schreiben — es ist ja auch umsonst und Alles tobt —
er, die Sonne, der Himmel, die Erde, Alles tobt. Nur
das Kind wird leben, sein Kind — darum — ich muß
mich besinnen, wie es war. Aus Angst, daß der Andere
käme, lief ich fort, lange, weit fort. Aber der Schatten
war immer hinter mir — auf der Haide, im Wald,
bei Tag und Nacht, überall war er hinter mir und
wollte mich fassen. Die Blätter wurden gelb — so
müd' war ich, ich konnte nicht mehr weiter. Nur für
das Kind — das durfte er nicht in seine Hände be=
kommen — so kalt ward's, und Nebel, lauter Nebel.
Ich sah ihn nicht mehr, fühlte nur, es half nicht,
immer blieb er hinter mir, wie ein Jagdhund auf der
Fährte. Der Blitz, der mir in den Kopf geschlagen,
hatte gezündet — es brannte drin, eine Flamme schlug
heraus, wie aus unser'm Dach im Waldhaus. Daran
erkannte ich, wohin ich im Nebel lief und ließ nicht
ab — mir fiel ein, auf das Wasser könne er vielleicht
nicht nach — ich war klug, sagte dem Kapitän nichts,
daß der Schatten hinter mir drein sei, und er nahm
mich auf's Schiff. Aber da — der Mond schien hell
und auf den Strahlen konnte er über die Wellen
nachkommen, zu mir herein in die Kajüte, gestern
Nacht. Im Schlaf fühlt' ich's, er athmete mich an —

nun ist's Tag, und ich weiß, heut' Nacht kommt er
wieder und hat mich), hält mich — darum muß ich's
heute schreiben und das Blatt dazulegen — morgen
ist's zu spät. An Gertrud von Rhade auf Helgerslund soll's, es ist ihres Bruders Kind — ich kenn' es
nicht und hab's doch lieb — sie wird ihm helfen —
ich werd' es nie kennen lernen, denn der Schatten
ist zu dicht über mir und der Blitz frißt mir im
Kopf —"

Abgebrochen endete mit dem letzten Wort die
Schrift auf dem Blatt, das Tilmar Hellbeck aus der
Flasche hervorgezogen. Noch zwei andere Blätter lagen
in jenes eingerollt; das eine enthielt ein mit Namens-
unterschrift und Kirchensiegel versehenes Document, das
die rechtsgültig vollzogene Trauung des Freiherrn
Meinolf von Rhade mit Ebuo Nordwalt, der Tochter
des Försters Tirk Nordwalt beurkundete. In fiebernder Hast rollte der junge Lehrer das dritte Blatt auf;
ebenfalls beschrieben, that es kund:

„Auf der Hamburger Bark ‚Thetis'.

Es hat die Wahnsinnige, die ich unkluger Weise
mit an Bord genommen, wohl zu frühzeitig ein Mädchen
zur Welt gebracht, in voll ausgebrochenem Wahnsinn,
daß sie nichts mehr davon gewußt, und ist alsbald
nach der Geburt mit Tode abgeschieden. Sie hat aber
vorher, da sie noch einen hellen Augenblick gehabt, mich

ihr schwören lassen, wie ich's denn aus Mitleid gethan,
eiblich zu bezeugen, daß erwartete Kind sei ihres und
ihres verstorbenen Ehemannes, Herrn Meinolf von
Rhabe auf Helgerslund. Sind wir aber hier am
andern Tag, nachdem wir das Feuer von Helgoland
passirt, ungefähr wohl auf 55° Breite unversehens in
schweren Nordwest gerathen, daß außer mir und dem
Steuermann Alle an Bord drauf schwören, es rühre
von der todten Frau und dem Kind her, die beide
Ran zugehörten, und die ‚Thetis‘ müßt' ihretwegen
mit Mann und Maus untergehn. Hoffe ich noch auf
Abflauen vom Sturm oder ihnen Vernunft einzureden,
daß sie davon lassen, wie sie's vorhaben, die Böte klar
zu machen und das Schiff treiben zu lassen, denn bei
der schweren See kommt Keiner irgendwo an Land.
Wenn aber bei ihrer Tollheit nichts hilft und wir
mit müssen, geb' ich hier letzte Nachricht von der
‚Thetis‘ und halt' dabei mein Gelöbniß, daß ich die
Papiere, die mir die Frau gegeben, mit in die Flasche
thue und hier mit Handschrift bezeuge, es sei ihr Kind,
dem sie auf unserem Schiff gestern zum Leben ver=
holfen. Weiß ich zwar nicht, wozu es noch von Nutzen
sein könnte, da das Mädchen ohn' alle Aussicht ist, am
Leben erhalten zu bleiben, vielmehr selbst gleichfalls
von ihm schon wieder verlassen erscheint. Doch will
ich mein eignes nicht zu End' gehn lassen, ohne eines

rechtschaffenen Schiffers zugesagtes Wort ehrlich in Er=
füllung zu bringen, darum habe ich dies aufgesetzt und
zum Zeugniß mit meinem Namen unterschrieben. Weiß
Keiner, was der unbekannte Steuermann oben vorhat,
daß er vielleicht noch zu Besserm verhilft.

Bernhard, genannt Beren, Emerich,
Kapitän auf der ‚Thetis‘.
Steuermann Martin Wienbarg
bezeugt mit.“

Man sah der mehrfach fast unleserlichen Schrift
an, daß sie äußerst mühsam bei heftigem Schwanken
des Tisches, auf dem sie abgefaßt worden, zu Ende
gebracht sei, doch Tilmar Hellbeck kam dies im Augen=
blick nicht zum Bewußtwerden. Rascher und rascher
hatten sich ihm während des Lesens sein Gesicht roth
überglühende Blutwellen heraufgedrängt, klopften mit
fiebernder Hast in seinen Schläfen. Zu wirklichem
Denken unfähig, nahm er Alles nur mit der Empfindung
auf, brachte sich's durch sie zum Verständniß. Doch
über Allem wogte ihm im Kopf und Herzen ein un=
geheures, übermächtiges Gefühl: Aus Sand und See
waren diese Schriften in seine Hand gekommen. Nein
— halb betäubt sah er über sich — nicht dorther —
der Himmel hatte auf sein Flehen gehört und das
Wunder, das leuchtende Wunder ihm in die Hand gelegt.

XIII.

Dietrich Alfsleben befand sich nach dem Zusammen=
treffen mit Gertrud Brookwald auf dem Rückweg
gegen Ekenwart. Der Nachmittag hatte etwas gebracht,
das seit Wochen näher und näher herangekommen war,
um die Beiden eines Tags zu erreichen und, eine Ent=
scheidung fordernd, vor ihnen zu stehn. Diese Ent=
scheidung verlangte unabweislich eine Scheidung, entweder
der Gemeinsamkeit des täglich von ihnen eingeschlagenen
Weges, oder — eine andere, die einen Weitergang auf
diesem, auf einem neuen Weg gestattete. Den Gedanken
an sie trug Alfsleben in sich, doch stumm; er konnte
ihm nicht Sprache verleihen, und nie war zwischen
ihnen durch ein Wort daran gerührt worden. Von
Gertrud mußte ein Beginn ausgehen, und nun hatte
sie plötzlich den Bann des Schweigens gebrochen, ihren
festen Willen offenbart, sich von der unwürdigen Fessel
ihres Lebens freizumachen.

Auch er wußte, sie hätte den Entschluß nicht ge=
faßt, wenn er nicht in diesem Frühling wieder in
Helgerslund eingekehrt wäre. Von ihr geführt; nicht
er hatte es gewollt, sie war es gewesen, die ihn dort=
hin zurückgebracht.

Ja, sie hatte ihn immer geliebt, von früher
Jugendzeit auf, und auf ihn gehofft. Und alles Werth=
vollste hätte sie besessen, ihm zugebracht, für einen
schönen, friedvollen Lebensgang.

Er fühlte, wie dies Bewußtsein damals klar in
seiner Brust gewesen sei, wie sein Herz davon freudig=
beglückt geklopft habe. Aber da war ein namenloser
wilder Sturm, ein Orcan in diese Brust hineingefahren,
Alles niederbrechend, zerschmetternd, überdonnernd —
und wie der Orcan seine blinde Wuth in ihm aus=
getobt, lag er, einem entwurzelten Baum gleich, hin=
geworfen auf ödem, verwüstetem Feld —

Er? War es ihm selbst denn geschehen oder hatte
er nur davon gehört? In so unendlicher Ferne hinter
ihm abgesunken lag's — wie in einem anderen Leben
gewesen — wie nur in einem bösen Traum.

Ja, Gertrud liebte ihn, und immer im Heim=
lichsten der Brust hatte auch er sie geliebt. Und sie
hatte seine Hand gefaßt, ihn in einem neuen Leben
aus der Oede auf den schönen, friedvollen Weg zurück
zu führen, der einst vor ihm gelegen. Spät war's,

mit ihr auf dem Weg zu gehen, doch noch nicht zu
spät. Noch Sommerneige war's, der ein warmer Herbst
folgen konnte. Und nur ein böser Traum —

Langsam schritt Dietrich Alfsleben durch den
Wald, der Schlag des Herzens in ihm stand im Ein=
klang mit seiner Gangbewegung. Es klopfte von einem
ruhevollen Glück, einem zweiten, das ihm dieser Früh=
ling gebracht. Einen Sohn hatte er gefunden und jetzt
die Liebe, die seit Jugendtagen unverändert am Weg=
rand auf sein Kommen geharrt.

Von der Seite her klang ein anderer Fußtritt;
Dirk Westerholz war's, den Hut lüftend, trat er heran,
auf dem Rückweg zum Schloß begriffen. Der Freiherr
hätte lieber seinen Gang allein fortgesetzt, und doch
auch war ihm in einer undeutlichen Empfindung ein
Losgelöstwerden von den in ihm treibenden Gedanken
erwünscht; so forderte er den Förster auf, ihn zu be=
gleiten, richtete wirthschaftliche Fragen an den neben
ihm Gehenden, der kurz, fast noch wortkarger als sonst,
darauf erwiderte.

Sie waren nicht weit mehr von dem Herrenhaus
entfernt, als einmal hoch über ihnen aus den Buchen=
kronen ein heller Vogelruf wie, „Milo“ oder „Bülow“
herabscholl. Alfsleben hatte nicht Acht gegeben, doch
der besonders klangvolle Ton ließ ihn fragen: „Was
war's?“ Sein Begleiter antwortete: „Ein Pirol —

die Goldbroſſel." Verſtummend machte er eine An=
zahl Schritte weiter, während der Vogel ſeinen Ruf
wiederholte. Dann hielt der Förſter den Fuß an
und ſagte:

„Herr Baron —"

„Ja — was habt Ihr, Dirk?"

„Ich erzählte Ihnen in einer Nacht drüben auf
der Haide von einer Goldbroſſel. In einem Käfig
hatte ich ſie ſicher eingeſperrt, und er gerieth in Brand
mit dem Wald umher. Damals ſprach ich Ihnen, mir
liege nicht dran, wenn Sie zur Stadt führen, dem
Richter anzuzeigen, Ihr Förſter heiße Dirk Nordwalt
und trage eine Brandſchuld auf ſich."

Der Freiherr blickte den Sprecher an. „Ihr wißt,
daß ich es nicht gethan. Warum — was giebt Euch
Anlaß, mir heut' wieder davon zu reden?"

„Der Vogelruf. Wenn die Goldbroſſel damals
verbrannt wäre, müßte ihr Geſang aufgehört haben."

„Ich verſtehe Euch nicht, Dirk."

„Sie könnte nicht mehr, nicht wieder da ſein, wenn
ich ein Mörder geweſen wäre. So war ich's nicht,
denn geſtern ſah ich ſie —"

Alsleben fuhr zuſammen. „Wen — wen ſaht
Ihr?"

„Nicht dieſelbe, ihr Gefieder müßte anders ge=
worden ſein. Doch eine von der gleichen Art, ihr ſo

gleichend, daß sie von der nämlichen Brut herstammten muß. So kann die erste nicht in Flammen und Rauch umgekommen sein, und Sie sind der Pflicht enthoben, Herr Baron, zum Gericht zu fahren."

Der Freiherr hatte die Augen von dem Gesicht des Försters abweichen lassen, fiel jetzt hastig ein: „Ich wußte es, daß Ihr sie nicht — man kann so träumen — Ihr hattet einen bösen Traum — darum behielt ich Euch bei mir, und was Ihr gesagt, losch mir im Ohr aus. Ihr habt gestern wieder geträumt, mit wachem Blick ein Gaukelbild gesehen, ein andermal sprecht mir davon. Ich habe Eile, im Hause etwas herzurichten, will hier den nächsten Weg — was wollt Ihr noch sagen?"

Westerholz stand ungewiß zaudernd. „Draußen auf der Haide war's, dort sah ich sie Beide mit einander. Ich saß auch einmal so mit Swenna Zurhaiden, ehe der hohe Herr mich nach Schweden hinüberschickte. Das ließ mir die Goldbrossel in's Haus fliegen, für das sie zu vornehmer Herkunft war. Sie trug noch mehr in sich, als was man altes Blut heißt, aber ich weiß nicht, Herr Baron, ob Sie Gefallen dran —"

Dietrich Alfsleben machte beinahe heftig eine ab= wehrende und abschneidende Handbewegung.

„Morgen, Dirk — ich sagte Euch, daß ich nicht Zeit habe, und Ihr scheint nicht zu wissen, was Ihr

sprechen wollt. Euer Weg geht dort — ein andermal!"

Dietrich Alsleben bog rasch in einen Fußpfad
ein, merkbar aus nicht verhehlter Abneigung, den
Aeußerungen des Försters weiter zuzuhören. Sie
waren ihm unverständlich gewesen, doch etwas aus
ihnen hervorgekommen, wie ein sich in die helle, warme
Sonne nach ihm aufreckender Schatten, ein frostig an-
rührendes Gefühl, das er mit einem Kopfruck von sich
abzuwerfen suchte. So schritt er eilig fort, an dem
Hügel mit den alten Eichen vorüber. War's, wie
man sagte, ein Gruftmal und lag ein Todter aus
ferner Vorzeit unter ihren Wurzeln? Die Märe
sprach's, doch kein Auge hatte es gesehn, Niemand
wußte davon. Vielleicht war es nur ein Wahn, nichts
drunten in der Erde, ein Wahn, einmal von einem
Traum erzeugt. Was ging ein Traum den Wachen-
den, was ein Todter der Vorzeit die Lebenden an!
Dietrich Alsleben trat auf den freien Platz vor'm
Schloß hinaus, blau lag der Himmel über ihm, er
hatte den kalten Schatten hinter sich zurückgelassen.

Nun begab er sich in's Haus, ordnete an, daß
im oberen Stockwerk die beiden größten, in einander-
gehenden Zimmer sogleich zur Aufnahme eines Gastes
in Stand gesetzt werden sollten. Eine Zeit lang wohnte
er der Ausführung seines Gebots bei, legte selbst da

und dort Hand an, Einrichtungsstücke anders zu stellen,
die Räume dadurch anheimelnder zu gestalten. Dann
ging er in den Park zurück; Blüthezeit der Rosen
war's, und er schnitt von einem Beet eine Fülle weißer
und rother, hastig, ohne der Dornen zu achten, die ihm
die Hände ritzten; eine Woge süßen Duftes umgab ihn.
Der berechnende Verstand sagte ihm zwar, die Eile sei
unnöthig; Gertrub's Willenserklärung ihrem Manne
gegenüber, ob mündlich oder schriftlich, erforderte Zeit,
auch sie hatte einen Rückweg zu machen gehabt, im
günstigsten Fall mußte noch eine Stunde vergehn, eh'
sie eintreffen konnte.

Kam sie denn gewiß? Sein Herz klopfte wie
das eines Jünglings, der zum ersten Mal das Kommen
eines geliebten Mädchens erwartete.

Eine schreckhafte Vorstellung tauchte in ihm auf.
Er hätte nicht von ihr gehen, in ihrer Nähe im
Helgerslunder Park bleiben sollen. Wenn ihr Mann
sie nicht fortließ, gewaltsam hinderte?

Doch das Gleiche hatte sie sich selbst gesagt,
zweifellos nicht mit ihm geredet, sondern geschrieben.
Denn ihre Entscheidung war getroffen und sie wollte
und mußte kommen; nicht mit Worten nur, unber=
brüchlich hatten ihre Lippen es schweigend gesprochen,
als sie den Kuß erwiderte.

Nein, er war kein bedachtloser Jüngling gewesen,

ein Mann, der Herrschaft über sich bewahrt. Nicht von Helgerslund entführen hatte er sie wollen, nicht, nachdem sie ihre Fessel gesprengt, allein mit ihr auf dem Weg durch den Wald gehen. Als Schutzsuchende kam sie in das Haus eines Jugendfreundes; auch hier wollte er nie mit ihr allein sein, ihr Zimmer nie be= treten, bis die Scheidung gesetzlich vollzogen worden. Kein Anhauch eines Makels sollte sie berühren, sie war ihm das junge, aufblühende Mädchen aus unendlich fernen Frühlingstagen, eine erste Liebe.

Fragend sah er auf die Rosen. Sollte er die rothen zu den weißen thun, nicht diese allein ihr zum Empfangsgruß auf den Tisch stellen?

Sein ergrautes Haar war in diesem Augenblick doch das eines Jünglings, fast noch eines Knaben. Eine einzige der rothen Blüthen wählte er aus, die allein wollte er geheim, nur leise vorschimmernd unter den weißen verbergen.

Nun wandte er sich zum Haus zurück. Es be= gann doch schon abendlich zu werden, die Sonne war hinter hohe Buchenkronen getreten und das Schloß lag im Schatten. Im Saal des Erdgeschosses nahm er eine Vase, den Strauß sorglich hineinzuordnen; wie er damit beschäftigt stand, sprach's fröhlichen Klanges hinter ihm: „Bist Du zum Rosenfreund geworden, Vater? Wie schön sie sind, die rothen besonders!"

Der Angeredete blickte um. „Du, Meinolf? Liebst Du sie nicht? Für Deine Jugend blühen sie doch auch — ich habe mehr, als ich brauche. Gefallen die rothen Dir — da, nimm sie und gieb sie Unna Brookwald —"

Er stockte beim letzten Wort, bedachtlos war's ihm entflogen. Das hatte dieser Nachmittag ja zu nichte gemacht, den früheren Wunsch und Plan, er konnte nicht mehr weiterbestehen. Aber das eigene neue Leben, der eigne Herzensdrang war über dem, was kaum erst einen Keim angesetzt haben mochte, und Dietrich Alfsleben fügte in Hast hinterbrein: „Nein — für Dich —"

Lachend fiel Meinolf ein: „Ich behalte sie auch lieber für mich, es wäre schad' um sie, denn sie würden wohl verwelkt sein, bis ich wieder nach Helgerslund komme. Was geht droben in den Zimmern vor, Vater? Ich sah's, wie ich heim kam; erwartest Du Besuch?"

„Ja, Meinolf, ein Gast hat sich bei mir an= gemeldet."

„Und für ihn sind die Rosen auch?"

Verwundert klang's und noch mehr Staunen erregend die unverständlich seltsame Antwort:

„Ja — denn die Jugend, das Glück, das Leben

kommt zum Besuch. Nein, nicht als Gast — um immer hier zu bleiben, Meinolf."

Der junge Mann wollte mit einer Frage ant= worten, doch das Geräusch eines schnellen Fußtrittes auf dem Schloßflur ließ ihn den Kopf nach der offen= stehenden Saalthür umdrehen. Und im nächsten Augen= blick sagte er mit einem Ton der Ueberraschung: „Ich glaube, Frau von Brookwald —" doch unmittelbar darauf rief er aus: „Was ist Ihnen —?"

Auch Dietrich Alfsleben's Kopf fuhr herum, und ein Jubelruf flog ihm vom Mund: „Gertrud! Du bist's schon!"

Sie war's, sichtlich von überschnellem Gang oder Lauf erschöpft, noch vergeblich nach Athem ringend. So stand sie auf der Schwelle, mit der einen Hand sich am Thürpfosten stützend, doch nicht dem Leben gleichend, das der Schloßherr zu Gast erwartete, sondern mit einem Angesicht weiß wie der Tod. Ihre andere Hand hielt ein von rüttelndem Zittern des Arms hin und her schwankendes Papierblatt, und nun rang sie ein Wort von den Lippen, aus der Brust herauf, einen Schrei:

„Judas!"

Der, dem sie den Ruf entgegenwarf, fuhr zurück und starrte sie sinnbetäubt an. Da hatte sie den Athem erlangt, mehr als das eine Wort hervor zu stoßen, doch wiederholte sie es nochmals:

„Mit einem Judaskuß betrogst Du mich — Du
hast ihn getödtet — gemordet!"

Man sah, sie sprach und handelte ohne Besinnung.
Ihre Hand schleuderte das Blatt vor seine Füße hin,
sie schrie noch einmal auf: „Ein Mörder!" Dann
stand die Thüröffnung leer und wie eine gespenstische
Traumerscheinung weniger Augenblicke war Gertrud
Broolwalb vor dem Gesicht Meinolf's verschwunden.

Ein Stoß gegen den Tisch hatte die Vase herabgestürzt,
zwischen deren Scherben die weißen Rosen über den
Boden geflogen; auf einen Sessel niedergetaumelt lag
Dietrich Alfsleben, seinen abgewandten Kopf in das
Polster vergrabend. Die Hand des Sohnes griff ihm
nach der Schulter: „Vater — was war — was ist
Dir —?"

Eine Weile vergeblich, er regte sich nicht, doch
dann hob er langsam den Kopf und drehte ihn der
Thür zu. Nun rang ein schwerer Athemzug aus ihm
auf, wie er nichts mehr in jener gewahrte und er
murmelte: „Der böse Traum." Aber seine Augen
senkten sich zum Boden herab, gingen über die Rosen
hin nach dem Blatt, auf dem sie starrblickend haften
blieben. Ein leerer, bewußtloser Ausdruck lag in
ihnen, sein Mund öffnete und schloß sich wieder, eh'
er flüsternden Tones hervorbrachte:

„Was ist das?"

„Willſt Du's?" Meinolf's Kopf war unfähig, ſich irgend ein Verſtändniß zu geſtalten; er trat vor, hob das Blatt auf und reichte es ſeinem Vater dar. Der ſtreckte die Hand danach, doch faſt zugleich mit der Bewegung ſtieß er einen Angſtſchrei aus: „Nein — es iſt roth — wovon? Weg — weg!" Und wie von einem Stoß aus dem Boden herauf in die Höh' ge= ſchnellt, warf er, emporſpringend, Meinolf von ſich zurück und war, bevor dieſer ſeine Sinne geſammelt, aus dem Saal verſchwunden.

*   *   *
*

Hinter den Buchen, über die Haide ging die Sonne zur See hinunter, doch es ward nicht dunkel, nur die Art des Lichtes verwandelte ſich. Harrend ſtand ſchon ſeit geraumer Zeit der beinah völlig ge= rundete Mond im Oſten aufgeſtiegen, und gleichmäßig wie die Abendrothhelle langſam hinloſch, nahm ſein Glanz zu. Dann war er der allein Herrſchende, doch nicht nur in der Luft und durch ſeine Strahlenkraft. Auch drunten auf der Erde übte er ſeine alte, geheime Macht. Zwar nicht an ihrer feſten Rinde, aber an der immer hierhin und dorthin ſpielend=beweglichen. Die Fluth trat ein, und obwohl kein Wind ſie trieb, rauſchte ſie doch mit ſtärkerer Wucht als ſonſt auf den Strand, ließ den weißſchäumenden Brandungs=

gürtel draußen höher aufschwellen, das Brausen seines Uebersturzes deutlicher und weiter vernehmen. Die silberglänzende Himmelsscheibe hob sich die Nordsee entgegen, denn sie schritt zum Vollmond vor, dem mit unsichtbarer Kraft den Wellen Gebietenden.

Bis nach Etenwart drang das Rauschen nicht, dort lag Alles in tiefer Stille der Sommernacht. Den Angehörigen des Gutes und den Schloßbewohnern brachte sie nach heißem Arbeitstag erwünschte Ruhe, doch nicht allen; Meinolf Alfsleben schlief nicht. Er hatte die Schrift auf dem Blatt, das die Hand seines Vaters nicht berühren gewollt, gelesen; Manches darin war ihm unverständlich geblieben, aber Eines, im Zusammenhalt mit dem plötzlichen Erscheinen der Frau von Brookwald, ihren besinnungslos ausgestoßenen Worten, ihm allmählich klar und zweifellos geworden. Mit einem jähen Schreck faßte diese Erkenntniß ihn an; sie warf ihm ein aufhellendes Licht zurück über Dunkles, Unbegriffenes seiner Jugendzeit im Vaterhause bis zu diesem Frühling hin. Stundenlang ging er in seinem Zimmer auf und ab, suchte sich das wie durch einen Nebel aus dem Brief Anblickende zu deutlicher Vorstellung zu entwirren und zu gestalten. Und mehr und mehr nach dem ersten Schaubergefühl überwältigte ihn ein tiefes Mitleid mit dem unglücklichen Manne, der fast zwanzig Jahre lang, verschlossen in der Bruſt, Entſetzliches in ſich getragen. Entſetzliches, von blinder Leidenſchaft und verſtörten Sinnen Er= zeugtes, doch nicht Ehrloſes. Und dieſer unglückliche, jählings heut' von einem Räthſel, dieſem Blatt, hülf= los, gebrochen zu Boden geworfene Mann war ſein Vater, der ihn immer heimlich geliebt hatte, doch von dem Bewußtſein jener That ſcheu zurückgeſchreckt worden, ſeine Liebe zu offenbaren. Nein, nicht Abſcheuerwecken= des war's — nur ein Verhängniß, ein furchtbares tragiſches Geſchick.

Meinolf empfand Alles mehr, als daß er es feſt in Gedanken zuſammen zu faſſen vermochte. Aber dieſe Empfindung drängte ihn unwiderſtehlich zum Zimmer ſeines Vaters hinüber. Er klopfte; es kam keine Antwort; ſeine Hand ſuchte die Thür zu öffnen, doch ſie war verriegelt. Nun klopfte er wieder und rief mit bittender Stimme: „Vater, laß mich zu Dir!" Wiederum umſonſt, aber dann klang's einmal von drinnen: „Geh' und ſchlafe — morgen."

Er kannte ſeinen Vater, daß weiteres Bitten aus= ſichtslos ſei, und er begab ſich in ſeine Stube zurück. Faſt taghell lag das Mondlicht drin, Glanz rann und rieſelte draußen von allem Gezweig. Eine Nacht war's, wie die erſte nach ſeiner Ankunft auf Elenwart, nur aus dem Frühling Sommer geworden; wie damals legte er ſich in's offene Fenſter. Ab und zu ſchlug die

Schloßuhr; dann hob sich einmal ein anderer Klang durch die Stille, ein heller, köstlicher, jubelnder. Die Nachtigall sang noch; ihre Zeit war eigentlich vorüber, aber die zauberische Nacht trieb sie noch zum Singen.

Ueber Meinolf's Sinne und Seele floß aus ihren Tönen etwas wundersam Beschwichtigendes. Er fühlte noch das gleiche tiefe, schmerzliche Mitleid mit seinem Vater, doch dem Herzschlag in ihm, seinem eigenen Leben war nichts Unwiederbringliches verloren ge= gangen. Eigensüchtig war's, aber es klopfte plötzlich jubelnd in ihm, wie der Schlag der Nachtigall. Vor ihm verwandelte sich der Park und der weiße Mond= glanz, sie schwanden fort, und statt ihrer lag vor seinen Augen Goldsonnenlicht über der blühenden Haide.

War es nur eigensüchtig? Nein, auch das nicht, freudig antwortete es sein Herz jetzt. Sein Mitleid war nicht ohnmächtig, eine Fee hatte es mit einer Wunderkraft begabt, einem Heilmittel auch für das wunde Gemüth des Unglücklichen. Morgen — das von diesem gesprochene Wort gewann Meinolf eine andere Deutung — ja, morgen ging er hinaus, seinem Vater von der Haide jene Fee selbst in's Haus zu bringen, den Frühling, die Jugend, ein neues Leben.

Ein Ton ließ ihn halb unbewußt den Kopf um=

wenden? War noch eine Thür im Schloß gegangen?
Er horchte kurz, doch mußte er sich getäuscht haben,
Alles war lautlos, und er lehnte sich in's offene
Fenster zurück.

Aber dann klang drunten im Park ein leises
Knirschen, wie von einem behutsam sich auf dem
Kiessand fortbewegenden Fußtritt. Das Mondlicht
lag hell, doch zugleich auch silberne Schleier webend
über dem Schloßplatz; unwillkürlich strengte Meinolf
seine Sehkraft an, und einen Augenblick bedünkte es
ihn, als unterscheide er dort, von woher der knirschende
Ton aufscholl, eine schattenhafte Gestalt. Dann zerging
sie, wenn ihn nicht überhaupt nur etwas getäuscht.
Aber danach war's ihm wieder, als sei sie doch und
von der Größe und dem Umriß seines Vaters gewesen.
Das Ungewisse brachte seine in der letzten Stunde
ruhiger gewordenen Nerven wieder in Erregung —
wenn es sein Vater war, wohin und was wollte er
in der Mitternacht? Er mußte sich Gewißheit verschaffen, schnell handelnd ging er in den Park hinunter,
der Richtung nach, in der er sich die Schattengestalt
fortbewegen zu sehen geglaubt. Und da tauchte sie
wieder vor ihm auf, jetzt zweifellose Wirklichkeit und
nun unverkennbar die seines Vaters, der etwas in der
Hand trug, woraus der Mond wie aus einem Spiegel
ein Strahlengefunkel zurückwarf. Meinolf sann vergeblich,

was es sei, doch dann erkannte er's bei einer Drehung, die Fläche eines Spatens war's; geräuschlos den Fuß aufsetzend, folgte er mit unnöthiger Vorsicht nach, denn das Ohr Dietrich Alsleben's gab auf nichts Acht. Offenbar hatte er ein Ziel im Sinne, dem er zuschritt, dem Hünengrab mit den alten Eichen; hier hielt er an, stieß den Spaten in den Boden und begann, Erde aufwerfend, ein Loch zu graben. Dann zog er etwas unter seinem Rock hervor, das er in die Höhlung hineinsenkte; Meinolf war dicht hinter ihn hinangetreten, legte ihm jetzt sanft die Hand auf die Schulter und sagte liebevollen Tones: „Lieber Vater, was thust Du?"

Der Angesprochene drehte den Kopf um, doch nicht überrascht, noch erschreckt. Heimlich raunend erwiderte er: „Du bist mein Sohn, ich kenne Dich. Willst Du mir helfen? Das ist gut — aber wir müssen still sein, das Loch ist noch nicht groß genug, es muß tiefer hinein."

Er bückte sich, hob den Gegenstand wieder aus der Erde und sagte: „Halte sie so lang', bis ich tiefer gegraben." Etwas Kaltes, Metallenes berührte Meinolf's Hand, ein Schauer überlief ihn, eine Pistole war's, und das Licht ließ erkennen, die alte Pistole, die Nathan Aronsohn aus dem Strandsand herausgeklaubt und die er jenem abgelauft, um sie seinem Vater für die

Waffensammlung zu bringen. Und zugleich durchfuhr's
ihn mit einer Erinnerung an den Abend, die Nacht,
wie er noch einmal in den Saal herabgekommen und
die Pistole dort nicht mehr auf dem Tisch gelegen,
obwohl sein Vater sie geringschätzig zurückgeschoben
und beim Hinaufgang in's Schlafzimmer nicht mit
sich genommen hatte. Dietrich Alßleben aber ließ
das Grabscheit, mit dem er einige Stiche gemacht,
wieder rasten, und sprach vorsichtig gedämpft:

„Anhänglichkeit war's von ihr, ich stieß sie weg,
aber sie ist aus dem Wasser zu mir zurückgekommen.
Darum will ich ihr ein gutes Bett richten, nur muß
sie drin schlafen, fest schlafen. Sie war allein dabei
und weiß es, sonst Niemand, gar Niemand — und
wenn sie schläft und schweigt, da kann ich der Andern
sagen — der mit dem weißen Gesicht: ‚Nichts weißt
Du, gar nichts. Du lügst! Grab' den ganzen Hügel
um, ob etwas drin ist — ein Todter, ein Schädel,
Knochen — nichts ist drin, nichts — nur ein Wahn,
eine Mär sagt davon. Die hat einmal Jemand ge=
träumt, aber das geht uns nicht an, sie und mich
nicht.‘ Wir legen die Rosen darauf, erst die weißen
und dann die rothen, und decken's damit zu — ganz
dicht —"

Die Worte und ihr Ton faßten Meinolf mit
einem unheimlichen Gefühl an, er ergriff eine Hand

des Sprechers und bat: „Komm, lieber Vater — Du
gehst und sprichst im Traum — ruh' Dich aus." Eine
Bank stand unweit, zu der zog er ihn mit sich, darauf
nieder und saß, seine Hand festhaltend, neben ihm;
so sagte er nach kurzem Schweigen:

„Ich weiß, was Dich quält — Du hast Meinolf
Rhabe im Zweikampf erschossen — Deinen liebsten
Freund — mit der Waffe da, die ich Dir ahnungslos
wiederbringen mußte. Ein Verhängniß war's, das
über Euch gekommen, das sein Leben nahm — so
hätte es auch Deines nehmen können, und er trüge
heut' Deine Last."

„Er? Glaubst Du's? Ich wollt', er thät's. Mir
fehlte — ich hatte keinen Secundanten. Willst Du
mein Secundant sein?"

Irre Rede war's; der Hörer sann und suchte
nach dem richtigen beschwichtigenden und erlösenden
Wort. Das Grabeste däuchte ihm das beste, und er
versetzte, die Hand in der seinigen mit festem Druck
umschließend:

„Ja, sein Tod liegt auf Dir, Du hast ihn ge=
tödtet. Aber seiner Schwester Gram häufte Unrecht
auf Dich, ich, Dein Sohn, nehme es von Dir. Nicht
gemordet hast Du ihn — besinne Dich — Du bist
kein Mörder, Vater."

Dietrich Alfsleben buckte sich zusammen. „Sagst

Du's? Du mußt es wiſſen — Du biſt mein Sohn
und mein Secundant. Komm —"

Sein Arm machte eine Bewegung, als ziehe er
Meinolf mit ſich. „Da iſt das Boot — das andere
iſt ſchon vorauf, draußen, weit draußen. Nun kommen
wir nach — Du weiſt, wie die Abrede iſt. Neben=
einander ſegeln wir, dann trennen wir uns und kommen
zurück, und dann —

Da dreht er aus dem Wind und hält und ſpricht.
Was ſagt er? Unſere Freundſchaft von Kindheit auf —
ich ſoll auf ihn zielen, er wird's nicht thun — ſeine
Hand traf mich, nicht ſein Herz. Weh thut's ihm, daß
ich leide — nicht er hat's gewollt, ihr die Wahl frei=
gegeben — und Edur hat gewählt —

Der Name — er iſt über ſeinen blauen Augen,
die mich anſehn. Meine Hand ſchleudert ihm zu:
‚Fort!' Aber er bleibt, ſein Mund ſpricht noch einmal.
Sie kann ſeit geſtern nicht nochmals wählen, iſt nicht
mehr ſeine Braut. Sie gehört ihm, iſt ſein Weib —

Wird die See ſchwarz? Was noch länger! Hier!
Jetzt! Du biſt ein Räuber — wehr' Dich! Der Lauf
fährt in meiner Hand auf, gegen ihn. Erbarmen!
Reißt mir den Arm herunter! Wenn er nicht lebt,
iſt ſie nicht ſein Weib —

Er ſieht's in meinen Augen und greift auch nach
ſeiner Waffe — da —"

Seine Hand losreißend, von der Bank aufspringend, stieß Meinolf einen Schrei aus:

„Vater —!"

Dietrich Alfsleben hob langsam einen irren Blick zu ihm empor, fuhr mit flüsternder Stimme fort:

„Du mußt es wissen — Du bist mein Secundant. Konnte er sich schon wehren, mein Leben für seines nehmen? Er wollte es jetzt, um ihretwillen, um seines Weibes willen. Oder krachte mein Schuß um einen Augenblick früher, eh' er's konnte? War er noch nicht bereit — und ich — um — einen — Augenblick —?"

Geisterhaften Ausdrucks sah der Sprecher in das Gesicht Meinolf's, der sich jählings vor ihm auf die Knie warf, seine beiden Hände ergriff, sie rüttelte und stammelte:

„Vater — wach' auf! Du träumst, Du bist — nimm zurück, was Du gesagt! Besinne Dich — es war nicht so —"

„Still! Sie hat's gesehn und gethan, darum kam sie aus der See wieder zu mir. Nur um einen Augenblick zu früh — was ist ein Augenblick? Sie muß in die Erde, dann weiß es Niemand, war's ein ehrlicher Kampf? Er wollte mein Leben, und ich war schneller und nahm seines. Nur der Augenblick —

hilf mir, sie einscharren, und ich bin kein Judas und
kein Mörder —"

Doch die letzten Worte des Irrsinnigen klangen
in's Leere, denn Meinolf war in die Höh' gesprungen
und davon gestürzt. Auch ihn hatte die klare Be=
sinnung verlassen, nur ein dumpf wogendes Gefühl
kreiste in ihm. Ziellos lief er gradaus vorwärts durch
die Mondnacht, hinter ihm drein kam etwas, dem er
entfliehen mußte. Ein Schatten, unhörbar und doch
mit einer Stimme, denn aus dem irrklopfenden Herzen
Meinolf's hervor rief sie: „Haltet ihn — den Sohn
des Mörders!"

Spät war's, und außer ihm gab's wohl in weitem
Umkreis nur noch Wenige, über die der Schlaf nicht
Herr geworden, zumeist nach ältestem Erbenbrauch von
Last und Leib Beschwerte, denn zu aller Zeit waren
Glück und Freude auch holb geschäftig, Lider mit süßer
Ermüdung zu schließen, doch der Gram hielt in bitterer
Starre die Wimpern auseinander. Er that's auf
Helgerslund, wo Gertrud Brookwald noch mit glanz=
losen Augen in's Leere blickend saß. Nicht jugendlich
mehr, um viele Jahre schien sie in Stunden gealtert,
eine lebensmüde und doch schlaflose Frau. Ueber ihr
hatte Pandora den Sack Nathan Aronsohn's geöffnet,
und unter dem, was sie ausgeschüttet, lag zerschmettert
der noch einmal glückvoll aufgewachte Herzschlag der

Jugend, die Liebe, die Hoffnung eines neuen Lebens. Ein Trug nur waren sie gewesen, zergangen wie ein Traum, und vor dem starren Blick Gertrud Brook-wald's war nichts geblieben, als die Erkenntniß, warum Dietrich Alfsleben fast zwanzig Jahre lang nicht mehr nach Helgerslund gekommen. Gleich einem Todten — nun war er's. Heute war er es für sie geworden.

Drüben aber auf der kleinen Insel Herbsand war eine andere Gabe herabgekommen, und nicht Pandora, Flora schien sie aus ihrem Blüthenfüllhorn nieder-geschüttet zu haben. Von Tilmar Hellbeck in's Pfarr-haus zu Loagger gebracht, hatte sie dort ungewöhnlich lang bis tief in die Nacht alle Augen geöffnet erhalten. Doch nicht mit Leid, mit einem märchengleichen Wun-der, das nach sprachlosem Staunen, vielstündigem Reden und vergeblichem Sinnen über die Lösung des Räthsels süßbetäubenden Mohn auf die Liber Zea Hollesen's — Zea's von Rhade — gelegt. Sie schlief; nur der Pastor und seine Frau wachten noch. Unerklärbares enthielten die Schriftstücke der aus dem Sand heraufgekommenen Flasche, doch Unanzweifelhaftes; Christian Hollesen konnte es noch nicht entwirren und deuten, aber als Letztes vor dem Schlafengehen sagte er zu seiner Frau: „Das hat Fritz Brookwald gewußt.“

Dann wachte nur ein Einziger mehr in Loagger.

Im kleinen Schulhause in der Kammer neben der Schulstube saß noch bei einer Talgkerze der junge Lehrer Hellbeck. Sein Fenster stand offen, und er hörte auf die Wellen hinaus, die von der Mondfluth an den Strand rauschten. Was sagten sie?

„Morgen — morgen!"

Der Himmel hatte das leuchtende Wunder in seine Hand gelegt, und manchmal kam es wie ein Aufglanz in seine Augen. Aber was die Wellen weiter sprachen, verstand er nicht.

Nun streckte er die Hand nach dem Sims aus, nahm ein Buch herab, über das er sich bückte. Glück schloß ihm nicht die Augen, und nicht Leid hielt sie ihm geöffnet, aber doch konnte er nicht schlafen. Und er las nochmals wieder den Bericht Jasper Simmerlunds von dem Kinde, das Henning Wittkop einst aus dem Untergang der „Thetis" und der „Providentia" rettend auf seinen Armen an den Dorfstrand hierher in diese Stube getragen.

XIV.

Wenig Stunden hindurch nur erhielt sich die nächtige Herrschaft des Mondes; höchste Sommerzeit war's, und rasch nahm die Sonne ihre Oberhoheit wieder an sich. Während ihrer kurzen Abwesenheit lieh sie ihm ihre Lichtmacht, doch entzog sie ihm diese im Augenblick ihrer Rückkehr. Nur als ein Spielzeug ihrer souverainen Laune erschien seine Glanzpracht; mit dem ersten Wurf ihrer Goldstrahlen zog sie ihm das silberne Gewand von den Schultern, und als ein armseliger, der königlichen Gnadenzeichen entkleideter Vasall stand er da, einem zerrinnenden Wölkchen gleich, schien sich in seiner Dürftigkeit vor den Augen zu bergen, die nicht mehr nach ihm sahen. So schwand er unbeachtet in nichts, schon geraume Zeit, eh' er seinen Weg bis an den westlichen Himmelsrand zurückgelegt, und leise rannen die ebbenden

Wellen der Nordsee ihm vom Strande nach. Für sie
blieb er, troß seiner Entthronung in der Luft, doch
der Gebieter, gegen den sie sich nicht auflehnten; sie
wußten, er kehrte am Abend wieder, mächtiger noch
als gestern, sie zum Gehorsam zu zwingen. Jene
aber, die große Herrin des Tages, hob sich nun voll
unter der funkelnden Krone auf ihren blendenden
Goldthron. Und wie eine Fürstin, die mit eigenen
Augen sich vor Allem zu unterrichten trachtet, suchte
sie den Strahlenblick in jeden verschatteten Winkel ihres
weiten Reiches zu heften.

Ein paar ·Stunden vergingen so, da fand sie
auch einen Durchlaß zwischen grauen Buchenstämmen
und Laubgewirr, und unter diesem blißte sie auf die
geschlossenen Lider Meinolf Alßleben's.

Ziellos durch den Wald laufend, war er ge=
strauchelt, hingefallen und nicht wieder aufgestanden;
Ermattung hatte ihn kraft= und willenlos gemacht,
dann seine verworrenen Sinne mit dumpfer Schlaf=
betäubung überwältigt. So lag er, neben der Baum=
wurzel, die ihn zu Fall gebracht, auf einer Moosdecke,
und nun ließ der grad in sein Gesicht gezielte Gold=
pfeil ihn emporfahren.

Bewußtlos blickte er erst um sich, begriff nicht,
wo er sei, bis ihm plößlich die Erinnerung kam.

Und mit einem Schlage völlig überhellt stand alles gestern Abend und in der Nacht Geschehene vor ihm; kein Schreckenstraum, gewisse, unabänderliche Wirklichkeit.

Ein frostiger Schauer durchlief ihn, doch ein körperlicher war's, von der Thaukühle seines nächtlichen Lagers verursacht, nicht aus seinem Innern, dem rückgekehrten Gedächtniß herauf. Etwas Unbewußtes mußte während des Schlafes in ihm vorgegangen sein, ihm selbst zunächst nicht erklärbar. Aber anders sah das gleich einem Blitz auf ihn Niedergefahrene ihn in der freudigen Morgenhelle der Waldstille hier an, als in der gespenstischen Mondnacht an dem alten Grabhügel.

Wohl entsetzlich; sein Denken wich davor zurück, vor der Vorstellung einer Wiederbegegnung mit seinem Vater. Ohne es denken zu wollen, empfand er, ein weiteres Zusammenleben mit Jenem sei für ihn nicht möglich. Wenigstens jetzt nicht — vielleicht später, wenn die Zeit, Jahre darüber hingegangen. Jetzt mußte er Ekenwart verlassen, fort, in die Weite, zu seinem Beruf zurückkehren, sich durch ihn einen eigenen Lebenshalt schaffen. Ihn durchrüttelte es dabei — sein Beruf war, die Hoheit des Rechtes und Gesetzes zu erhalten, Schuld zu erforschen, aus ihrer Verborgenheit an's Taglicht zu ziehen und als Richter zu strafen.

13*

Ihm klang's schaudernd im Ohr auf, daß er am Abend nach seiner Ankunft lachend ahnungslos gesprochen, Themis werde sich trösten, wenn sie noch drauf warten müsse, ihn als Staatsanwalt zu sehen.

Nur eine sich aufdrängende furchtbare Vorstellung war's, wesenlos, sogleich in nichts zerfallend. Recht und Gesetz legten ihm eine Pflicht auf, doch sie selbst erkannten ihm eine andre zu — dem Sohn ein höher darüber stehendes Naturrecht. Sein Schweigen brach nicht Pflicht und Gelübde; hier hatte er keines Richter= amtes zu walten.

Das Alles war ebenso wie gestern, und dennoch lag's in der hellen Morgensonne anders um ihn und in ihm. Er dachte darüber, woher die Veränderung gekommen, und ihm ging's auf: wie etwas Fremdes, einem Andern Geschehenes war's ihm geworden. Er trug keine Mitschuld, sein eigenes Gewissen belastete die verbrecherische That nicht, sein eigenes Leben rührte sie nicht an. Nichts verband ihn mit dem Ermordeten, als der gleiche Name, der ihm beigelegt worden; er hatte ihn nicht gekannt, für ihn war der Todte ein Fremder, nichts als ein inhaltloser Name. Des Vaters Schuld fiel von ihm ab, vor ihm selbst und vor Allen, außer vor Denen, die das gleiche Blut mit Meinolf Rhabe in sich trugen. Nur Frau von Brookwald und ihrer Tochter vermochte er nicht mehr in's Gesicht zu

blicken, sie konnten ihm entgegenrufen, daß er davor
verstummen mußte: „Du bist der Sohn des Mörders!"
Aber zu Jedem sonst durfte er die Augen aufheben
wie zuvor.

Der jähe Einbruch des Schrecklichen hatte ihn
gestern übermannt, ihm den Kopf betäubt. Jetzt fand
er die Besinnung und ruhige, klare Erkenntniß wieder.
Vogelstimmen klangen über ihm im Laub, und bunte
Schmetterlinge kamen geflattert, wiegten sich auf farben=
frohen, von den Sonnenstrahlen überflossenen Blumen;
nah' vor seinen Augen schlug ein großer prachtvoller
Falter tiefblau schillernde Flügel auseinander. Die
Natur war unverändert, freudiges Leben genoß überall
die ihm zugemessene Zeit, und schön war's, mit
klopfendem, sehnsüchtigem Herzen diesem Leben mit
anzugehören.

Meinolf saß und übersann die Zukunft, die er
sich gestalten mußte, womit er sie beginne. Nach dem
Lesen des von Frau von Brookwald zurückgelassenen
Briefes hatte er den Vorsatz gefaßt, heut' Morgen
seinem Vater als ein Heilmittel eine Tochter in's
Haus zu bringen; das war ausgelöscht, Zea konnte
und sollte Ekenwart nicht betreten. Doch Andres
mußte geschehen, heut', in der nächsten Stunde, etwas,
das er wohl schon früher hätte thun müssen. Aber
so unsagbar köstlich war's gewesen, das Geheimniß

der Haide allein zu besitzen und zu bewahren, daß
Niemand sonst darum wisse; der Gedanke, es Anderen
kundzuthun, hatte ihn angerührt, als werde der Blüthen=
duft dadurch von einer Zauberblume abgestreift, das
hohe Festtagswunder des Lebens zu alltäglich Ge=
wöhnlichem. Es war eine traumhafte Schönheit ge=
wesen, die keine Wirklichkeit erhöhen, so wiederbringen
konnte.

Doch nun hatte der Tag mit böser Hand in den
Traum hineingegriffen, sein zartes Gewebe zu zerreißen,
und es mußte geschehen. Meinolf stand auf, nach
Loagger in's Pfarrhaus zu gehen, in bräuchlicher Weise
bei dem Pastor Hollesen um die Hand seiner Tochter
zu werben. Darüber hinaus dachte er noch nicht,
aber sie mußte ihm vor der Welt verlobt sein, eh'
er von ihr ging, für sie sich durch seinen Beruf und
eigene Kraft eine Lebenssicherung zu erringen. Noch
einmal wollte er dann mit seiner Braut zu dem alten
Findlingstein, dem Urheber seines Glückes, und darnach
fort, in die Fremde, ohne Ekenwart mehr zu betreten.
Welche Gründe er dafür vorgeben werde, wußte er
noch nicht, doch sicher entschlossen, muthig und freudig
sogar schlug ihm das Herz bei dem Vorausblick, ohne
die Beihülfe seines Vaters selbst für seine Frau sich
eine Zukunft zu gestalten.

Rasch schritt er westwärts durch den Wald, ge=

langte bald an den offenen Rand der Haide. Noch
frühe Morgenzeit war's, Thautropfen hingen funkelnd
an den rothen Glöckchen, und nur Bienengesumm ging
über die stillleere Fläche. Dann tauchte einmal klein
in der Ferne eine von Loagger herüberkommende
Menschengestalt auf, geraume Zeitlang nicht unter-
scheidbar bleibend. Aber allmählich wies sie ein Kenn-
zeichen besonderer Art, denn Nathan Aronsohn war's
mit seinem Sack, schon zu seinem Gewerbegang aufgebrochen. Er hinkte nicht aus der Richtung der Stadt
her, sondern war gestern nach seinem Vorkehren auf
Helgerslund von Norden am Strand entlang bis zum
Dorf gekommen und hatte dort die warme Nacht
billigst in einer Scheune zugebracht. Nun auf dem
schmalen Haideweg mit Meinolf zusammengerathend,
trat er, die Mütze abziehend, bei Seite und fügte
seinem unterwürfigen Morgengruß hinzu: „Ist es ungewöhnlich frühe Stunde, daß mir wird bescheert anzutreffen den gnädigen Herrn Junker, der bereits
scheint umzusuchen auf der Haide nach dem Karfunkelstein, den ich immer noch nicht kann herausthun
vor seine hochgeborenen Augen aus meinem armen
Sack."

Der Angesprochene befand sich nicht in der Ge-
müthsverfassung, eine Zwiesprache mit dem Tröbler
zu führen, vergaß sogar, ihm zu winken, daß er die

Mütze aufsetzen solle, und erwiderte nur flüchtig von einer Erinnerung angefaßt: „Ich trage kein Verlangen nach Dem, was Du aus dem Sand scharrst, es ist nicht allemal Gutes."

Doch Nathan blieb trotz der kurzen Verabschiedung noch stehen und versetzte mit einem eigenthümlichen Spiel um die Mundwinkel: „Wird es auch sagen der Herr Baron auf Helgerslund, daß es ist nicht allemal Gutes, was kommt aus dem Sand. Wunder, wie doch kann kommen über Nacht aus dem Sand ein Karfunkelstein in einer schlechten alten Flasche von Glas, daß der Herr Baron wird machen geblendete Augen davon, wenn er muß lassen zu eigen das kostbare Gut und Schloß von Helgerslund der hoch= geborenen Tochter seines schon lange draußen auf der See verunglückten Herrn Schwagers."

Etwas von Befriedigung eines tief innerlich ver= hehlten Hasses flimmerte aus den dunklen Augen= sternen Nathan Aronsohn's, und er zuckte bei den Worten unwillkürlich ein paar Mal mit seinem zu kurz geheilten Bein. Meinolf Alfsleben aber fiel jetzt, ungewiß stutzend, ein: „Wovon sprichst Du? Ich verstehe Dich nicht."

„Um zu fragen und zu reden so, muß dem gnädigen Herrn Junker noch nicht zu Ohr gekommen sein das Gehör davon, was geworden ist für eine großmächtige

Erbin vor Gesetz und Gültigkeit die arme Findlings=
tochter von Herrn Pastor Hollesen in Loagger, daß es
ihm wird tragen guten Zins. Ist es vielleicht ein
guter Weg für mich, den ich gegangen hierher, daß ich
kann mittheilen dem Herrn Junker die erste Nach=
richt —"

Nathan sprach fort, von dem, was in Loagger
Viele schon wußten, denen Frau Margret Hellbeck,
die alte Mutter des Schullehrers, davon erzählt. Um
Gewisses zu erfahren aber war er zu diesem selbst
gegangen und hatte auf seine Erkundigung bestätigt
erhalten, daß Tilmar Hellbeck auf der Insel Herbsand
in einer langvergrabenen Flasche Schriftstücke gefunden,
aus denen unzweifelhaft hervorgehe, wie auch der
Herr Pastor es anerkannt, Zea Hollesen sei die recht=
mäßige Besitzerin von Helgerslund, da sie auf einem
Schiff von der ehelich angetrauten Frau des verstor=
benen jungen Freiherrn Meinolf von Rhade als nach-
geborene Tochter zur Welt gebracht worden. Das be=
richtete Nathan mit einem andauernden Durchglimmern
heimlicher, schadenfreudiger Befriedigung, brach jedoch
bei'm letzten Wort verwundert und halb schreckhaft ab:

„Gütiger Himmel, Herr Junker, ist Ihnen nicht
wohl bekommen der frühzeitige Ausgang, weil Sie
vielleicht nicht haben genug zu sich genommen an
nahrhaftem Imbiß, daß Sie sind geworden in diesem

Augenblick weißfarbig im Gesicht zum Erschrecken? Wenn ich mir darf herausnehmen die große Kühnheit, anzubieten dem gnädigen Herrn Junker ein Stück grobes Brod aus meinem Sack" —

Er machte eine Bewegung, diesen von der Schulter zu heben; denn in der That stand Meinolf Alßleben mit völlig blutlosem Gesicht da, weiß wie ein Todter. Vor den Augen aber lag's ihm, was Nathan Aron= sohn nicht sehen konnte, wie jählings auf sie gefallene schwarze Nacht, reglos ohne Athemzug hielt seine Brust an, nur seine Hand griff jetzt vor und stützte sich schwer, wie die eines haltlos vom Umsturz Be= drohten gegen die Schulter des Juden. Ein paar Secunden lang, dann stand Nathan allein und mur= melte, dem ohne Wort schwankend Davongehenden nach= blickend, vor sich hin:

„Wunder, was kann ankommen auch die hoch= geborenen Herren im Kopf, wenn sie sind gewesen zu sparsam im Magen. Aber wird liegen schwer im Magen heut' der neue Karfunkelstein aus dem Sand dem freigebigen Mann mit Eichenknittelholz aus dem hochabligen Herrenwald. Hat er mich beschenkt doch unentgeltlich mit einem Wetterglas am Leib, anzu= kündigen mir den Umschlag der Witterung, und spür' ich heut' auch in dem guten Wahrsager die Magen= beschwerniß des Herrn Baron von Brookwald."

Sich bückend, streichelte Nathan Aronsohn ein paar Mal halb zärtlich mit der Hand über sein linkes Bein, dann humpelte er weiter. Die Haide lag wieder einsam in der Morgenstille da, wohl über eine Stunde lang, bis Meinolf Alfsleben sich abermals der Stelle seines Zusammentreffens mit Nathan näherte. Doch kam er jetzt aus Westen, von Loagger her, gehend, so lang er in Gesichtsweite des Dorfes war, dann aber lief er, und neben ihm lief sein Schatten. Vor seinen starrblickenden Augen wogte das purpurne Blüthenmeer um ihn wie mit Blutwellen, jeder Haidebusch griff nach seinem Schatten, und alle Glöckchen zischten wie mit Otternzungen: „Haltet ihn! Es ist der Sohn des Mörders ihres Vaters!"

Und nun wieder durch manche Stunden hob sich über der menschenleeren Fläche die hochsommerliche Sonne ihrem Mittagsziel im wolkenlosen Blau ent= gegen. Da sah sie südlich von Loagger eine hohe und liebliche Mädchengestalt am Strand entlang schreiten, auf täglich gewohntem Weg zur Linken in die Haide einbiegen. Bea ging rasch, mit voraussuchenden Augen, doch in einem Gefühl, als bewege der Boden sich leise unter ihren Füßen auf und nieder. Die Dinge um sie her hatten etwas Unwirkliches, wie in einem wachen Traum um sie Liegendes; was mit ihr seit gestern geschehen, seit sie zum letzten Mal hier gegangen, be=

griff sie nicht mit deutlichen Gedanken; wie ein Sonnen=
licht und wie dunkelnder Nebel umgab's sie. Als
komme es von diesem empfand sie einen leichten,
stechenden Schmerz hinter der Stirn, doch darunter
den Herzschlag so freudig, wie mit lichter Sonne, mit
seligem Leben durchfließend und erfüllend. Sie wollte
auch nicht darüber denken, was der gestrige Abend in
ihre Hand, in ihr Gefühl gelegt — jetzt nicht —
später; nur Eines kam ihr, der leise Stich im Kopf
rühre wohl davon her, daß Tilmar Hellbeck es ge=
wesen sei, der die alten Schriftstücke aufgefunden und
ihr gebracht habe. Seine Augen hatten sie so anders
dabei angesehen, als am Nachmittag auf dem Kirch=
hof, nicht hülflos traurig, hatten so geleuchtet —
das that ihr weh — daher kam wohl der Stirn=
schmerz —

Hatte es sie früher als sonst vom Hause fort=
getrieben, der Findlingstein lag noch leer vor ihr,
Meinolf erwartete sie noch nicht darauf. Nur etwas
Ungewohntes sah ihr von ihm entgegen, ein weißer
Schimmer; auf den rothen Blüthen, die auch den
Stein jetzt überrankten, lag ein Stück Papier, der
Wind mußte es in Spiellaune grad dort hinaufge=
tragen haben. Doch nun gewahrte Zea kleine Kiesel
darauf liegen, das konnte nicht vom Wind so her=
gestellt sein. Verwundert nahm sie das weiße Blatt

und schlug es auseinander. Auf der Innenseite standen einige Schriftzeilen, die sie las:

„Es war nett, hier zu sitzen und sich mit Dir zu unterhalten, Zea Hollesen, aber ich habe fortan nicht mehr die Zeit dazu, weil ich mich gestern mit Unna Brookwald verlobt habe. Du riethest mir es ja, so wird's Dich nicht wundern. Leb' wohl — ich reise heut' von Ekenwart fort und komme erst im Winter, oder wann, zu meiner Hochzeit zurück.

Meinolf von Alsleben.“

Die Tochter Nathan Aronsohn's hatte mit ihrem Vater einen Handel um ein Pulver abschließen wollen, das „weiß im Gesicht“ mache. Doch am Grunde ihrer Schatzlade war in einem alten Briefblatt ein feineres und tödlicheres Gift enthalten gewesen und Miriam eine Pandora, die es unbewußt über die „blonde Christentochter“ ausgeschüttet.

*　　　　*

*

Wider Wunsch und Absicht Christian Hollesen's ging's, daß Margret Hellbeck ohne sein Wissen schon am Abend Leuten aus dem Dorf von dem wundersamen Fund ihres Sohnes Mittheilung gemacht. Doch sie selbst war durch seine Entdeckung zu stark in innere Erregung gerathen und gegen ihre Natur schwatzhaft

geworden; ihr Mund floß von dem über, wovon ihr
Herz voll war. Denn Tilmar hatte der Pflegetochter
des Pastors ihren wahren Namen, die Kunde ihrer
Herstammung zugebracht, eine Gabe, der keine andere
auf der Erde gleichkommen konnte, und zu innigstem
Dank mußte sie sich ihm verpflichtet fühlen. Frau
Margret machte sich nicht deutlich, daß er durch den
Rang und Besitz, den er Zea von Rhabe verliehen,
den Abstand zwischen ihr und dem armen Dorflehrer
noch mehr erweitert habe; sie sah nur den Glanz, der
in seine trüben Augen gekommen, die Hoffnung, die
plötzlich in ihr selbst aufgeblüht dastand. Eine Mutter
war's, die allein für ihren Sohn gelebt, nur an ihn
dachte, und wie in einem Rausch hatte sie Jedem,
auch Nathan Aronsohn, von dem Glücksfund Tilmar's
erzählt. Der Pastor dagegen hätte dessen Entdeckung
lieber vorerst in Verschwiegenheit gehalten, hauptsächlich
um ein Hinübergelangen nach Helgerslund zu verhüten.
Doch lag die Macht dazu nun nicht mehr in seiner
Hand, sondern er mußte darüber nachdenken, möglichst
rasch die besten Schritte zur Geltendmachung der An=
sprüche Zea's zu thun. Unaufhellbares Dunkel umgab
ihm noch den Lichtstrahl, der plötzlich auf ihre Her=
kunft gefallen; obwohl er seit bald dreißig Jahren das
Kirchenamt in Loagger verwaltete, hatte er keine leiseste
Ahnung von einer ehelichen Verbindung Meinolf's von

Rhabe gehabt, nie den im Trauschein angeführten
Namen Ebuv Nordwalt gehört. Das einzig Halt=
gebende war, daß dieser Trauschein vor seinen Augen
dalag und mit ihm die Beglaubigung des Kapitäns
und Steuermanns der „Thetis", das auf ihrem Schiff
geborene Kind sei das der Frau von Rhabe. So weit
erschien die Thatsache nicht zweifelhaft, doch Christian
Hollesen war ein besonnener Mann, der auch durch
solchen Augenschein sich nicht in ruhiger Erwägung
beirren ließ. Er trug allerdings vollste Ueberzeugung
von der Richtigkeit in sich; die Aehnlichkeit Zea's mit
Unna Brookwald sprach fast wie ein Beweis dafür,
der Vater der Letzteren hatte dies offenbar schon seit
Langem erkannt und mußte von einer Ahnung be=
rührt sein, woher die Aehnlichkeit stammen möge.
Aber eine wirkliche Beweiskraft enthielt auch diese
nicht, und es galt zunächst, eine Vergewisserung zu
gewinnen, ob die aufgefundenen Documente rechtliche
Gültigkeit besäßen. Der Trauschein konnte gefälscht,
die Beglaubigungsschrift der beiden Schiffer von an=
fechtbarem Werth sein. Bei nüchterner Betrachtung
nahm die juristische Seite der Angelegenheit sich
anders aus, als in der ersten bewältigenden Ueber=
raschung.

Im Gange des Vormittags gelangte der Pastor
zu Erkenntniß des vorderhand Nothwendigsten. Er

schrieb einen Brief an den Dorfpfarrer, von dem der
Trauschein ausgestellt worden, dann begab er sich,
nachdem er sein Ausbleiben über den Mittag ange=
kündigt, auf den Weg zur Stadt. Seine Frau befand
sich von dem Ereigniß in ähnliche innere Erregung
versetzt, wie Margret Hellbeck, nahm Abschied von ihm
damit, daß sie seine Rückkunft kaum erwarten können
werde. Sie sah und hörte nicht recht, was um sie
war, alles Denken und Fühlen in ihr richtete sich
darauf, welchen Bescheid des Rechtskundigen, den ihr
Mann aufzusuchen beabsichtigte, dieser heimbringe.
Hollesen lag beim Fortgang noch ein Wort auf der
Zunge, doch er hielt es zurück. Er hatte bis heut'
seiner Frau von der Wahrnehmung, die er auf der
Haide gemacht, und von seinem Besuch auf Elenwart
geschwiegen, so verschob er auch jetzt eine Mittheilung
darüber bis zu seiner nachmittägigen Wiederkehr. Sein
Vorhaben drängte ihn davon und außerdem war's ihm,
es sei ein schönes Geheimniß, wie etwas Heiliges, das
er fast frevemtlich mit profanen Augen ausgekundet.
Nicht er dürfe davon reden, Zea selbst müsse es offen=
baren; am Abend wollte er ihr in die leuchtenden
Augen sehn und mit den seinigen stumm=verständlich
sagen: „Thu's, laß Dein Glück auch unsres sein!"

Er hatte sie beobachtet, ihren Weggang vom
Hause zur täglich gewohnten Zeit wahrgenommen, un=

gefähr eine halbe Stunde, bevor er sich auf den Weg
begab. Nun wanderte er an der Stelle vorbei, wo
ihr Pfad in die Haide nach dem Findlingstein abbog.
Zitternde Sonnenwellchen der Luft woben einen dust=
gleichen Schleiervorhang über rothe Blüthen; lächelnd
blickte er hinüber, er wußte sein Kind in guter Hut.
Nur Namen ohne Inhalt für sie hatte die See ihr
zugetragen, keine Liebe eines Vaters und einer Mutter;
sie blieb sein Kind, nur mit Meinolf Alfsleben mußte
er sie fortan theilen.

Der ihm befreundete Rechtsanwalt in der Stadt
prüfte die Schriftstücke, gab sein Gutachten dahin ab,
die oberste Frage sei, ob der Trauschein sich als richtig
und unanfechtbar herausstelle. Wenn das zutreffe,
würde sich's darum handeln, die Heimath der beiden
untergegangenen Schiffer ausfindig zu machen, um die
Echtheit ihrer Unterschriften beglaubigt zu erhalten.
Doch würde auch damit noch kaum eine ausreichende
Rechtsgültigkeit gewonnen sein, da wiederum der Zeugen=
beweis fehle, daß von Henning Wittkop an den Strand
gebrachte Kind sei identisch mit dem auf der „Thetis“
geborenen. Aus den Aeußerungen des Advocaten ging
hervor, er sehe ein für die richterliche Entscheidung
sicher bestimmendes Ineinandergreifen der vielfältig
erforderlichen Belege als sehr schwierig herstellbar an;
Hollesen hatte dies ebenfalls in der Empfindung ge=

habt, doch sich nicht so nach allen Richtungen zur Vorstellung gebracht. Er verließ das Haus des Rechts= anwalts mit der Abrede, zunächst auf die Antworts= auskunft hinsichtlich des Trauscheins zu warten; ziemlich enttäuscht in seiner Hoffnung schlug er den Rückweg ein. Doch nicht lang hielt die Herabstimmung in ihm an. Lag denn das Lebensglück für sie darin, als das, was sie fraglos war, vor der Welt anerkannt, zur Besitzerin von Helgerslund zu werden? Dann wäre seine Schätzung wirklichen Werthes der Erdendinge, die Auffassung dieser, die er auch ihr von Kindheit auf in's Gemüth gelegt, eine haltlose und nichtige gewesen. Das wahre und einzige Glück in der flüchtig vergönnten Daseinszeit ward nicht von außenher ge= schaffen und bedingt; gleich dem Blüthentrieb einer Pflanze entsproß es nur von innen, aus dem Herzen hervor. Das zu behüten galt's, alles Andere war nur Tand und Flitter, einer Seifenblase buntglitzernder Schaum.

Der Pastor stand still und blickte auf seine Uhr. Ja, das war der Weg, den er einschlagen mußte, der Richtung nach, die seine Gedanken ge= nommen, wenn er auch erst spät am Abend in's Dorf zurückkam. Und rasch folgte er dem über ihn ge= rathenen Antrieb, wandte sich von der Stadt rechts ab, auf der Fahrstraße dem fernen Waldrand ent=

gegen, hinter dem sich unsichtbar das Schloß von Ekenwart verbarg.

Drüben im Pfarrhause war Zea wieder einge=
troffen und in ihre Stube gegangen. Sie saß dort,
vor sich hinblickend, in ihr war nur ein Gefühl,
Müdigkeit. Unsagbar schwere Müdigkeit der Glieder,
der Augen, des Kopfes, und langsam=müde ging in
ihrer Brust der Herzschlag. Die Füße hatten sie hier=
her zurückgebracht, gewohnheitsmäßig den Weg gehend;
ohne Gedanken hatte sie's gethan, und ohne Gedanken
saß sie nun hier. Dann und wann ließ die Müdig=
keit sie die Augen zumachen, doch sie hob jedesmal
rasch die Lider wieder auf, denn vor den geschlossenen
lag immer die blühende Haide in der Sonne um sie.
Das konnte sie nicht ertragen; sie hatte dazu ein Ge=
fühl in sich, als ob sie Flügel gehabt habe, mit denen
sie über die Haide hingeschwebt, doch seien sie ihr ab=
gefallen und sie aus der Luft heruntergestürzt. Davon
war Alles an ihr so schwer, sie nur mit dem einen
Wunsche erfüllend, sich auszustrecken und still zu liegen.
Aber das konnte sie nicht, ihr lag noch etwas ob, ein
Gang, doch wußte sie nicht was und wohin. Dann
klang einmal draußen ein Ruf und sagte ihr's: es
war Mittag, sie mußte zu Tisch kommen. So war's
ja täglich, wenn sie von ihrem Vormittagsweg zurück=
kehrte, und natürlich auch heute. Sie durfte nicht

14*

wegbleiben, nicht zögern, sonst kam Jemand, um sie
zu holen; das wollte sie nicht geschehen lassen, grade
heute nicht. Wie sie aufstand, drehten die Wände
und die Dinge der Stube sich langsam im Kreis um
sie herum, und der Boden hob sich unter ihr auf und
nieder, so daß ihre Hand nach dem Stuhl zurückfaßte,
um sich ein paar Augenblicke dran zu halten. Aber
dann verging's, Alles ward ruhig, und sie begab sich
in's Eßzimmer hinüber, wo die Pastorin ihrer schon
wartete. Hier stand sie ungewiß neben dem Tisch,
was sie zu thun habe; doch es kam ihr, sie mußte sich
setzen, dort, das war ja auch ihr gewohnter Platz.
Daß ihr Vater nicht anwesend sei, gerieth ihr nicht
zum Bewußtwerden, erst dann, als Frau Mathilde
sprach, wohin und zu welchem Zweck er fortgegangen.
Sie redete weiter, natürlich von Dem, was sie einzig
erfüllte; die Hörerin mußte sich besinnen, wovon; nur
allmählich dämmerte ihr's auf, wie aus einer weiten
Ferne und wie etwas lang Vergessenes.

Nun antwortete sie einmal auf eine Frage: „Ja,
liebe Mutter," doch bei dem letzten Wort stockte sie und
griff mit der Hand an ihre Stirn; ein schmerzhafter
Stich war ihr hinter dieser durch den Kopf gegangen,
weckte ihr auf, daß sie einen dumpfen Schmerz dort
schon früher empfunden und daß er immer geblieben.
Sie führte den Löffel und die Gabel zum Mund,

obwohl sie beide eigentlich nicht zwischen den Fingern
fühlte und manchmal glaubte, mit ihnen in's Leere
zu tasten. Aber sie nahm sich gewaltig zusammen,
alles richtig und wie sonst zu handhaben; grad' heute
mußte sie besonders darauf Acht geben, sich auch
zwingen, zu essen, obgleich sie nichts von den Speisen
auf der Zunge empfand und schmeckte. Die Pastorin
sprach, erzählte, fragte ab und zu, und Zea spannte
ihr Gehör darauf, daß ihr das Letztere nicht entgehe,
damit sie ein „Ja" erwidere, doch „liebe Mutter,"
setzte sie nicht mehr hinzu. Erst gegen den Schluß
der Mahlzeit fiel Frau Mathilde auf, daß im Aus=
sehen und Behaben des Mädchens etwas anders als
gewöhnlich sei, und sie sagte: „Du bist blaß, Kind."
Aber sich gleich die Ursache erklärend, fügte sie nach:
„Natürlich, solche Spannung auf einen Bescheid nimmt
körperlich und geistig mit; dazu ist's auch so schwül
heute. Leg' Dich etwas hin und suche zu schlafen;
ich wecke Dich, wenn Dein Vater vom Advocaten
zurückkommt, und sage Dir, welche Nachricht er mit=
gebracht. Das bleiben wir Dir ja doch, Vater und
Mutter. Ruh' Dich recht aus!"

„Ja, recht lange," gab Zea zur Antwort, „ich
bin sehr müde — wohl weil es so schwül ist."

Nun war sie wieder in ihrer Stube und wollte
sich hinlegen, doch wie vorhin konnte sie's noch nicht,

mußte noch etwas thun, ebenfalls wieder ohne sich
sagen zu können, was es sei. Aber sie sah es gewissermaßen mit Augen vor sich, ein beschriebenes
Blatt Papier, damit hing's zusammen, und sie strengte
sich an, darüber nachzudenken. Dabei horchte mechanisch
ihr Ohr auf; draußen klang die Stimme der Pastorin,
sie sagte zur Magd, daß sie einen Ausgang in's Dorf
mache, und die Hausthür öffnete und schloß sich. Wie
mit einer Sprache kam's Zea aus dem Ton, was sie
thun müsse; etwas Unerlaubtes war's, doch sie mußte,
sonst konnte sie sich nicht ausruhn. Auf den Zehen
ging sie in die Arbeitsstube ihres Vaters hinüber —
ja, er blieb ihr Vater, daran war nichts anders geworden — und sah auf seinem Schreibtisch umher.
Er hatte die Schriftstücke, die Tilmar Hellbeck gestern
Abend gebracht, an sich genommen und wohl zwei
davon mit sich in die Stadt. Aber es war noch ein
drittes gewesen, das brauchte er nicht für seinen Gang
dorthin.

Wie ein Lichtstrahl durch eine kleine Oeffnung
erhellend auf einen einzigen Punkt fällt und Alles
umher in Dunkel läßt, so raffte' der sonst völlig ge-
dankenleere Kopf Zea's sich eine Denkkraft zusammen,
die sich allein auf jenes dritte Schriftstück richtete.
Auf dem Tisch lag es nicht, doch wie ein körperliches
Empfinden, ein Angerührtwerden war's in ihr, es sei

dennoch in ihrer Nähe, und sie suchte, öffnete Schub=
laden mit Papieren, zwischen denen sie blätterte. Und
dann fühlte sie einmal, da mußte es sein, und da
war's auch, untergeschoben. Auf den ersten Blick
erkannte sie die Schriftzüge des Blattes. Aber nun
stand sie, und ihre Hand zauberte —

Ja, sie that Unerlaubtes. Ihr Vater hatte dies
Blatt, nachdem sie es gestern flüchtig gelesen, fort=
genommen und hier verborgen, vor ihr, er mußte
nicht für gut gehalten haben, es in ihren Händen zu
lassen. Doch das verstand er nicht — und es gehörte
ihr, ganz allein auf der Welt ihr, denn die Schrift
darauf war von ihrer Mutter —

Sie sprach es laut vor sich hin: „Von meiner
Mutter."

Ihre Augen blickten nieder, hafteten auf einem
Satz gleich am Anfang:

„Zuerst sah ich ihn an dem Abend, als Meinolf
nicht zurückkam."

Nun streckte sich ihre Hand, nahm das Blatt,
und behutsam ging sie wieder in ihr Zimmer. Hier
setzte sie sich und las.

Das hatte sie gestern Abend auch gethan, doch
achtlos und verständnislos, kaum etwas von Dem
begriffen, was sie gelesen. Sie hatte kein Gefühl in

sich gehabt, daß es sie angehe, daß Die, welche es geschrieben, ihre Mutter gewesen sei. Das war nur ein Name, ein Wort ohne Inhalt, sie besaß ja eine Mutter, brauchte keine andere.

Nein, sie verstand auch jetzt die Schrift auf dem Blatt nicht, wenigstens nicht im Ganzen, nur hie und da einen Satz. Der Schatten — wer war der Schatten, der zu ihrer Mutter gesprochen, immer hinter ihr gewesen, näher und näher auf sie zugekommen, bis er sie angeathmet?

Das Letzte — ja, das ward der Lesenden be= greiflich, denn sie fühlte es selbst. Von dem Blatt kam ein Athem herauf und hauchte ihre Stirn an.

Und da, der Satz — den verstand sie auch: „So müd' war ich, ich konnte nicht mehr weiter — so kalt ward's, und Nebel, lauter Nebel —"

Ja, so kalt — ein eisiger Schauder lief ihr durch's Blut, und doch war's auch so schwül und drückend. Was auf dem Blatt geschrieben stand, sah sie ganz anders an, als gestern, jedes Wort, fühlte sie, galt ihr, nur das Verstehen fiel ihr zu schwer. Das rührte hauptsächlich von ihrem Kopf her — könnte sie mit etwas Anderem denken, als mit ihm — mit dem Herzen — da würde sie Alles begreifen. Aber das Herz schlief, bewegte sich gar nicht, und der

Kopf konnte nicht, denn der Schmerz in ihm hatte
sich während des Lesens von der einen Stelle hinter
der Stirn nach allen Richtungen ausgebreitet und
lastete mit schwerem Druck wie eine Bleidecke auf
ihm. Sie mußte sich hinlegen und die Augen
fest zumachen. Dazu aber that sie etwas eigentlich
Vernunftwidriges, denn ein dunkles Gefühl war in
ihr, der drückende Schmerz sei über ihren Kopf von
dem Blatt heraufgekommen. Doch trotzdem benutzte
sie dies wie ein Heilmittel, legte es sich auf die
Stirn und faltete die Hände drüber. So lag sie
ganz langsam athmend, und nach einer Weile
kam ihr einmal mit traumverworrenem Ton vom
Mund:

„Der Schatten —"

       *   *

        *

Draußen ging der Sommernachmittag über Land
und See, sah Tilmar Hellbeck am Strande stehn und
warten, daß Zea ihre gestrige Zusage erfülle. Er
wußte nicht, ob er auf ihr Kommen hoffe oder sich
davor fürchte, seine Gedanken arbeiteten umsonst,
sich durch einen Nebel um sie hindurchzuringen. Selt=
sames, Unverständliches war am Frühmorgen geschehn,
der junge Freiherr von Alfsleben für wenige Augen=
blicke im Schulhause mit der Frage eingekehrt, ob es

sich wahr damit verhalte, daß nach aufgefundenen
Schriftstücken Zea Hollesen eine Tochter des verstor=
benen Meinolf von Rhabe sei.

Sonderbar bleichen Gesichts war er gewesen und
auf die Antwort hastig und scheu davongegangen,
nordwärts am Strand entlang, als trachte er da=
nach, im Dorf nicht gesehen zu werden. Tilmar
wußte sich's nicht zu deuten, nur Eines lag klar vor
ihm: er hatte sich nicht getäuscht, ein Zusammenhang
bestand zwischen dem verwandelten Wesen Zea's und
Dem, der sie auf den Armen von der niederbrechenden
Thurmtreppe in Helgerslund herabgetragen. Kein
banger Ausdruck war in den Augen des jungen
Lehrers, doch auch kein Glanz mehr, wie gestern auf
Herbsand, nur Erwartung, sich aus Hoffnung und
Furcht zusammenmischend. Die ließ der Nebel seiner
Gedanken ineinander verwoben; über ihm aber schritt
die helle Sonne fort, stundenlang mählich=gleichmäßig
seinen Schatten verlängernd.

Südostwärts hinüber erreichte jetzt der Pastor
Christian Hollesen sein verändertes Wegziel. In ihm
war die Entscheidung dahin gefallen, daß er bei den
zweifelhaften Umständen, ob die Anerkennung Zea's
rechtlich möglich sein werde, unumwunden mit dem
Freiherrn von Alfsleben sprechen, dessen Einwilligung
zu ihrer Verbindung mit seinem Sohn sich versichern

wollte; klug bedacht hielt er dafür, die Entdeckung ihrer Abkunft rasch für das Wichtigste, die Sicher- stellung ihres Lebensglückes zu nutzen. Den Wald- gürtel schnell durchschreitend, trat er nun auf den Platz vor'm Schloß hinaus, doch hier empfingen ihn verwirrte, rathlos bestürzte Gesichter. Sein Fragen blieb von ihnen unbeantwortet, bis der Förster Dirk Westerholz aus der Thür hervorkam und kurz Aus- kunft gab. Er war um Mittag an dem alten Hünengrab vorbeigegangen, zwischen dessen Eichen- stämme sein Jagdhund hinaufgestöbert und droben plötzlich sonderbar angeschlagen hatte. So folgte er nach, und da stand der Hund unter dichtem Laubdach vor einer lang ausgestreckt regungslos liegenden Gestalt. Der Freiherr war's, herabgeronnenes, ver- trocknetes Blut klebte ihm an der Schläfe, aus der Hand gefallen lag neben ihm eine alte, verrostete Sattelpistole mit zersprungenem Lauf; schon seit manchen Stunden mußte er todt sein. Bestürzt fragte Hollesen, wie es geschehen; der Förster zuckte die Achsel: „Gesehn hat's Niemand; vielleicht wollte er nach einer Eichkatze schießen, aber die alte Waffe taugte nichts mehr und sprang; dabei schlug sie ihm in der Hand um und die Kugel ging ihm in die Schläfe. So wird's geschehn sein, oder anders. Kein Auge war dabei."

Wortknapp kam's Westerholz vom Mund, das
„oder anders" mit dem nämlichen Ton, wie alles
Uebrige, aber doch hatte etwas bringelegen, als ob
er seine Meinung damit ausgedrückt, es sei anders
geschehen. Der Pastor folgte ihm in's Haus, wo
Dietrich Alfsleben auf ein Bett hingestreckt lag. Er
sah wie ruhig schlafend aus; an seinen Zügen war
nichts Verzerrtes, mehr als im Leben besaßen sie
trotz dem ergrauten Haar noch etwas Jugendliches.
Der Förster sagte Wunderliches: „Ich wollte ihm
heut' von meiner Goldbrossel sprechen, jetzt hört er's
nicht mehr." Hollesen fiel laut ein, daß Jeder von
der umstehenden Dienerschaft es vernehmen mußte:
„Ein entsetzlicher Unglücksfall, durch das Zerspringen
der alten Pistole herbeigeführt — wo ist der junge
Herr?" Das wußte Niemand und es erhöhte die
allgemeine Rathlosigkeit; man hatte ihn an dem
Tage nicht gesehen, er mußte sich in der Morgen=
frühe ahnungslos auf einen weiteren Weg fortbegeben
haben. Der Pastor blieb noch eine Weile, den
Todten betrachtend; was lag ausgelöscht unter dieser
Stirn und gab keinem Ohr Kunde von sich? Wie
viel, dem Menschenblick undurchdringliches Dunkel
barg die helle Sonne auf der Erde; wohl Jeder
nahm etwas Verschwiegenes mit sich in's Grab.
Der Himmel, die Erde und das Leben auf ihr

bildeten selbst ein unnahbares Räthsel, das erkannt zu haben, erkennen zu wollen unglaublich vermessen und thöricht war. Nur dann und wann warf die große dunkle Fluth ein kleines Stückchen aus, grub es in den Sand, und ein Zufall brachte es aus ihm an's Licht.

Mechanisch nahm Hollesen die alte Pistole, die man neben dem Todtenbett auf einen Tisch gelegt, in die Hand und wiederholte nochmals: „Ja, ein Unglücksfall und Unvorsicht; ihr Anblick zeigt, daß ein Versuch, sie noch zu benutzen, nicht anders aus=gehen konnte." Er hatte den Gedanken gehegt, die Rückkehr Meinolf's zu erwarten, doch ein Blick durch's Fenster zeigte ihm die Sonne schon weit nieder=gestiegen. Es ward später Abend, bis er heimkam, und seine Frau harrte sicher mit Unruhe auf ihn. Hier konnte er nichts ändern und nichts helfen; über Vieles besaß das Leben Macht, doch vor dem Tod endete sie. So ließ er von seiner Absicht, schrieb einige Zeilen an Meinolf Alfsleben auf ein Blatt und begab sich auf den Heimweg.

Der, dem seine zurückgelassenen Schriftworte galten, war, nachdem er in der Frühe sich verstohlen in die Schulstube Tilmar Hellbeck's geschlichen, den Tag hindurch ziellos umhergeirrt. Nur Eines war in ihm gewesen, was geschehen, was er thun müsse:

so hatte er auf einem Blatt Papier, das er bei
sich fand, inmitten der Haide hastig mit Bleistift
das Nächste, was ihm durch den Kopf gefahren,
niedergeschrieben, war damit zu dem Findlingstein
gelaufen und, wie von einem Orcan fortgepeitscht,
weiter. Ihn trieb's nach der Stelle, wo er im
Wald die Nacht zugebracht; ermattet warf er sich
dorthin, doch wie hohnlachend sah ihn Alles an,
was nach dem Erwachen beschwichtigend, trostreich,
lebensfreudig zu ihm gesprochen, die Sonnenstrahlen,
die Blumen, die Falter. Er sprang wieder auf
und irrte fort; über sich sah er die Sonne durch
den Mittag gehen und abwärts steigen. Seit gestern
hatte er keine Nahrung zu sich genommen, aber sein
Körper stand unter anderer Macht, als der des täglichen Bedarfs, ließ ihn nichts davon empfinden.
Aengstlich hielt er sich im Laubdicicht, huschte nur
wie ein verfolgtes Wild über eine Lichtung, Niemand
zu begegnen, von keinem Auge gesehn zu werden;
ein Verbrecher mußte sich verbergen. Dabei aber
wuchs eine andere Angst in ihm an, eine unbestimmte,
er wußte sich nicht zu sagen, wovor. Nur daß sie
ihn in eine Richtung hindränge, der weiter absinkenden
Sonne zu. Anschwellend wie eine Fluth stieg diese
Angst zu einer ungeheuren, und plötzlich einmal verstand er, wohin sie ihn trieb. Nach dem Findlingstein

zurück, das Blatt wieder zu holen, das er dort ge=
lassen.

Zu spät war's, es lag nicht mehr dort. Seit
vielen Stunden schon mußte Zea gekommen sein und
es gefunden haben.

Doch aus seiner Gedankenbetäubung brach jetzt
eine zweite Erkenntniß hervor, grell wie ein schwarze
Wolken durchschneidender Strahl. Nicht mit bewußtem
Geist, in einem Irrsinnsanfall hatte er die Zeilen
auf das Blatt geschrieben.

Ja, so konnte nur der Wahnwitz handeln, von
der Verzweiflung des Herzens in den Kopf hinauf=
getrieben.

Zu spät — aber wär's nicht, was sonst? Was
hätte er anders können? Unabänderlich hatte er
das Band zerschneiden müssen, zwischen ihr und
dem Sohne dessen, der ihren Vater nicht im Zwei=
kampf getödtet, der ihn unvorbereitet, wehrlos er=
mordet.

Wenn er es nicht erfahren, nie gewußt —
dann wäre es nicht gewesen, ruhvoll sein Leben
mit dem ihrigen zu einem geworden, zu unsagbarem
Glück. Aber ein unzertrennliches Leben neben ihr,
ein innigstes Vertrauen mit dem Wissen, dem un=
abläſſigen Hehlen des entsetzlichen Geheimniſſes in der

Brust, der Angst, es im Traum zu verrathen — das hätte zum Wahnsinn gebracht, zum heranschleichenden, unrettbar anpackenden.

Kein Ausweg war möglich — und doch, das Blatt — das Blatt.

Nichts, als daß er davonging, gleich, in die Fremde — irgendwohin, wo er nichts mehr hörte und sah — wohin er nur die Erinnerung mit sich nahm. Die blieb ihm, ein Eigenthum, das nichts ihm entreißen konnte.

Er dachte irrverworren und doch nicht völlig der Besinnung beraubt. So, wie er ging und stand, konnte er nicht in die weite Welt davon, mußte noch einmal nach Elemwart zurück. Heimlich — oder auch nicht — offen; sein Vater würde, wenn er ihn sähe, ebenso scheu vor einer Begegnung ausweichen, wie er.

Da schritt Meinolf Alsleben über den Platz vor dem Schloß, und Dirk Westerholz kam dem Erwarteten entgegen.

Nun stand er und wußte, was während seiner Abwesenheit geschehen und wie es geschehen sei. Wie ein Blitzstrahl war es, blendend und betäubend, doch einer, der neben ihm niedergefahren, ihn selbst nicht getroffen. Nicht aus eigenem Trieb, um der

Leute willen trat er in's Haus und sah seinen Vater liegen. Mit einem Grausen streifte sein Blick über die Pistole zur Seite, doch in ihm war kein Schmerz, nur ein Gefühl, das den Todten um seine leiblose Ruhe neidete. Einer der Diener reichte ihm das von Pastor Hollesen für ihn hinterlassene Blatt; die kurzen Worte darauf baten, er möge morgen in's Pfarrhaus kommen.

Meinolf sah auf. War Alles ebenso, wie es gewesen, oder war etwas anders geworden? Er hatte keine Antwort b'rauf — nur Eines hämmerte, drängte in ihm —

Nicht morgen — heute noch mußte er hinüber, ungesehen sich an's Pfarrhaus hinanschleichen, durch's Fenster spähen —

Um einen Augenblick später ging er wieder draußen. Der Tag schritt zum Ende, die Sonne war nicht mehr am Himmel; als er den Haiderand erreichte, stand Abendroth über der See. Seit dem Morgen hatten seine Füße kaum gerastet, doch er fühlte keine Mattigkeit; er lief.

War etwas anders geworden?

Wenn er vor sie hintrat und sprach: „Ich bin der Sohn Dessen, der Deinen Vater ermordet, der seine Schuld gesühnt, mit der gleichen Waffe sich selbst den Tod gegeben — und wenn ihre Hand nicht schaubernd vor seiner zurückwich —?

Ja, das war anders geworden — er konnte es sprechen, seine Zunge fesselte keine Sohnespflicht mehr. —

XV.

Still, wie unbelebt hatte das Pfarrhaus den Nach=
mittag hindurch unter der drüber hinschreitenden
Sonne gelegen und ebenso ohne Regung, wie leblos,
Zea in ihrer Stube. Aus dem Dorf zurückgekommen,
war die Pastorin einmal an die Thür derselben ge=
treten, um zu horchen, ob das Mädchen sich nach ihrem
Rath zur Ruh' begeben und schlafe; von drinnen her
tönte kein Laut und geräuschlos begab Mathilde Hol=
lefen sich fort, auf die Rückkehr ihres Mannes wartend,
sich mit häuslichen Geschäften die Zeit kürzend. Doch,
obwohl Stunden verrannen, kam er noch nicht, später
Nachmittag ward's, sie begriff nicht, was ihn so lange
in der Stadt zurückhalten könne. Zuletzt, von Un=
geduld getrieben, verließ sie das Haus wieder, ihm
nach Süden am Strand entgegen zu gehn. Höchste
Ebbezeit war's, oder schon um etwas überschritten, in
der Ferne schattenartig über den Sand laufend, be=
gannen spielende Wellen zurückzukommen. Erwartungs=

15*

voll mit dem Blick vorauszuchend, schritt die Pastorin
langsam weiter.

Nun regte Zea sich, richtete ihren Körper zum
Sitzen auf und sah vor sich hin. Nicht mit einem
Gefühl, aus dem Schlafe erwacht zu sein; nur ohne
Bewußtsein hatte sie gelegen und doch auch nicht ohne
Empfindung eines mit ihr und in ihr Vorgehens. Da=
von war ihr eine dämmernde Erinnerung geblieben,
auf die sie sich zu besinnen suchte, und aus ver=
schwommenen Umrissen gestaltete ihr's sich herauf. Nicht
vom Kopf her, der nützte ihr nicht; noch schwerer als
zuvor, mit dumpfbetäubendem Schmerz lag die Blei=
decke auf ihm, alles Denken erdrückend. Doch vom
Herzen her kam's ihr: Sie war wieder ein kleines Kind
gewesen, das am Strand im Sande mit Steinen und
Muscheln gespielt. Und plötzlich hatte sie die Augen
aufheben, weitöffnen und mit ihnen auf die See hinaus=
schauen müssen. Eine Möwe war mit seltsamem
Schrei über sie hingeflogen, und eine Welle lief, sonder=
bar rauschend, bis dicht vor ihre Füße heran. Das
hörte und sah sie wie zum ersten Mal, mit einem Ge=
fühl, die Welle strecke weiße Hände nach ihr aus, sie
zu fassen und mit sich fortzuziehen. Doch sie konnte
sich nicht bewegen, all' ihre Glieder waren wie fest=
gebunden, nur ein fremder Schauer ging ihr vom
Scheitel her über den Rücken herunter.

Nun rann das Erinnerungsbild verblassend wieder auseinander, ein leiser Ton schien es wegzuscheuchen. Eine ihrer Hände hatte sich geregt, das Knittern eines auf ihrem Schooß liegenden Blattes verursacht, sie sah darauf nieder.

Ja, von dem Blatt war der Schmerz so stark angewachsen, weil sie es sich auf die Stirn gelegt. Deshalb konnte ihr Kopf keinen Gedanken mehr fassen, aber sie brauchte ihn auch nicht. Während sie, die Hände über der Stirn gefaltet haltend, dagelegen, hatte sie mit dem Herzen gedacht, und dies hatte ihr alles Unbegriffene verständlich gemacht.

Sie wußte jetzt, was die Schrift auf dem Blatt bedeutete und besagte, nur ließ es sich nicht mit Worten ausdrücken. Das Herz verstand Alles, doch dachte nicht in Worten.

Und Eines sprach es deutlich, vor Allem, als das Wichtigste: Sie habe eine Mutter nöthig, die ihr helfe.

Denn sie selbst vermochte sich nicht zu helfen, ihre Glieder waren ja festgebunden. Nur die Füße konnte sie befreien, und sich bückend, zog sie mechanisch ihre Schuhe und Strümpfe aus. Das that wohl, war erlösend, ihre Brust athmete erleichtert danach. So war sie früher gegangen, ehe Jemand ihr die Fesseln an die Füße gelegt hatte. Die wenigstens konnte sie jetzt wieder bewegen.

Nur der Kopf blieb so eng eingeschnürt — wenn
der auch frei würde, dann war eigentlich Alles gut,
war garnichts mehr. Dann konnte sie wieder springen,
jubeln, lachen — über Den lachen, der sie hülflos fest=
gebunden zu haben glaubte.

Der Wind draußen am Strand — er nahm ihr
vielleicht die Bleidecke weg. Sie hatte schon früher
Kopfschmerz gehabt, den er ihr fortgeweht —

Sie stand auf und trat gegen die Thür zu. Auch
das war gut, so machten ihre Füße kein Geräusch.
Aber die Thür knarrte bei'm Oeffnen — das mußte
sie verhüten, denn ihre Mutter — die Andere — die
durfte nicht sehen, daß sie hinausging. Darin lag
eine heimliche Bedingung, sonst konnte der Wind ihr
die Bleidecke nicht wegnehmen.

So kehrte sie um, öffnete das Fenster und schwang
sich von dem niedrigen Sims in den Garten hinab,
geräuschlos und behend, mit den befreiten, bloßen Füßen
war, wie durch eine Zaubermacht verjagt, die schwere
Mattigkeit aus ihren Gliedern fortgeschwunden. Rasch
und vorsichtig schlüpfte sie aus der Gartenpforte; sie
mußte vermeiden, daß Jemand sie anredete, durfte
überhaupt Niemand zu Gesicht kommen. Und nord=
wärts mußte sie gehen, nach Süden hin waren giftige
Ottern, vor denen hatte sie sich mit den unbeschuhten
Füßen in Acht zu nehmen. So ging sie dem Dünen=

vorsprung zu, hinter dem sich die kleine Einbuchtung
umschlug, in der Tilmar Hellbeck sie an dem Sonntag
angetroffen, als sie zusammen nach Herbsand hinüber=
gerudert waren. Sie setzte sich an den Dünenrand,
der Wind stand ihr mäßig stark weich von der See
her in's Gesicht und sie hielt ihm die ein wenig vor=
gebogene Stirn entgegen.

Niemand vom Dorf hatte sie wahrgenommen oder
wenigstens kein Blick auf sie geachtet. Der junge
Lehrer wartete schon lange nicht mehr am Strand,
sondern war in's Schulhaus zurückgegangen; dort saß
er in seiner Kammer, in's schwindende Tageslicht hinaus=
blickend. Weder Hoffnung noch Furcht war mehr in
ihm, nur eine matte, dumpfe Stille. Sie hatte ver=
sprochen, heute zu ihm zu kommen, und der Tag war
vorüber — so hatte sie ihm auch drüben auf der
Insel versprochen, seine Frau zu werden. Er lehnte
sich nicht gegen den Bruch ihres Gelöbnisses auf, die
Natur hatte ihn nicht zum Kämpfen bestimmt, ihm
fehlten Kraft und Muth dazu, ein sicheres Ruhen auf
sich selbst. Das ließ ihn sie auch nicht anklagen, nicht
treubrüchig nennen; er war vom Leben untergeordnet
worden, und es hatte so geschehen müssen. Unbegreif=
lich lag's hinter ihm, daß er gestern geglaubt, der
Himmel habe mit dem Fund eine Wundermacht in
seine Hand gegeben. Jeder Andre hätte ebenso die

Schriftstücke entdecken können, ein blinder Zufall war's
gewesen ohne irgendwelche Bedeutung. Aber wenn er
selbst für sie sein Leben einsetzen könnte, ihr einen
Stern vom Himmel herabzuholen, es würde das Gleiche
sein. Seinen Werth vermochte er damit nicht zu erhöhen, er blieb zu wenig für sie. Darum konnte sein
Herz keine Anklage gegen sie erheben, nur Eines trug
es als ein bitteres Wehgefühl in den langsamen Blutwellen. Das Eine hätte sie nicht thun sollen, ihm er-
sparen können. Warum hatte sie ihm das auf der
Düne von Herbsand gethan? Das war grausam gewesen, wie die blendende Sonne für das kranke Auge.

Zwielichtfäden durchspannen schon so dämmernd
die Luft, daß drüben, südlich vom Dorf, die Pastorin
Hollesen in Zweifel stand, ob eine Gestalt die ihres
Mannes sei, der unerwartet nicht aus der Richtung
der Stadt, sondern von Osten her über die Haide
komme. Aber dann unterschied sie doch, er sei's und
eilte ihm entgegen. Er fragte, noch einige Schritte von
ihr entfernt: „Wo ist Zea?" — „Im Hause" — erwartungsvoll setzte Frau Mathilde hinzu: „Was für
Nachricht bringst Du?" Manche Nachrichten brachte
er zurück, hatte ihr Vieles mitzutheilen. Langsam,
öfter eine Weile stehen bleibend, gingen sie mit einander dem Dorf zu. Es warb nicht mehr dunkler,
sondern heller; der verschwundene Kirchthurm von

Loagger tauchte wieder sichtbar auf, wie von einem Silberglanz überhaucht.

Nach Norden saß Zea auf dem Dünenrand und blickte über die Wellen hinaus, die dicht unter ihre Füße heranliefen. Sie kamen nicht mehr spielend, sie rauschten, jede schien die ihr voraufrollende einholen und fassen zu wollen, schwoll über sie hin; die rück= kehrende Fluth war's. Fern auf dem Rand der See stand's noch wie ein rother Himmelsbogen, sonst lag Alles, sich mit einem grauen Gewebe zudeckend, nur da und dort glimmerte drunter ein kommender und schwindender weißer Schaumwurf.

Die Sonne war todt —

Ja, sie mußte sterben — vor ihren Augen sah Zea es auf dem Blatt geschrieben: „Alles todt — die Sonne, der Himmel, die Erde, Alles todt."

Der Herzschlag in ihr wiederholte es unausgesetzt: Alles — todt, denn nichts mehr lebte, als ihr Herz, mit dem sie dachte. Das aber war schlimm. Zu spät ward sie sich dessen bewußt, denn nun ließ sich's nicht mehr ändern. Viel besser wär's gewesen, wenn der Kopf gedacht — das Herz hätte nicht anfangen sollen zu denken. Seine Gedanken brannten so — sie fühlte es in der Brust als eine Flamme, von der ein greller Lichtschein durch's Dunkel brach, und wohin er traf ward Alles zu glühenden Kohlen —

Vor ihr griff eine unsichtbare Hand nach dem grauen Gespinnst über der See und wandelte es in ein silbernes um, daß sich hoch aufhob und senkte und wieder hob, wie vom Auf= und Niederwogen einer großen, tiefathmenden Brust. Die Fluth schwoll, der im Osten emporgestiegene Vollmond hob gebietend sich die Nordsee entgegen. Nur auf sein Gebot kam sie, von keinem Sturm getrieben, mit einer großen Ruhe ihrer Bewegung und doch mächtig. Immer klarer über= goß die strahlenhelle Nacht sie mit weißem Glanz.

Nun fuhr's Zea einmal jäh vom Scheitel bis zur Sohle herunter. Neben ihr war etwas — dort — am Dünenhang kam's herauf und heran, ein unbe= stimmter dunkler Umriß auf dem beglänzten Sand. Doch es reckte sich höher, ward zu einem Kopf mit Linien eines Gesichts.

Der Schatten —

Sie sah darauf hin und duckte sich angstvoll zu= sammen, und er that's ebenso, sich duckend und lauernd —

Ja, er war's und sie wußte auch, wer er sei und was er wolle, denn das Herz hatte ihr gesagt, was die Schrift auf dem Blatte bedeute. Von ihm — dem Schatten — kam die bleierne Decke, die er ihr um den Kopf gelegt. Von der rothen Haide her war er gekommen, durch den Nebel immer hinter ihr geblieben, weil er die glühenden Kohlen in ihrer Brust sah. Daran erkannte er, wohin sie lief — und nun lauerte er dort und wartete, um ihr die Bleidecke immer enger und enger um den Kopf zu pressen, bis sie ihn zerdrücke.

Mit dem rechten Arm wie zur Abwehr umfahrend, sprang sie auf, um zu fliehen, und mit ihr sprang der Schatten auf und streckte den Arm nach ihr —

Das Blatt sagte, auf's Wasser könne er nicht nach —

Plötzlich brach ein Schrei von Zea's Lippen: „Mutter — Mutter — hilf mir!"

Der erste war's, den sie ausstieß, seitdem sie von dem Findlingstein auf der Haide zurückgekommen, ein Schrei des Herzens, namenlosen Jammers, der hülflosen Verzweiflung. Sie hielt beide Arme ausgebreitet, und im nächsten Augenblick lag der Dünenhang leer da, mit dem zurückrollenden Vorwasser lief sie geradeaus in die See. Und es war, als ob diese ihren Ruf gehört, so kam, höher noch als bisher, eine Welle, einer hochanschwellenden Brust gleichend, von der her weiße Hände sich vorstreckten. Ruhevoll und machtvoll zugleich kam sie, umschlang das Mädchen und hob es empor, wie eine Mutter ihr hülfloses Kind in die Arme nimmt. Nichts blieb sichtbar, als flüchtig noch

das aufgelöste, goldig schimmernde Haar Zea's, dann
neigte es sich über und verschwand, niedertauchend,
unter einer weiß sich drüber breitenden Decke.

Zwei Menschenaugen hatten den Vorgang wahr=
genommen, doch zu weit entfernt, zu undeutlich, um
zu erkennen, was vor ihnen geschehe. Der Strand=
vogt Henning Wittlop war in der wundervollen Nacht
noch von seinem Häuschen her auf der Düne entlang
gewandert, sich an dem Rauschen und Schäumen der
Mondfluth zu erfreuen. Ihm schien's, daß sie vor
ihm Jemand zum Baden habe, aber die in der Welle
verschwundene Gestalt kam nicht wieder zum Vorschein.
Unwillkürlich eilte er hinzu; eine neue Welle wälzte
Etwas mit sich und rollte zurück.

Da hielt er's gefaßt, ungläubig mit weitoffenem
Blick darauf starrend. Auf den Armen trug er Zea
an den Stand, hoch aufschnaubend rauschte die Fluth
ihm nach, als suche sie zornig=gewaltsam ihm seine
Bürde zu entreißen.

Die lag reglos, mit geschlossenen Augen. Doch sie
konnte nicht todt sein, zu kurz nur hatte sie unter
dem Wasser verweilt. Sie mußte nur in Betäubung
liegen, zum Leben zurückkommen.

Im Pfarrhaus waren Christian Hollesen und
seine Frau heimgekehrt, suchten unruhig nach ihrer
Tochter, von der die Magd nichts wußte. Mit einer

Beschwichtigung überkam's den Pastor, wahrscheinlich hatte die Mondnacht sie auf die Haide hinausgelockt, und dann war sie dort wohl nicht allein. Obwohl von seinem langen Tagesweg ermüdet, begab er sich doch eilig wieder fort, sie an der ihm bekannten Stelle zu finden.

Im Schulhause saß Tilmar Hellbeck in seiner Kammer, bei einem rothflackernden Talglicht wieder= holend, was er schon ungezählte Male gethan. Er las den Bericht Jasper Simmerlund's, wie Henning Wittkop in der Decembernacht das auf der See zur Welt gekommene fremde Kind in die Schulstube herein= getragen. Dorthin — die Thür zu ihr war offen — und der junge Lehrer wandte den Blick hinüber.

Da sprang er auf, wie eine Vision vor seinen Augen war's. Leibhaftig kam Henning Wittkop in die Schulstube hinein, etwas auf dem Arm tragend, nur nicht klein, sondern lang hingestreckt und', man sah's ihm an, nicht leicht wie damals, mit mühsamem letztem Kraftaufgebot. Deßhalb brachte er's hierher, in's nächste Haus, aus erschöpfter Brust stammelnd: „Sie ist nicht todt — Sie kann nicht todt sein —"

Frau Margret kam ebenfalls, that, wovor die Männer, die sich nicht zu helfen wußten, zurückscheuten. Um das Leben galt's und sie öffnete der Hingelegten die einengenden Kleider, zog diese hastig zur Seite, und in dem röthlichen Lichtschein lag Zea Hollesen mit der halbentblößten, schönen, jungfräulichen Brust da. Doch alle Bemühung, sie zum Athmen zu bringen, war vergebens; sie blieb reglos, war todt. Ihr Herz mußte der Welle geholfen haben; die allein hätte es nicht vermocht.

Wie ein Traumbild war's vor dem Blick Tilmar Hellbeck's, ein Schreckensbild und zugleich von geheim= nißvoller wundersamer Schönheit. Er dachte nichts, und keine Zeit war um ihn; auch den Pastor und dessen Frau sah er kommen, doch wie durch einen Nebel, ohne den Ausdruck ihrer Züge zu erkennen, und er hörte ihre Stimmen nicht. Er sah nur die Todte.

Dann stürzte etwas von draußenher durch die Thür herein, stieß einen herzzersprengenden Schrei aus, und wie leblos stürzte Meinolf Alfsleben vor der Todten nieder.

Markdurchbringend klang's und doch plötzlich ließ es einen seltsamen Glanz in den Augen Tilmar's auf= irren. Der Schrei sprach etwas, riß einen Schleier fort, mit dem sich die geheimnißvolle Schönheit um= woben gehalten, und enthüllt stand sie vor ihm da.

Sie hatte ihr Versprechen erfüllt, heute zu ihm zu kommen, und Niemand konnte sie ihm mehr nehmen — auch sie selbst nicht.

Frau Mathilde hatte mit zitternder Hand die Kleider über die Brust der Todten zurückgezogen. Nun hob Christian Hollesen sein Kind auf die Arme, es in's Pfarrhaus zu tragen. So hatte er's vor achtzehn Jahren gethan; wie auf einem im Sturm schlingernden Schiff ging taumelnd Henning Wittlop neben ihm und redete vor sich hinaus: „Sie hat der See zugehört, die ließ nicht von ihr."

Zwei Tage vergingen, da sammelten sich am Morgen die Dorfbewohner auf dem Kirchhof an. Vor dem epheuumwachsenen Gedenkstein Meinolf's von Rhade war eine Gruft gehöhlt; er ruhte nicht unter dem Grabmal, doch seine Tochter legte man heute hier in die Erde, in den Sand der alten Düne. So hatte Christian Hollesen es angeordnet.

*　　　*

*

Eine Todtenfeier war's; festlich stand Alles umher gewandet, der Himmel in wolkenlosem Blau, das in endlose Weite schimmernde Meer, die rothblühende Haide, in ihrem Goldkleid die Sonne. Alle erschienen nicht wie Leidtragende, doch in feierlicher Schönheit. Von der Kirchenmauer sahen die alten Findlingsteine nieder; nicht düster, mit einem freundlichen Ernst blickten sie auf den Lebenstraumwahn der ihnen vorüber kommenden und gehenden Menschen. So flatterten die

kleinen blauen Falter dort über den Gräbern ein paar
Stunden im Licht.

Der Wagen hatte von Helgerslund auch Herrn
und Frau von Brookwald und Unna zur Beerdigung
gebracht. Gertrud bot körperlich und geistig das Gepräge einer frühalten Frau mit völlig leerem Gesichtsausdruck; nichts lag in ihren Zügen, als eine stumpfe
Gleichgültigkeit. Ihr Mann trug schwarze Kleidung
und einen umflorten Hut, wie ein dem Vorgang Nah-
stehender. Er hatte Worte mit der Pastorin getauscht
und schien die fast gleichzeitig mit der Todesnachricht
zu ihm gelangte Kunde von der Abstammung Zea's
als nicht unglaubhaft anzunehmen. Doch jetzt für be-
langlos; ob sie wirklich eine Tochter seines verstorbenen
Schwagers gewesen oder nicht, besaß für sie selbst und
für Niemand mehr irgendwelche Bedeutung; bei genauerer Achtgabe ließ seine Miene Anstrengung erkennen, den geziemenden Trauerernst zu bewahren.
Unna sah bestürzt und betrübt aus; sie hatte Zea lieb
gehabt und hielt einen selbstgewundenen großen Kranz
von weißen Rosen in Händen, ihn auf das Grab zu
legen. Aber sie war noch ein halbes Kind, das den
Tod in seiner Wirklichkeit im Innern noch nicht voll
begriff, ihn im Gefühl mehr wie einen ungewöhnlichen,
langen Schlaf trug, und ungeachtet ihres Kummers
blickte sie doch mit etwas Verwunderung nach einer

Stelle jenseits der Gruftöffnung hinüber, daß dort
Meinolf Alfsleben stehe und sich zu dem Begräbniß
mit eingefunden habe. Er hatte gestern in der Stille
seinen Vater unter dem Eichenlaubbach des alten
Hünengrabhügels beerdigt, war danach auf die Haide
zu dem Findlingstein gegangen und dort die Mondnacht
hindurch geblieben. Nun stand er, als ob er in seiner
Empfindung allein hier sei, nichts von der Anwesen=
heit aller Uebrigen sehe und höre. Sein ganz farb=
loses Gesicht hatte eine wunderbare Schönheit gewonnen;
man konnte es sich als das in einem Marmorgebild
verkörperte Antlitz des Todes vorstellen, der an der
Gruft stehe, die er für ein mit unabänderlicher Noth=
wendigkeit von ihm beendetes Leben aufgethan. Ohne
Regung einer Wimper hafteten seine Augen auf dem
über der Höhlung ruhenden Sarg, als durchdrängen
sie mit einer übernatürlichen Kraft die schwarze
Holzwandung und sähen, was kein Blick sonst ge=
wahren könne. In der Hand hielt Meinolf Alfsleben
einen von dem Findlingstein draußen mitgenommenen
blühenden Haidezweig.

So umgaben die auf dem Kirchhof Versammelten
die Stätte, und jetzt kam Christian Hollesen heran,
verwundert=überraschte Blicke auf sich ziehend, denn
er trug nicht den geistlichen Summar, sondern seine
tägliche Kleidung. So trat er an das Grab und sprach:

„Ich bin nicht der Pastor, der dieses Grab weihet; der Vater bin ich, der sein Kind bestattet. Ich bin nicht der Prediger, der zur Gemeinde redet: der Vater spricht zum letzten Mal zu seinem Kinde. Mein Kind warst Du, denn in meinem Herzen trug ich für Dich die Liebe des Vaters; alles Andere ist inhaltloses Wort und eitel. Und eitel ist das geistliche Kleid an Deinem Sarge, Lüge wär's, käme ich in ihm zu Dir. Ich komme, wie ich mit Dir lebte, wie ich für Dich war; nicht für eine Ewigkeit, für die kurze Zeit unseres Seins. Sie ist Dir kürzer gewesen, als mein Hoffen sie maß; Du bist nicht mehr, in's Nichts mir voran= gegangen und zum Nichts bist Du geworden. Die Liebe ist mit Dir gestorben, reicht nicht mehr zu Dir hin, denn es ist nichts in diesem Sarge. Laßt ihn nieder!"

Die an den Seilen Harrenden kamen dem Geheiß nach, ungläubig staunend blickten rundum die Hörer auf den kurz verstummten Sprecher. Worte waren es gewesen, wie sie wohl noch an keinem Grabe vom Munde eines Pastors gekommen, und so hob er sie jetzt auf's Neue an. Ein Mensch stand da, der im tiefsten Schmerz jede Hülle von seiner Seele, seinen Gedanken ablegte, mit dem Herzen sprach, wie er fühlte und war. Liebe nahm Abschied von Dem, was als ihr Theuerstes gelebt, und wußte, sie thue es für ewig. An diesem Grabe hielt die Uebereinkunft, die er in sich

zwischen der Forderung des geistlichen Amtes und seiner
eigenen Erkenntniß geschlossen, nicht stand; für sich selbst,
umkleidete er diese nicht mit freundlich = tröstlichen
Bildern, sondern von seinen Lippen trat die hüllenlose
harte Wahrheit. Deutlich redeten die verhärmten Züge
von schlaflos durchwachten Nächten; die bebende Stimme
versagte ihm manchmal, daß er schluchzend innehalten
mußte, ein armer, hülfloser Mensch. So hatte keiner
der Zuhörer sich den ruhevoll=sicheren, alle Anderen fest
im Leib und Unglück aufrecht haltenden Pastor Hollesen
vorstellen können. Mehr noch als seine Worte, sprach
der Zusammenbruch seiner Kraft, was ihm die Todte
gewesen und er mit ihr verloren.

Doch nun hatte er den letzten Abschied von ihr
genommen, und plötzlich ging eine Verwandlung mit
ihm vor. Er richtete sich hoch auf, wie Flammen
loderte es aus seinen milden Augen, und zu mächtigem,
weithin hallendem Klang hob sich seine gebrochene
Stimme:

„Dich aber, Friedrich von Brookwald, schuldige ich
an, daß Du meiner Tochter nach dem Leben gestanden.
Du hast gewußt, ihr gehöre zu Recht, was Du besitzest,
und dreimal hast Du sie zu tödten gesucht mit Arsenik
durch das Gift einer Schlange, durch den Niedersturz
der Treppe in Deinem Hause. Wie ist es geschehen,
daß ich sie heute in die Erde legen mußte? Ich weiß

16*

es nicht — aber ich schuldige Dich an, es kam wieder von Deiner Hand, Du hast sie getödtet!"

Alles Blut war dem Angesprochenen aus dem Gesicht gefallen, kalter Schweiß trat ihm auf die Stirn, er griff mit der Hand wie nach einem Halt hinter sich zurück. In der Brust jedes der Hörer umher stockte der Athemzug, wie betäubt richteten sie die Blicke auf den jäh mit so ungeheurer Anklage Getroffenen.

Doch nur einen Augenblick hatte Fritz Brookwald die Fassung eingebüßt, nun erwiderte er laut, Allen vernehmlich:

„Mein armer Freund, der Gram um seinen Ver= lust hat ihm den Kopf zerrüttet. Wir sahen's und hörten schon an der unchristlichen Grabrede, mit der er seine Tochter bestattet, daß die Vernunft von ihm ge= wichen. Ich fühle tiefes Mitleid mit ihm, aber als Patronatsherr habe ich die Pflicht, der Kirchenbehörde Anzeige zu machen, daß die Gemeinde eines Ersatzes für ihn bedarf. Kommt, der Anblick des Unglücklichen erschüttert mich zu sehr."

Das letzte Geheiß des Sprechers galt seiner Frau und Tochter, die ihm zum Verlassen des Kirchhofes folgten, Gertrud gleichgültig, automatenartigen Ganges, Unna in kinderhafter Willenlosigkeit. Scheu nach ihrem Pastor blickend, machten auch die Dorfleute, einer um den andern, erst langsam, dann rascher, sich davon. Es

warb leer um bie Gruft, in bie Chriftian Hollefen's
Augen niebergingen.

Er felbft fühlte das Uebergewicht der Entgegnung
ber HelgersIunber Schloßherrn. Nur ein ber Vernunft
Beraubter konnte folche Anfchulbigung ohne irgenbwelche
Beweismittel ausfprechen. Unb bod) hatte er es gemußt, biefe Stunbe es von ihm geforbert.

Dazu empfanb er, Frig Brookwalb habe wohl auch
bas Richtige gefagt; mit irrem Kopf fei er an bas Grab
getreten unb fo ftehe er hier. Was er im Innerften
trug, hätte er barin bewahren follen, nicht ben Ohren
Derer, bie es nicht zu begreifen vermochten, kunbgeben.
Unb bod) wieber hatte er's gemußt, feinem Kinbe mit
bem letzten Wort bie Wahrheit zu fprechen.

In biefer Stunbe war ber Wiberftreit feines
Lebens zum Ausbruch gekommen: er wähnte, ihn frieb-
lich ausgeglichen zu haben, boch ein unverföhnlicher
war's. Er hatte fich felbft mit bem Wahn betrogen,
bis zum Ausgang bie Freiheit feines Geiftes mit bem
Amt ber Kirche vereinigt halten, feine Erkenntniß in
ihre Ausbrudsworte faffen zu können. Aber biefer
Erbhaufen thürmte eine Klippe vor ihm auf, an ber
er gefcheitert, er hatte Paftor fein müffen ober Menfch.
Der Paftor hätte vor bem Grabe eine hohe, gerecht,
gütig unb weife bebachte Weltorbnung verkünben müffen,
boch vor feinem jammernben Herzen lag biefe blinb-

und fühllos, Liebe und Schönheit gleichgültig zer=
störend, und straflos ließ sie der Niedertracht den Sieg.

In irrem Gemütszustand, doch sinnbildlich, hatte
Christian Hollesen sich der geistlichen Tracht entkleidet;
er war kein Pastor mehr, der Patronatsherr brauchte
ihn seines Amtes nicht entsetzen zu lassen. Nun löste
sich der Kampf seiner Sinne, er schlug sich die Hände
vor's Gesicht, lindernd brachen zum ersten Male ihm
Thränen aus den Augen. Sanft legte ein Arm sich
um ihn, er fühlte, der seiner treuen Lebensgenossin sei's,
der Liebe, die ihm noch geblieben, und er ließ sich von
ihr fortführen.

. Zwei auf dem Kirchhof Mitanwesende allein
hatten sich nicht um die Grabrede und den ihr nach=
gefolgten aufregenden Vorgang bekümmert, nichts davon
gehört und gesehen. Durch die Gruft von einander
getrennt, blieben sie jetzt als die Einzigen an ihr,
Meinolf Alfsleben und Tilmar Hellbeck, auch sich
wechselseitig nicht wahrnehmend. Nur der Erstere regte
einmal kurz die Hand und warf den von ihr gehaltenen
blühenden Haidezweig in die dunkle Höhlung nieder.
Dann standen Beide unbeweglich, mit den Augen auf
dem Gedenkstein Meinolf's von Rhade haftend, von
dessen weißer Marmorplatte, in der hellen Sonne
flimmernd, die Inschrift aufsah:

„In Jugend, sprachen die Alten, gehen dahin, die

von den Göttern geliebt werden. Leiblos aus der
Sonne entrafft jäh sie der Blitzstrahl. So leben sie
immer jung dem Gedenken."

Heute hatte Der, welcher es einst ahnungslos auf
den Stein gesetzt, gesprochen: „Die Liebe ist mit Dir
gestorben, reicht nicht mehr zu Dir hin, denn es ist
nichts in diesem Sarg."

Aber jene Beiden waren noch jung, und ihre
Herzen hielten es heute für unmöglich, daß die Liebe
je in ihnen auslösche. Für sie barg die schwarze Holz-
lade das Höchste, was ihrem Leben geblieben, zu immer
gleichem Gedenken. Als Christian Hollesen die Inschrift verfaßt hatte, war es für fremdes Leid und auch
er noch jung gewesen.

Außer den Zweien befand sich nur noch ein
Arbeiter an dem Grabe, der die Höhlung zuschaufelte.
Gleichmäßig warf er den Sand auf den Sarg, und
unter jenem verschwand wie ein zerfließendes Traumbild die kleine Blüthe, die Meinolf schweigend der
Todten mitgegeben. Draußen aber gegen Osten blühte
weithin die purpurne Haide fort, und unabsehbar im
Westen spielte mit glimmernden, murmelnden Wellen
an den Strand und über ihren dunklen Tiefen die See.